Exorcismos, amores e uma dose de blues

ERIC NOVELLO

Exorcismos, amores e uma dose de blues

GERENTE EDITORIAL
Alessandra J. Gelman Ruiz

EDITOR ASSISTENTE
Denis Araki

ASSISTENTES EDITORIAIS
Felipe Castilho
Carol Christo

ILUSTRAÇÃO
Carolina Vigna

CAPA
Diogo Droschi

DIAGRAMAÇÃO
Christiane Morais

REVISÃO
Vero Verbo Serviços Editoriais
Lívia Martins

Dados Internacionais de Catalogação na Publicação (CIP)
Câmara Brasileira do Livro, SP, Brasil

Novello, Eric
Exorcismos, amores e uma dose de blues / Eric Novello – Belo Horizonte : Editora Gutenberg , 2014.

ISBN 978-85-8235-175-8

1. Ficção brasileira I. Título.

14-05934 CDD-869.93

Índices para catálogo sistemático:
1. Ficção : Literatura brasileira 869.93

A **GUTENBERG** É UMA EDITORA DO **GRUPO AUTÊNTICA**

São Paulo
Av. Paulista, 2.073, Conjunto Nacional, Horsa I, 23° andar, Conj. 2301
Cerqueira César . 01311-940
São Paulo . SP
Tel.: (55 11) 3034-4468

Belo Horizonte
Rua Aimorés, 981, 8° andar
Funcionários . 30140-071
Belo Horizonte . MG
Tel.: (55 31) 3214-5700

Televendas: 0800 283 13 22
www.editoragutenberg.com.br

"I start talking
You don't seem to care.
Oh, I come home,
And you are never there.
I searched all over town
I can't find you anywhere.".

Luther Allison, "Playing a losing game"

Primeira Parte

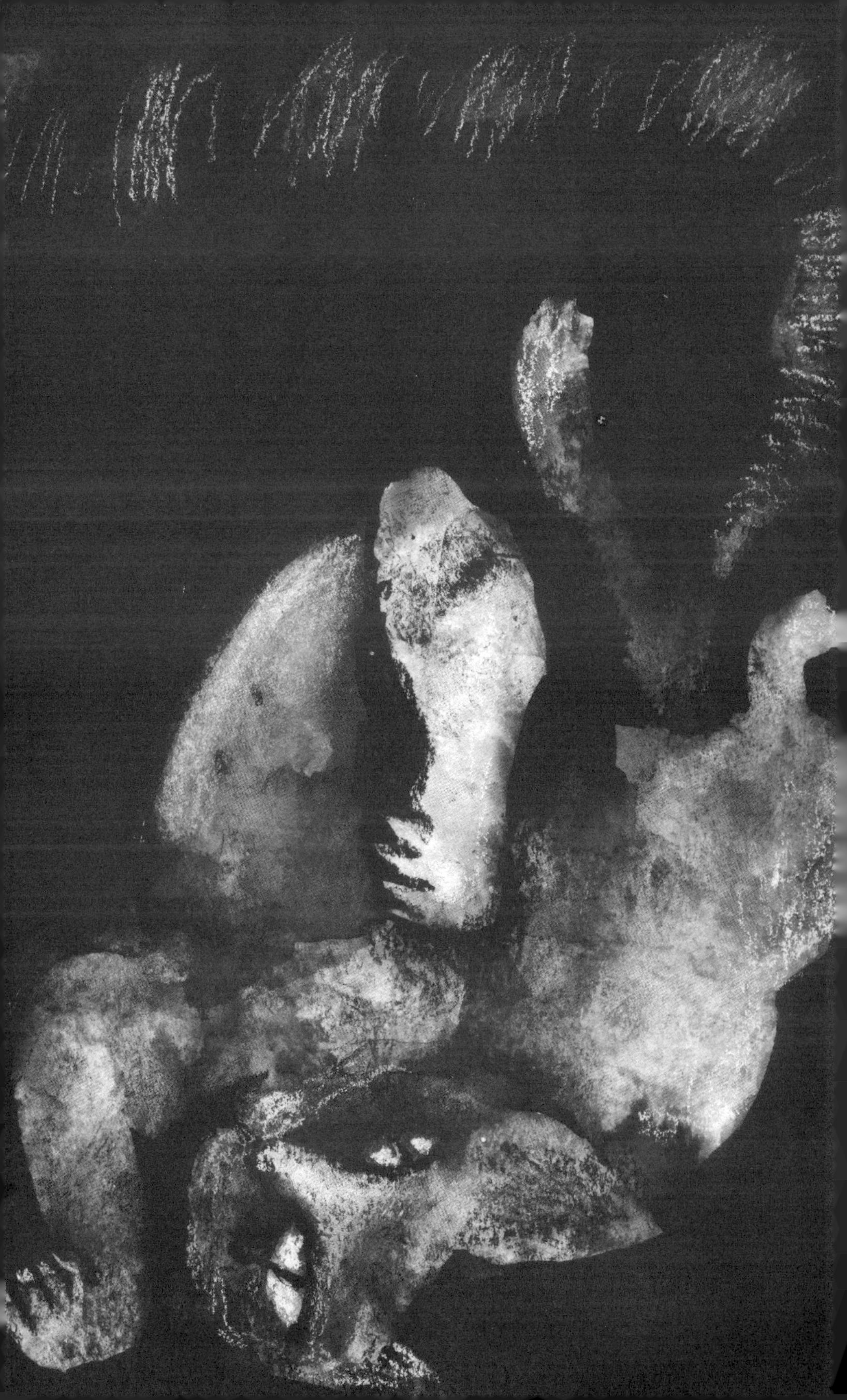

1

Sinal de fumaça

Abas e mais abas se acumulavam em desordem na tela do ultrabook. Desde a ligação recebida perto das 9 da manhã, Tiago Boanerges não parou de pesquisar uma notícia que justificasse o contato. Havia vasculhado cada blog conhecido sobre segurança e incidentes feéricos, inclusive os de mídia independente, sem conseguir nenhuma informação relevante.

Três anos haviam se passado. Três longos anos sem que o procurassem, e agora queriam marcar uma conversa agradável e informal, o que quer que essas palavras significassem para eles. Tiago sabia que nem a quantidade de copos descartáveis na máquina de café do Conselho de Hórus era determinada ao acaso, por isso pesquisava. O motivo do contato devia estar ali, em algum lugar, disfarçado de evento corriqueiro – o aumento no índice de assaltos de um bairro, uma exposição de artefatos místicos vinda da Noruega, o helicóptero interceptado de um político contendo drogas e ossadas de basilisco.

De fone no ouvido e concentrado, nem sequer notou um filete de fumaça deslizar discreto sob a porta de entrada e se condensar no que parecia ser um nimbo cinzento. A nuvem subiu até a altura da maçaneta e pegou impulso, indo parar bem no meio da sala, onde girou em torno do próprio eixo para um lado e de volta para o outro, como se espantasse para longe a preguiça. Em seguida, projetou quatro patas, uma de cada vez, definindo no meio delas a barriga gorducha de um gato. De pé, espichou a coluna para trás e exibiu as garras dianteiras. Quando voltou à posição original, abanou um rabo falhado e mostrou sua cabeça com orelhas pontudas. No lugar dos olhos, duas esferas negras espiavam o ambiente.

O bichano flutuou para a frente percorrendo um muro imaginário e desceu sobre a bancada entre a sala e a cozinha. Driblou uma caveira de gesso, um celular, folhas empilhadas e cadernos de anotações. Numa patada desleixada, derrubou a xícara de chá gelado que atrapalhava seu caminho.

Tiago se levantou num sobressalto, o fone arrancado do ouvido.

"Caramba, Ori! Não dá para ser um pouco menos bagunceiro?", ralhou ele, e foi buscar um pano no armário da pia logo atrás de si. O estrago havia sido menor do que o susto. O líquido escorrera para o lado oposto aos papéis, molhando somente a caixa de uma pizza agora fria.

Tiago espalmou as mãos na bancada e contou até dez. Não queria descontar no gato a ansiedade que o consumia devido ao telefonema. Ignorando o momento de perigo, Ori se aninhou no teclado e pechinchou atenção. Antes de ser enxotado, recebeu uma dose de carinho que espalhou suas orelhas etéreas no ar.

"Pelo menos você não me enche de pelos", disse ele mais relaxado, sentando-se novamente no banco. Encontrava-se ali há quase doze horas. Havia parado apenas para pedir comida e se arrumar. Depois de um banho demorado para colocar os pensamentos em ordem, vestira uma das muitas calças xadrez que o acompanhavam nas noites de trabalho, seus sapatos surrados preferidos e uma camiseta de malha.

Ficou espantado ao ver no canto inferior da tela que já eram dez para as oito da noite. Havia perdido a noção do tempo durante a pesquisa pela rede. De qualquer modo, daqui a pouco, não precisaria mais de adivinhações para saber o motivo do contato. Iria se encontrar com o antigo supervisor pela primeira vez desde que o Conselho de Hórus o afastara há três longos anos por violar as normas em uma missão. Queria causar uma boa impressão, mostrar que estava muito bem sem o apoio deles, obrigado, e uma mancha de chá preto não ajudaria.

Apressado, saltou de dois em dois os degraus da escada e foi para o banheiro do segundo andar verificar se a roupa havia se salvado. Em frente ao espelho, encarou os olhos cinza e deu uma geral em si mesmo. Aproveitou para acertar a barba no rosto com a máquina, deixando-a bem rente, e eliminar a parte do pescoço, acompanhando os traços retilíneos do maxilar. Sua pele branca precisava mesmo de um pouco de contraste.

A ligação o tinha pegado de surpresa. Por muitos meses depois da demissão, cada vez que o celular tocava, esperava ouvir algum agente do Conselho comunicando que tudo não passara de um mal-entendido e que ele teria seu cargo de volta. Com o passar dos meses, porém, acabou se acostumando com o silêncio e a nova situação.

Marcos Sardenha marcara o encontro sem entrar em detalhes, mas o tom de sua voz soara amistoso. Uma pontada de otimismo recorrente durante o dia dizia a Tiago que talvez lhe dessem uma segunda chance. Entretanto, cada vez que o sentimento surgia, fazia questão de esmagá-lo como a um inseto cascudo. Tinha aprendido a esperar da vida mais problemas do que soluções e a lidar com fatos, mas dessa vez as expectativas haviam escapado da masmorra.

"Você não é um perdedor. Não importa o que ele te diga hoje, você é melhor do que qualquer um deles. Do que todos eles juntos", disse de dedo em riste, apontando para o seu reflexo.

A bronca surtiu efeito. Tiago esboçou um sorriso com a própria idiotice, umedeceu o cabelo preto e curto nas laterais, e passou uma fina camada de musse para arrumar a franja que insistia em cair na testa. Não se arrependia de seus atos, e se a expulsão do Conselho havia sido o preço a pagar, estava disposto a continuar convivendo com ele.

Preocupado com a hora, decidiu sair de uma vez. De volta ao primeiro andar, pegou o blazer no encosto do sofá e o girou no ar para encaixá-lo nos braços. Marrom quadriculado com finas linhas azuis, costumava reservá-lo para ocasiões em que não correria o risco de se engalfinhar com alguém interessado em arrancar seus rins.

"Ninguém veste um blazer tão rápido quanto eu, Ori. Você devia me dar algum crédito por isso", falou, vendo a cabeça do gato pairar sobre a bancada sem o restante do corpo.

Tiago deu uma última olhada no ultrabook e salvou mais uma página nos favoritos. Um homem havia parado o trânsito ao ficar nu em cima do carro e gritar "Vida longa à Rainha!", enquanto exibia um coração vermelho desenhado no peito. Talvez fosse só mais um bêbado. Talvez estivesse possuído. Mais tarde, pediria a Julia Yagami, sua pupila, para aprofundar a investigação.

Uma metrópole como Libertà nunca deixa os jornalistas na mão, pensou, baixando a tela. Em seguida, vestiu suas luvas de exorcista. Elas deixavam a ponta dos dedos à mostra e possuíam no dorso, revestidos em couro, dois bastões de citrino na forma de um xis que funcionavam como seu ponto de foco, seu amuleto. Um jeito simbólico de mostrar a Marcos que ser um mago independia de autorizações de outrem.

De pé na porta, repetiu para si mesmo: *mantenha a calma, não caia em provocações, e ouça o que ele tem a dizer. O máximo que vai acontecer é você voltar para casa com uma leve frustração no peito, nada que uma boa música e uma boa companhia não resolvam.*

No fim das contas, é apenas uma conversa.

O que pode sair errado?

2

Meio cheio, meio vazio

A Drinqueria Blues ficava a alguns quarteirões de distância, na descida da Rua da Consolação, esquina com Alameda Tietê. A região era uma das referências de boemia em Libertà, e contava com um número grande de bares e restaurantes em sua área residencial, resultando em movimento noturno constante.

Era lá que Tiago costumava afogar as mágoas a cada serviço ou romance frustrado que tirasse o seu sossego. Pelo menos tinha sido assim antes de ser enxotado pelo Conselho de Hórus. Não que o dono do bar se importasse com a sua situação no trabalho, mas se importava com a falta de dinheiro, e o que foi incentivo nas primeiras semanas logo se tornou uma conversinha na sala dos fundos para avisar que o "põe na conta" havia terminado.

Tiago Boanerges parou um instante para verificar se estava no lugar certo. Antes discreta, a porta agora contava com um letreiro luminoso. Um brutamonte com implante no olho esquerdo, uma espécie de monóculo de lente vermelha, repousava em um banco com a cara sonolenta. De terno preto completo, parecia um segurança engomadinho de shopping, mas o cão de três cabeças estampado em seu uniforme indicava um trabalho diferente.

Sem trocar sequer um boa-noite, passou direto por ele.

Assim que entrou, agradeceu a Hórus pelo sistema de aquecimento do bar estar ligado. Soprou as mãos em concha e sumiu com elas dentro dos bolsos para amenizar o gelo da ponta dos dedos. Não queria cumprimentar o supervisor com mãos cadavéricas e parecer nervoso. Era só o frio, repetia, só o frio.

Fazia pelo menos um ano que não colocava os pés na Drinqueria. O vigilante e o letreiro não foram as únicas mudanças do período de reforma. O ambiente ganhara nova demão de tinta, com luminárias e contornos coloridos para o bar. As pilastras contavam agora com fotos e notícias sobre o mundo do blues misturadas a imagens da década de 1950. As cadeiras e os sofás recostados à parede tinham recebido um estofado preto e, mesmo em um dia de baixo movimento como aquele, havia mais de um funcionário disponível no salão, uma raridade nos velhos tempos.

Pelo visto, cortar frequentadores sem grana trouxe bons resultados.

O exorcista procurou pelo antigo gerente, mas não o viu em canto algum. Em busca de um rosto familiar, acenou para o barman, que preparava um drinque, provavelmente para a mesa repleta de adolescentes no fim do salão. Magro e de cabelos loiros rentes ao ombro, Flávio tinha um visual de surfista em uma terra de praias calmas. Parecia se mover como um fantoche, os ossos protuberantes se destacando sob a roupa ao sacudir coqueteleiras e entregar as bebidas ao garçom. Pelo menos isso não havia mudado. Ele acenou com simpatia, os dedos longos balançando no ar, e Tiago retribuiu com uma leve mesura, imaginando cordas invisíveis movendo-o de um canto a outro.

Marcos Sardenha estava sentado em uma mesa no centro, ostentando seu habitual olhar blasé. A barba e os cabelos brancos contrastavam com o tom de pele moreno que não precisava de sol para ser mantido. Havia afastado a cadeira para trás para acomodar a barriga avantajada com algum conforto e segurava um charuto Cuesta Ray entre o indicador e o polegar. Mão erguida na altura do rosto, marcava seu território com a fumaça. Para surpresa de Tiago, ele se levantou para cumprimentá-lo, um aperto de mão rápido, porém firme.

"Peço o mesmo para você?", apontou para o seu copo com o que parecia ser vodca pura.

"Obrigado, mas não vim com intenção de beber."

"Estamos em uma reunião oficial, é por conta do Conselho", falou com seu sotaque carioca.

"Então um bourbon, por favor."

Marcos tentou chamar a garçonete, que arrumava papéis no caixa. Estalou os dedos no ar uma, duas, três vezes, sem receber atenção, e ficou impaciente.

"Essa inútil não olha pra cá?"

"Ela está ocupada, Marcos. E aposto que tem nome. Não seja grosseiro", retrucou Tiago. De sua cadeira, fez contato visual com Flávio, que chamou pela menina. Ela largou as comandas que conferia e grampeava e veio à mesa, sorridente.

"Oi, acho que a gente ainda não se conhece..."

"Emília", disse ela.

"Oi, Emília. Eu sou o Tiago, amigo do Ed. Sabe se ele está por aí?"

"O seu Edgard tá lá embaixo. Chegou meio enjoado. Se quiser posso chamá-lo."

Tiago viu os lábios pintados de lilás se torcerem sem graça. Os olhos negros da menina desviaram de seu rosto para as comandas. Apesar da maquiagem, era possível perceber a pouca idade.

"Não, não precisa. Pro Ed não estar aqui em cima tomando conta da casa, é porque a coisa tá feia. Deixa ele quietinho no canto dele. Me traz um bourbon, por enquanto. Com duas pedras de gelo. Pode anotar na comanda da mesa."

Assim que Emília se afastou com o pedido, o exorcista prosseguiu: "É impressão minha ou o Conselho de Hórus decidiu me executar? Está me oferecendo um último gole antes do tiro na testa?"

Nenhum dos dois sorriu.

Tiago ficou calado. Mirou o chão firmando no rosto uma expressão de quem não se importa e voltou a fitá-lo.

"Pelo que pesquisei antes de vir, esperava encontrá-lo debilitado", disse Marcos Sardenha, rompendo o silêncio. Era um agente de campo bem-sucedido que havia alcançado em poucos anos o cargo de supervisor e não demoraria muito a se tornar chefe de divisão. Assumia o que era praxe para alguém em sua posição no Conselho de Hórus, pesquisar seu *assunto* de trabalho, como se privacidade fosse um mero detalhe a ser desprezado.

Tiago não conseguiu disfarçar o desagrado. Pensou por um instante se seria esse o motivo da escolha da Drinqueria Blues como local da conversa, evitar que precisasse se deslocar para longe de casa, arrastando seus problemas e enfermidades. Um toque de piedade para disfarçar o desinteresse pós-julgamento.

"Me cuido como posso", respondeu, apesar de saber aonde ele queria chegar. Sentir-se bem diante do homem que o havia comunicado de sua expulsão estava sendo uma tarefa mais complicada do que previra.

"Depois que deixou o Conselho, ouvi boatos de que a sua saúde não andava bem."

"Vamos deixar os eufemismos de lado. Eu não saí porque quis, fui afastado por vocês, e conheço os boatos. Depender do Entremundos para sobreviver pode não ter me deixado rico, mas fique certo de que sou bem informado."

Apesar de não ter ideia do motivo de estar aqui, pensou. E pelo sorriso de canto de rosto de Marcos, tinham pensado o mesmo.

"A maioria dos magos não assumiria em voz alta suas atividades na cidade entre os reflexos."

"Como bem sabe, não sou homem de esconder meus atos."

"O que sempre fez de você um dos meus favoritos. Agora se acalme, não vim aqui para discutir. Muito pelo contrário, quero reparar erros antigos que foram cometidos contra a minha vontade", disse ele, repousando o charuto no cinzeiro.

À espera de uma pausa estratégica, a garçonete se aproximou e deixou o copo de bourbon. Tiago balbuciou um obrigado e agradeceu em silêncio pela interrupção. Fechou os olhos, se deliciou com o aroma adocicado e demorou a dar o primeiro gole. Sentiu com satisfação o calor voltar ao corpo e repassou na cabeça o motivo de estar ali engolindo o orgulho, a esperança carregada no fundo do bolso. Se havia uma chance de voltar ao Conselho de Hórus, não a desperdiçaria.

Resolveu mudar de estratégia.

"Eu tô calmo, só peço que seja franco. Saí de casa achando que poderia manter uma conversa longa enquanto decifrava suas intenções, mas me enganei. Gostaria que fosse direto ao assunto. Sabemos que alguém na sua posição não se dignaria a me encontrar se não existisse um bom motivo."

Marcos Sardenha o fitou por segundos que pareceram horas, circulou o dedo na borda do copo sem arrancar nenhum som. Tinha respeito pelo homem à sua frente e, por mais que custasse a admitir, sabia que ele era a última esperança para resolver o problema que tinha em mãos.

"Sempre achei que a decisão de demiti-lo foi exagerada. Ninguém manda no próprio coração, você pelo menos assumiu a responsabilidade, não tentou jogar a culpa na maldita musa. Eu teria aplicado uma suspensão temporária e tirado você do caso. Quem sabe uma multa pelo prejuízo na operação? As decisões mais importantes do Conselho são tomadas pensando no impacto nas contas, consequência natural da mistura de conselheiros da área pública e da área privada. Você era um bom exorcista, mas sua aventura saiu cara demais. Inclusive para a nossa imagem", disse ele entre um gole e outro de vodca, certo de que Tiago não dava a mínima para as suas palavras. "Não me olhe desse jeito."

"Uma pena que não tenha intercedido por mim na época."

"Você sabe quanto magos adoram uma burocracia. Cheguei a recorrer da decisão, mas aí veio a história de que você tinha contraído morte negra da musa que não exorcizou, e meus esforços foram por água abaixo. Nem preciso dizer que esse foi um complicador e tanto. Engavetaram meu pedido na mesma hora."

Tiago sentiu um arrepio percorrer a espinha. Reabasteceu os neurônios com bourbon e notou o suor frio da palma marcar o copo.

"A morte negra age rápido no organismo, consome o corpo, a energia vital. Os doentes morrem em seis meses, um ano no máximo, qualquer agente em treinamento sabe disso. Espero que minha presença aqui seja uma prova de que se enganaram no diagnóstico. Ou eu pareço alguém em estado de decomposição?" Ele se levantou, abriu o blazer e ergueu a camisa, mostrando a barriga. A pele estava íntegra, sem as manchas escuras características da doença. Se não estava em forma, também não tinha do que reclamar.

Marcos se divertia com o comportamento do exorcista, a rebeldia tardia. Enquanto a maioria dos agentes tentaria bajulá-lo sem pudores, ele explanava seus pensamentos sem medir palavras. Cofiou a barba como se quisesse apagar o sorriso do rosto e voltou a aparentar seriedade.

"Está até mais gordinho do que da última vez que nos vimos."

"Sem gozação com a minha cara."

"E por que acha que estou brincando? Saí do escritório imaginando o pior. Achei que encontraria um exorcista cadavérico, à beira da morte. Vê-lo assim é uma grata surpresa."

As memórias sinestésicas voltaram com força. A sensação de coceira enquanto tentava dormir, os órgãos dilatados disputando espaço uns com os outros. O mundo se turvou ao redor de Tiago, borrando a imagem do supervisor como um esguicho de aguarrás numa tela impressionista. Por pouco, não apagou na frente dele.

"Sem querer interromper seu momento de deleite, preciso dar um pulo no banheiro."

Ele pediu licença, firmou as pernas para disfarçar o nervosismo, e sumiu em uma escada lateral ao bar, indo para o subsolo. No antigo corredor escuro, agora claro de doer os olhos, ficavam a gerência, os banheiros e o almoxarifado. Por uma fresta, viu Edgard morgado sobre o notebook em seu escritório. Parecia dormir de olhos abertos diante da tela. Resistindo ao ímpeto de importuná-lo, seguiu direto para a porta com a foto em preto e branco de Robert Johnson e seu violão.

Do lado de dentro, retirou as luvas com cuidado e prendeu-as num gancho no cós da calça. Lavou o rosto repetidas vezes e se secou no ar quente, entortando-se embaixo do aparelho para se ajustar ao fluxo que ignorava sua movimentação e teimava em parar.

Pelo menos agora os dedos estavam quentes.

Aproveitou aquele instante sozinho e tratou de tirar da cabeça as lembranças da morte negra. Estava na cara que o Conselho iria chamá-lo de volta. Só não sabia qual dos rins precisaria vender para isso. Bastava ocultar uma pequena mentira, reforçar seu caráter de boato. Ninguém precisava saber da doença, nem de como ela tinha sido curada.

♫ Stormy minded man.
Why don't you try to come across?
Stormy minded creature
A goal in life would save your ass... ♪

Tiago cantarolou baixinho um blues de Nuno Mindelis, zunindo as partes das quais não se lembrava, até a adrenalina baixar. Precisava manter o foco, se mostrar firme, e a negociação daria certo. Recolocou as luvas nas mãos ainda úmidas – porcaria de ar quente que não seca direito – e voltou para a mesa, deixando Robert Johnson para trás. A vodca no copo de Marcos tinha diminuído dois dedos nesse intervalo, e ele parecia incomodado.

"Desculpe pela demora. A secura do outono está me deixando com crises intermináveis de espirros", comentou.

O supervisor demorou a respondê-lo, o olhar atento a uma mesa de adolescentes. Conversavam baixo, sem algazarra, tentando ser discretos. De vez em quando, risadas estridentes escapavam de uma menina e pareciam abastecer as gargalhadas dos demais.

"O charuto incomoda?"

"Um pouco."

Marcos bateu a cinza do charuto e tragou. Soprou a fumaça para o lado, fingindo se importar. Seus olhos se demoraram mais um tempo na mesa dos fundos antes de reencontrarem os de Tiago. Mesmo com a aura de autoridade recomposta, deixava transparecer alguma tensão.

"Já que é tão bem informado, Tiago Boanerges, me diga: por que acha que estamos aqui?"

"Seja direto, Marcos, eu..."

"Vamos lá, não seja chato. Faça valer o seu bourbon. Já exibiu a barriga pra bonitinha do caixa, já me convenceu de que não morreu de morte negra, agora me mostre que seus instintos de agente não estão enferrujados."

Se disparada por outra pessoa, a ironia o teria apenas irritado. Sua audição seletiva viera com problema de fábrica. Mas ali, com álcool nas veias, conversando com o antigo supervisor, ela também o instigou. Sentiu-se como nos bons tempos de Conselho, quando os agentes se reuniam para discutir as pistas de um caso e ver quem acertaria nas conclusões.

"Algo envolvendo a Rainha? Esbarrei por acaso com a notícia de um sujeito gritando o nome dela em cima de um carro."

"O maluco da Avenida Berrini? Só um bêbado a fim de atrapalhar o trânsito. Outro palpite?"

Ele manteve o olhar fixo, aguardando.

"Marcos..."

"Vamos lá, Boanerges. Não seja preguiçoso."

"Certo, tem razão, a Rainha nunca foi da nossa alçada. Problema demais para um exorcista, o Conselho de Hórus chamaria uma equipe com mais poder de fogo, talvez o BEAST. O caso envolvendo a ossada de basilisco, então? Li que um colecionador mandou um dos seus..."

"Se me permite um comentário, você parece um novato falando. O que houve com o exorcista que tinha as melhores sacadas antes de todo mundo?", Marcos o interrompeu e se aproximou da mesa. "O negócio é o seguinte, ex-agente Tiago Boanerges, tente não cair da cadeira: A musa por quem você se apaixonou voltou à Libertà."

"Hein?"

Tiago ficou sem ação. Estava pasmo e, de certo modo, feliz. O motivo de sua desgraça tinha voltado e ele estava sorrindo na frente do supervisor que lhe expulsara por falhar diante dela. Tratou de esconder os dentes e franzir a testa. Conforme o bom senso retornou, a simulação deu lugar a um sentimento real. A musa era perigosa e ele sabia disso melhor do que ninguém, por mais que seu coração inexistente dissesse o inverso.

"Como descobriram?"

"Achamos Diego morto no apartamento dele, o laudo indicou parada cardíaca. Estava deitado na cama, morreu dormindo sem se dar conta de que o drenavam."

Tiago se recordava dele em detalhes. Era alto, fortão, com uma expressão inabalável de quem se deu bem na vida. Uma pessoa irritante em tempo integral e o único exorcista presente ao lado de Marcos no dia de sua expulsão. Ainda assim, lamentou a morte com sinceridade. Ele tinha sido o seu substituto no caso da musa, recebido autorização do Conselho de Hórus para despachá-la. Marcos estava apostando em uma vingança.

"Magos são milk-shakes ambulantes para muitos oníricos e feéricos. Consigo pensar em vários deles que matariam um de nós em um momento de descontrole. Por que acha que foi uma musa?"

O supervisor deu uma de suas longas tragadas. Seu semblante perdeu o aspecto irônico e adquiriu traços de sisudez.

"Não foi fácil mandá-la embora, sabe? Ela estava integrada demais ao corpo da hospedeira, tinha se alimentado de você por meses, só não chutou o nosso traseiro porque Diego conduziu um exorcismo perfeito... Tenho mais do que um palpite e menos do que uma certeza em mãos."

"E onde me encaixo nisso?", perguntou ele. Temeu que o motivo da reunião fosse apenas alertá-lo.

"Meu chefe avaliou que não tenho provas suficientes, o que é verdade. E que estou obcecado pelo assunto desde que o seu afastamento arranhou a minha imagem por tabela, o que é verdade também. Assim sendo, não poderei alocar nenhum dos meus agentes de campo no caso até ter dados concretos."

"E, deixe-me adivinhar, já que não pode contar com mais ninguém oficialmente, se lembrou de mim".

"Falando desse jeito parece que foi a minha última opção..."

Tiago o olhou inquisitivo. Havia tantos sentimentos embolados na garganta que temeu colocá-los todos para fora de um jeito não muito bonito.

"É meio tarde para ficar com o orgulho ferido, não acha? Não é como se estivesse concorrendo a uma promoção", continuou Marcos. "Eu poderia designar um agente técnico para monitorar notícias, variações de energia, montar um relatório e tentar convencer meu chefe, mas nós dois sabemos que não adiantaria. Se a musa realmente for a responsável pelo que aconteceu com Diego, e meu instinto de investigador me diz que é, outras mortes inconclusivas virão."

"E você quer que eu vá atrás dela."

"Não, não. Isso nunca me passou pela cabeça." Dessa vez foi Marcos quem se mostrou surpreso. "Seria burrice insistir no erro, Tiago. Você me pediu para ser franco e estou sendo, espero não chateá-lo com isso, mas não pretendo levar a mosca para a aranha se refestelar mais uma vez. Você não resistiria a ela mais de cinco minutos. Dois minutos, se eu estivesse apostando dinheiro. Se a musa fizer contato, deve seguir o procedimento padrão e me avisar assim que possível, de preferência ficando bem longe dela. De qualquer modo, duvido que isso acontecerá, já que musas só gostam do que é conquistado com sua inspiração."

"O que quer dizer?", perguntou por reflexo. Havia entendido perfeitamente a provocação.

"Li os depoimentos, assisti ao julgamento, sei que nutria sentimentos fortes por ela, mas eles não foram recíprocos. Pura questão de lógica."

O raciocínio de Marcos Sardenha fez seu peito apertar. Virou goela abaixo o restante do bourbon e se concedeu um instante de quietude. Aquela nem parecia uma dor embolorada e coberta pela poeira de três anos e meio de autopunição, um sentimento que insistia em dizer que havia superado.

Tiago ouviu ao fundo os acordes da música que começava a soar na casa e percebeu que Ed havia subido. Odiava a sintonia que tinha com o bar, a capacidade de Edgard tocar o blues correto para cada uma de suas desilusões. Ou talvez ele é quem tivesse um estoque interminável delas, pronto para qualquer repertório.

Levado pela melodia, dedilhou uma guitarra imaginária. Demorou a reconhecer a introdução, tinha o nome na ponta da língua. A dúvida se desfez quando a voz de Freddie King alcançou os seus ouvidos.

♪ *Have you ever loved a woman*
so much you tremble in pain? ♫

Havia chegado o momento. A certeza que tinha ao sair de casa desaparecera por completo. Se não conseguia resistir ao prazer de um gole de bourbon, como se manteria longe de uma musa? Da sua musa! Se tivesse um mínimo de bom senso, diria não e iria embora. Aquele problema não mais lhe pertencia.

A menina de risada esganiçada e seu parceiro se levantaram para dançar. Estavam bêbados. Latidos de excitação entregaram a identidade do grupo, ou pelo menos a do garoto. Tiago pensou nas rinhas de salvaxes na zona portuária e na vez em que encontrara Diego gritando ensandecido porque o lutador no qual havia apostado estava arcado no chão, golfando sangue.

Marcos não era o único que sabia esconder informações. Talvez Diego tivesse sido morto por encomenda por causa de uma dívida. Talvez por outra musa que não a sua.

Esqueletos no armário, sujeira embaixo do tapete.

Como um sentimento tão antigo podia ressurgir com tamanha força?

Marcos se mostrou inquieto, tanto por conta da música quanto por conta do agito. Havia se acostumado ao aspecto burocrático do Conselho de Hórus, perdido a sintonia com a ação em campo. Dar de cara com um lobo-guará em um bar de blues era emoção demais para alguém que passava o dia entocado no escritório. Ele se inclinou para a frente e apoiou os cotovelos na mesa, numa tentativa de recuperar a atenção do exorcista.

♫ *Have you ever loved a woman and you*
know you can't leave her alone? ♪

O verso devolveu o sorriso ao rosto de Tiago, ajudou-o a entender o que estava em jogo. Não precisaria pisar no que restava de sua dignidade e limpar o pé no capacho da entrada. Havia uma pessoa faltando nessa história. A mais importante delas, mais importante do que ele mesmo. Era por isso que o supervisor estava ali.

"É a Liz, não é? Você acha que a musa tentará repetir a possessão?"

Marcos Sardenha pareceu satisfeito com o reinício da conversa, tentou ignorar a presença dos salvaxes dançantes.

"Sabia que chegaríamos à mesma conclusão", respondeu. "Para o bem dela, espero que não, mas temos que estar preparados para a possibilidade, e é aí que você entra. As duas tinham muita afinidade. Elisa Goldin foi uma hospedeira perfeita, seu corpo não a rejeitou como deveria ter acontecido depois de tanto tempo de parasitismo. Quanto antes puder vê-la e conversar com ela, melhor."

"Eu acabei com a vida dela, Marcos. Nosso último encontro foi um fiasco."

"Vocês foram vítimas do mesmo inimigo, Tiago. Ela passou por acompanhamento psicológico, teve assistência do Conselho de Hórus. Está nova em folha, eu garanto. Vai ficar feliz em vê-lo. Muito mais do que a mim ou a um dos agentes. E, cá entre nós, ela soube usar muito bem o incidente para alavancar a carreira. Você deve ter acompanhado os jornais."

"Não seja cruel. Liz é uma cantora talentosa. A banda é excelente."

"Estou sendo realista. E marketing não tem nada a ver com talento."

"Além disso, sabe o que ela sentia por mim."

"O mesmo que você sentia por ela. Ó, desculpe, esqueci que não estava atraído pela Elisa, e sim pela musa que a possuiu."

O exorcista respirou fundo, contou até dez. "É um golpe baixo me usar para monitorá-la", comentou. O blues ao fundo soou ainda mais triste.

"Protegê-la, é essa a palavra. Eu só conseguiria designar um agente depois que a possessão fosse confirmada. Você é nossa melhor oportunidade de mantê-la a salvo. Se ainda for o Tiago Boanerges que eu conheci, se ainda houver algum resquício do agente que trabalhou comigo aí dentro, irá me dar razão."

Tiago reavaliou a situação. Por mais que houvesse agido de forma errada com Liz no passado, era de fato a melhor opção para monitorá-la. Havia acompanhado todos os estágios de possessão, conseguiria identificá-los de olhos fechados dessa vez. E mais importante: devia isso a ela. Aproveitaria a chance para se redimir e a protegeria caso a musa fizesse uma nova investida. Com sorte, seria apenas uma visita de rotina, uma retomada de convivência. Marcos estava certo, eles mereciam uma segunda chance.

"Sei que não dizia muito isso quando trabalhávamos juntos mas... você está certo", respondeu pensativo. "Não vou deixar a Liz passar por esse trauma uma segunda vez. Nenhum de nós sobreviveria à experiência. Eu falo com ela. Pode contar comigo."

"Sabia que não me decepcionaria", e estendeu um cartão.

Na frente havia o endereço de um estúdio de música, atrás, um telefone escrito à mão.

"E o meu cargo?", se arriscou na cara de pau. "Se eu me sair bem monitorando a Liz e impedindo a aproximação da musa, há alguma chance real de o Conselho de Hórus reavaliar o meu afastamento?"

"É uma possibilidade. Há pessoas lá dentro que também consideram sua demissão um erro. Se conseguirmos encontrar a musa e exorcizá-la antes que o caso volte aos jornais, poderei argumentar que estamos em dívida com você."

Tiago abaixou a cabeça. Batucou os dedos na mesa, no ritmo da canção.

"Sei que a sua situação financeira não é das melhores", prosseguiu Marcos.

"Eu me viro. As contas se acumulam, aparece uma proposta de trabalho, eu recebo o dinheiro, e assim segue. Não quero voltar pelo dinheiro. Bem, não só por isso", falou. Não pretendia discutir a sua vida financeira com o supervisor.

"No que depender de mim, defenderei o seu retorno. Conheço seu estilo, Boanerges. Não é do tipo que nasceu para agir nas sombras, seu lugar é sob a guarda do Conselho."

"Algo mais que eu possa fazer?"

"Concentre-se em Liz e deixe o resto comigo. Se descobrir algo relevante, ligue diretamente para mim, o número é o mesmo. Ligar para o meu escritório no Conselho está fora de cogitação. Se nada acontecer a ela, eu entro em contato quando precisar de você", ele esticou a mão, sinalizando para Emília, que dessa vez o viu de primeira. "Nem preciso dizer que nossa conversa nunca aconteceu. Nada de amigos, blogs, parentes. Estamos entendidos?"

Tiago fez que sim com a cabeça. Algo próximo a um sorriso dançou em seus lábios, e a angústia começou a ceder.

"Então vamos embora."

Ele não soube dizer se era o blues ou o bourbon que o faziam balançar em direção à porta. Manobrou para desviar dos jovens que dançavam e seguiu em frente. O garoto dos latidos pareceu só um bêbado ordinário, nenhuma ameaça. Tiago acenou de longe para o barman e para o gerente, procurou a garçonete, mas ela havia se ocupado novamente. Do lado de fora, rejeitou a oferta de carona do supervisor, ajeitou o blazer e encarou o frio ladeira acima.

Decidiu que viraria a noite ouvindo música até pegar no sono, problemas guardados em uma gaveta. Depois de um dia tenso, merecia algum descanso, e Ori uma dose de atenção. Ainda precisaria correr atrás de bicos para pagar as contas acumuladas, porém, isso não importava mais. Finalmente teria a oportunidade de corrigir os erros cometidos com Liz.

Bastava dar um jeito de não repeti-los.

3
Olhos que me fariam morrer

Elisa Goldin e a banda haviam passado a noite no estúdio, aproveitando uma onda criativa. Tinha rascunhado uma letra e, na base do improviso, começaram a compor os arranjos. Quando deram por si, duas músicas estavam prontas, redondas para serem disponibilizada aos fãs e sites de venda. Sabiam que seria sucesso. Sentiam a euforia no ar e o álcool circulando no sangue.

"Liz, faz uma pausa. Chega por hoje", falou Dinho, o guitarrista. Ele havia sentado no chão, tirado os sapatos e afrouxado o cinto. Seu rosto brilhava de suor, apesar do ar condicionado e da cerveja gelada.

"Mais uma e eu encerro, prometo. Também tô cansada. Quero testar uma versão só com o acompanhamento do baixo para ver como fica", respondeu, sentindo que conseguiria algo especial.

"Porra, só com o baixo? Despreza mesmo", respondeu ele. "Essas coisas ofendem, sabia?" E deu uma gargalhada que contagiou inclusive o caladão do Toninho.

"Fica quieto e presta atenção. Daqui a pouco a gente brinda", disse a cantora, dando uma piscada demorada.

A cada dia, Elisa Goldin se sentia mais inspirada. A musa alterava sua percepção da realidade e acrescentava novas paletas de cores ao ambiente, fazendo pequenos esforços parecerem especiais. Através da cantora, o grupo se alimentava de sua inspiração e retribuía de forma vibrante, com energia. Mais forte, ela os incentivava a ir além, repetindo o ciclo.

Liz desconhecia a existência de um parasita etéreo em seu corpo. Não imaginava que uma musa a drenava dia após dia com o objetivo de assumir o controle definitivo de sua mente. Culpava a ansiedade e o íon-K pelo estado debilitado. Tinha emagrecido, sentia menos fome e chamava mais atenção do que nunca, apesar do cansaço. Havia descolorido os cabelos e seus olhos azuis pareciam brilhar. De quebra, conseguira um namorado que curtia blues numa festa após um festival de bandas independentes.

Não sabia dizer o que lhe atraía em Tiago Boanerges, se o cinza dos olhos, a melancolia dos sorrisos ou o sexo incendiário que tinha se tornado regra nos encontros. O fato é que se davam bem e ele havia se entrosado com o restante do grupo sem criar confusão.

Esta noite, porém, Liz tinha outra pessoa na mira. Zero, o baixista, parecia despi-la com os olhos, enquanto Dinho e Toninho detonavam mais um engradado de cerveja. Havia um clima que ela fingia ignorar, para não misturar as coisas nem prejudicar a banda. Mas depois do surto criativo, da maratona de acordes e melodia, a questão se tornara secundária. Sentia uma fome louca, uma vontade de conhecer o sabor daqueles lábios, de mordê-los até sangrar, de extirpar sua essência.

Ela e Tiago possuíam um acordo de respeito, não de exclusividade, por isso seguiu sem peso na consciência. Não achava Zero alguém especial a ponto de fazer parte do relacionamento com o exorcista, mas era suficiente para o imediatismo dos desejos que a dominavam no momento.

No primeiro beijo que deu nele, ouviu o alvoroço do restante da banda. Antônio, ou Toninho, disparou suas piadas habituais, no fundo preocupado com o fim do grupo. Pegação entre integrantes nunca terminava bem. Eram profissionais, mas também um pacote de egos e hormônios prontos para explodir. Depois do sexo viria a briga, o clima ruim e a mania de achar que podiam opinar no que antes consideravam território inviolável. Baqueta e paleta não combinam, era sua teoria. Ele havia passado por três grupos desfeitos do mesmo jeito. Gostava do Lilith, apostava na sintonia dos integrantes, não queria colocar anúncio em site atrás de uma vaga outra vez. Não há bateristas sobrando no mundo, ele sabia. Ainda assim, era com eles que queria ficar.

Dinho, por sua vez, não estava nem aí. Ou dizia não estar. A mistura de íon-K com cerveja vagabunda tinha jogado seu ciúme nas alturas.

Ele era o guitarrista, porra. Ele quem deveria comer a vocalista e mais ninguém. Eles dois formavam a banda, ela fazia as letras, ele as melodias, o resto não passava de acessório. Perder espaço para o tal do Tiago não o tinha incomodado. Sentia que poderia se somar à dupla um dia. Além disso, desde que ele aparecera na vida de Liz, os ensaios do grupo fluíam de forma mais harmoniosa, as ideias preenchiam os espaços onde antes havia estagnação, e até ele se sentia mais criativo. Zero, porém, era um cara sem graça, sem gosto, o tédio em pessoa. Era o baixista, afinal. Não tinha o direito de roubar Liz dos seus sonhos nem de sua realidade.

Tanto Dinho quanto Antônio mantiveram seus pensamentos para si, fingindo que a bebida os tornava transparentes e sem medidas. O ensaio tinha sido bom demais para terminar em discussão, e nenhum dos dois queria bancar a babá da vocalista. Foram embora assim que o engradado de cerveja acabou, deixando o casal sozinho no estúdio, imaginando o que não podiam ver.

No caminho para casa, Dinho chutou uma lixeira, tão puto que se sentia, e descobriu com dor no pé que certas atitudes funcionam melhor na tela do cinema. Ia se acalmar de algum jeito, pensou. Ainda tinha uma garrafa de vinho em casa. Se não surtisse efeito, mergulharia em um chat atrás de sexo virtual, artigo nunca em falta.

Toninho regurgitou suas lamúrias e a bile que alcançou sua boca sem aviso prévio. Depois de uma parada estratégica numa esquina para colocar tudo para fora, começou a se sentir mais leve e deixar de lado os pensamentos ruins. Tinham mais um ensaio agendado para o dia seguinte, seus instrumentos estariam lá esperando por eles. Bastaria usar as baquetas e a magia voltaria. Mais uma música pronta, quem sabe duas. Um som foda que soava perfeito em sua cabeça alcoolizada e que só parou de ecoar quando começou a babar no travesseiro.

Do outro lado da cidade, o telefone tocou no meio da madrugada. Dinho tinha acabado uma "sessãozinha" com uma garota argentina e se divertia vendo as imagens capturadas pela webcam.

Ainda longe da sobriedade, demorou a reconhecer a voz que chegava incoerente ao seu ouvido. Teve de gritar para Liz interromper o choro e recomeçar com calma, ou não entenderia uma palavra.

"Agora respira e fala, cacete. O que aconteceu?"

"Overdose."

"Sua?"

"Claro que não, Dinho. Vem logo pra cá."

Zero estava internado, praticamente morto. Falência generalizada dos órgãos. Os médicos suspeitavam de alguma doença misteriosa, os testes não eram conclusivos. Disseram que o íon-K havia mascarado os sintomas, e que não devia ser a causa principal. Ao que tudo indicava, Zero também consumia drogas ilegais.

Elisa Goldin pediu a Dinho que avisasse Antônio e em seguida ligou para Tiago.

Ele descansava na sala de vídeo, esparramado em almofadas. A mente vagava por um sonho bom, seguro e aconchegante, desses que se tem acordado. Com um copo de chá gelado, se lembrava de outro sofá onde costumava ficar ao lado de sua musa, ouvindo-a contar sobre eras e reflexos que jamais conheceria.

Em nenhum abraço sentia aquele calor, com ninguém mais alcançava tamanha sintonia. Seus detratores diriam que era uma relação de parasitismo. Que ela roubava sua energia, transformava-o em um cadáver ambulante, ficando cada vez mais forte para permanecer em Libertà. Às vezes, ele dava atenção demais a esses pensamentos e se imaginava como uma daquelas cápsulas de vitaminas que ajudam o metabolismo após um dia na academia. Na maior parte do tempo, porém, conseguia manter a convicção de seu amor.

Sabia que estavam apaixonados, exatamente como dizia seu blues preferido. Cedia sua essência porque queria, ninguém o obrigava. Era uma simbiose. Fazia uma doação sempre que se entrelaçavam na cama e recebia em troca o gozo mais prazeroso de sua existência, numa intensidade sem equivalentes. Ela era uma musa, um ser de pura energia. Como podiam dizer que estava sendo manipulado sem terem a exata noção do que ele sentia? Ninguém estava em condição de julgá-lo. Nem ele mesmo. Por isso prosseguia. Ficaria deitado junto a ela infinitamente, intercalando sexo, conversas e desmaios, até seu corpo virar pó.

"Fica mais um pouco", pedia ele, se espreguiçando, enquanto ela se levantava para se banhar.

"Eu volto. Tenho uma coisa para contar. Quer seu isqueiro?"

"Chega de histórias por hoje."

"Dessa você vai gostar", dizia ela, sua voz já distante. A chama um pequeno ponto laranja ofuscado por seu brilho dourado.

Ele não teve chance de recordar a história até o final naquela noite, suas lembranças interrompidas pelo barulho do celular.

Assim que Liz começou a falar, Tiago Boanerges soube o que havia acontecido. A musa tinha saído de controle e sugado o pobre do Zero até a última gota. Mesmo tendo prometido não matar ninguém, mesmo tendo garantido só se alimentar de sua essência de exorcista, a fome tinha sido grande demais.

Tiago ouviu o relato e foi encontrá-la, luvas nas mãos prontas para serem usadas. Suas orelhas pegavam fogo enquanto a raiva o consumia. Aceitou pela primeira vez que ela realmente o manipulava. Chegaria ao hospital e a tiraria do corpo de Liz sem pestanejar. Não era justo ocultar da cantora o que ela guardava dentro de si. Se o Conselho de Hórus descobrisse, seria expulso. Mas isso não importava.

A força de vontade para o exorcismo foi embora no instante do selinho nos lábios. As lágrimas molharam seu peito, conforme afagava as costas de Liz. Os citrinos emitiram um brilho sutil, imperceptível aos olhos dos não iniciados, mera energia residual. Ao mesmo tempo em que consolava a ela e aos demais integrantes da banda, Tiago se perguntava onde estaria a musa. Por um segundo, odiou o baixista Zero, que mergulhava em um coma profundo do qual só sairia para encontrar a morte.

Três dias depois, no velório, Elisa Goldin se sentia feliz, como se tivesse despertado em uma manhã de céu azul e brisa fresca. Repetia para si que a morte era uma etapa natural da vida e que cabia a cada um antecipar ou retardar esse momento com suas escolhas. Zero tinha usado mais íon-K do que o bom senso aconselhava, misturado com outras drogas, escolhido o seu destino.

Além disso, o sexo no estúdio tinha sido razoável.

Um belo presente de despedida.

Ela precisou se segurar várias vezes para não rir durante o engavetamento do cadáver no cemitério vertical. Um riso louco, gostoso, que afastava os sentimentos ruins e que de repente a deixava constrangida. Não sabia de onde vinha o impulso, não lutava contra ele. Para disfarçar, pediu um abraço e afundou o rosto no ombro do exorcista. Tiago sentiu uma onda de alívio ao notar os citrinos se iluminarem. Lá estava ela, ativa novamente. Sua musa não o tinha abandonado.

Toninho se aproximou da família e tentou amenizar o clima pesado com piadas de enterro deveras funestas e relembrou os bons momentos de Zero na banda. Ao contrário do que imaginara, a família não tinha mágoas guardadas. Sabiam do vício que o filho mantinha desde moleque, e a história da doença misteriosa parecia reconfortá-los. No fim das contas, também não tinham culpa. Se o tivessem ajudado, morreria da mesma maneira.

Dinho cumprimentou um por um, mas preferiu ficar no outro canto, junto de Elisa Goldin e Tiago Boanerges. Nada do que dissesse seria útil. Estava curioso pelo que havia acontecido de verdade, e sentia haver algo mal contado naquela história. Não fosse o estado histérico de Liz, que oscilava entre momentos de tristeza profunda e euforia, perguntaria com que diachos tinham se drogado.

Ele esperou a cantora ir ao banheiro retocar a maquiagem e puxou conversa com o exorcista.

"A Liz te contou o que rolou?"

"Que ela transou com o cara?", perguntou Tiago, sem paciência para ficar dando voltas.

"Isso", Dinho respondeu, sem graça.

"Nem precisava. Sabia que ela era a fim dele. Ia rolar mais dia menos dia. Lutar contra desejos não faz parte da minha filosofia. Há coisas que não dá pra evitar."

Como uma musa faminta decidindo sair da dieta.

"Você parece um cara mente aberta."

"Eu sou um exorcista, Dinho."

"Eu sei, eu sei. Aquele papo de resistência contra o moralismo que vem desde os combates do Despertar. Tenho essa cara de alucinado, mas sou um sujeito estudado. Sei que devemos muito da nossa liberdade aos seus ancestrais. Acho que é por isso que gosto tanto de você."

"Gosta? Achei que você e o Toninho me odiassem. O elemento externo que veio para perturbar a harmonia do grupo."

"Dando uma de Yoko Ono?"

Os dois riram.

"O Toninho eu não sei", Dinho retomou, "só posso falar por mim, e te acho um cara legal. Você faz bem à Liz e por tabela faz bem ao Lilith."

"Não tenho tanta certeza disso."

"Deveria. Depois que te conheceu, a Liz só falta brilhar."

Mas não por minha causa.

Dinho tirou a carteira do bolso e sacou um bloco e uma pequena caneta onde rabiscou seu nome e telefone.

"Toma. Se um dia precisar desabafar, é só dar uma ligada. A gente sai para tomar umas cervejas juntos. Conheço uns bares fodas no bairro onde divido apartamento. Sei que você tem a Liz para conversar, mas tem coisa que não dá para falar com mulher, né não?"

"Obrigado", respondeu Tiago, vendo os citrinos brilharem. Liz parou ao seu lado com uma expressão tranquila que ele não conseguiu retribuir. Precisava mesmo conversar, vinha guardando coisas demais no peito, mais do que podia suportar. Falaria com a musa quando estivessem a sós. Sabia que ela mentiria e que ele acreditaria. Sabia que diria não ter nada a ver com aquilo, apesar do laudo médico apontando falência dos órgãos e parada cardíaca. Depois ela inspiraria sua libido. Os dois transariam quantas vezes pudessem aguentar para alimentá-la. Já havia desmaiado em meio a um orgasmo, não se incomodaria de desabar de novo sobre o corpo dela e acordar quietinho na cama. O coração bateria forte e ele teria a certeza de que estava tudo bem. A vida continua.

Num roteiro sem surpresas, foi assim que aconteceu. Tanto naquele dia quanto em suas lembranças, mil vezes mais. Inclusive após a conversa com o supervisor.

Dolorido da noite passada no sofá, sem a adrenalina do encontro correndo no sangue, um pensamento pessimista se formou: E se fosse tarde demais? E se ele a encontrasse já no corpo de Liz? Baixaria a guarda no primeiro beijo e se entregaria?

Nem pensar, decidiu com firmeza. O velho Tiago havia desaparecido junto com seu coração. O novo não pretendia falhar.

4
Não conte a ninguém

Após a experiência de quase morte, Tiago Boanerges largou o cigarro, seu maior esforço nos últimos quinze anos.

A baforada inaugural tinha sido na época da escola técnica. Ia dela ao ponto de ônibus, mochila nas costas, quando uma colega de sala sacou isqueiro e maço do bolso com a naturalidade de quem cultivava o hábito desde pequena, saída do berço, fralda de pano na mão. Tiago se sentiu traído, como se apenas ele na escola, quem sabe no mundo inteiro, ignorasse aquele segredo alcatroado de sua melhor amiga. Por ser um mestre na arte da cara de paisagem, ocultou o desconforto e ergueu as sobrancelhas, sua única reação.

A desenvoltura da menina desapareceu na hora de manter a chama firme e conseguir a brasa. No fim da tarde, o vento parecia fluir todo para o bairro, um cenário inóspito para uma indefesa chama de isqueiro comprado no ambulante do metrô. Sem qualquer manha, ela falhou e falhou, disfarçando a inaptidão com um sorriso tão encantador que o volume na cueca de Tiago aumentou de repente.

Embora gostasse de amizades coloridas, não sentia maiores atrações pela amiga. Mas naquele instante de embaraço, quando mostrou ter mais mistérios que um universo inteiro, pensou que, talvez, quem sabe, pudesse experimentar seus lábios com menta ou nicotina. E para que ela não perdesse o interesse nele, um que julgava secreto, decidiu se fingir de especialista nesse assunto de suma importância que era saber acender um cigarro no vento sem passar vergonha.

"Calma, não é assim", disse ele, em sua segurança de improviso.

"Quer acender você?", ela retrucou, em um tom de ameaça mais do que de convite.

"Nem pensar, não fumo desse tipo. Muito vagabundo."

Sem opção, os dois entraram em uma pet shop apertada, com gaiolas de canários e periquitos penduradas nas paredes. Ele parou na porta, de costas para a rua, formando uma barreira com a mochila enorme, enquanto ela acendia o cigarro, protegida do vento.

A primeira baforada veio ainda em cima dos pássaros, ela recuperando o ar de superioridade e ele com mais espaço na cueca do que havia minutos atrás.

Depois de se despedirem, entre o ponto de ônibus e a entrada do metrô, Tiago parou em uma banca de jornal e escolheu um maço preto com um JPS em relevo que nunca vira nas mesas de ninguém. Comprou junto um isqueiro cheio de estilo para combinar com seu novo traço de personalidade e começou a pensar em quem elegeria como testemunha das tragadas, já que não achava mais a menor graça ter segredos que ninguém conhecia.

E assim foi, trago após trago, até quase ser consumido pela morte negra e largar o vício, não para viver mais, mas porque o onírico que o tinha curado e arrancado seu coração fedia intensamente a nicotina.

Quando pegou o celular, sentiu uma vontade louca de comprar um novo maço, comer o resto da pizza, tomar um banho quente ou qualquer outra coisa que o deixasse longe do aparelho e da ligação para Elisa Goldin. Precisava de uma boa desculpa para a reaproximação, e de uma fonte de coragem, de preferência vendida em caixinha, no esquema agite antes de usar, para levar o plano adiante.

O relógio na bancada marcava quatro e quinze da tarde. Ori cambaleava pela sala, ainda imaginando ratos oníricos para caçar. Provavelmente se espantara ao ver o dono de pé antes do anoitecer, um dos sinais do fim do mundo.

"Seria mais fácil dançar pelado em público", disse para si mesmo, discando os números como se digitasse a senha para o seu funeral. O telefone tocou uma, duas, três vezes. Sua torcida para que ninguém o atendesse foi em vão. No quarto toque, uma voz masculina o respondeu.

"Alô?"

Isso definitivamente não estava em seus planos.

"Alô, boa tarde, a Liz está?"

"Ela ainda não chegou da entrevista, quer deixar recado?"

"Hum, diga que o Tiago ligou, por favor."

"Tiago de quê?"

Como assim de quê?

"Tiago Boanerges."

"Ah, o ex-namorado."

"Namorado? Isso, acho que sim."

"Aqui é o Hugo, o atual."

"Humm... você é baixista?"

"Sim."

"Ela curte baixistas, uma tara esquisita. Se incomoda de registrar meu telefone no aparelho? Eu não sei se ela ainda tem. Diga que é um assunto de trabalho meio urgente. Mesmo se ela me xingar. Ela ainda me xinga?"

"Faz tempo que não toca no seu nome."

"Ãhn, bem, independente disso, diga a ela que liguei. Gostaria de trocar algumas palavras."

"Pode deixar. Vou memorizar o número aqui."

"Boa tarde pra você."

"Boa tarde."

E desligaram. Admitiria agora que estava com ciúmes de uma mulher que não via há mais de um ano ou deixaria para depois?

Tiago catou os sapatos no chão e foi para o seu quarto, no segundo andar. Guardou o blazer no armário, trocou de roupa e seguiu para a sala de vídeo, no cômodo contíguo, para espairecer.

Na porta de entrada, a pintura colorida de um crânio– com sóis no lugar dos olhos e um falcão de asas estendidas no centro da testa – o encarava como um guardião. Batizada de "*absentia*", levava a assinatura de uma velha amiga da família. Era uma imagem simbólica, que lhe dizia muito, e por isso podia usá-la como um *aegis*, uma proteção.

O exorcista espalmou os sóis e se concentrou nas defesas criadas por ele simultaneamente às pinceladas dadas sobre a madeira, verificando se ainda estavam íntegras. Aquele cômodo era seu refúgio psicológico e físico, um *bunker* em caso de um confronto com oníricos que não pudesse lidar.

Assim que entrou na sala e acendeu as luzes, ouviu um miado manhoso. Ori vinha pelo corredor como um gato normal, pé ante pé, em sua direção. Sentia-se atraído pelo lugar, curioso para desvendar a parte da casa que lhe era proibida, já que a magia de proteção impedia a sua passagem e a de qualquer outro habitante do mundo dos sonhos.

"Sinto muito, rapaz. Os brinquedos aqui são caros demais para você jogar no chão."

Ori interrompeu o passeio e se sentou, olhos fixos no dono. Tiago esperou um miado de reclamação que não veio. Fez *shhh* mandando-o voltar, mas, em vez disso, o gato desapareceu. Se tivesse de apostar, diria que ele estava ali, no mesmo lugar, mirando-o com seus olhos negros.

Às vezes, pensava se não seria melhor ter um bicho normal, como um cachorro para roer os pés dos móveis e esperá-lo na entrada da casa, ou um desses pássaros frenéticos que gritam às quatro da manhã. Então, se tocava de que sua vida perdera há muito tempo o espaço para normalidades, e que Ori, além de boa companhia, funcionava como um constante lembrete disso.

Conforme se espreguiçava, estalando os ossos, a letargia se dissipou. Estava em seu cômodo preferido. Sala de vídeo para os amigos, templo de blues para si. Quando ainda dividia a casa com os pais, era esse o seu quarto, não tão espaçoso quanto o outro, mas confortável para conter um sofá de três lugares e uma estante de parede inteira. No centro dela havia uma televisão modesta que passava a maior parte do tempo desligada, exceto por uma crise ou outra de insônia e solidão. Apesar de sua posição, era um mero enfeite rodeado pelos verdadeiros tesouros: os vinis de blues, a coleção de oníricos e os livros.

Boa parte da biblioteca era dedicada a títulos de ocultismo. No seu tempo de ócio – que andava bem maior do que gostaria – estudava autores como Hal Duncan, Caitlin Kiernan e Enki Bilal, e as teses sobre Yume, o mundo onírico, ou mundo dos sonhos, como os jornais costumavam se referir. A literatura, consumia sempre em versão *pocket*. Tinha vício pelo formato de bolso e seu papel escurecido, a sensação de "leia-me antes que eu me desfaça", como se guardassem informações importantíssimas que se autodestroem em cinco segundos. Sua série preferida, a de um exorcista falido criado por Mike Carey, tornara-se um pesadelo depois de perder o emprego.

Seu vício número dois havia custado mais investimento e tempo de garimpo. Tiago possuía um gosto eclético, mas, para ele, apenas o blues merecia a textura dos vinis. Não conseguia imaginar a voz de Etta James chegando aos seus ouvidos sem antes ser decifrada pela agulha de um toca-discos. Precisava dos graves e agudos bem longe um do outro, sem a compressão do mundo digital.

Dessa vez, porém, não estava lá para ler nem ouvir música, e sim para cuidar de sua terceira coleção, guardada nas portas inferiores da estante, em uma adega bastante peculiar.

As garrafas de formas variadas, reunidas em sua maioria nos anos pós-Conselho, continham oníricos capturados em exorcismos não oficiais, um hobby transformado em fonte de renda quando a situação apertou. Sem um salário fixo para se manter, o jeito foi vendê-los para clientes especializados por uma módica quantia. Não era uma atividade nobre, mas pagava a maioria das contas no fim do mês, um luxo que não podia dispensar.

Uma garrafa comum podia conter um onírico por algumas horas, dependendo de sua força. Para transformá-los em receptáculos de contenção duradouros, Tiago impregnava os frascos e as rolhas de cortiça com a própria energia, em um ritual aprendido com seu pai, algo que o deixava exaurido. Precisava ser executado com calma, sem pular etapas, pois qualquer falha poderia resultar em uma fuga posterior, e ele não queria oníricos raivosos junto aos seus vinis.

Depois de fazer uma busca por rachaduras físicas nas garrafas, Tiago direcionou energia para as mãos e ativou as luvas. Tinham sido compradas em uma loja de couro e adaptadas por um artesão capaz de criar armas e amuletos mágicos. Sentia arrepios só de se lembrar da cara de Moebius e do preço cobrado, mas não podia negar que ele merecia a fama conquistada entre os praticantes de magia.

Todo dia ao se levantar, ele conduzia a verificação. Bastava aproximar a luva das garrafas e procurar resíduos de energia. Quanto menos brilho nos cristais, melhor. Em caso de vazamento, podia refazer os invólucros ou trocá-los de receptáculo. Ambas as opções consumiam tempo e algum cuidado, mas eram essenciais para a sua segurança.

Após guardá-los novamente em sua prisão de madeira e fechar as portas, Tiago dedicou sua atenção a uma garrafa especial. Diferente das demais, não ficava atafulhada em um canto escuro, e sim em destaque na prateleira mais alta.

A garrafa de bourbon tinha sido um presente de seu pai no dia em que realizou seu primeiro exorcismo. Em seu interior, havia um boneco de pano feito de uma linha marrom bem grossa, similar a de sacas de arroz. Possuía olhos de botões que mudavam de cor e unhas feitas de agulhas de costura diminutas. Um traço preto coberto por pequenos xis vermelhos formava a boca, que nunca se movia. Mantinha-se de pé, invariavelmente, apesar da aparência molenga.

"Boa noite, Marafo", disse Tiago.

Como de hábito, nenhuma resposta rompeu o silêncio.

Ele virou a garrafa de cabeça para baixo, sabendo que o boneco não cairia, e o mirou no rosto, tentando ler algum sinal de vida nos botões.

Gostava de inventar histórias sobre ele que preservassem sua origem e causassem uma boa impressão nos visitantes de seu templo de blues. De preferência, com algum acompanhamento alcóolico. Lá pelo quarto drinque, com Elmore James cantando "My kind of woman" ao fundo, arriscava-se a perguntar: "Sabe do que essa música me lembra?". E antes que a resposta viesse, ele prosseguia: "Dessa garrafa aqui. Uma herança de família".

Então, avaliando a reação dos convidados, apanharia a garrafa na estante. A partir daí, falaria do avô de seu avô, explicaria como havia lutado contra uma divindade poderosa, contaria que um dia havia segurado um fauno pelos chifres, inventaria que um corvo cego o tinha deixado na janela, mas jamais contaria a verdadeira história. Fazer isso seria perder os poderes sobre o boneco, transferi-lo a um novo dono.

Para manter o comando sobre Marafo, precisava manter seu pacto com a mentira.

Ao devolvê-lo ao lugar, os botões de seus olhos ficaram azuis, e ele fez uma mesura, um braço posto em frente ao corpo, o outro atrás, sua cabeça redonda inclinada. Tiago havia se acostumado à sua presença desde criança e aprendido a confiar nele desconfiando, o que não diminuía em nada sua simpatia pelo boneco.

"Gosto de acreditar que se tivesse me aconselhado na época da musa, eu não teria feito tanta asneira. Tem algo que queria me dizer agora?", perguntou, sem nenhuma esperança.

Os olhos do boneco ficaram pretos e ele não se moveu mais.

"Grande novidade."

Tiago saiu do quarto, encostou a porta. Ori estava sentado no mesmo canto do corredor, como uma estátua, e tratou de se enrodilhar em suas pernas enquanto desciam para o primeiro andar.

"Ainda vamos os dois para o chão se continuar fazendo isso", respondeu, pulando um degrau e o rabo do gato. Fingindo não ver a louça acumulada na pia, foi ligeiro à geladeira pegar o resto de pizza da noite anterior. Roubou uma fatia de frango com catupiry, devidamente abocanhada pela ponta. A metade provençal permanecia inteira, sem as rodelas de tomate e as folhas de manjericão, um cemitério de mozarela que acabaria no lixo.

Junto às mastigadas, começou a listar os lugares mais importantes onde procurar. Se Marcos Sardenha achava que se limitaria a ficar na cola de Liz esperando a musa aparecer, teria uma bela surpresa.

Antes que pudesse sentar para elaborar um plano de ação, a campainha tocou.

***

Do lado de fora, uma menina oriental encarava o olho mágico sem piscar. Tinha os cabelos lisos e curtos, desfiados na altura das orelhas, e olhos escuros amendoados que miravam a porta como se pudessem ver através dela. Tiago conferiu as horas e se perguntou o que ela estaria fazendo ali.

"Esqueci algum compromisso?"

O resmungo de cansaço foi traduzido como um não.

Assim que entrou, Julia Yagami deu um beijo no rosto do exorcista e se esparramou no sofá. Exaurida pela semana frenética de provas, estava um pouco cabisbaixa. Vestia um sobretudo cor de beterraba com seis botões grandes na altura do peito, abertos por um instante para dissipar o calor. Por baixo, uma camisa branca de estampas miúdas e calças jeans que engoliam as botas na altura das canelas. Ela se ajeitou e expirou com vontade, recuperando o fôlego perdido por subir a rua correndo. Viera com pressa, uma visita rápida com hora para acabar enquanto sua mãe pagava contas na lotérica dois quarteirões abaixo.

Com um gesto de xô, Tiago sinalizou para que sua pupila tirasse as botas da almofada e se sentou na poltrona mais próxima. Antes que ela começasse a falar sobre algum assunto aleatório e o enrolasse, ele perguntou:

"E aí, como foi a apresentação?"

"O grupo foi bem no geral, melhor do que eu tinha imaginado. Achei que ninguém ia levar a sério por causa do nosso tema, mas na hora todo mundo prestou atenção."

"O pessoal ainda tá naquela de não acreditar em rituais antigos de necromancia?", ele perguntou.

"Não é que ninguém acredite, mas é estranho falar de magos tão poderosos, capazes de comandar os mortos, trazer pessoas de volta à vida. Parece história contada para assustar criancinhas. É muito diferente do que fazemos hoje."

"Você acabou falando de qual deles, afinal?"

"Da Nazarethe, claro." Julia deitou para trás, se espalhando mais ainda. Semanas de prova tinham a capacidade de minar seu bom humor, e até o sarcasmo sofria avarias. "O que mais tinha na sua biblioteca era material sobre ela, não ia entregar de bandeja praquele bando de preguiçosos.

A professora implicou com algumas coisas que eu falei, mas quando expliquei de onde tinha tirado as informações ela ficou quieta, e depois da aula até veio me fazer umas perguntas."

"Pelo menos minha má fama tem alguma utilidade."

"Sua fama é melhor do que imagina, já te falei isso. As palestras com a sua amiga, a agente mal-humorada..."

"A Monique."

"Isso, suas palestras com a Monique são bem comentadas, no geral."

"Sei."

"Você acha que todo mundo vê o Conselho de Hórus com bons olhos? Eles gostaram mais de você do que dela. Ser demitido de uma agência de inteligência do governo conta pontos."

Para não maltratar demais o ego, Tiago fingiu acreditar, como sempre fazia.

"E a prova de anatomia de salvaxes, era hoje?"

"Podemos pular essa parte?"

"Julia..."

Ela apertou os lábios e fez sua cara de "hoje não" reservada a situações de emergência. Tiago decidiu não insistir. Sabia que apesar da pose de adolescente rebelde, a necromante era uma aluna dedicada. Devia a ela muito de sua recuperação, não por cuidados mágicos, mas pela presença constante ao seu lado quando não havia mais ninguém. Julia tinha sido a única pessoa a acompanhar os últimos dias de morte negra antes da barganha com o onírico.

"Certo, me fala só se vai ter média o suficiente para manter o estágio no Instituto Médico Legal", concedeu a trégua.

"Mais do que suficiente, pode ficar sossegado. E a minha orientadora me adora, tá? Ganhei até uma cópia da chave, de tanto que passo do horário no laboratório. Onde está o Ori?", perguntou para mudar de assunto.

"Estava no pé da escada ainda agora. Sumiu quando ouviu a campainha."

"Que bom."

"Você devia admitir de uma vez que gosta do bicho", Tiago provocou.

"Ele não é um bicho. É um efrite..."

"...um onírico feito de fumaça, e eu não devia confiar em nenhum deles, nem nos com aparência fofinha. Eu sei", disse ele, completando a frase que já tinha escutado mil vezes e fazendo Julia rir da própria implicância. "Quer comer alguma coisa? Tenho pizza de ontem e chá gelado."

"Aceito o chá, mas rapidinho que minha mãe vai me matar se eu não estiver na rua em cinco minutos", disse ela, cobrindo o visor do celular com a mão para bloquear a claridade e espiar as horas. "Vim só te dar um beijo."

Enquanto ela se acomodava no banco próximo à bancada divisória, Tiago encheu dois copos, espremeu meio limão em cada e serviu. Seria nesse instante que ele pegaria o maço em cima da bancada, bateria no fundo do pacote até cair um cigarro, daria uma tragada relaxante e expeliria fumaça pelas narinas, o equivalente a reiniciar a programação neuronal. Na falta de cigarro, bebeu mais um gole do chá preto, uma dose homeopática de cafeína.

"Já que a senhorita apareceu para um beijo, queria aproveitar e fazer um convite."

"Descobriu alguma loja nova de vinis?"

"Não dessa vez", Tiago sorriu. Havia passado vários dos seus vinis para formato digital para apresentá-los à Julia, mas ela ainda preferia ouvi-los *in loco*, no andar de cima. "Amanhã irei ao Entremundos por conta de um novo trabalho e queria sua companhia. Acho que está na hora de você encarar qualquer temor residual."

Julia Yagami sentiu o estômago fervilhar. Às vezes tinha a impressão de que dentro dele moravam borboletas, ou quem sabe mariposas bem grandes que colidiam e se esfarelavam, deixando um gosto ruim na boca. Evitava e desejava voltar à região de passagem na mesma medida, o primeiro sentimento sempre ofuscando o segundo. Nunca imaginou que receberia um convite para uma visita.

"Ori! Onde você se enfiou? A Julia está aqui. Seja educado e venha cumprimentá-la", gritou Tiago, esperando uma resposta. Viu nos olhos dela o brilho de curiosidade que surgia cada vez que estava diante de algo novo. A mesma curiosidade que movia os despertos em direção à magia e que levara Tiago a se tornar um especialista no mundo onírico.

"Vamos fazer o seguinte. Não precisa dizer nada agora. Pensa direitinho em casa, com calma. Se quiser adiar, não tem problemas. Acho que você já tem condições de voltar lá sem atrair nada muito estranho. Sua energia está controlada, você entra e sai do IMLL sem nenhum susto, sei que não fará nenhuma bobagem e, na pior das hipóteses, a gente vira as costas e vai embora. É um passeio guiado."

"Tá louco que vou desperdiçar uma oportunidade dessas."

"Tudo bem. Mas em casa toma uma ducha, bebe algo mais saboroso que chá preto, espera o susto passar e pensa de novo no assunto. Se a sua decisão ainda for essa, me encontre aqui amanhã de noite, por volta das oito horas", respondeu ele, satisfeito com a empolgação, mas deixando-a confortável para decidir.

Despediam-se na porta quando Ori reapareceu, ainda em tempo de roubar um carinho da visita e reclamar por terem mexido em sua almofada predileta. Julia Yagami tentou apertar seu pescoço, mas o gato se desfez, como ela sabia que aconteceria.

"No fundo vocês se amam."

"Bem no fundo", respondeu ela, ainda abobada.

"Mande um beijo para sua mãe."

"Pode deixar."

"E parabéns pela apresentação."

Ela saltou os desníveis da calçada e foi para o asfalto, acenou de longe e sumiu na esquina. Se necromantes costumavam mesmo ser introspectivos como se dizia, ela fugia à regra. Depois de conhecê-la por um tempo, ficava claro que pensava muito mais do que falava, mas fazia isso com tanta velocidade que raramente deixava silêncios em uma conversa.

Dentro de casa, Ori havia reconquistado o seu território e se enrodilhado no sofá. Lambia as almofadas de uma das patas dianteiras, meio sonolento, as pálpebras de fumaça se fechando, camada sobre camada. O exorcista se aproximou e agitou os dedos como uma aranha hiperativa para atrair sua atenção. Curioso, o gato desfilou pelos assentos e se grudou ao dono, recebendo carícias atrás das orelhas.

Tiago deixou que ele roubasse sua energia. Enquanto Ori bebia dele e ganhava consistência, suas mãos ficaram enegrecidas, as veias saltadas. Logo que sentiu os pelos reais e a maciez do bichano, ergueu-o em frente ao rosto e mirou fundo nas esferas negras.

Em um instante, vagueava por uma montanha de rochas fuliginosas e veios incandescentes, a fronteira de Yume, o lar dos oníricos. Cuidadoso para não ser percebido, projetou um chamado a um velho conhecido, seu nome ecoado em pensamento, e aguardou.

Nada.

Insistente, chamou uma segunda vez, mais alto, mais forte, e dois pontos verdes luminosos subiram a montanha ao seu encontro.

"Hain."

"Não pode entrar aqui", disse o ser de fumaça. Tinha a forma vagamente humana, suas mãos e pernas espiraladas como pingos de nanquim se dissolvendo em água límpida. Camadas sobrepostas e texturas firmes remetiam ao sode, horo e kabuto dos samurais. Ele era um efrite como Ori. A julgar pela expressão, um efrite irritado. A energia de sua bronca pressionou Tiago para trás, obrigando-o a se apoiar na parede rochosa.

"Serei breve, Hain, preciso de um favor."

"Favor? Desobedece as regras do meu mundo para vir me pedir favores? Sabe que não pode entrar aqui sozinho. Os abutres estão no seu rastro. Não gostam nada de seus passeios intrometidos. Um dia o alcançarão antes que possa fugir."

A massa disforme de seu rosto ganhou riscos e contornos. A região ao redor dos pontos luminosos afundou simulando cavidades oculares, e duas sobrancelhas retas se inclinaram para cima. Não parecia nada feliz.

"Eu sei, sinto muito. Mas é importante. A musa voltou ao meu reflexo."

"Voltou?" A expressão de Hain pareceu suavizar. Seu corpo imaterial se projetou e envolveu Tiago, mesclando sua energia a dele.

"Preciso encontrá-la antes que encontre Liz. Pode verificar entre os seus se sabem de alguma coisa?"

"Não tenho autorização para lidar com musas desse lado. Desde que interferi com... você sabe."

"Alguém já falou que vocês efrites são muito rancorosos?"

O exorcista sentiu espirais de fumaça se enroscarem em seu pescoço. A luz verde que cintilava no rosto de Hain turvou sua visão.

"Você quebrou regras do seu mundo e do meu, e foi punido apenas pelos seus iguais, caso tenha se esquecido." Tiago Boanerges não se esquecia. Sabia quanto devia a Hain e seria eternamente grato. "Agora suma daqui, os abutres já sentiram a sua presença, estão a caminho."

"Mas o que eu faço?"

"Encontre um jeito. Então, eu encontrarei você."

Tiago sentiu a mente ser projetada para fora e largou Ori no chão. Num instante estava em Yume, no outro de volta ao sofá. Dobrado sobre o próprio corpo, não resistiu às contrações do estômago e vomitou. Sabia que suas incursões não eram bem-vistas pelos oníricos. Ninguém devia atravessar a fronteira sem um guia, caso contrário, havia o risco de retaliação. Abutres estavam sempre voando pelos reflexos atrás de energias desconexas, indo e vindo entre o mundo dos sonhos e os mundos físicos, se alimentando de invasores, restos esquecidos.

Se quiserem vir atrás de mim que venham, pensou ele, ainda com a cabeça girando. Tinha força o suficiente para derrotar um batalhão de abutres em segundos. Bem, talvez uns dois ou três, se estivesse num bom dia. Se Hain não estava disposto a ajudá-lo, seguiria investigando por outras vias.

Encontre um jeito, ele havia dito. Pois é exatamente o que faria.

5
Esquecidos

Praça da República, elo entre o centro histórico e o centro comercial, um dos pontos mais visitados por turistas e moradores de Libertà. Com acesso fácil ao metrô e a avenidas importantes, recebe desde empresárias, operários e comerciantes a donos de casa, estudantes e viajantes, todos guardando um hábito em comum: fingir ignorar os zumbis que se amontoavam em barracos nas ruas paralelas e às vezes transbordavam em seus caminhos.

Tiago desceu da escada rolante na saída ao norte da praça. Parou sob uma sombra em frente aos canteiros do chafariz para se orientar. Em seus tempos de agente do Conselho de Hórus, costumava fazer batidas na região para conseguir informações sobre o mundo onírico. Conhecia alguns nomes da área, traficantes e consumidores, mas seu interesse se direcionava a outro grupo.

Ele atravessou a praça na direção da sorveteria, seu eterno ponto de referência. O frio havia inibido as filas, então aproveitou para pedir uma casquinha de café com cookies ao porto. Depois de uma lambida para acertar as beiradas, misturou-se ao fluxo de pedestres e atravessou o restante da praça, sumindo de vista no Beco dos Atletas. Era curioso que uma rua que havia começado como referência na venda de camisas de times e material esportivo tivesse se tornado um reduto de vítimas de cinedrona.

A droga era proibida. Consumida com frequência por usuários de realidades virtuais, estimulava neurotransmissores a hiperinterpretarem os dados recebidos, tornando a experiência mais imersiva. O único porém é que seu uso contínuo deixava os miolos fritos. Alguns sortudos reagiam ao tratamento e voltavam a diferenciar a simulação da vida real. Entretanto, usuários frequentes simplesmente se desligavam do mundo, o sistema operacional em reinicialização infinita.

Tiago atravessou com cuidado o labirinto humano. Passou entre os barracos e seus habitantes. Pedir licença não faria diferença. Eles não o ouviriam, não interagiam com o seu entorno. Quase no terço final, uma pessoa atraiu sua atenção. Atrás de um carrinho de compras, em um barraco construído com caixas de papelão, uma senhora de 40, 60, 70 anos, se debruçava sobre uma pilha de objetos metálicos. Olhava-os com interesse, como se trabalhasse neles de verdade. Ao contrário dos demais zumbis, aparentava resistir à desconexão total da realidade.

O barraco era mais baixo que uma pessoa de pé, então ele se agachou. Havia latas recortadas na forma de bonequinhos, placas de computadores, celulares, um rádio e uma televisão de tela quebrada. A mulher tentava conectar as pulseiras de um relógio a uma tampa de lata de tinta suja de azul.

Assim que Tiago segurou nas abas da porta, os citrinos em sua luva se acenderam. De início, a mulher se virou para o exorcista com desinteresse, atraída pelo barulho. Seu rosto era enrugado, com sulcos profundos. O cabelo branco, um longo emaranhado que se estendia pelo colo. Então, seus olhos se fixaram diretamente nos dele, um brilho de curiosidade atravessando sua carcaça vazia.

“A luz”, disse ela, exibindo os dentes que lhe restavam.

“A luz”, ouviu Tiago atrás de si.

“A luz”, a mulher repetiu, avançando para a frente.

“A luz”, repetiram os demais, em coro.

Tiago se levantou e usou o carrinho para encarcerar a mulher. Os zumbis que antes vagueavam sem rumo haviam se virado na sua direção. Apesar do brilho dos citrinos, não havia indício de possessão. Talvez fosse energia residual, pensou, já que a região era frequentada por oníricos.

Um puxão no casaco derrubou o que restava de seu sorvete. Desviando dos que tentavam tocá-lo, o exorcista acelerou o passo até uma casa antiga, penúltima do beco, por onde entrou. No andar térreo, um grupo dividia o espaço de forros de papelão, tiras amarradas aos braços, rindo de seus delírios. Perto deles, um homem contava maços de notas e os atafulhava nos bolsos, bastante consciente de seus atos.

Tiago parou um instante. Parte da tristeza daqueles homens refletia uma tristeza sua, intransferível e pessoal. O coro de zumbis o recolocou de novo em movimento. Prosseguiu para o primeiro andar, um ambiente escurecido por papéis pardos, com o arcabouço despedaçado e vigas aparentes. Estranhou a falta de gente, a ausência de balbúrdia. Caminhou até uma das paredes ao ver um relógio pintado. O diâmetro, mais ou menos a sua altura. Ele tinha apenas um ponteiro, que atravessava sua borda. Seu traço era firme na parte de cima, descrevendo o arco do braço, e tremido na borda inferior. Abaixo dele, uma pergunta escrita com a mesma tinta azul:

Quanto tempo dura o eterno?

Arriscou uma foto com o celular. A baixa luminosidade permitiu que captasse mais uma impressão granulada do que um registro preciso. Ouviu passos na escada. Zumbis conseguiam subir degraus? Decidiu ir para a janela. Manobrando sobre o caixilho, pulou para o lado de fora e aterrissou no terraço da casa adjacente. Se bem lembrava, bastava descer na rua de trás e encontraria a floricultura.

***

As rosas, os lírios e crisântemos envasados na vitrine exalavam um aroma agradável que se espalhava pela calçada. Orquídeas em caixas coloridas dividiam o espaço com arranjos de decoração. Tiago entrou na loja e foi direto ao balcão. Ao ouvir o sino da porta, o dono do estabelecimento tirou os olhos do jornal que o entretinha.

"Três, sete, nove, cinco. Três, sete, nove cinco."

"Montando aposta?"

"Sudoku. Não consigo resolver essa linha."

"Tanto número faz mal pra cabeça", falou o exorcista. "Tem alguém aí?"

O dono sinalizou para que passasse. Tiago Boanerges atravessou a cortina de bambus e o corredor, incomodado outra vez com o silêncio. Subiu um lance curto de escadas, cinco degraus em curva que levavam a um piso elevado com um banheiro e um quarto. Nele, encontrou alguns homens e mulheres conversando. Apoiada no parapeito fumando um cigarro, um rosto conhecido.

Ela não notou de imediato a sua presença. Só quando se aproximou, Emília percebeu que tinha companhia. Estava de calça jeans e casaco de moletom, o cabelo solto sobre os ombros.

"E aí, dia parado?"

"Vida parada", ela respondeu, cumprimentando-o. A tatuagem no dorso de sua mão correu para dentro do casaco, fugindo do contato com a luva. "E a sua?"

"Digamos que não posso reclamar de tédio."

Além deles, havia seis pessoas no quarto – quatro homens e duas mulheres. Fora um senhor mais velho, de barba branca e cabelos grisalhos, todos aparentavam ter menos de 30 anos. Estavam bem vestidos, alertas, diferente dos zumbis na rua anterior. No começo, olharam o exorcista com desconfiança, uma pausa nas risadas, mas ao virem que Emília o conhecia, voltaram a relaxar.

"Obrigada por segurar a onda do seu amigo metido lá na Drinqueria. O cara estava me enchendo desde a hora que chegou." Ela apagou a guimba na parede e a arremessou pela janela.

"É um talento natural dele, encher o saco alheio. Ele simplesmente não consegue evitar."

"E você, qual o seu talento natural?"

Ele a encarou por um instante. Segurou sua mão com a palma para cima como se a acariciasse e analisou seu pulso. Nenhuma marca visível.

"Me meter em confusão", respondeu. "O Ed sabe que frequenta esse lugar?"

"Ele é meu chefe. Não tem por que saber da minha vida", disse ela. A voz mais alta do que havia planejado fez o grupo se calar, de repente. "Vai me dedurar para ele?", cochichou.

Ele sacudiu a cabeça. Não tinha por que se meter na vida de ninguém.

"Só curiosidade."

"Você não parece ser do tipo que gosta de ser possuído por oníricos", disse ela.

"Sou um exorcista."

Emília arregalou os olhos. Virou-se para trás para ver se os outros haviam escutado. O homem mais velho, que estava mais próximo, pegou o guarda-chuva que apoiara na parede e se dirigiu à saída, sem se despedir dos demais.

"Ninguém aqui está fazendo nada de errado", ela voltou a falar.

Tiago sabia disso. As pessoas ali eram hospedeiros voluntários, fãs de oníricos que se ofereciam à possessão. Muitos o faziam para reter memórias advindas do mundo dos sonhos, apreciar sensações que fugiam à lógica corpórea. Alguns se viciavam na energia compartilhada no momento da integração. Outros se tornavam doadores, interessados não no que ganhavam, mas no que cediam a seus hóspedes. Uma lista tão diversa e pessoal quanto os desejos humanos.

"Descobriu o lugar recentemente?"

"Já tem dois anos."

"E está sempre vazio assim?"

A casa costumava estar abarrotada de gente. A possessão voluntária tinha um público grande dos dois lados. Aquela quietude não era normal.

Ela o pegou pelo braço e se afastou do grupo antes de responder. Piscou para as meninas que não paravam de olhar.

"Ficou desse jeito de um mês para cá. Os efrites estão assustados com alguma coisa. Aparecem cada vez menos e, quando vêm, não demoram muito. Quem insiste em vir acaba socializando mais do que qualquer outra coisa."

"Assustados com outro onírico?", ele lançou a ideia. Em uma conversa antiga, Hain tinha dado a entender que musas eram capazes de absorver a energia de oníricos da mesma maneira que faziam com corpóreos, se assim quisessem. Inspirando sonhos dentro de sonhos.

Emília ficou na ponta dos pés e se aproximou do seu ouvido. "Com salvaxes", ela cochichou. "O efrite com quem costumo interagir me contou que o centro não é mais seguro. Os outros sumiram por precaução."

"Ele falou o motivo?"

"Bem, contou é maneira de dizer, você sabe", ela deu de ombros. Havia captado sensações e pensamentos fragmentados durante a possessão. Tiago entendeu o recado. Teria de investigar em outro lugar. Um que oferecesse proteção para ambos, oníricos e hospedeiros.

"E você não tem medo de vir aqui?"

Ela respondeu com um *nhé*, um resmungo. Tirou outro cigarro do maço e o acendeu. "Nunca me aconteceu nada", falou, "só um susto com uma batida policial uma vez. Seja qual for o problema, não representa um risco pros voluntários. O máximo que pode acontecer é começarmos a passar as tardes jogando cartas na pracinha."

Tiago não chegou a responder. O barulho de vidro se quebrando no andar debaixo interrompeu a conversa. Alguma coisa estilhaçara a vitrine da loja. "Fora daqui, fora daqui", gritou o dono, e sua voz silenciou, sobrepujada por um murmúrio constante.

"Droga."

Sem imaginar o que acontecia, o grupo se desesperou. Uma menina tentou sair pela porta, mas o exorcista bloqueou sua passagem. Sabia quem eram os invasores. Talvez não representassem risco a eles, e o dono da loja tivesse apenas fugido para chamar a polícia. Contudo, era melhor não arriscar.

Com um dedo nos lábios pedindo silêncio, Tiago apontou para a janela. Um a um, os voluntários subiram no parapeito e se aventuraram em um salto. A distância até a rua era maior na parte de trás devido ao relevo desnivelado do bairro, um pulo de um andar e meio de altura. Uma queda nada confortável.

Emília colocou uma perna para fora, mas ficou receosa.

"Eu não vou conseguir."

"O seu casaco", disse o exorcista. "Passe pra mim"

Os zumbis haviam chegado ao cômodo. Pessoas por quem olhava através, de quem desviava como se fossem postes e bancos, reivindicavam existência. A visão deixou-a assustada. Sem questionar o motivo, ela o obedeceu. A tatuagem de dragão serpenteou do ombro para as costas, saltando as omoplatas como ondas.

"Segure nas mangas e deixe os pés escorregarem pela parede", ele falou e assim ela fez. Com a face da bainha enrolada em seu pulso, ele firmou o braço no encaixe da janela e sustentou o peso de Emília tanto quanto foi possível. Debruçou-se sobre o parapeito para que ela ganhasse mais tempo, e então um dos zumbis o alcançou. Seu corpo foi puxado para trás, e a garçonete despencou na distância que faltava.

Tiago deu uma espiada na saleta, praticamente tomada. Fugir pela porta continuava a ser uma péssima ideia. O garoto que o havia puxado tentou segurá-lo novamente. Tiago passou o casaco no pescoço dele e deu um nó nas mangas. Uma menina muito magra aproveitou a brecha e o agarrou pelo punho. Sem alternativa, o exorcista recuou para a janela.

"Desculpe, pessoal", disse ele, e se jogou para trás, segurando o casaco.

Os zumbis foram trazidos para a frente. Colidiriam um contra o outro e contra o batente, e afrouxaram a pegada. Tiago bateu o corpo na parede e despencou no ar. A queda não foi nenhum exemplo de graciosidade felina. As plantas de seus pés formigaram em reclamação, e o tornozelo doeu.

"Te devo um casaco", falou para Emília.

"Capricha na próxima gorjeta", disse ela, enquanto fugiam.

Tiago desceu na entrada da estação mais próxima. Demorou alguns minutos até parar de olhar para trás. Sentou-se no fundo do metrô, perto da janela, no único banco disponível. Enquanto seu reflexo ia e vinha, perguntou-se o que os zumbis teriam visto. Talvez só estivessem alucinando, e algo da minha energia os tenha atraído. Ou talvez seja ela, pensou.

O importante é que havia conseguido uma pista. Se os efrites estavam se escondendo nas sombras, sabia o lugar perfeito onde procurar.

6
Serviços prestados

Tiago afastou as pernas e os braços para ser revistado. Vestia terno completo, cinza chumbo como seus olhos, e sapatos sociais. A gravata de riscas pretas era a sua gravata da sorte, reservada para ocasiões especiais. Como de costume, após ter seu código de cliente conferido pelo segurança, foi recepcionado pelo onírico que o guiaria nos corredores do La Sombra. A área de revista levava a dois ambientes distintos. Um bar para pessoas a fim de socializar e quartos para os interessados em entretenimento personalizado.

O nome do estabelecimento não fora escolhido por acaso. Mantido às escuras desde a entrada com um ilusionismo, oferecia no primeiro andar a experiência de se caminhar em uma constante penumbra, e aos que preferiam o piso superior, um passeio na mais densa escuridão.

Tiago avisou ao onírico que procurava Caner Luele e foi levado à mesa dele. Ele estava sozinho no fundo do bar, entediado com o horário de pouco movimento, e pediu que se sentasse. Ciente de que seus olhos ainda deviam estar se adaptando, apontou uma lanterna para a cadeira ao seu lado. O exorcista agradeceu ao seu guia e o dispensou. Viu uma chama se acender, o rosto do gerente sombreado atrás dela.

Foi depois da barganha com o onírico, curado da morte negra, que o exorcista o conheceu. Caner tinha a mesma aparência quando bateu à sua porta, e nenhum fio de barba havia mudado desde então.

“Posso entrar?”, havia perguntado ele, pulando as apresentações. O vento que anunciava a chuva de verão lançava seus cabelos sem clemência sobre os olhos cor de mel. Um pingo grosso acabara de marcar sua camisa e ele parecia preocupado.

Na época, Tiago Boanerges se encontrava magro e abatido, com olheiras capazes de afastar visitas dos mais variados planos de existência, mas aquele homem de rosto agradavelmente simétrico não demonstrou se importar. Apesar da sensação boa de ver alguém além de Julia encará-lo sem desagrado, o exorcista respondeu um sonoro não e tentou fechar a porta, interrompido pelo sapato enfiado na soleira.

“Estou sem guarda-chuva.”

Um trovão aleatório casou tão bem com o gesto que o exorcista se perguntou se ele não seria um conjurador. Consciente de seu estado de fraqueza, descartou a hipótese de empurrá-lo para trás e soltou a maçaneta. Se aquele fosse o enviado de algum desafeto interessado em matá-lo, a essa altura estaria morto. Na sua condição, não venceria nem uma criança numa disputa de amarelinha. Se fosse somente um chato, um desses malucos fãs de oníricos querendo uma entrevista para o blog, contaria alguma pseudoverdade e daria um jeito de dispensá-lo.

“Vem, entra.”

Caner pareceu aliviado. Saiu da calçada, tirou os sapatos e foi fechar a janela atrás de uma cortina que não parava de sacudir.

“Raios por toda parte, como alguém pode sair assim?”, perguntou de maneira retórica.

“Confesso que não tenho saído muito de casa”, disse Tiago. “Quer um copo d’água? Não tenho muito mais para oferecer.”

“Eu sei”, respondeu o visitante. “Por enquanto, só quero que me ouça.”

O exorcista esfregou a barba que quase lhe ocultava a boca. Apontou para o sofá sugerindo que se sentassem.

“Fico feliz”, ele prosseguiu. “Seria uma pena para nós dois se me mandasse embora sem ouvir a minha proposta de emprego. Eu teria que contar ao meu chefe que a recusou antes de sequer conhecê-la, e ele, como dizer... não lida bem com rejeições.”

“Seja breve”, falou Tiago. No entanto, Caner já conseguira sua atenção. Sem delongas, ele disse seu nome, posição e apresentou a proposta: eliminar oito oníricos que vinham ameaçando a confidencialidade de seus negócios, um serviço rápido e bem remunerado.

Tiago não estava em condição de recusar dinheiro. Na verdade, estava em condições de pouquíssimas coisas além de comer e dormir. Ainda assim, passara da idade de acreditar em oportunidades caídas do mundo dos sonhos em seu colo.

"Posso saber de onde o seu chefe me conhece?"

"E tem alguém nesse país que não o conheça atualmente?", respondeu Caner, de sobrancelha erguida. "Seu rosto e seu nome apareceram em todos os jornais, em cada noticiário. O exorcista expulso do Conselho de Hórus por se apaixonar por uma musa. E por algumas consequências que não vêm ao caso."

A conversa com o conselho diretor seguia viva em sua memória. Depois de meses de investigação interna, cinco votos pelo seu afastamento, nenhum a seu favor. Tiago baixou os olhos e pensou no que dizer. Não era exatamente como se fosse um ator famoso do cinema.

"Imagino que não goste de sua fama repentina", Caner prosseguiu. "Os adormecidos, as pessoas comuns, mais cedo ou mais tarde irão esquecê-lo."

"Espero que esteja certo", disse ele. Andava cansado da atenção de estranhos, de telefonemas de curiosos e dos batedores de programas de quinta categoria.

"Mas para aqueles ligados ao mundo feérico, você sempre será alguém... diferenciado."

"E seu chefe é um desses alguéns."

Caner assentiu discretamente.

O argumento por trás do discurso elogioso fazia sentido. Ter trabalhado no Conselho de Hórus atestava a sua experiência, ter enfrentado uma musa, o seu diferencial, ter sido expulso, o preço baixo.

"Mais algum detalhe que eu possa saber antes de decidir?"

"Na verdade, não. Mas garanto que não irá se arrepender. Há muito mais em jogo aqui do que o dinheiro."

De pé, o visitante lhe entregou um cartão. Preto dos dois lados, trazia apenas duas palavras escritas em roxo: La Sombra. Em sua base, cinco números em série. Apesar de não sentir nenhuma oscilação de energia, o exorcista podia jurar que havia algo de feérico naquela expressão de coelho mais esperto que a raposa. Uma expressão com a qual acabaria se acostumando.

"La Sombra...", leu em voz alta.

"Digamos que seja uma casa aonde as pessoas sem preocupações efêmeras vão para realizar fantasias muito particulares que precisam ser mantidas em sigilo."

"Sexo", resumiu Tiago.

"Como ter relações com efrites, por exemplo."

O exorcista sentiu a nuvem de fumaça em seu peito apertar. Uma baforada cinzenta escapou dos lábios como se houvesse acabado de dar uma tragada. Caner não o havia procurado somente por seu currículo. Sabia bem o efeito que suas palavras teriam.

"Eu vou."

"Dez horas. Basta entregar o cartão ao segurança na entrada."

Quando disse haver mais em jogo do que o dinheiro, Caner estava coberto de razão. Trabalhar para o La Sombra o havia ajudado a recuperar parte de sua autoestima. Podia não fazer muito por seu coração etéreo, mas mostrou que ainda tinha uma utilidade, e que não dependia do antigo emprego para ser um exorcista.

Conter o vazamento de dados lhe rendeu algum prestígio entre os clientes. Chegou a receber um cartão de agradecimento de um político, e uma garrafa de vinho chileno. Oito oníricos e um par de anos depois, havia se tornado um frequentador assíduo e construído uma relação cordial com o gerente.

Sempre que chegava, antes de se dirigir aos quartos, sentava-se com ele à mesa para jogar conversa fora. Dessa vez, preferiu ir direto ao ponto e explicou a situação à sua maneira. Investigava um caso de desaparecimento de oníricos, com provável relação com os efrites. Alguém os estava ameaçando, mantendo-os longe de Libertà, o que podia acabar afetando os negócios no La Sombra.

Caner ponderou sobre o assunto. Seu chefe estava em viagem, inacessível em outro reflexo. Precisaria assumir para si a responsabilidade da decisão.

"E você quer fazer perguntas aqui dentro?"

"À Gabriela, mais ninguém."

A chama do isqueiro se acendeu novamente. Caner chamou um onírico, passou as ordens pertinentes e autorizou o exorcista a prosseguir. "Me avise se achar que devo me preocupar", falou. Me avise se contratar uma musa, pensou Tiago.

***

Ela se chamava Gabriela. Um nome escolhido por ele para substituir o nome que nunca saberia, uma homenagem a um alguém que jamais voltaria a ver. Era com traços desse alguém, com curvas e feições apropriadas, que ele a inventava; características a completar a textura das coxas, o cheiro doce de maçã na pele, a voz que o desarmava em sussurros.

No breu absoluto que lhe vendava os olhos, a imaginação complementava os sentidos. Assim eram regras, assim era o jogo.

"Achei que havia se esquecido de mim."

"Jamais, jamais."

"Mentiroso."

Ele gostava daquela voz, do tom de sinceridade ensaiada que descobrira em sua primeira noite. Era a voz a orientá-lo, a perguntar seu nome, a dizer certo, é claro, por aqui, como eu poderia esquecer. Era aquela voz macia, despida de sofrimento, que o fazia chegar à cama, antes que os olhos se iluminassem.

Gabriela havia começado como uma hospedeira voluntária no centro da cidade. Após ser descoberta por um olheiro, transformou o hobby em trabalho. Permitia que um efrite a possuísse, dividisse o comando de seus atos, sua consciência, compartilhasse de seu corpo com uma intimidade que cliente nenhum teria.

Tiago Boanerges não precisava das luvas para senti-la, para senti-lo. Havia aprendido a decifrar o instante da integração, a se alimentar daquela energia através de um parceiro humano, a deixar-se esvair em doses calculadas no caminho para o gozo. Não era a musa, um substituto à altura, e ele sabia. Ninguém, mulher ou homem, humano ou feérico, corpóreo ou etéreo, poderia lhe devolver o que havia perdido. Então ele cultivava o que dela havia restado, mantinha acesa a sensação, reavivada por meio de outras chamas, de encontros paliativos, com medo de que um dia inclusive a lembrança se apagasse.

Gabriela sempre o recebia consciente. Não sabia o que se passava nos outros quartos, mas ali era ele o cliente e assim exigia. Quando pequenas chamas dançavam no ar, queimando amarelas junto ao seu rosto, o exorcista sabia que o momento havia chegado. Dali em diante, os limites seriam rompidos, nada mais de ele ou de ela.

O duo se ajoelhou na cama atrás dele, ofereceu massagem. Sua mão desceu manhosa pelo pescoço atrás do nó da gravata.

"Não. Deixe ela aí", o exorcista falou. "Eu só vim conversar."

"Que desperdício...", respondeu o duo. Mãos dançaram em sua barriga e encontraram passagem entre os botões. Tiago sentiu a onda de energia vir em seu encontro, o mar desenhando na areia uma súplica de retorno, mas dessa vez não retribuiria.

"Pare."

"Por quê? Do que uma conversa nos impede? Roupas nada têm a ver com isso."

"Tenho que saber...", começou Tiago, a ponta do nariz dela roçando sua orelha enquanto o paletó o abandonava. "Nada de sexo."

"Nada de sexo."

Dedos alcançaram seus lábios e empurraram para dentro um fruto azul. Tiago sentiu a casca aveludada em sua boca. Mordeu-a até que a psicótria estourasse, derramando seu sabor amargo. O fruto era capaz de proteger corpóreos em contato com oníricos, um contato como aquele que um dia havia lhe contaminado com a morte negra.

"Agora estamos protegidos", disse o duo. "Quer que eu pegue camisinha? Extreme ice, hot pepper, smooth skin."

"Gabriela, por favor. É importante", argumentou Tiago, botão e zíper, um passado distante.

"Deixe-me apenas massageá-lo, então", respondeu. "Será esse o cronômetro de nossa conversa. Dou minha palavra. Não quero lhe fazer mal."

"Sua mão..."

"Se minha mão tocasse o lóbulo de sua orelha, se o cobrisse de carícias, isso seria sexo?"

"Não."

"Então a palavra está mantida", falou, arrancando um gemido do exorcista.

Tiago sentiu a nuvem no peito bombear, negra, pesada, trovejante. Sentia nela a sua sede, a vontade de beber da energia do efrite. Era como se ali, nos enlaces que substituíam veias e artérias, houvesse uma semente de sua doença, pronta a germinar, esperando pela chuva.

"Gabriela..."

"Quer saber os meus sonhos?"

"Quero saber sobre o medo. Por que os efrites estão evitando vir para Libertà?"

O duo girou sobre o corpo do exorcista e se acomodou sobre suas pernas. A mão indo e vindo enquanto pensava em sua resposta.

"Andamos ocupados, com problemas. Há a ameaça de um confronto por vir."

Os pontos luminosos tremularam, quase se extinguindo.

Tiago sentiu a hesitação em sua voz.

"E onde os salvaxes se encaixam nisso?"

Ninguém o respondeu.

"Vamos lá", ele alcançou a mão do duo e a conteve. "Sabe que Caner autorizou que me respondesse. Não há nada a temer."

"Sei o que disseram quando nos conhecemos. Que o La Sombra tinha uma dívida de gratidão com você, e que deveria tratá-lo com carinho." O duo ficou quieto um instante e recuou para os lençóis. "E hoje sei que você vale o tratamento."

"Por que os salvaxes estão ameaçando os efrites, Gabriela?", ele insistiu.

"Há um homem que costuma nos visitar para tratar de negócios, um homem de família importante. É conhecido em Libertà por nos odiar, um ódio gratuito, sem sentido. Dizem que consegue nos farejar a quilômetros de distância."

"O que é ele?"

"Um guará."

"Um guará que odeia efrites e vem ao La Sombra transar com humanos possuídos? Por que eu não me surpreendo?"

"Ele afirma que o filho foi morto em uma briga com efrites. Não sabemos de onde tirou isso, se é fruto de sua raiva ou se tem motivos reais."

"Ele ameaçou se vingar, imagino."

"A tensão vem aumentando a cada dia. Se continuar assim, o confronto será inevitável."

O exorcista ponderou o que ouvia por um instante. Preferiu não imaginar o resultado de um confronto declarado entre salvaxes e oníricos.

"Quero que me faça um favor, Gabriela. Encontre esse guará quando voltar aqui, fale com os efrites envolvidos. Diga quem eu sou, que me ofereço a ajudar. Talvez esse cara só queira uma desculpa para começar a destilar seu ódio. Se for esse o caso, será difícil dissuadi-lo. Mas se ele quiser realmente descobrir quem matou o filho, temos uma chance de evitar o pior."

"Quais são suas condições?"

"Diga que quero a presença de Hain. E que eles poderão escolher um representante como testemunha. O resto virá naturalmente", disse ele. Caso aceitassem sua proposta, teria um pretexto para encontrar o fumacento, e ainda conseguiria se aproximar dos efrites e dos guarás em uma mesma jogada.

"Deixe comigo. Eu darei seu recado", disse o duo, e o inclinou sobre os travesseiros. "Agora que teve a sua conversa, relaxe."

E foi o que ele fez.

7
O Entremundos

Repetindo um hábito adquirido no fundo do poço, Tiago analisava com minúcia sua imagem no espelho. Sabia o que morava além dos reflexos, o que eles eram capazes de desvelar. Do outro lado, tinham se manifestado os primeiros sintomas da morte negra, e por mais que se acreditasse saudável, não conseguia parar de se monitorar.

Esquadrinhou a tinta branca recobrindo a parede, detalhes da porta e dos móveis, sua camiseta com uma estampa cartunesca de Freddy Krueger e depois o próprio rosto, esperando a íris cinza esmaecer. Sempre que se encarava dessa maneira, enxergava uma imensa nuvem negra no peito, onde um dia tivera um coração. Fazia isso como um modo de recuperar as certezas e se concentrar no que de fato importava. Levar temores residuais para o Entremundos era um risco que não podia correr.

Ori passou de leve entre suas pernas, o rabo se desmanchando contra a calça preta e cinza, e quebrou a hipnose. A nuvem pulsante se dissipou lentamente, revelando a luva de garras em riste do vilão do cinema.

No andar debaixo, Tiago pegou seu atual inimigo número um: o celular. Nenhuma ligação perdida, nenhum sinal de Elisa Goldin. Ligou novamente, cinco toques insistentes, e ninguém atendeu.

"Eu te protegerei e você nem ficará sabendo", pensou alto, verificando a carteira e a chave nos bolsos, fingindo não se importar com a espera.

A campainha tocou no momento em que acertava as luvas nos dedos. O ar vitorioso com que Julia Yagami o encarou deixou claro que havia pensado em desistir. Ele não a culpava. Seus dias no Entremundos até ser resgatada tinham sido tempestuosos e deixaram uma lacuna em sua memória.

Ela era uma necromante como a avó materna, falecida logo após seu aniversário de 13 anos. Os pais, adormecidos, faziam o possível para ajudá-la a lidar com o dom. Desde que conhecera Tiago e entrara na faculdade de ocultismo, tinha melhorado bastante no controle do foco, conseguindo se manter longe de enrascadas mais graves. Agora, só faltava deixar de alimentar o medo nascido com o trauma da possessão.

No caminho até a entrada, ambos se esforçaram para manter um clima descontraído e afastar os pensamentos ruins. Ele sabia que Julia vinha lendo cada artigo que encontrava sobre a região numa tentativa de se lembrar de algo, então a poupou de teorias chatas e a deixou à vontade para tirar suas dúvidas.

"É verdade que o Entremundos une características de todos os reflexos conectados a ele?"

"É o que os viajantes dizem. Eu nunca me afastei dos pontos de conexão com Libertà para saber", respondeu Tiago. "O importante a se ter em mente é: depois do espelho, nossas leis não valem de nada. Então temos de ficar atentos."

A conversa cessou em frente ao Cine Lótus, um espaço especializado em papos intelectuais, dívidas financeiras, filmes cults e jovens de calças apertadas na panturrilha. Diferente da maioria das salas de cinema da cidade, ele mantinha um visual antiquado proposital, com cadeiras vermelhas e piso acarpetado, além de uma cafeteria com balcão de granito onde o exorcista costumava tomar uns cappuccinos de vez em quando.

Tiago entrou na fila e aguardou paciente um casal escolher sua sessão. Ao chegar sua vez, pediu dois ingressos para a sala cinco. O rapaz no guichê o cumprimentou com simpatia e desejou um bom filme, novo o suficiente na função para manter nos gestos algum calor humano.

A ruiva que recolheu os ingressos mais adiante indicou a última entrada à direita e repetiu as recomendações de praxe. Conforme os dois passavam ao seu lado, segurou Tiago pelo pulso e o olhou com seriedade calculada.

"Evite se meter em confusão dessa vez."

"Sou um menino comportado, Andrea, você sabe", respondeu ele, prosseguindo.

Julia Yagami revirou os olhos e entrou na sala. O barulho externo fez algumas pessoas da última fileira olharem para trás irritados. Por sorte, uma cena mais escura ajudou a ocultá-los, e eles tatearam pelas paredes até o canto. Na tela, uma mulher parecia dormir em uma banheira, enquanto um homem desesperado batia na porta, pedindo que voltasse para o casamento.

"Achei que ia ter calafrios, mas não sinto nada além de ansiedade", ela sussurrou.

"Você passou por aqui desmaiada no meu colo."

"Queria me lembrar de alguma coisa."

"Espere até chegarmos lá embaixo", falou, apontando na direção da placa escrito "emergência".

Diante da imagem de Justine e de seu noivo inconformado, a dupla seguiu pelos degraus laterais e atravessou a porta corta-fogo, desembocando em um corredor escuro, onde Julia acendeu a tela do celular. A luz do aplicativo de lanterna refletiu em um espelho com o dobro de sua altura e diminuiu o breu, iluminando pôsteres na parede. Ela se aproximou devagar, reticente, e engoliu em seco ao ver apenas sua imagem e nada mais.

"Tiago?"

"Aqui", ele a segurou pelo ombro. "Não toque no vidro. Preciso verificar se não tem nenhum aproveitador de tocaia à espera da passagem que vamos abrir. Tudo o que não precisamos é levar alguém de carona para o Entremundos."

"Por que a sua imagem não aparece refletida?"

"Porque é em você que ele está concentrado neste momento", respondeu o exorcista, entrelaçando seus dedos nos dela e vendo seu reflexo aparecer praticamente no mesmo instante. "Viu só? Agora ele está atento a nós dois."

"Um espelho que me olha de volta." Ela inclinou a cabeça de leve para ver se os movimentos se repetiam do outro lado. "Isso é meio assustador."

"Ele não é consciente. As sentinelas que nos olham através dele, sim. Mas não pense nisso agora."

"Sentinelas?"

Tiago forçou um sorriso sádico, arregalou os olhos.

"Não é tão ruim quanto parece."

"Pode não repetir essa cara de maluco enquanto estivermos no escuro?" Ela apertou a mão dele, trazendo-o para junto de si. "Você não está possuído, está?"

"Um exorcista possuído. Acho que acaba de redefinir o meu conceito de fim de carreira."

Podia sentir a mão dela gelada.

"Foi por aqui que..." Ela se virou de costas e sua imagem desapareceu. Sabia o que estava prestes a acontecer. Conhecia a teoria aprendida nos livros. Ainda assim, não conseguia controlar a ansiedade.

"Uhum", respondeu ele, mirando o chão. "Lembre-se de limpar os pensamentos a partir de agora. Vai dar tudo certo. Eu não a colocaria em roubada, colocaria?", prosseguiu firmando os dedos dela entre os seus.

Ela concordou com a cabeça, o entusiasmo maior que o receio. Havia uma parte de sua vida perdida do outro lado daquele espelho e, pronta ou não, sabia que chegara a hora de reencontrá-la.

"Agora, quero que me siga bem de perto e não me solte de jeito nenhum. Tomaremos uma escada íngreme e não poderemos parar até chegarmos ao final. Tem que ser num fôlego só, sem direito a pausas e tropeços."

Julia fechou os olhos por um instante e normalizou a respiração.

"Estou pronta", respondeu, palmas suando frias.

Tiago ergueu as mãos e direcionou sua energia. Sentiu os pelos se arrepiarem conforme ela se concentrava nos citrinos cruzados no dorso da luva. Depois, cerrou os dedos em uma tranca imaginária e girou o braço. A luminescência começou sutil e logo se intensificou, tingindo o ambiente com um tom dourado. Julia sentiu a eletricidade percorrer o ar. Dentro do espelho, o chão se abriu formando degraus que apontavam para lugar nenhum, uma descida em espiral engolida pela escuridão.

"Vamos. Sem parar."

A luz que emanava dos citrinos tinha um alcance limitado, suficiente apenas para calcularem os passos seguintes. Ora de pedra, ora de madeira, os degraus se uniam e desapareciam, numa mistura de formas e materiais que parecia planejada para derrubar os viajantes.

A escada continuou a descer e descer, dando voltas em torno de um abismo sussurrante. Julia Yagami evitou imaginar o que aconteceria se caísse ali no meio e se manteve firme, olhando para baixo. Sentiu os pés bambearem e notou o concreto se transformar em tábuas presas a cordas. A zonzeira começava a dominá-la quando a mão de Tiago apertou a sua com mais força e seus pés tocaram em uma avenida de paralelepípedos, numa transição tão brusca que o cérebro não conseguiu processar de imediato.

"*Voilà*. Bem-vinda ao Entremundos."

Assim que se soltaram, o vínculo energético se rompeu. Julia girou em torno do próprio eixo e se deparou com uma escada incompleta, pouco maior do que ela, esculpida em mármore branco. No último degrau, vestígios de heras cobriam uma beirada carcomida. A necromante tentou se acalmar e retomar o folego, absorta com o que via. Seu medo dizia para sair dali enquanto era tempo, mas ela não pretendia obedecê-lo.

"Finalmente", falou baixinho e ergueu a mão bem devagar, como quem rompe uma velha teia de aranha. Podia sentir filamentos de energia no ambiente.

"São centenas de mundos, ilusões, metrópoles, confluindo para uma só cidade, uma região amórfica de ligação que se estende por quilômetros e quilômetros, indo e vindo de lugar algum. Cada um desses mundos é um reflexo dos demais, versões de outras realidades que se influenciam de modo constante em busca de equilíbrio. O único jeito de chegar até eles é passar por aqui, por essa estrada velha, à mercê de distorções de tempo e espaço", ele pausou buscando ar. "A não ser que você seja etéreo e não corpóreo, é claro, e possa viajar pelo mundo onírico, mas acho que nenhum de nós pensaria nessa possibilidade."

Ela arriscou se afastar alguns passos, subiu na calçada e foi observar os detalhes da casa mais próxima. Tateou um banco de madeira bege que poderia estar facilmente no jardim da casa de seu avô. Apesar de sólido e firme, não estranharia se ele desmanchasse de repente.

"Estou bem desse jeito, viva", respondeu Julia, encantada demais para piscar. Nenhum livro de faculdade a preparara para isso. "Quero continuar sendo corpórea por muito tempo".

"Nada de me obrigar a prendê-la em uma garrafa", disse ele, preocupado com a euforia dela. Há alguns anos, Julia tinha ido parar no Entremundos após ser possuída por um onírico conjurado em casa, por acidente. Sua consciência havia adormecido, sua memória apagado e seu corpo ficado à mercê do parasita, como uma marionete nas mãos de um titereiro. Sabia que ela esperava que o passeio completasse as lacunas de sua memória. Mais cedo ou mais tarde, as lembranças voltariam, e ele temia pelos efeitos que isso pudesse causar.

Tiago tratou de afastar os pensamentos ruins e se aproximou.

"Alguma coisa?"

"Nada", ela respondeu. "Parece que nunca estive aqui."

"Talvez seja melhor assim."

"Foi nessa rua que você me encontrou?"

"Em um lugar distante que nem sonharemos em visitar."

Ela encarou a extensão daquela rua que parecia não ter fim nem começo e se perguntou onde ficaria esse lugar distante.

"Nenhum funcionário de alfândega vai pedir meu passaporte? Eu poderia verificar os carimbos."

"Não se engane, Ju. Há muitos olhos nos observando."

O som de uma buzina próxima a fez saltar para a calçada, instinto de quem enfrentava um trânsito mortal todos os dias. Uma bicicleta de dois lugares passou entre ela e Tiago, sem pressa. O condutor a ignorou assim que deixou de ser um obstáculo. Já o carona, um garoto de pernas magras enrolado em um cobertor, encarou-a enquanto o ângulo do pescoço permitiu, elástico como uma coruja, dois pontos amarelos cintilando no rosto escondido sob o capuz improvisado.

Julia manteve a cara fechada e só desviou o olhar quando a bicicleta se distanciou. Apesar da pose de durona, torceu para não esbarrar de novo com aquilo, fosse o que fosse.

Ao voltar para perto do exorcista, abriu o sobretudo.

"Esse lugar não pode ser real."

Em ambas as margens, casas de estilos distintos se enfileiravam compondo quarteirões desorganizados, praticamente coladas umas às outras, com exceção de entradas para ruelas transversais. Parecia que centenas de arquitetos haviam se reunido para brincar de rascunhar projetos e apresentá-los em uma conferência.

Ao fundo, uma chaminé cuspia uma nuvem densa de vapor. Julia acompanhou o seu percurso e percebeu não haver sol nem nuvens, apenas um azul-avermelhado de fim de tarde que parecia uma pintura. Lembrou-se de sua visita ao Rio de Janeiro, o cheiro da maresia misturado ao de frutas maduras. Quando morou em Minas Gerais, sentiu por uns meses o cheiro de fumaça nas áreas de tráfego intenso até o olfato se acostumar. Se toda cidade grande era igual como sua mãe gostava de dizer, certamente seus aromas diferiam. O Entremundos, até agora, cheirava à combinação de flores mortas de um cemitério.

"Ninguém disse que seria."

"Por que as ruas estão vazias?"

"Talvez seja um feriado", respondeu ele, meio intrigado, meio de brincadeira. O Entremundos parecia mesmo deserto, a situação oposta ao movimento fervilhante que encontrava com frequência em suas visitas.

"É verdade que não há carros aqui?"

"A maior parte do tempo só bicicletas, como a que quase nos atropelou. Ou animais puxando carroças de ambulantes. Conforme se adentra a região, aparecem coisas... inusitadas. Já vi uma charrete, uma vez, mas era um cortejo fúnebre."

"Sua mãe ecoarquiteta é que gostaria de conhecer uma cidade assim."

"Minha mãe não conseguiria permanecer nesse lugar por mais de cinco minutos. Ela gosta de conforto e natureza. Quanto mais árvores em volta, mais tranquila ela fica."

Julia sorriu com o comentário. Seu pai vivia fazendo a mesma graça. Em áreas arborizadas, com natureza densamente presente, ficava difícil concentrar energia. Por isso, as metrópoles serviam como grandes polos cosmopolitas para magos, e áreas afastadas eram consideradas livres da influência dos despertos.

Pensar nisso a levou a lançar um segundo olhar mais atento sobre o Entremundos. Fora as trepadeiras nos degraus da escada e alguns musgos entre os paralelepípedos, não havia uma só árvore, uma só flor ou folha verde em toda a extensão abarcada por seu campo de vista.

"Uma cidade sem pessoas, sem árvores, sem vida, sem movimento".

"Sou antissocial de vez em quando, prefiro não estragar a surpresa em relação às árvores e não tenho coração, mas o último item eu posso ajudar a resolver. Vamos andando", disse ele, puxando-a adiante. Seu instinto lhe dizia que havia algo fora do comum acontecendo na cidade entre os reflexos. Com sorte, nada que atrapalhasse o passeio.

8
É uma lebre, não um coelho

"Ainda não me contou aonde vamos", falou Julia, apertando mais uma vez a tela do celular. Fotograva cada casa pela qual passavam, dando especial atenção aos elementos que as distinguiam das demais. Podia ser uma mancha na parede caiada na forma de um flamingo, uma escultura de gesso inacabada, lenços coloridos pendurados sobre a porta, um couro seco esticado, sacudindo como uma bandeira. Queria sair dali com o maior número possível de registros e recordações. Quem sabe mais tarde, repassando-as em sua cama, pudesse encaixar mais peças no quebra-cabeça de suas memórias perdidas.

"Vamos visitar um velho conhecido. Preciso tirar uma dúvida com ele."

"E esse amigo mora muito longe?"

Julia sentia como se caminhasse a horas. Cada vez que olhava o relógio, ele mostrava um horário diferente. Se não fosse pelo aspecto distinto das casas, acharia que estavam andando sem sair do lugar.

"Estamos quase lá", falou Tiago, e parou de frente para ela. "Me dê suas mãos um minuto."

Ela esticou os braços e sentiu as luvas do exorcista sobre suas palmas. Um arrepio percorreu sua espinha enquanto energia fluía de seu corpo para o de Tiago. Os citrinos no dorso da luva brilharam, acendendo o xis, e ela sentiu a pele se aquecer. Assim que ele a soltou, seu peito pareceu mais leve e a mente mais tranquila, como se uma ansiedade até então despercebida houvesse ficado para trás.

"Não deixe a atmosfera opressora do Entremundos te desorientar, hum? Continue se distraindo com as casas, reparando nos detalhes. É com elas que eu marco as distâncias por aqui."

Julia o olhou agradecida. Em seguida, fez sua melhor cara de menininha indefesa.

"Podemos sumir com esses ruídos também", suspirou. Eles vinham ora do chão, ora do alto dos telhados, em intervalos regulares. Era como se algo os observasse quieto no lugar e depois corresse para alcançá-los, descuidado ao diminuir as distâncias.

"Deve ser só alguém curioso com a nossa presença. Como eu disse, há muitos olhos no Entremundos."

Enquanto procurava a origem dos *róins* e *tlecs*, Julia Yagami deixou as casas de lado e aproveitou para fotografar as lâmpadas penduradas no emaranhado de fios que corriam sobre suas cabeças. Eles cruzavam as ruas no início e no fim de cada quarteirão, formando uma moldura iluminada que se refletia nas calhas metálicas das casas onde se fixavam.

Ela tentou sanar as dúvidas que pipocavam, mas Tiago pediu que permanecesse atenta. Poderia dar explicações em casa, argumentou, agora devia calibrar seu instinto, aprimorar seu poder de observação.

Além disso, estavam em um ambiente hostil, onde as aparências não correspondiam à realidade. Precisavam tomar cuidado com as próprias sombras, literalmente. Ou, no respectivo caso, ele tomar cuidado pelos dois.

Em seu silêncio forçado, Julia voltou a adquirir um ar soturno.

"Ei! Tente limpar a mente de besteiras, mantenha o foco em nós, no presente", disse o exorcista. "O Entremundos tentará a todo instante desvendar suas fraquezas, manipular seus pensamentos. É só fazer um esforço consciente de se manter bem, pensar em coisas agradáveis... como aquele cupcake de café com chocolate amargo que você é viciada", brincou. "De início, será como nadar contra a maré, exigirá uma dose extra de força de vontade, mas depois virá como um gesto natural e você nem perceberá."

"Eu só queria lembrar como vim parar aqui embaixo, o que aconteceu quando me salvou. Foram dez dias possuída, Tiago, dez dias em branco na minha vida."

"Confie na sua mente, Ju. Deve existir um motivo para esse vazio. O mais provável é que não tenha acontecido nada. Seu corpo começou a reagir à possessão, o onírico estava fraco quando eu o exorcizei. Mas por agora, algo me diz que o mais sensato é deixar as lembranças adormecidas. Quando for capaz de lidar com elas, elas virão à tona naturalmente."

"Estou ansiosa por esse dia."

"Eu sei", ele a tocou no queixo para que erguesse a cabeça e o olhasse nos olhos. "Mas por enquanto, façamos o seguinte", e a pegou pela mão. "Só pra garantir."

Julia voltou a reparar nas lâmpadas. O mais estranho, observou, é que por maior que fosse a quantidade de bulbos incandescentes e o céu estivesse claro, a luz não conseguia anular por completo a penumbra. Ao contrário, parecia alimentá-la, com sua cor amarelada, prejudicando as fotos.

No instante em que colocava a câmera do celular em modo noturno para ver se a qualidade melhorava, um rato preto de rabo pelado cruzou a trilha aérea com equilíbrio de trapezista, arrancando uma interjeição de nojo da necromante. Ele era enorme, bem maior do que um gato comum, seus olhos duas bolas de gude negras como piche. No lugar das patas traseiras, tinha duas engenhocas mecânicas que agarravam os fios como se fossem dedos de verdade.

"Viu só? Aí está nosso perseguidor."

"O que é isso?"

"O vigilante de alguém. Nada que mereça a nossa atenção."

Julia procurou no chão uma pedra para tacar, mas foi impedida por Tiago.

"Não quero um rato me seguindo."

"Ele vai acabar se cansando da gente, acredite em mim", disse ele. Julia não pareceu nem um pouco satisfeita com a perspectiva de ter um rato de partes mecânicas a seguindo, mas não quis discutir. "Como as ruas estão vazias, ele deve estar entediado, mas num instante acabará encontrando o que fazer."

"Espero que entediado não signifique com fome", resmungou.

De acordo com sua contagem, mais doze casas se passaram. Como Tiago havia dito, o rato acabou deixando-os em paz. Sem os *tlecs* e *róins*, só ouviam o som dos próprios passos e o zunido de eletricidade vindo dos fios em curtos ocasionais. A sensação de andar sem sair do lugar persistia.

"Parece iluminação de festa da fogueira", comentou Julia, batendo uma nova foto. Na tela da câmera, notou ter captado algo voando, distante, uma sombra de longas asas abertas. Tomou um susto quando um grupo de lâmpadas estourou bem próximo e se abaixou.

Os citrinos nas luvas de Tiago brilharam por um momento, registrando a onda de energia. Ele ergueu a mão direita, e esperou que o efeito se repetisse. Dessa vez, o brilho veio tão forte que os dois magos viraram a cabeça para se proteger.

Em algum canto do Entremundos, os ânimos estavam exaltados. As ruas vazias começavam a fazer sentido.

"Isso é normal?"

"Nem um pouco."

De passos acelerados, os magos chegaram a uma construção de dois andares que ocupava uma esquina inteira. Revestida por tijolos miúdos, ora cinza ora avermelhados, ela era cercada de holofotes, e lhes ofereceria abrigo momentâneo. As janelas e portas, circunscritas a grandes arcos de metal, eram transparentes e sem cortinas, e permitiam ver relances de clarões em seu interior. Do topo de seu terraço se projetava a chaminé que Julia Yagami vinha usando como referência desde que haviam se afastado da escada de mármore.

Nesse instante, porém, ela se concentrava no crânio metálico fixado acima da porta de entrada. Feita de um material cinza brilhante e do tamanho de uma bola de basquete, a escultura ostentava uma cartola de copa alta e adornos sutis.

Ela conhecia o símbolo de algum lugar, havia esbarrado com ele em uma de suas leituras, mas não conseguiu se lembrar na hora.

"Chegamos", disse o exorcista.

Tiago deu três batidas e aguardou. Era um cliente antigo.

Um homem usando óculos de proteção deu uma espiada ligeira pela janela e veio recebê-los.

"Venham comigo, as ruas não estão seguras", disse ele, colocando-os para dentro. Vestia calça cargo, tênis de lona e um colete cheio de bolsos e botões, aberto de cima a baixo, mostrando sua magreza. Quando ele se virou de frente, Julia notou uma barriga magra, desenhada por músculos e costelas, com uma trilha de pelos loiros abaixo do umbigo. Seu cabelo amassado embaixo dos óculos de proteção também era claríssimo, um loiro quase branco.

Num chute, imaginou que o anfitrião tivesse por volta de 50 anos. Havia rugas embaixo dos olhos, e manchas esparsas de fuligem, uma delas cobrindo apenas a base do nariz. Ao ver Tiago Boanerges cumprimentá-lo a uma distância segura, optou por um aceno de cabeça e um sorriso quando foi apresentada, sem receios de se passar por antipática.

"Por favor, fiquem à vontade", disse ele, com uma calma que não se refletia em seu olhar. "Se quiserem lavar as mãos, o Entremundos não é conhecido por sua limpeza."

Moebius apontou para uma pia sob um espelho gasto, com marcas de ferrugem do suporte colado à parede. Do bocal da torneira acobreada pingavam gotas em ritmo lento e constante, manchando o interior do vasilhame. Antes de abri-la, Julia olhou para Tiago, que balançou a cabeça em negativa.

"Obrigada", respondeu ao artesão.

"Só preciso de um minuto lá em cima e volto para falar com vocês, com licença", disse ele, tomando uma escada rente à parede que rangeu a cada passo.

Assim que ele sumiu de vista, Julia Yagami se afastou da pia para espiar a oficina, indo direto ao forno à lenha bojudo que mantinha o ambiente aquecido e se conectava com a chaminé. De canto de olho, teve a impressão de que seu reflexo não havia repetido o gesto e se virou, recebendo um aceno de sua imagem especular.

É só a sua imaginação, sussurrou consigo, mas seu coração acelerado não se convenceu. Tomada por um mau pressentimento, deixou a visão de necromante se expandir e sondou o ambiente. No lugar de sua imagem, viu os fantasmas de cinco crianças, uma delas uma menina mais alta, muito magra, que havia simulado sua aparência para passar despercebida. Ao notar que a enxergavam, ela também se assustou, agarrou seus companheiros e desapareceu.

Julia Yagami deu um passo para trás. Tiago colocou a mão em seu ombro, inquisitivo, mas ela se manteve quieta e foi procurar novos sinais dos fantasmas. Virou-se para um lado, seguiu para o outro, agachou-se para espiar embaixo das bancadas, mas não mais os encontrou.

Atraída por uma cabeça de rinoceronte feita de peças antigas, começou a olhar as esculturas. Identificou no meio delas um revólver e um tubo de um microscópio, a provável ventoinha de um notebook e a base de um abajur formando uma garça. Estava no vão abaixo da escada, incompleta, cercada de cabeças de outros animais e de réplicas de insetos em dimensões avantajadas.

Prateleiras cheias de peças metálicas se espalhavam em espaços regulares pelas outras paredes. Seguiam uma organização pessoal, uma ordem oculta no caos, imperceptível aos olhos de um leigo.

À direita, uma estante de ferro abrigava máscaras imitando feições humanas. Julia pegou uma delas, feita em couro, e a ergueu na altura do rosto para analisar o duto que lhe escapava da boca. Virou-a do avesso e ficou intrigada por não haver furos nem ali nem no nariz.

"Como alguém conseguiria respirar usando isso aqui?"

"Não conseguiria", respondeu Moebius. Ela não o tinha escutado voltar à oficina. "Faço as máscaras por hobby, elas não são funcionais."

O mago depositou um bonifrate sobre a bancada de trabalho e apagou a lanterna na lateral de seus óculos de proteção. Só então Julia notou a enorme luva mecânica encaixada em sua mão esquerda. Dourada e polida, com um quartzo côncavo no dorso, tinha um brilho de limpeza que não combinava com o restante do artesão. Projetados de cada dedo, ferramentas, chaves e estiletes de trabalho lembravam a estampa de Freddy Krueger na camisa do exorcista.

Ao ver Julia apreensiva, o artesão recolheu as ferramentas e esticou a mão, para que ela a examinasse.

"Bonita, não é?"

"Muito", respondeu, tentando entender o mecanismo retrátil das peças.

"Foi o Moebius quem fez as minhas luvas, Ju. Ele também é muito bom em criar bonifrates de pequeno porte", falou Tiago, de olho no animal mecânico que repousava de pernas para cima.

"Médio", corrigiu. "Estou aprimorando a técnica."

"É a primeira vez que vejo um artesão fora da faculdade", ela comentou. Reparava nas íris azuis, tão metálicas quanto as criações do mago. Julia cerrou os olhos, tentando desvendá-las, e recebeu em troca um sorriso enigmático que não lhe inspirou a menor confiança.

"Faculdade...", ele resmungou. "O mundo está mesmo mudando. Nos tempos do meu pai, a lição mais importante era ser discreto e ficar vivo. Se o governo decidisse que você era uma ameaça, os Leões da República vinham, invadiam a sua casa e o levavam embora, não importava o sexo nem a idade. Diziam que era para reeducação conforme as leis do Estado, e as pessoas desapareciam. Por sorte, meu avô era militar, um bom engenheiro, e só o ameaçaram uma vez." Ele baixou a voz, percebendo que se alterava além da conta. "E hoje, quem diria, um mago pode ir para a faculdade sem esconder quem é ou o que pensa."

"A Julia é minha aluna. Vim mostrar parte do Entremundos para ela e incluí você no roteiro, espero que não se importe."

“De jeito nenhum”, respondeu, coçando o cabelo com uma chave inglesa. “Estou precisando de uma pausa, minha cabeça já estava girando. Essa última onda de energia desregulou o bonifrate em que eu trabalhava”, disse ele, tocando no animal metálico sobre a bancada. “Você sentiu?”

“Sim.”

“Até estourou uma lâmpada. Pensei que fosse o rato...”

Julia levou um cutucão do exorcista.

“Rato é o que não falta neste lugar”, Moebius retrucou. “Mas dessa vez foi algo grave.”

“Sabe me dizer quando começou?”

“Está assim há uns dez dias, mas ontem a frequência aumentou. Ondas vindo em intervalos irregulares, sentinelas circulando pelas ruas...” Ele fez outra pausa, como se uma ideia tivesse vindo à mente. “Bem, já que vamos conversar, posso aproveitar o fogo aceso na cozinha e preparar um chá. Estão servidos?”

“Eu aceito”, respondeu Tiago, fã dos chás da casa.

“Por mim, tudo bem.”

“Então está decidido. Este herborista amador aqui comprou uma mistura especial numa botica e estava louco por uma cobaia. Volto num instante”, disse ele, subindo novamente as escadas.

Julia segurou a mão do exorcista com cara forçada de menininha indefesa. Sentia-se pouco à vontade, com um medo inexplicável fazendo o coração acelerar. Por ela, se mandaria dali antes que o artesão voltasse.

Tiago a aprumou contra o corpo, tentando confortá-la. Sabia que, cedo ou tarde, o Entremundos cobraria seu preço. Ele era capaz de enlouquecer magos de mente frágil, transformá-los em tijolos de sua complexa estrutura. Se não tivesse encontrado Julia a tempo e realizado o exorcismo, ela faria parte da cidade agora, quem sabe integrada a fios e engrenagens na oficina do artesão.

“Essa camisa do Freddy foi uma piada de muito mau gosto.”

“Não seja ranzinza. Continue a espiar o mostruário do Moebius.”

“Aquelas máscaras são assustadoras. Há uma em forma de crânio, com uma rosa cravada na testa. Eu posso...?”, e mostrou o celular.

“Nem pensar.”

Abandonar o abraço do exorcista exigiria uma força de vontade que não tinha no momento. Sabia que não viera a passeio e sim para aprender, mas havia coisas estranhas demais ao seu redor, coisas além da matéria.

Aqueles fantasmas não estavam ali por acaso. Sentiam-se atraídos por uma poça umbrosa que brotava do chão, perceptível ao seu dom de necromante.

"Então prefiro ficar aqui, se não se incomodar, brincando com um bicho mais simpático", apontou para o bonifrate.

Ele tinha o tamanho de um cão de médio porte, um buldogue esguio. O espaço entre as patas dianteiras permitia ver o miolo da barriga, composto de garras que apontavam para um receptáculo redondo contendo um relógio de bolso. Suas orelhas eram mais longas que as dos animais de carne e osso, e no seu peito habitava um coração de quartzo incolor.

"Percebe como foi feito o revestimento? Placas encaixadas umas sobre as outras, aparafusadas nas bordas, formando uma couraça. Imagine só o trabalho", falou Tiago. Mexia com cuidado nos fios que pendiam do focinho, simulando um bigode.

"Por que justo um coelho?", ela perguntou.

"É uma lebre", Moebius respondeu, enquanto repousava uma bandeja com um bule abaloado na ponta da bancada. Ele serviu três canecas e, sem cerimônias, deu um belo gole antes de oferecer o chá, ignorando a fumaça que escapava do líquido. "Aaah! Delicioso. Só não conto a receita, porque tiraria a graça."

Professor e pupila se entreolharam e Tiago deu o primeiro gole. Julia esperou que ele caísse duro e ela precisasse correr e se atirar pelo vidro da janela, mas pelo visto ele não só estava sobrevivendo, como também gostando.

"Muito bom", comentou, descendo a xícara.

"É muita indiscrição perguntar qual a utilidade da lebre?", ela se aventurou, ainda assoprando o chá. Não soube dizer se a expressão de Moebius era de concentração ou de tédio.

"Proteger amuletos delicados como esse relógio, que só não pifou com as ondas de energia porque a lebre as consumiu e neutralizou. No futuro, carregar materiais mais pesados para me ajudar no trabalho, quem sabe? Cumprir funções específicas não é o motivo da existência de nada do que vê na minha oficina."

"Então qual seria?", perguntou ela, sem entender.

"Aprendizado. É o que dá à nossa curiosidade alguma utilidade, não é?"

A necromante se sentiu envergonhada pela pergunta e, para sua surpresa, certa admiração pelo artesão. Mas ele ainda era esquisito. E bastante intimidador!

Seus professores eram unânimes em dizer que a artesania era uma das práticas mais difíceis de dominar; a manipulação da matéria através do uso de magia. Artesões geralmente se especializavam em materiais específicos, como rochas, panos, velhos troncos e até papel. Havia histórias, inclusive, sobre artesões de ossos, capazes de manipular a si mesmos. E no caso de Moebius, chapas de metal.

Julia não fazia ideia da quantidade de trabalho necessária para construir uma lebre-bonifrate como aquela. Mas tinha certeza de uma coisa: por mais que não fosse com a cara dele, estava diante de um mago muito talentoso.

"A pedra central da lebre é muito bonita."

"Ela foi inutilizada durante o pico de energia." Moebius ejetou duas chaves de fenda de seus dedos e as utilizou em simultâneo para desaparafusar a base que prendia o quartzo em formato de coração. A ponta imantada segurou os parafusos antes da queda e ele suspendeu a pedra para a necromante. "Tome, leve-o como uma lembrança do nosso encontro."

Meio sem jeito, ela pegou o presente e agradeceu. Queria muito confiar no mago, sair da defensiva. Virou o coração na palma para admirar a precisão das bordas, depois fechou os olhos e fechou os dedos com força para sentir a energia.

Nada. Nenhum resíduo.

"Era melhor ter mantido o coração e ficado sem ouvir esse tique-taque irritante."

"Tique-taque?", o artesão se inclinou e aproximou o ouvido do peito da lebre. "Acho que o Entremundos está te pregando uma peça. Esse relógio está parado, veja. Os ponteiros não se mexem. Ele ainda funciona, mas não para fornecer as horas. Isso seria impossível aqui embaixo."

Julia olhou para Tiago, que sacudiu a cabeça em negativa. Também não ouvia nada além de lenha estalando no forno.

"Percebi isso com o meu celular", disse ela, querendo mudar de assunto. Talvez a estrutura da oficina, de paredes amplas e teto alto, estivesse ecoando o tique-taque de algum outro lugar.

Moebius esticou os dedos entre as costelas metálicas e tirou o relógio de seu suporte, soltando-o em um dos bolsos do colete. Depois, guardou as peças desmontadas, afastou a lebre na bancada e voltou a beber o chá, adicionando uma colher de açúcar. Enquanto conversavam, Tiago Boanerges lhe pediu que explicasse à Julia detalhes da profissão. Apesar da insegurança, ela conseguiu abstrair da presença dos fantasmas e se entregou à conversa.

Estava se saindo muito bem, ponderou o exorcista. Por mais que considerasse Moebius um bom profissional, sabia que ele era uma figura e tanto, e ficava feliz por ela estar lidando de forma elegante com a situação. No meio do papo, como quem não quer nada, aproveitou para tirar a dúvida que o mordiscava desde a ida à Drinqueria Blues.

"Moebius, você me falou uma vez que foi funcionário da Cérbero, não é isso, ou estou confundindo?"

"Sim, há muitos anos. Na área de implantes de membros superiores."

"Ontem, em um bar perto de casa, vi alguém mais ou menos da minha altura, com um visual de segurança de shopping. Ele..."

Uma faísca de energia percorreu a oficina, fazendo a luz piscar e os olhos da lebre se acenderem de repente. Os magos se entreolharam, quietos para ver se a onda se repetiria, e então sentiram um tremor. O bule e as xícaras vibraram produzindo um ruído desagradável que durou segundos. Moebius andou até a janela para averiguar as ruas e ergueu as mãos, acalmando os visitantes. "Quer saber se era uma pessoa de verdade?", ele retomou a conversa.

"Sim."

"Como eu e você. O que ele tinha no corpo?"

"Que eu tenha visto, um encaixe sobre o olho."

"Um segurança de nível 3. Eles chamavam assim na minha época, pode ter mudado. Mas não faz sentido que estivesse em um bar."

"Perguntar o que é a Cérbero é entregar demais minha ignorância?", disse Julia.

"Uma empresa privada de segurança. Até onde eu saiba, a única a atuar com sucesso na área de implantes." Ele ponderou se valia a pena se estender no assunto. "Seu amigo deve ter bons contatos."

O exorcista agradeceu em silêncio, com um movimento de cabeça.

"Posso fazer uma pergunta indiscreta?", a necromante disparou, se arrependendo quando ele se virou em sua direção. "Trabalhar numa dessas empresas de ponta é o sonho de muito dos meus amigos de faculdade, por que desistiu do emprego?"

"Desisti?", o mago se debruçou sobre a bancada, fitando-a de perto, a um centímetro de tocá-la. Ela sentiu o bafo de ervas exalando da garganta, o chá voltando pronto para ser cuspido. Não gostava do que via por trás daqueles olhos. Queria encará-lo sem parar, mas desviou. Não era só o hálito que fluía de Moebius. Havia uma aura densa e sufocante.

"Nã-não?"

Ele recuou, sobrancelhas erguidas.

"Ter salário certo no fim do mês é um atrativo quando se é garoto. A gente finge que não se incomoda de acordar às cinco da manhã, de tomar café na pressa, de morar no escritório. Mas depois vem a fase de virar a noite fazendo hora extra, tentando resolver um problema, de ouvir reclamação infundada só porque o chefe estava de mau humor, e é preciso fingir com mais afinco. Sinceramente, não nasci para receber ordens como meu pai e meu avô. Não nasci para ter alguém ditando os meus caminhos. Por que me dedicar a um implante no braço quando posso construir um corpo inteiro?"

"Problemas para receber ordens", ela deixou escapar. "Não é à toa que vocês dois são amigos", sorriu debochada para Tiago.

Um novo tremor, mais intenso e demorado, sacudiu a oficina e interrompeu a conversa. A necromante se agarrou à bancada, enquanto o artesão impedia bandeja e bule de caírem no chão. Os cristais de Tiago brilharam e seus olhos vidraram na enorme sombra que passava do lado de fora da janela. Assim que o chão desistiu de tentar derrubá-los, o exorcista se adiantou.

"Moebius..."

O artesão segurou firme o braço de Tiago com a luva metálica. Com a outra mão, pediu silêncio, como se atento a algo que só ele pudesse escutar. Um tremor mais fraco, quase imperceptível, veio e se foi sem causar estrago, e então ele o soltou.

Enquanto os dois se despediam na porta, Julia Yagami cedeu à curiosidade e expandiu novamente a visão. A menina que vira no espelho apareceu sobre a bancada, olhando-a atenta, os pés balançando para a frente e para trás. Um sorriso amistoso se formou em seu rosto espectral ao ensaiar um aceno, mas uma sombra de pernas compridas a puxou de repente para baixo e desapareceu com ela pelo chão.

Devido ao susto, a necromante saiu apressada da oficina e perdeu o equilíbrio no recuo da calçada, deixando escapar dos dedos a pedra que ganhara de Moebius. Entre os seus pés, espalharam-se cacos e mais cacos do antigo coração do bonifrate.

9
O Jardim do Esquecimento

Por três quarteirões, Tiago Boanerges ouviu as teorias de sua pupila sobre o que acontecera na oficina. Poças negras no chão, tique-taques que mudavam de origem, artesões mal-humorados e, principalmente, fantasmas. Ele era incapaz de expandir a visão e enxergar energias escondidas por trás da quimera, por isso não havia identificado a presença deles.

"Tem certeza de que não eram um eco?", questionou.

"Não, eles tinham consciência. Ela, pelo menos, que foi quem interagiu comigo. Me deu um tchauzinho e tudo, lembra?"

Ele remoeu as informações, buscando algo útil para dizer a Julia. Pelo menos a mente dela não girava mais ao redor de seus medos e perda de memória.

Vendo que ele não se manifestaria, ela prosseguiu: "Acha que morreram aqui dentro?"

"É uma possibilidade. Ou talvez tenham se juntado por afinidade em algum reflexo e ativado uma das passagens, por acidente. É difícil deduzir a história do grupo ou de um dos indivíduos apenas com um aceno. Você sabe que fantasmas são resíduos de ânimo, energia imbuída de memórias. Alguns acabam absorvendo novas energias e se transformando em outra coisa, ganhando consciência própria, mas a maioria não passa de um vestígio da pessoa que os originou. No nosso reflexo, a tendência seria vagarem até se esquecerem de si mesmos e serem absorvidos."

“Mas e aqui, Ti, no Entremundos?”

O ar cabisbaixo do exorcista antecipou a resposta.

“Eles estão presos, Ju. Sinto muito.”

Tiago Boanerges sentiu uma nova onda se aproximar e puxou sua pupila para baixo. Agachados, ouviram as lâmpadas espocarem e esperaram o tremor passar sob uma chuva fina de cacos de vidro. Citrinos brilharam no dorso da luva, confirmando o que a pele arrepiada já sabia.

Com um gesto, o exorcista pediu a ela que permanecesse calma. Ergueu as mãos e caminhou em círculo, buscando a direção das ondas. O Entremundos, porém, não parecia querer colaborar. Num momento, um sinal difuso vinha do fim da avenida, no outro, nada além do normal, como se a energia nunca tivesse existido.

“Tiago.” Ela apontou ao longe. “O que é aquilo?”

Dois seres mascarados, vestidos com um longo manto negro, vinham pela rua girando o pescoço de um lado para o outro. A roupa ia dos ombros ao chão, sem mangas nem cortes, dando a impressão de serem fantoches. Deviam passar de três metros de altura, superando fácil a coluna de algumas das casas em volta.

“Perscrutadores, uma das sentinelas do Entremundos.”

“Que nem os seguranças da faculdade?”

“Julia”, ele a pegou pelos ombros, o rosto sério. “Me ouça com atenção. Eles irão revistá-la. É só facilitarmos o trabalho deles para verem que não somos uma ameaça e nada de ruim acontecerá. Venha comigo, sem movimentos bruscos”, e seguiu para a calçada. Em seguida, pediu que se encostasse à parede de uma casa, pernas entreabertas e braços afastados do corpo, e a imitou.

Os seres avançaram pela rua sem mudar o ritmo, procurando, procurando. Assim que se aproximaram, se curvaram para baixo, flexíveis como uma serpente. Julia tentava controlar a respiração como se estivesse escondida atrás de um sofá e não de cara com fantoches gigantes. Enquanto o da direita analisava Tiago, o da esquerda se voltou para a necromante e tocou seu rosto de gesso no dela. Ela encarou de perto a máscara viva. Sua superfície branca exibia bochechas salientes. O centro dos lábios marcado em preto insinuava um beijo. Uma pintura laranja parecia delinear uma chama, cortando sobrancelhas levemente inclinadas para cima. No buraco dos olhos, pontos luminosos distantes e repentinamente familiares que a fizeram se lembrar.

Foi apenas uma imagem de relance, um susto, e o grito quase escapou. Precisava se controlar.

Ele ficou parado por segundos infinitos, sincronizou a respiração com a dela, cada vez mais ofegante. Ela olhou para o lado, buscando o exorcista, o medo se condensando em lágrimas. Percebeu que ele havia sido liberado e que o outro perscrutador retornara para a estrada, assumindo posição de vigilante.

"Só mais um pouquinho, aguenta firme, confia em mim", ouviu o sussurro. De peito arfando, ela engoliu em seco e virou novamente para a frente, voltando a encarar a máscara. Sentiu-se analisada pelo ser de pano, como se ele revirasse suas entranhas à procura de segredos.

O fantoche serpentou mais perto, olhando fundo os seus ouvidos, e acabou perdendo o interesse. Ergueu-se outra vez em seus três metros e partiu para longe junto de seu companheiro.

Julia Yagami deslizou pela parede e caiu sentada, o rosto molhado. Suas pernas não mais respondiam. Tiago Boanerges se agachou ao seu lado e limpou com o dedo as lágrimas que escorriam.

"Quer ir embora? Conversar?", perguntou ele.

Ela se demorou em silêncio, recebeu um afago. Havia algo por trás daquela máscara, algo dentro do vazio que lia sua energia, sua mente. Queria compartilhar o que tinha visto, a imagem de um homem a atacando, apertando o seu pescoço, mas sabia que a hora não era propícia.

"O que aconteceu?", falou enfim.

"Seu padrão de energia foi catalogado pelos perscrutadores. Se decidem que alguém não deveria estar aqui, eles levam embora."

"De volta para o nosso reflexo?"

"Não, só embora."

Julia engoliu em seco.

"O que eles queriam comigo?"

"Ver se não é a culpada pelas ondas que estão varrendo o Entremundos. Da única vez que dei de cara com eles, um tempo atrás, também fui catalogado... e ligeiramente sacudido, mas vamos pular essa parte."

"O carimbo no passaporte."

"Uhum", ele a ajudou a se levantar. "O que me diz? Escada, espelho e um café com pão de queijo na cafeteria ou nossa última visita programada?"

Julia pareceu em dúvida. Não queria ser imprudente, muito menos derrotada por seu medo do Entremundos. Com a imprudência, Tiago podia lidar. O restante dependia somente dela.

"Mais detalhes, por favor."

"Um jardim. Plantas do nosso reflexo e de muitos outros. Um banco para descansar, um chafariz e um jardineiro."

"Tem algum artesão com luva de Freddy Krueger?"

A brincadeira fez a preocupação ceder. Ele viu o brilho de curiosidade reacender nos olhos da pupila. Esticou a mão para ela. A necromante respirou fundo, reuniu sua coragem. Pensou mais uma vez em contar sobre o fragmento de memória, porém, dada a violência da imagem, preferiu limpar os pensamentos.

"Podemos sair dessa rua, pelo menos?"

"Devemos! Não quero estar na frente se os perscrutadores encontrarem o que estão procurando. Estava apostando em uma briga, mas pode ser um invasor."

"As ondas de energia."

"Sim."

"Mas quem teria energia para driblar as sentinelas e invadir o Entremundos?"

Uma musa.

"É o que eu gostaria de saber."

***

As ruas continuaram desertas até a entrada do jardim. Com a altura de uma casa e a largura de um dragonete, seus portões terminavam em ambos os lados em paredes-vivas, compostas de galhos grossos e trepadeiras. Os ferros seguiam o formato de ramos, começando retos na base e ficando tortos e desnivelados em direção ao topo. Nas bordas, uniam-se em uma trança para criar duas imensas colunas, terminadas em imitações de uma hera que se agarrava ao ar. No centro, fundiam-se na forma de uma rosa cor de ferrugem com o diâmetro de uma necromante de braços abertos.

"Ele é enorme!", disse Julia Yagami. Apoiada na grade, admirava a extensão do jardim. "É como se não existisse mais nada em volta. Não me diga que há um terreno demarcado como um tabuleiro de xadrez depois dele."

"Pelo menos não nesse reflexo", falou Tiago. "Quer fazer as honras?"

Ela o olhou com desconfiança.

"Ninguém virá abrir a porta pra gente? Não quero que pareça que estamos invadindo e um daqueles policiais venha atrás de nós."

"Sentinelas, Ju. E o jardim é aberto a todos os seus visitantes. Trate-o com respeito e ele retribuirá."

Julia tentou empurrar os portões, mas eles não se moveram. Colocou um pouco mais de força, a bota direita firme no chão, e eles pareceram ainda mais pesados. Respeito, ela pensou. Afastou-se deles, fez uma mesura e pediu por favor.

Nada.

"Por que acho que está rindo em silêncio da minha cara?"

Tiago fez uma cara séria.

"Porque me conhece melhor do que ninguém." Ele se aproximou e pediu licença. "O jardim não é um lugar comum, se é que podemos usar essa palavra aqui no Entremundos. Ele ocupa esse espaço, ao mesmo tempo em que existe em diversos outros reflexos, o que deixa a sua lógica ligeiramente invertida. É confuso de início, mas serve para defendê-lo de visitantes perdidos e vice-versa."

"Estou na etapa do confuso, então."

"Vamos, segure o portão da esquerda. Eu fico com esse aqui. Vou contar até três e quero que o puxe para trás. Um, dois... três."

Julia puxou o portão para trás, na direção da rua, e sentiu seus pés se moverem para a frente, na direção do jardim.

"Uau."

"Simples, não foi?"

"Ele espelhou o movimento."

"Agora quero que o feche."

Firmando o lado de fora como objetivo, ela caminhou para dentro e se viu do outro lado do portão. Puxou-o então na direção do seu corpo e sentiu como se o empurrasse novamente para o lugar. Quando os dois portões se encontraram num rangido, ela comemorou.

"Consegui!"

"Mais uma intrometida."

"Pensa que sabe muito."

"Não serve nem para erva daninha."

"Pra adubo talvez."

As vozes vieram de lugares variados. Ela girou ao redor, mas não viu ninguém. Tentou se aproximar de Tiago, e acabou se afastando.

"Que porcaria é essa?"

"Burra."

“Eu disse.”

“Até adubos precisam ser inteligentes.”

“São as flores”, disse Tiago, juntando-se a ela. “Lírios, rosas, bromélias, margaridas. As mais grossas as margaridas, com certeza. Nunca dê muito papo para elas.” Ele lhe estendeu a mão esquerda e intercalou os dedos com os dela. Com a direita apontada para a frente, direcionou a energia para os citrinos. “Venha, sem medo. Como se estivéssemos em um shopping qualquer de Libertà.”

Julia deu um passo adiante e ficou feliz de ver que realmente se deslocava naquela direção. Eles saíram da área de mata alta e chegaram a uma trilha de pedras que atravessava o canteiro das flores.

“Consegue inibir o encantamento?”

“O suficiente apenas para não enlouquecer. A magia aqui é muito forte. O Jardim do Esquecimento foi criado por um lúdico. Está muito acima da minha capacidade cancelar suas defesas.”

“Jardim do Esquecimento?”

“Hum, eu não cheguei a mencionar o nome?”

“Lúdicos?”

“Um pacífico. Quer dizer... mais ou menos.”

Julia se virou para trás. Estavam cercados de roseiras vermelhas, rosas comuns. Falou um oi para uma delas, xingou uma que se despetalava. Nenhuma lhe respondeu. Esticou-se para tocá-las, cautelosa, pronta para qualquer reclamação. Precisou desviar de uma aranha laranja do tamanho de uma unha, mas, fora isso, nada de estranho aconteceu. As pétalas eram sedosas, o aroma agradável. Os ramos verdes e espinhosos como deveriam ser.

“Aquela bronca de preste atenção agora e pergunte depois ainda está valendo ou pode me explicar a razão do nome desse lugar?”

“Por causa disso”, ele soltou a pupila. A princípio, ela não notou qualquer diferença. Tentou tocar a rosa novamente, mas acabou se afastando. Concentrou-se no movimento inverso e se aproximou. Virou-se de um lado para o outro, analisando o canteiro, e sentiu que algo havia mudado: o portão. Não conseguia mais ver a estrutura que tinha duas vezes a sua altura, talvez mais. Estava ali agora mesmo! Tinham dado apenas alguns passos. Tinha dado. Estava sozinha, não? Não. Havia alguém com ela. Mas quem?

Ela recuou ao sentir que a tocavam. Tiago apertou sua mão com força, puxou-a para perto, e o ocultamento se desfez.

"Pode fechar a boca, se quiser", disse ele.

"Mas..."

"Cada vez que alguém se confunde e se afasta do seu objetivo, afasta-se também das memórias que o levaram até ali. E sem saber de onde veio ou aonde queria ir..."

"Mais perdido e desmemoriado", ela completou. "Imagino que as flores não sirvam exatamente como um guia de viagens, com roteiros, orientações e dicas de pontos turísticos."

"Elas são a primeira defesa do jardim. Umas roubam suas lembranças, outras reavivam momentos esquecidos, algumas só bagunçam tudo. Elas tentam prendê-lo com sua conversa, e quanto mais você fala, pior fica."

Ele recomeçou a andar. Seguiu as curvas da trilha, saltou o tapete de gerânios, driblou os hibiscos, e os levou para fora dos canteiros. Encontravam-se agora em um pátio circular com um chafariz. A peça central, a estátua de um grifo, cuspia água para cima sem muita pressão. O líquido transparente se derramava do bico às plumagens no peito e depois para os animais mais próximos do espelho d'água.

"Aposto que é aí que os perdidos e sedentos morrem envenenados."

"Não, é só um chafariz, a fronteira segura. O encantamento das flores não cobre essa parte. Aqui as defesas são diferentes." Ele a soltou e deu um passo adiante. Esperou que imitasse o gesto. "Viu só?"

Julia Yagami caminhou até a borda de aspecto marmóreo que continha o lago. Pegou um punhado de água e a deixou escorrer por entre os dedos. "Ti..."

Ele fez um não discreto com a cabeça.

"Então por que me trouxe aqui?"

"Para que soubesse onde não procurar. Para que na ânsia de recuperar suas lembranças perdidas não se arriscasse a conversar com as rosas e terminasse sabendo menos de si mesmo do que antes."

"Mas se havia um onírico me possuindo, quem garante que ele não invadiu os jardins e acabou perdido? Quem garante que uma dessas flores não sabe o que aconteceu?"

"Eu garanto", ele falou. "Quando for a hora..."

"Eu sei", ela falou, desanimada. Viu uma aranha escalar o casaco do exorcista e a enxotou para o chão. "O jardineiro devia borrifar veneno nessas plantas de vez em quando."

"Na verdade, as aranhas fazem parte do jardim. São sua segunda defesa", disse ele. Abaixado, esticou um dedo para que a aranha subisse e a colocou em uma árvore próxima.

"Trate-o com respeito e ele retribuirá", repetiu Julia. "É o caso de pedir desculpas, tirar uma foto com ela e postar na rede?"

"Aranhas são ocupadas demais para serem rancorosas", disse ele. Julia nunca sabia se ele falava sério nessas horas. "Seus olhos multifacetados enxergam todos os reflexos ao mesmo tempo. O que acontece aqui, em Libertà e em mais realidades do que eu saberia dizer. São as únicas que conseguem ver o quebra-cabeça completo. Além disso, são ótimas vigilantes, se souber usá-las."

Tiago pegou um graveto seco no chão e o atirou na direção de uma árvore. Ele parou antes que pudesse atingir o tronco e balançou para a frente e para trás, suspenso no ar. Uma aranha negra de abdômen bojudo e vermelho desceu a teia imperceptível para verificar o que a incomodava. Cutucou o graveto com uma das patas, percebeu que não era uma presa suculenta e o derrubou.

"Certo. Nada de selfies com as aranhas."

"Está pronta para conhecer o jardineiro?"

Tiago e Julia contornaram o chafariz. O pátio se dividia em cinco caminhos, todos ladeados por árvores e arbustos. O que seguia diretamente em frente levava a uma pequena clareira. Sentada sobre um cogumelo gigante de aba vermelha com círculos brancos, lá estava ela. Sua pele negra, o rosto redondo, os olhos acesos refletindo a cor de seus cabelos incrivelmente longos e azuis. Eles cobriam o corpo dela, desciam pelo pescoço, dorso e pernas, escorriam em direção à terra. No jardim de forração ao seu redor, aranhas de pelos brancos e azuis com dois palmos de cumprimento aguardavam paradas, como se estivessem em sono profundo.

Quando chegaram mais perto, Julia percebeu que ela estava nua.

"O jardineiro é uma mulher", falou.

"Homem, mulher, os dois, nenhum deles. Não é isso que a define. Cada vez que venho aqui, eu a encontro com um sexo diferente."

Julia avançou alguns passos. Certificou-se de que seguia na direção pretendida e parou. "Então como a reconhece?"

"Sempre negra, sempre de cabelos e olhos azuis. Depois que compartilha do seu narguilé, não há como confundi-la com mais ninguém."

"É estranho. Um segundo atrás eu podia jurar que ela estava sem roupa. Agora vejo um manto."

"Lidar com lúdicos é um treino constante de percepção", falou Tiago, a cabeça já concentrada na conversa que teria. "Há um banco embaixo daquele salgueiro. Quero que fique nele, me esperando. Estará segura ali."

"E as aranhas?"

"Elas não fazem nada que o jardineiro não queira. Estão todas interconectadas de alguma maneira. Não irão incomodá-la."

"Promete não demorar?"

Ele assentiu e aguardou. Só depois que Julia se acomodou no banco, continuou pela trilha de pedras que levava à clareira. Dois cogumelos menores fizeram a vez de escada. Tiago se equilibrou sobre eles e saltou para o cogumelo maior, onde o jardineiro o esperava. Sentou-se de pernas cruzadas e uma nuvem aromatizada cobriu seu rosto. Uma moleza muscular, o desapego dos sentidos, quase o fez cair para trás.

"Deve estar atrás de alguma informação valiosa para ter me trazido um pagamento tão saboroso", disse ela, e encaixou a piteira no corpo do narguilé. A fumaça escapou densa de seus lábios, e o cheiro doce se espalhou.

"Ela não é pagamento, muito menos comida. Que jeito de começar uma conversa!", reclamou ele.

"Esqueceu seu bom humor com as rosas?", ela comentou, dando uma baforada. Fitava seu interlocutor com olhos atentos a cada detalhe do seu gestual.

"Ele foi embora assim que esbarrei com os perscrutadores. Não é uma sensação com a qual alguém de fora se acostume."

"Nem alguém daqui." Ela girou o narguilé, virando a mangueira para o exorcista. Parecia ter ficado mais interessada. "Imagino que seguiremos do modo tradicional. O que veio saber?"

"Preciso saber se há uma musa escondida no Entremundos."

Ele tragou a piteira. Expeliu a fumaça num traço certeiro para que ela a sorvesse, pontos cintilantes dançando de uma boca a outra num balé coordenado. Por mais que conhecesse o procedimento, nunca se acostumava com a sensação. Em um reflexo de autodefesa, direcionou energia para os citrinos, e gastou um instante para se acalmar.

"Desculpe", falou, mas ela não pareceu ouvi-lo, ocupada que estava saboreando as informações conseguidas de sua mente.

"Fascinante", ela respondeu. Tiago nunca sabia que lembranças passaria adiante. Podiam ser memórias de infância, uma corrida no parque com o pai, um acesso de raiva devido a uma briga na escola, informações sigilosas lidas em arquivos do Conselho de Hórus. O processo era aleatório, incontrolável inclusive para ela. "Mas uma musa não se esconderia entre nós", respondeu o jardineiro. "Com um nível de energia tão alto, ela seria caçada e canibalizada."

"E se alguém desse lado estivesse disposto a escondê-la?"

"A comê-la, você quer dizer", ela insistiu na impossibilidade. "Oníricos não são bem-vindos no Entremundos. Um tão raro teria vida curta. Você sabe disso. Chega de perseguir aquilo que não existe mais."

Ela virou a piteira para si. Colocou-a no canto da boca, onde nascia um sorriso malicioso. Tragar. Soprar... Sorver. Ele aspirou a fumaça e descobriu o que tinham compartilhado.

"Então o que está causando as ondas de energia?"

"É uma pergunta informal?"

"Pare com isso", disse o exorcista. "Alguém com força o suficiente para driblar as sentinelas dos espelhos e acordar os perscrutadores está passeando pelo Entremundos."

"Algo antigo se esconde na cidade entre os reflexos, mas não é um invasor e nada tem a ver com sua busca pelo passado", ela esticou a piteira para ele, num aviso de que para saber mais teria de aceitar compartilhar mais uma parte de suas lembranças. Vendo-o reticente, repetiu: "Se tivesse eu saberia".

Tiago agradeceu com um gesto silencioso. Por mais estranho que isso soasse, considerava a lúdica uma pessoa de confiança. Bem, não uma pessoa de fato, nem exatamente de confiança. Apenas o mais próximo disso que ela poderia ser. Tinha consciência de que nenhuma informação vinha de graça, mas investigar sozinho o Entremundos atrás da musa seria impossível. E se alguém sabia o que se passava na cidade entre os reflexos, esse alguém era o jardineiro.

"Acho que terminamos, então", disse ele, se colocando de pé.

As aranhas azuis e brancas escalaram a *Amanita muscaria* tamanho família e bloquearam a passagem. O exorcista encarou o jardineiro, à espera de uma explicação.

"Antes que vá, uma pergunta sobre a menina."

"Uma pergunta informal?"

Ela ignorou a provocação.

"Ela sabe?"

"Sobre a musa?", retrucou Tiago. "Não tenho intenção de envolvê-la nessa história."

As aranhas desceram para a terra.

"Elas irão acompanhá-los para que as flores não os machuquem. Leve isso com você", e esticou um saco de feltro.

O exorcista conferiu o conteúdo.

"Obrigado", respondeu, sem entender a razão da gentileza. Como havia dito, as *Haplopelma lividum* começaram a se mover pela trilha, em direção ao chafariz. Tiago apanhou Julia no banco sob o salgueiro, e então atravessaram os portões.

Ela aproveitou para pechinchar um abraço. Caminharam assim, juntinhos, até o som de seus passos se misturar a um rangido distante. Uma mulher miúda conduzia ao longe uma bicicleta alta, a roda de trás enorme e a da frente bem pequena.

"Hora de pegar um taxi", falou para Julia.

Assim que a mulher parou ao lado deles e perguntou se queriam uma carona, ele lhe entregou o saco de feltro. Ela espiou o que havia dentro dele e sorriu com agrado.

"Precisamos de ajuda para subir", disse ele.

"Ah, sim. Humanos", respondeu ela, derrubando uma escada antes enrolada próxima aos assentos.

Julia olhou desconfiada, nada mais a surpreenderia naquele lugar. Deu a primeira pisada com cautela, depois a segunda, e notou que a bicicleta nem chegou a balançar com o seu peso. Sentou em um dos bancos traseiros meio cabreira com a altura e segurou firme no exorcista para não cair.

"Para onde vamos?"

"Para a escada."

"Uma das passagens mais tranquilas, a preferida de oito em cada dez visitantes. Antigamente, quando as ruas eram feitas de barro...", a mulher começou sua história, e a bicicleta voltou a andar, buzinadas disparadas na rua vazia. Aquele havia sido um passeio produtivo para ele e sua pupila, pensou Tiago, orgulhoso, despedindo-se da cidade entre os reflexos. Cansado, mal via a hora de voltar para casa, tomar um banho estupidamente quente e fazer as pazes com o mundo dos sonhos.

10
Velhos vícios

Existe um lugar mágico em Libertà. Um recanto onde nenhum problema consegue alcançá-lo, nenhum desafeto pode irritá-lo e a velocidade do mundo nunca ultrapassa a da sua respiração. Um paraíso aquecido, pessoal e intransferível, no qual Tiago desfrutava seu momento de descanso.

A água quente podia não levar embora as preocupações que se reproduziam como gremlins, mas ajudou a relaxar o corpo depois da longa caminhada. Tinha conseguido sanar sua dúvida sobre o segurança com Moebius e eliminado o Entremundos como um possível refúgio para a musa. Faltava uma cidade inteira para procurar.

De testa apoiada na parede, teve vontade de dormir ali mesmo, ir deslizando pela parede e se empoçar no chão junto aos pingos, escorrer pelo ralo e só acordar quando alguém batesse à porta para recolher o seu cadáver. Por uns minutos, concentrou-se no barulho do chuveiro, na massagem da água em suas costas, e foi difícil vencer a inércia e voltar a se ensaboar.

Um zumbido contínuo no fundo de sua mente ajudou-o a se mexer: Devia esperar um retorno da Liz ou insistir com mais uma ligação?

A dúvida se desdobrou em suposições, diálogos fictícios que terminavam todos com a cantora dizendo que continuasse longe dela antes de xingá-lo dos mais diversos nomes. Talvez merecesse os xingamentos. Talvez fosse um babaca por ter cortado contato depois da sua expulsão. Talvez tivesse sido o certo a fazer, poupá-la de mais sofrimento. Talvez o melhor fosse não importuná-la. Talvez, talvez, talvez. Talvezes empilhados na estante, ordenados por sobrenome de autor. Talvezes *highlanders*. Só pode haver um.

Você não pode fugir da sua responsabilidade, disse para si mesmo. Não está com medo de rever Liz, e sim do que virá em seguida.

Espalhava o xampu, um olho aberto e o outro fechado, quando teve a impressão de ver um vulto. Sua mão balançou até encontrar a beirada da toalha para limpar o rosto, enquanto pensava em como chegar às luvas de exorcista. Tinha largado a roupa imunda do Entremundos na sua copa, dentro da máquina de lavar, antes de subir para o banho.

Tiago Boanerges respirou mais calmo ao notar dois pontos verdes do outro lado do box. Devolveu a toalha para a porta, ainda se recuperando do susto, e esperou que o efrite se manifestasse. A nuvem se deslocou pelo alto e se adensou embaixo da água, assumindo uma forma humana completa. Era ligeiramente mais baixo que o exorcista, com a pele cor de caramelo e cabelo bem curto e escuro. Tinha o maxilar quadrado em um ângulo de noventa graus, e olhos caídos nos cantos.

"Quer me matar do coração?"

"Você não tem coração", respondeu Hain.

A água atravessava a roupa social sem molhá-lo, como se não estivesse lá, mas Tiago sabia quanto ele podia ser corpóreo se quisesse. Para migrar de Yume e manter-se no mundo físico, efrites precisavam possuir corpos. Por ser mais forte e mais antigo, Hain conseguia transitar em sua forma etérea, bastando roubar uma pequena quantia de energia de humanos, ocasião em que também adquiria as características usadas para compor sua manifestação corpórea.

"Posso ao menos terminar o banho?"

"É urgente."

Tiago se viu sozinho antes que pudesse fazer a próxima pergunta, uma nuvem de fumaça passando sob a porta, em direção ao quarto. Na esperança de seus esforços no La Sombra terem dado certo, enxaguou o restante do xampu, desligou o chuveiro e se enxugou apressado, despreparado psicologicamente para o frio.

Entrou no quarto enrolado na toalha, cada centímetro do corpo arrepiado. Hain havia se reagrupado próximo à janela, braços e pernas cruzadas, esperando. Estava mais sério do que de costume, o que, para alguém carrancudo como ele, queria dizer alguma coisa.

O exorcista nada falou. Largou a toalha no colchão e catou uma roupa para vestir.

"Vai continuar calado aí no canto?", ele não se aguentou. "Nada contra ser observado enquanto troco de roupa, mas o seu silêncio está me deixando preocupado. Não me diga que eu enfureci um guará ou algo parecido."

"Você tem dois minutos para me convencer de que vale a pena envolvê-lo nessa história", disse Hain, sua boca imóvel.

Tiago sabia que para ter uma chance, precisaria dizer a verdade.

"Eu tenho que encontrar a musa. Entendo que esteja com um pé atrás, mas dessa vez é diferente."

"Diferente por quê? Mudou a mão ao se masturbar pensando nela?"

O comentário o acertou em cheio. Foi como se Moebius decidisse investigar suas tripas com a luva. O resto de entusiasmo que havia sobrevivido depois dos percalços no Entremundos desapareceu.

Ter sido expulso do Conselho de Hórus não havia atrapalhado a relação profissional construída com Hain em seus tempos de agente. Continuaram a manter sua simbiose de interesses, os contatos agora mais escassos, centrados no que escapava do controle do governo. Chegaram inclusive a utilizar a adega do exorcista para dar fim a oníricos encrenqueiros que insistiam em desrespeitar as regras de convivência dos dois lados. A impessoalidade, entretanto, havia substituído a relação amistosa.

"Não seja injusto."

"Me prove que estou errado."

"Fui contratado para descobrir onde ela está."

"E quem seria tão inocente?"

"O Conselho de Hórus, ou algo parecido. Pode perguntar às suas fontes, sabichão. Eles querem que eu descubra onde ela se escondeu e a impeça de possuir Liz."

"Liz...", Hain atravessou o quarto e se reagrupou junto ao exorcista. "Foi essa a desculpa que inventou para si mesmo? Que está fazendo isso pela cantora? Nós dois sabemos que você morreria para estar com a musa novamente."

Tiago sabia ao que ele se referia. Na época de desolação pós-musa, recuperando-se da infecção por morte negra, decidiu se dopar para afundar no mundo dos sonhos, e acabou perdido. Reproduziu o quarto de Liz em uma cena inventada na qual conseguia se despedir antes que agentes do Conselho o arrancassem dela. Ao captarem suas emoções e entenderem seu desejo de reencontrar a musa, parasitas oníricos transformaram o sonho em uma armadilha convidativa, para que acreditasse estar com ela novamente e perdesse a vontade de acordar. Nenhum mago deve entrar sozinho em Yume, era a primeira regra. Entretanto, alguém sem vontade de viver não quer saber de seguir nenhuma.

Se não fosse Hain tirá-lo de lá, teria entrado em coma. Ficaria vivendo a mentira em ciclos até sua essência ser drenada pelos parasitas e eles perderem o interesse. Com alguma sorte, morreria de forma rápida, antes de ser encontrado por Julia na cama de seu apartamento.

"Isso é mentira!", disse Tiago.

"Então me prove."

"Eu sei que desaprova minhas idas ao La Sombra, mas precisa me entender. Tem gente que consegue parar de fumar de uma vez. Decide, larga o maço e acabou. Tem gente que passa meses usando adesivos."

"E as garotas e os garotos de programa são os seus adesivos."

"É uma garota só, possuída sempre pelo mesmo onírico. E de qualquer modo, é problema meu com quem eu transo ou deixo de transar. Eles são voluntários, não estou cometendo nenhum crime e isso não tem nada a ver com a musa."

Sem perceber que a animosidade fizera aflorar sua energia, Tiago enfiou o dedo no peito de Hain e dissipou parte da nuvem de fumaça.

O onírico deu um passo para trás. Não pareceu ofendido, tampouco surpreso. Afundou a mão no ponto onde havia sido tocado e corrigiu o buraco, reconstruindo a pele e a camisa.

"E seus passeios não autorizados em Yume?"

"O que têm eles?", perguntou Tiago Boanerges, baixando a adrenalina. Sentia-se mal por seu ataque acidental ao fumacento. Estava tão acostumado a usar as luvas para concentrar e direcionar sua energia que às vezes se esquecia do que um contato direto podia fazer.

Hain apenas aguardou.

"O que foi?", Tiago entendeu a desconfiança. "Acha que estou procurando a musa na fronteira?"

Hain continuou o encarando. Se soubesse erguer sobrancelhas, era o que faria.

"Só porque é lá que os oníricos aparecem quando são exorcizados?"

Tiago nunca havia pensado na possibilidade. Por um lado, nenhum ser etéreo duraria muito tempo na fronteira se chegasse enfraquecido. Quanto mais energia consumida durante o exorcismo, maior a chance de ser digerido por algum parasita, ou canibalizado por pesadelos, e era claro que a musa lutaria para ficar no plano físico, o que arriaria sua bateria. Por outro, sabia que ela não era um onírico qualquer. Existia desde os primórdios da civilização, do contato com o fogo, da primeira lança lapidada. Acharia um modo de escapar da fronteira, seria acolhida por um dos seus e se livraria da loucura que lhe acometera em Libertà.

"Está subestimando a minha inteligência."

"Sei quanto é perspicaz aqui", Hain o tocou na testa. "Do mesmo jeito que sei quanto é idiota aqui", e o tocou no peito, fazendo seu coração de fumaça acelerar.

"Bastante humano da sua parte separar razão e emoção."

"Culpa da má companhia."

O exorcista sentiu a tensão diminuir. O interrogatório não se dava por desconfiança, afinal, e sim por preocupação. Ou preferiu pensar dessa forma. Estava cansado, ficando sem argumentos. Não só o corpo, a mente também pedia por um café e uma noite de repouso. Todavia, precisava insistir. Se o plano corresse conforme o esperado e conseguisse o direito a um favor dos guarás e dos efrites, poderia obter em troca alguma informação relevante sobre o paradeiro da musa.

"É pela Liz, Hain. É por ela que entrei nessa. A musa matou o exorcista que a mandou embora. Talvez ela me procure, tente me matar também, mas eu preciso tentar, estar um passo à frente. Não posso deixar que a Liz se machuque outra vez por conta da minha omissão."

Os pontos verdes nos olhos do efrite se tornaram luminosos. Hain se decompôs em névoa e vagueou para a porta.

"Termine de se arrumar e me encontre lá embaixo. É melhor comer alguma coisa antes de sairmos."

Tiago se percebeu sozinho. Cerrou o punho em comemoração. Calçou os sapatos, vestiu o casaco e desceu para a cozinha. A pizza fria ainda estava na geladeira à sua espera, um prêmio merecido pela vitória do dia. Dessa vez, jogaria as sobras no lixo e encomendaria comida chinesa para jantar.

"E então? Já que passamos das preliminares, o que tem a me dizer?"

"Como sabe, um guará foi morto em Jardim Calvino dias depois de uma discussão com um efrite. O pai dele pretende armar um revide. Se o efrite tentar se ocultar em alguém, sabe o que acontecerá."

Por sua natureza feérica, salvaxes conseguiam ferir oníricos e levá-los à morte definitiva. Entretanto, eram incapazes de exorcizá-los. A única maneira de expulsar o suposto culpado do hospedeiro seria submeter o corpo à dor extrema, machucar um inocente.

"Eles aceitaram a minha proposta?"

"O patriarca dos Castilhos sabe que trabalhou no Conselho de Hórus e que foi responsável pelo fim de vários oníricos, o que contou pontos a seu favor. A derrota para a musa o deixou solidário, um erro perdoável diante de um inimigo imponente."

Era só o que me faltava, pensou o exorcista, ser admirado por um sujeito desses.

"Chega de suspense, Hain. Isso quer dizer que eu estou dentro, certo?"

"Sim, mas eu tenho uma condição. Se descobrir que o culpado é um efrite, diga que não foi, invente algo."

"Quer que eu minta para os guarás?"

"Você é bom nisso."

"Que ótimo."

Tiago aproveitou o momento pensativo para comer mais uma fatia fria de pizza. Seu alarme identificador de roubadas estava apitando. Mentir para salvaxes de faro apurado lhe parecia uma má ideia. Para salvaxes de faro apurado que podiam dobrar de força e tamanho, uma ideia muito, muito ruim. Se um efrite houvesse matado o guará – um "se" que torcia para permanecer apenas como suposição – e dissesse a verdade, teria de lidar com um Hain descontente e nenhum favor a cobrar dos oníricos. Para piorar, se o patriarca dos Castilhos fosse louco como diziam, teria ajudado a começar o confronto. Se mentisse, bem, não seria a primeira vez.

"Parece justo. Ainda temos quanto tempo?"

"Os guarás também chamaram um representante, um lobo cinzento. O carro dele está parado na sua porta, em cima da calçada. Tente chegar antes de o motorista fatiar um pedestre ou o guarda de trânsito."

"Nós vamos de carona com um *lupus*?", perguntou descrente.

"Espero você lá fora."

Hain se decompôs pedaço por pedaço e desapareceu, um aceno persistindo no ar.

***

Dentro do carro, acomodado no banco de trás, foi apresentado ao lobo. Mesmo na forma humana, tinha íris incômodas de se encarar. Tiago Boanerges fez um esforço consciente para não desviar os olhos nem se fixar neles demais. Resolveu puxar assunto: "Belas costeletas. Praticamente um Tom Smith."

"O vocalista do Editors?", perguntou o lobo.

"Primeiro e único."

Não podia ser um começo melhor.

"Jaques, esse é o Tiago Boanerges, de quem comentaram na reunião. Tiago, esse é Jaques, o salvaxe escolhido pelos guarás para intermediar as negociações. Está de passagem por Libertà."

Hain havia assumido feições mais gorduchas e arredondadas, alterando a forma com a qual costumava interagir com o exorcista. Seu cabelo era agora comprido e caía sobre olhos ampliados por óculos de aro azul. Ele fez as devidas apresentações e falou brevemente sobre o caso. Apesar da insistência em afirmar que já havia explicado os detalhes da morte, Jaques fez questão de repassar os pontos principais do imbróglio, colocando dez por cento de sua atenção no trânsito e noventa por cento em Tiago. O guará morto ganhou um nome, amigos próximos e um currículo exemplar pontuado por desafetos com efrites e outros salvaxes. Ao contrário do que imaginara de início, ele não tentou induzi-lo a culpar os efrites.

Disfarçando o alívio com cara de atento, Tiago prometeu fazer uma análise precisa do corpo e se recostou. Por mais que estivesse acostumado a salvaxes, algo no lobo o perturbava, só não conseguia entender o quê.

Jaques aproveitou o silêncio e ligou o rádio em uma estação de rock, pegando o meio de um programa chamado Novas Tendências. O locutor abobado fazia um comentário cheio de gírias sobre o último bloco e o novo horário do programa. Agora mais cedo, falou com empolgação. O exorcista conhecia poucos dos nomes citados por ele. Há muito só revirava a rede atrás de novidades sobre blues.

Terminavam de atravessar a ponte estaiada, Jaques cantarolando e batucando no volante, quando uma voz feminina escapou dos alto-falantes e chegou aos ouvidos do exorcista. A música era forte, com bateria bem marcada e guitarra mais melódica do que barulhenta. Apesar de agitada, passava um clima depressivo, com uma letra que faria a cabeça de qualquer adolescente com crise de identidade. Mesmo entre distorções e sintetizadores, ele reconheceu a voz aveludada que se encorpou no refrão.

Só podia ser a Liz.

"Quem é essa?", perguntou, mirando o retrovisor.

"Está falando sério?"

"É raro eu ouvir rádio."

"O nome dela é Elisa Goldin. Vocalista da banda Lilith, nova queridinha da pirralhada. Essa é a segunda deles. A anterior saiu no final do ano passado, de botar qualquer um para dormir. Essa daí é melhor. Devem ter juntado dinheiro e conseguido um produtor decente."

"Sabe se o Lilith já lançou CD?"

"E quem lança isso hoje em dia?", perguntou Jaques.

"Eu coleciono vinis."

"Nem por isso precisa ficar parado no tempo."

Parado no tempo. Tiago sabia que a frase ia além de seu gosto musical. Vinha pensando em Liz como a garota que conhecera há quatro anos, em busca de fama em barzinhos pouco frequentados, com mais bêbados e amigos do que fãs propriamente ditos. Aquela mulher que havia abraçado o sucesso com videoclipes famosos na internet e música nas rádios podia ser um alguém completamente diferente. Talvez não houvesse mágoas guardadas, quem sabe. Pelo que ouvira da letra, sua roqueira predileta havia encontrado uma nova forma de expressar seu sofrimento e transformá-lo em dinheiro.

De repente, teve a impressão de que alguém falava com ele.

"Oi?", perguntou a ninguém específico.

"Estamos chegando", Hain avisou em seu disfarce.

***

Jardim Calvino era um bairro habitado em sua maioria pelos endinheirados de Libertà. Havia colinas preservadas, uma vegetação densa que não se via mais fora dos parques ambientais, um centro de pesquisa de aves silvestres no topo e pontos de *birdwatching* mantidos pela prefeitura. Na base de sua encosta parcialmente tomada, luxuosos condomínios desfrutavam do contato com a natureza.

Jaques parou em uma entrada distante da área verdejante e esperou liberarem o portão. O prédio onde entraram parecia ter sido construído no bairro errado. Sua fachada era coberta por ladrilhos multicoloridos, com janelas laterais para minimizar os ruídos do trânsito. Era uma construção comprida e estreita, espremida e apagada entre prédios maiores, e mais humilde que os demais.

O barulho da porta do motorista batendo ecoou pela garagem.

"Pelo visto o carro não é seu", disse Tiago.

"Empréstimo dos guarás", respondeu Jaques e foi para o elevador.

Tiago deu uma olhada no lugar, nada fora do comum. Dois elevadores de um lado, dois do outro, acesso às escadas no meio, um lance de rampas para baixo. Grande parte das vagas estava ocupada devido ao horário, na maioria por modelos populares. Logo que as portas se fecharam, os citrinos emitiram uma luminosidade baixa e constante, que aumentou assim que Tiago encostou a mão na parede. Diante dos olhares curiosos, ele explicou:

"Estruturas metálicas têm a capacidade de armazenar energia residual. Os modelos mais recentes de elevadores vêm com um dissipador na base, para aumentar a vida útil. Os de prédios antigos, com tecnologia defasada, costumam guardar vestígios de todos que passam por eles. Não são impressões individualizadas como as conseguidas em uma coleta de digitais, mas revelam bastante sobre o vaivém."

"As suas pedras identificam salvaxes?", perguntou o lobo.

"Se eu consigo saber se um salvaxe passou por aqui só de tocar nas paredes? Corpóreos e etéreos possuem padrões diferentes de energia. Então sei quando o rastro é de um onírico, e também suas especificidades", ele apontou na direção de Hain. "Já os salvaxes possuem padrões muito parecidos com os dos magos, as sutilezas não são tão simples de se identificar." Ele parou a mão em frente ao peito do lobo e as pedras brilharam com mais intensidade. "Embora a constância da sua energia seja bem peculiar."

"Eu sou canadense."

O trio desceu no sétimo andar e seguiu com calma para o fundo do corredor. Tiago contou quatro portas no caminho, nenhuma delas emitia sinais relevantes. Imaginou guarás e efrites sondando os moradores nos apartamentos e seu estômago queimou. Respirou fundo ao passar pela soleira e entrar na sala. Esperava uma cena digna de seriados policiais, com pedaços do cadáver espalhados pelo local e um especialista coletando no tapete um fio de cabelo que ninguém mais perceberia. Contudo, encontrou três pessoas de pé e um guará transformado no chão, dois metros de altura de pelos, garras e dentes.

Os urros dos apostadores das rinhas soaram vívidos em seus ouvidos, como se estivesse na arquibancada, torrando dinheiro e sondando qual era o melhor lutador da noite. Perguntou-se se um deles não conheceria Diego, o exorcista morto pela musa.

Jaques o apresentou aos dois guarás que os aguardavam. Um garoto por volta de 20 anos, com calça jeans manchada de branco e uma camisa preta com estampa do The Gathering, apertou firme a sua mão. Chamava-se Bonini. Muito amigo de Fabrício e da família Castilho, estava ajudando na investigação. Ao seu lado, uma menina de cabelos ruivos tingidos com *dreadlocks* que alcançavam a altura do peito o olhou com cara de poucos amigos. Bonini a apresentou como Clara. Devia ser ligeiramente mais velha do que ele, duas crianças.

"O pai do Fabrício não está?"

"Ele tinha outros assuntos para resolver. Não pode vir", falou o garoto, desanimado. As sobrancelhas grossas realçavam o seu pesar. "Viemos representá-lo."

Tiago Boanerges se apresentou formalmente aos dois.

"Ele transpira a morte", disse a menina. Usava um vestido azul-escuro, terminado em camadas semitransparentes de renda. Sua voz saiu suave, um sussurro tímido. Bonini ficou enfezado com o comentário. Puxou-a para um canto e disse algo que o exorcista não ouviu.

"Mas é o mesmo cheiro de Fabrício!", ela gritou. "O cheiro que tinha na semana antes de morrer."

Aquilo soou como um mau augúrio. Tiago acenou sinalizando que estava tudo bem e se virou para o efrite incorporado próximo a Hain, que não fez questão de dizer seu nome ou apresentá-lo. Devia ser uma testemunha técnica, somente, sem nenhuma ligação direta com o caso.

"Podemos começar?"

Sem esperar autorização de ninguém, o exorcista largou o casaco sobre uma poltrona e se ajoelhou em frente ao cadáver. Fabrício tinha na maior parte do corpo pelos castanhos de um tom claro, mãos e pernas cobertas por áreas negras que pareciam formar luvas e botas, e um cordão branco no pescoço. Suas orelhas eram mais largas do que pontudas e seu focinho mais curto do que o dos lobos cinzentos. Não havia sinais de ferimentos visíveis além do sangue seco entre seus dedos.

De palma estendida, aproximou as luvas das patas inferiores, percorreu as pernas e as costas e deslizou do ombro pelo braço até chegar às mãos humanoides. Repetiu o gesto de forma bem lenta para que pudesse perceber qualquer variação de luminescência dos citrinos, dessa vez analisando a parte da frente, com pausas estratégicas no peito e nos pulsos. Para não haver equívoco, fez tudo novamente.

Tiago Boanerges alçou o corpo e se sentou na poltrona. Olhou para os guarás inquietos e então para Hain.

"Não foi um dos seus."

A testemunha-efrite deixou escapar um grito de comemoração.

"Como pode ter certeza?", perguntou Bonini, os punhos cerrados. Nem seu ímpeto de revolta conseguia tirar a tristeza de seus olhos.

"Existem três canais básicos de energia no corpo, três pontos de troca que podem ser usados por oníricos: os pulsos, a nuca e um que não fico a vontade para conversar a respeito na presença de moleques. Os efrites só conseguem utilizar os canais abertos nos pulsos para se alimentar, e esse roubo deixa vestígios, como uma ferida aberta. Não captei com a luva nenhum resíduo ali."

"E se tiverem se alimentado de longe?", Jaques questionou.

"De longe, de perto. Tanto faz."

"E isso significa?", perguntou Hain.

O exorcista não chegou a responder. Bonini o chamou de mentiroso e avançou em sua direção. Disse ter sido comprado pelos assassinos. Antes que tivesse chance de tocá-lo, Jaques o pegou pelo ombro e o forçou a sentar no sofá. Com as garras ligeiramente projetadas, não se incomodou de apertá-lo até arrancar um ganido de dor.

"Calma aí com a disciplina", interveio Tiago. "Ele é só um garoto, acabou de perder um amigo de um jeito trágico, é normal que sinta revolta. No lugar dele, também estaria querendo alguém para descontar a raiva."

O lobo não pareceu comovido com as palavras do exorcista. Clara deu a volta na sala para não passar perto do cadáver do amigo e se sentou junto a Bonini, que sacudiu o ombro para tentar se livrar da pegada de Jaques. Ao notar que não conseguiria, deixou os protestos esmaecerem e ficou com a cara emburrada.

"Ninguém me comprou, rapaz. Eu vim aqui ajudá-los a descobrir o que aconteceu, evitar mortes desnecessárias. Você me parece uma boa pessoa, estou errado? Uma pessoa justa. Então me ajude a fazer justiça e descobrir quem matou o Fabrício, combinado?"

"Continue", disse Jaques.

"Eu preciso de um barbeador para encerrar o laudo."

"Vai cortar os pulsos dele?", comentou a testemunha-efrite, atraindo olhares de reprovação dos demais. Tiago se perguntou onde Hain tinha arrumado aquele panaca, e sua vontade de ir embora só fez aumentar.

"Vou raspar os pelos nas duas regiões citadas."

"Isso seria uma ofensa grave", protestou Bonini.

"Guarás não violam os corpos de seus mortos", explicou Hain.

O exorcista baixou a cabeça. Concedeu-se um segundo.

"Não estou pedindo cera de depilação e uma toalha com água morna. Quero deixar à mostra as regiões que falei e provar que estou dizendo a verdade. Você, Clara, que obviamente não confia em mim, o que acha da ideia?"

Ela e Bonini se entreolharam, e Clara cochichou em seu ouvido.

"Venho já", falou o jovem. Ao deixar a sala, fez questão de olhar feio para Jaques e esbarrar no efrite-testemunha, numa tentativa de derrubá-lo por cima do sofá. Tiago não o recriminou, teria feito o mesmo. Um aperto de mão demorado até que ele abandonasse o corpo que possuía e então um passaporte só de ida para Yume. Quando voltou, Bonini trazia um barbeador novo em folha e uma máquina elétrica.

Tiago descartou o barbeador, testou a máquina. Motor lento, bateria fraca. Arrastou o móvel com a televisão para a frente, ligou o aparelho na tomada e começou o serviço. Se tudo mais falhasse, poderia abrir um salão de beleza para salvaxes. Depilação a laser nas axilas.

Primeiro, ajeitou os braços do guará e encontrou o ângulo para alcançar os pulsos. Foi diminuindo a altura dos pelos devagar, um cuidado extra para não cortar o morto. Depois, passou o mais rente possível da pele. Enquanto ia e vinha com o barbeador, sentiu uma alegria sufocante, uma sensação desesperadoramente familiar. Sentiu a cabeça latejar, o baque de um bumbo de bateria tomando o espaço oco que seu cérebro havia deixado. Viu-se no estúdio com o Lilith, sentado aos pés de Liz, sua voz doce entoando um cover do Fleetwood Mac.

Ela dançava em um mundo próprio, de braço para o alto, dedos entre os cabelos, mão segurando o microfone.

♫ *She's a black magic woman*
She's tryin' to make a devil out of me ♫

Tiago piscou os olhos, esperou a nitidez voltar ao rosto de Clara e Bonini, encarou a expressão desconfiada de Hain. Já sabia o que iria encontrar. Poderia parar agora, se quisesse.

"Cara, você tá legal?", perguntou o guará.

"Tá tudo bem, foi só uma queda de pressão, tô sem comer o dia inteiro", disse ele, saltando o cadáver e se concentrando na nuca. "Vou ampliar mais uns centímetros a área exposta."

Ele repetiu a sequência dos pulsos, passou a lâmina com cuidado para não causar acidentes. Havia limpado toda a região, deixado o braço liso até a altura do cotovelo, o suficiente para confirmar o laudo. Tinha feito o mesmo no pescoço, agora um retângulo cinzento com o qual deleitaria as testemunhas.

"Venham aqui comigo", Tiago os chamou. "Sei que não podem sentir a energia igual a mim, por isso prestem atenção no que vou ensinar. Como eu disse, efrites drenam suas vítimas por essa região." E marcou com o cabo do barbeador elétrico três centímetros abaixo do pulso. "É uma violação que deixa marcas físicas: manchas negras espalhadas e a pele ressecada. Os sinais são evidentes quando o dreno leva à morte porque as veias também ressecam. Não há como ocultá-los."

"E os pulsos do Fabrício estão limpos."

"Completamente. Agora veja essa mancha." Tiago apontou para uma pequena área arroxeada na nuca.

"Esse treco minúsculo?"

"Farei uma mágica."

Tiago Boanerges lambeu o polegar e o esfregou na nuca do cadáver, para cima e para baixo, até revelar que o roxo fazia parte de uma mancha muito maior encoberta por maquiagem. O crescimento dos pelos havia tirado uma parte do pó, e a limpeza improvisada fez o restante.

"Parece uma lua."

"Você já viu essa marca antes?", perguntou a Bonini.

Ele fez que não com a cabeça.

"Por que vocês brigaram antes dele morrer?"

A pergunta pegou o guará de surpresa.

"Nós não..."

"Ele andava diferente, não é? Se achando o foda. Tratando mal aos amigos por quem tinha o maior respeito. Vocês falavam com ele, mas ele não dava atenção."

"Como sabe disso?"

"Até que um dia o Fabrício estourou. Perdeu a noção de vez. E você perdeu a esperança de colocar a amizade nos eixos. Não precisa confirmar as brigas, só me diga o que mais mudou, me ajude a entender", encerrou Tiago, atento à reação do guará.

"O Fabrício era um cara sossegado, muito inteligente, praticava esportes. Chegava a ser irritante de tão certinho. Estava terminando a faculdade, fazia estágio na Arcádia e quando podia se encontrava comigo, com a Clara e com o Xela, que não pôde vir. Nós quatro passávamos nosso tempo livre juntos, mas de repente ele ficou estranho, passou a nos evitar."

"Ele estudava algo relacionado à área cultural?"

"Economia. Um pedido do pai."

"Algum contato com música?"

Bonini respondeu um não, distraído. Lembrar-se de dias tão recentes não estava lhe fazendo bem. Clara olhou para ele, a cara séria, e dele para o exorcista. Esperou que ele desse um sinal de aprovação, um estímulo para que continuasse, mas foi Tiago quem falou com ela ao perceber sua ansiedade.

"Qualquer detalhe pode ser importante, Clara. Qualquer um."

Ela pareceu na dúvida, mas acabou se abrindo.

"Ele fazia parte de um programa social em Nova Cingapura. Pelo que me contou, você escolhe uma família e a acompanha nas atividades, a estimula a não desistir." Ela abriu uma bolsa pequena com uma flor bordada, tirou de dentro dela um papel que esticou ao exorcista, um desenho feito por uma criança. Nela havia uma menina, um homem e uma mulher, todos de mãos dadas. "Ele ajudava essa menina na aula de artes. Os irmãos dela iam à de música."

"Por que nunca me contou isso?", Bonini a olhou amargurado.

"Contar que além de tudo ele ajuda uma família pobre? Do que adiantaria?", Clara respondeu. Pegou o papel de volta e o dobrou só o suficiente para que coubesse na bolsa.

"O que isso tem a ver com a marca no pescoço?", perguntou Jaques.

Tiago se levantou. A perícia havia terminado. Com algumas certezas no bolso e dúvidas na cabeça, pediu para falar com Hain e o lobo, e seguiu com os dois para o quarto mais próximo. O cômodo parecia arrumado demais, os lençóis estavam passados, certos na medida da cama, os travesseiros permaneciam altos, não havia nenhuma bagunça sobre os móveis ou no chão, nenhum fio aparente.

"A mancha na nunca foi causada por uma musa", falou o exorcista. Colocar o pensamento em palavras lhe trouxe certa tristeza. "Ao contrário dos efrites, que só deixam vestígios físicos em caso de morte, musas marcam as pessoas com quem formam um vínculo, caso se alimentem dela com frequência. Não posso afirmar que foi uma delas que matou o garoto, mas tenho certeza de que ela contribuiu no quadro geral."

"Pelo menos não foi um dos nossos", disse Hain. "Não há motivo para revide."

"Considero essa sua palavra final?"

"É a minha opinião profissional."

O lobo o encarou sondando palavras não ditas, gestos temerosos. Decidiu que falava a verdade.

"Vou à sala liberar os moleques, telefonar para o pai do Fabrício e te levo de volta pra casa. Ele vai querer encontrá-lo pessoalmente para que diga como retribuir o favor no futuro."

O exorcista permaneceu calado. Interpretando a mudez como sinal de concordância, o lobo deixou o quarto e chamou Clara e Bonini para dar as explicações pertinentes. Hain aproveitou que estavam a sós para agradecer o exorcista, seu rosto voltando rapidamente à aparência que usara dentro da casa.

"Por que acho que o laudo não foi nenhuma surpresa para você?", perguntou Tiago.

"Porque às vezes se lembra de usar a cabeça."

"Poderia ter me dito antes que uma musa estava envolvida."

"Não, não podia. Estou investigando um caso complicado. São meses esperando uma oportunidade de agir, e o assassinato do guará pode ter sido a brecha que eu precisava. De resto, não sei do que está falando."

Tiago Boanerges não insistiu.

"Obrigado."

"Buyrun yapın. De nada. E agora os efrites te devem um favor."

Sem pestanejar, o exorcista se sentou na cama e largou o corpo para trás. O colchão mal se moveu, os lençóis não se desalinharam. Sentia-se exausto. Seria uma pessoa mais feliz se pudesse dormir ali, naquele instante, e acordar no próprio quarto. No entanto, ainda estava atento.

"Fabrício não morreu aqui, não é? O apartamento está sob o efeito de suspensão anímica, um grande freezer mágico."

"Uma decisão do pai."

"Há quanto tempo?"

"Vinte dias, mais ou menos. Optaram por conservar o cadáver até chegarem a um veredito."

"E de quebra adiar a despedida", completou, pensando na idade do *Chrysocyon brachyurus* morto na sala. "Tem mais alguma coisa que eu possa fazer?"

"Não agora. Preciso falar com o salvaxe enviado pelo pai da vítima e depois vamos embora", concluiu, se retirando.

Tiago aproveitou os minutos de solidão e fechou os olhos. Afundou o rosto nas mãos e tentou não perder o juízo.

♫ *I got a Black Magic Woman*
She's got me so blind I can't see ♫

Tinha sido sincero ao explicar a ausência de manchas negras no cadáver e inocentar os efrites. Também falara a verdade sobre a marca da vítima. O único detalhe que ocultara, e sua cabeça girava só de pensar nele, é que cada musa possuía um padrão específico e irreplicável. O da nuca de Fabrício, só tinha visto duas vezes na vida. Uma no próprio pescoço, removida pelo onírico que curara sua doença e levara embora o seu coração. A outra, na nuca da Liz, coberta por uma tatuagem em forma de lua minguante. Sua musa estava à solta em Libertà matando magos e salvaxes.

Ao saírem do elevador, na garagem, seu celular vibrou. Mostrava uma chamada perdida do Chile e um alerta de mensagem não lida no canto inferior da tela.

Rádio Jovem Digital. Rua Augusta. Te espero lá. Liz.

Em casa, o exorcista abriu o ultrabook e pesquisou. A data e a hora da apresentação apareciam em destaque no site do grupo, junto a uma foto promocional. Que dia cheio, pensou. Lúdicos, salvaxes, efrites, perscrutadores, fantasmas, ratos, artesões. Só faltava um contato, uma coisa a fazer.

Tiago tocou nos números na tela do celular.

Aguardou.

"Oi, ainda está no horário de entrega? Vou querer um frango xadrez completo, com cubos de bambu e amendoim, por favor. Metade arroz, prato executivo."

A mulher do outro lado conferiu o endereço, informou o preço e desligou. Depois de uma refeição calórica, era tudo o que o exorcista mais queria: desligar-se dos problemas e ter uma noite tranquila.

Segunda Parte

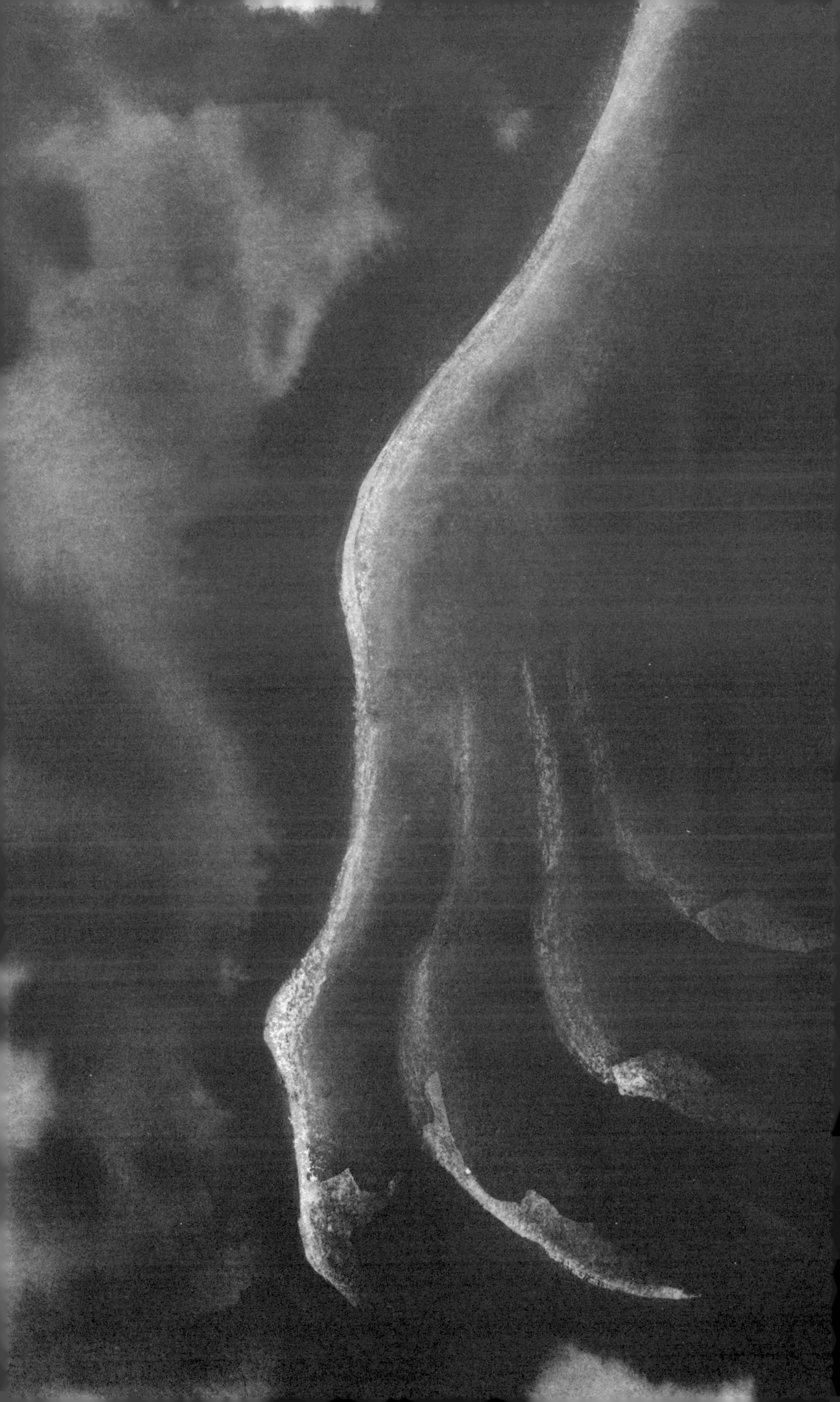

11
Antes de o sol nascer

A lua minguante parecia um sorriso de Cheshire estampado no céu. Lá embaixo, em uma praça na entrada de Nova Cingapura, Jaques assoviava uma canção do Editors, tentando abstrair o pagode que vinha do rádio de um boteco próximo.

Homem alto, dava a impressão de ser muito magro por estar de preto. Vestia blusa de manga comprida e calça jeans beirando o coturno. Seus cabelos eram castanhos bem claros e curtos, unindo-se a fartas costeletas que terminavam num triângulo em meio ao rosto.

Dobrava e desdobrava a manga da camisa num tique, quando seu contato chegou. Como de hábito, não conhecia o moleque. Para ele, os garotos eram todos iguais – mesmo rosto, mesmo corpo e um sorriso besta de quem flerta com o perigo se achando mais esperto que a morte. Sumiam tão rápido que nem valia a pena decorar seus nomes.

Esse, pela cara de susto, nunca tinha visto um salvaxe tão de perto.

"E aí, garoto?"

De olhos arregalados, o moleque parecia hipnotizado pela íris quase branca de Jaques. As sobrancelhas arqueadas pouco ajudavam no quadro final.

"Garoto?", Jaques o sacudiu.

"Tá liberado", disse o menino, como um brinquedo velho que volta a funcionar de repente.

"Liberado como?"

"O Railander liberou tua entrada, ninguém mexe contigo."

"Dinheiro?"

"Não, favor."

"Qual favor?"

"Ele não disse."

"Hum."

Sem dizer mais nada, esperou que o garoto fosse embora, mas ele continuou parado, um sorriso matreiro armado no rosto.

"O que você é?", o moleque se arriscou a perguntar, sua voz infantil e cheia de malandragem ao mesmo tempo.

"Encrenca. Agora se manda."

O contato resolveu não insistir. Do modo como apareceu, desapareceu, correndo descalço até uma ruela que sumia no breu. Jaques atravessou com cautela a praça iluminada e passou pelo boteco do pagode sem se dignar a olhar para o lado. Enquanto andava, identificou os cheiros conhecidos, registrou os novos. Nenhum deles lhe oferecia ameaça.

Nova Cingapura havia nascido como um conjunto habitacional, mas hoje lembrava uma imensa colmeia. Por trás da quadra frontal de esportes e do primeiro bloco de casas coloridas, se misturavam paredes nuas de tijolos que pareciam se emendar sem início ou fim. Suas ruas não tinham nomes, as casas não tinham números. Todas levavam o nome da favela. Seus quarteirões possuíam ruas retas que viravam curvas e voltavam a ser retas até desembocarem em becos sem saída dignos de Daedalus.

Jaques seguiu atento, os sentidos aguçados. Com as graças do chefe local, nenhum dos traficantes se meteria a besta. Além do mais, essa noite eles eram o menor de seus problemas. E dependendo do que encontrasse, poderiam ser a solução.

Passou por um grupo de moleques drogados, detalhes cinza na paisagem de concreto, um deles de rádio na mão. Os risos farsistas deram lugar ao absoluto silêncio na sua presença, retornando somente quando dobrou a esquina. Mesmo longe, ouviu um deles dizer "é o lobo", e os outros caírem na gargalhada debochando do colega.

Precisou andar mais algumas quadras para o olfato captar o rastro que procurava, senti-lo sutil entre a mistura de odores. Parou um instante para ter certeza de onde estava e não se perder no labirinto. Guardou na mente um varal improvisado em fios elétricos como ponto de referência.

Torcia para que não precisasse se transformar esta noite, mas seu instinto previa confusão.

Os pelos tentaram brotar nos braços e nas costas, como se antecipassem o chamado. Os dentes cresceram rasgando a gengiva antes que o lado racional pudesse desvendar o motivo.

Jaques sentiu uma presença sobrevoá-lo e pousar adiante, na virada da rua. Correu para encontrá-la e deu de cara com o que pareceria uma garota de 7 anos, não fossem as asas negras que cresciam das omoplatas, emendadas aos braços. Os cabelos que lhe caíam pelo rosto ocultavam parcialmente seus olhos. Da pele branca e nua despontavam penas esparsas. Os pés, descalços, exibiam unhas longas e recurvadas.

"Abutre, o que faz aqui?"

A menina se surpreendeu com a comunicação, emitiu um grunhido. Por ser um filhote, estava acostumada a passar invisível pelos adormecidos. Ainda não distinguia aqueles capazes de vê-la... Muito menos tocá-la.

Percebendo a vantagem, o salvaxe avançou ligeiro, o corpo se expandindo em pleno movimento. Concentrou-se para mudar apenas os braços, alongando-os, e projetar as garras de suas mãos. A criatura tentou levantar voo, mas foi pega no ar pelo tornozelo e tacada de cara no cimento. Sem chance de revidar, teve as asas arrancadas e se dissipou em penas negras, deixando o chão impregnado de um líquido viscoso.

Após recuperar a forma humana, o salvaxe passou o dedo na mancha negra e o aproximou das narinas. Ergueu a cabeça para o alto em busca de um odor semelhante sem nada encontrar. Talvez tivesse dado sorte e aquele fosse um filhote desgarrado. Se estava perdido ou tinha sido atraído pelo cheiro de comida, descobriria em breve.

Retomando o rastro anterior, decidiu abandonar as ruas e seguir pelo alto. Subiu em uma caixa de madeira, analisou as paredes em volta e escolheu uma das inúmeras janelas como ponto de apoio. Mais dois pulos e estava na laje de uma casa. Dali, teria uma visão melhor e diminuiria o risco de surpresas indesejadas. Além disso, se um abutre adulto aparecesse, poderia derrubá-lo com mais facilidade.

Enquanto calculava distâncias, viu no topo de uma construção de três andares um homem armado, falando sem parar em um comunicador. Torceu para que o olheiro soubesse que ele estava na área sob permissão e pulou.

Nenhum tiro disparado.

De salto em salto, Jaques seguiu o cheiro de podridão dos cadáveres. Mantinha-se discreto, usando o breu para acobertar suas manobras, aproveitando muretas para se ocultar. Finalmente uma pista fresca sobre a morte do guará. Com o dinheiro que o patriarca da família Castilho estava lhe pagando, farejaria até a lua se fosse preciso. Com um pouco de sorte, sairia da favela com algo além de arranhões e uma camisa manchada para apresentar.

De trás de uma caixa-d'água, identificou do outro lado da rua a origem do rastro que terminava em suas narinas. Parado na porta da frente, um homem com cara de poucos amigos portava uma espécie de fuzil. Pela sombra na janela do segundo andar, teria de lidar pelo menos com mais um dentro da casa. Poderia driblá-los num salto curto, alcançar o teto e torcer para que ele não afundasse em seu pouso.

Aproximou-se da borda da laje, farejou. Captou o cheiro do medo e do amaciante das roupas. Um deles usava um desodorante odioso com fragrância almiscarada. Eram meros humanos, armados e assustados. Não faziam questão de permanecer ocultos, sinal de burrice ou arrogância. Pelas roupas que vestiam, não eram traficantes da região.

Deviam trabalhar para alguém poderoso o suficiente para fazer Railander engolir o orgulho de chefão da área. Jaques não tardou a entender que eram aqueles caras o preço de sua entrada na favela. Fossem quem fossem, estavam em seu caminho, teriam de morrer.

O branco da íris havia dado lugar ao negro das pupilas dilatadas. Calculava o instante ideal para o salto quando uma lufada de ar passou por seu corpo e o chão tremeu. Ouviu o barulho das asas abrindo e fechando. A energia densa da criatura fez seus pelos se arrepiarem.

"Deixe eu adivinhar. Ela era a sua filha?"

O corpo do lobo foi lançado ao ar e golpeado por uma das asas. Jogado do alto da casa, tentou em vão se transformar antes que atingisse a parede e desabasse em frente ao homem de fuzil. O ombro estalou, o mundo girou, e o cano da arma apontado para o seu peito se multiplicou diante dos seus olhos.

O segurança levou o dedo ao aparelho em seu ouvido. Apertou o comunicador.

"Temos visitas", disse a alguém.

Ainda vendo embaçado, Jaques apontou o indicador para cima. Sua mão se abriu num aceno quando as garras do abutre perfuraram o ombro esquerdo do segurança e o puxaram. Enquanto os gritos ecoavam, o lobo se lançou contra a porta de entrada, rolando sobre o próprio eixo e ignorando as escoriações da queda. Assim que parou, no meio da sala, joelho no chão e peso sobre a palma, seu corpo cresceu e deixou a camisa para trás, esfacelada.

As mãos deram lugar a patas de garras curtas e perfurantes. O rosto alongado projetou o focinho, as costelas se expandiram pedindo por ar. Jaques respirou fundo para controlar a adrenalina e a sede de uma transformação completa. Sentiu as pernas engrossarem e os pés começarem a se apertar no coturno, provocando um rosnado de dor.

Acalme-se, pensou, mas não teve jeito. A acústica da casa fez o uivo ecoar vigoroso pela favela. Seu intervalo de exibicionismo, porém, só durou até a janela do andar de cima ser destruída pelo visitante alado. Mesmo sem o som de gritos ou tiros, Jaques soube que o outro segurança estava morto.

Chegou ao segundo piso saltando por uma escada simples de alvenaria. Aos seus pés, encontrou três corpos descobertos, moscas passeando pela pele enegrecida. O abutre olhava para eles confuso, como se tivesse mordido a isca de uma armadilha. Se os cadáveres à sua frente eram de humanos, de onde emanava a energia que sentia? Tinha vindo faminto para o banquete e encontrado um prato vazio.

Aproveitando o momento de distração, Jaques saltou contra ele e lhe acertou um tapa, deixando no rosto a marca de suas garras. Tentou usar o desequilíbrio do abutre a seu favor, mas não teve tempo de chegar às suas costas. Esse adulto era forte. Tinha patas cinzentas e alongadas, plumagem castanha recobrindo o corpo inteiro.

O lobo puxou o ar para as narinas em rápidas contrações. Por trás do odor pútrido dos cadáveres, sentiu o cheiro de outros abutres impregnando o ar. Precisava pensar em algo para enfrentá-lo. Se conseguisse se controlar e transformar as patas em mãos, talvez pudesse usar a arma caída no chão para espantá-lo dali. Na forma humana, diria um merda bem sonoro, mas tudo o que fez foi rosnar. Não estavam mais sozinhos. Sua intenção de analisar os corpos sem interferência se tornava cada vez mais utópica.

Uivou novamente a plenos pulmões, como quem marca território. O abutre olhou para a janela e de volta para os corpos, depois emitiu um grunhido irritante. O prêmio não valia o esforço, precisava avisar os que estavam a caminho. Faltava decidir sobre o lobo. Ele tinha matado um dos seus. Ou teria sido o homem do telhado? Não via mais a essência da menina, o brilho negro que podiam identificar a uma longa distância. Contudo, havia algo colado nos pelos, não havia? Estava na dúvida. Decidiu partir. Poderia encontrá-lo outra hora, convencer os seus a executá-lo. Ele não seria páreo para o bando.

O abutre esticou as asas e as pontas tocaram o teto, seu jeito de dar o aviso, dizer que estaria de olho. Jaques soprou ar quente pelas narinas, aliviado. Aquela teria sido uma luta exaustiva e desnecessária. Acenou com a cabeça em respeito ao adversário e se posicionou. Quando o abutre se virou de costas para ir embora, se lançou com velocidade para cima dele, as unhas perfurando as bordas das asas.

Os dois tombaram pela janela em queda livre. Jaques mordeu com força o pescoço da criatura e despedaçou suas asas com um puxão, antes que fosse arremessado. O corpo do abutre se desfez em penas e se desmanchou em uma massa negra assim que colidiram com o solo. A força do impacto contra o piso de concreto arrancou o couro do braço do lobo e mais um ganido de dor.

Maldito serviço.

Ágil para não ser visto pelos demais, sorriu seus dentes afiados e voltou para dentro. Passou pelas roupas rasgadas, subiu as escadas e parou diante do seu objetivo: os corpos. Por enquanto, não passavam de cadáveres comuns. Teriam sido desovados em uma área remota para não atrair a atenção da polícia se Railander não tivesse decidido explorar a morte da família para conseguir dinheiro. Algo havia acontecido na casa. Os vizinhos falaram de um clarão de energia e gritos. Quando entraram no local achando ser briga dos irmãos, encontraram os três mortos na sala, uma menina mais nova na cozinha. Sem nenhum corte, sem nenhum furo, tinham simplesmente morrido.

O traficante teve a ideia de arrumar os corpos, colocá-los juntos para facilitar o lado de quem comprasse a visita. Mercadorias expostas na prateleira. A menina tinha sido deixada no lugar, sentada em uma cadeira enferrujada, a testa apoiada na mesa exibindo cabelos desgrenhados como os da boneca em sua mão.

Os moradores diziam que tinha dons, cochichavam ser uma vidente, invencionice relegada aos guetos. Era ela dizer e acontecer. Falar o nome de um tio e o telefone tocar com uma ligação do mesmo. Ninguém gostava muito de uma criança assim. Vai que anunciasse a morte de alguém por pura maldade, até descobrirem a brincadeira iriam noites sem dormir.

Nem todo mundo acreditava na menina, é claro. Se há quem não acredite nem no que pode ser visto, imagine no que não se pode. Railander era desses. Decidiu deixar o corpo quieto naquela posição enigmática não pelo medo do azar, mas para valorizar a cena.

E justamente por mexer no restante da cena do crime para deixá-la mais bela aos olhos dos interessados em pagar uma módica quantia para visitar a vidente, tinha diminuído o seu sentido.

Jaques farejou o trio bem de perto, sem perceber nenhum odor que se destacasse. Resquícios de xampu de algas marinhas, um creme de abacate, sabonete comum, desodorante, leite de rosas. Uma camada abaixo sentiu o medo, a explosão de adrenalina, um tumor maligno em um deles. Na mãe, sem dúvida na mãe. Havia também o perfume caro, adocicado, que não condizia com o quadro geral.

Decidiu ir até o segurança, revistá-lo. Seu cheiro era outro. Aquele perfume estava na casa, podia ser de qualquer um. Do próprio Railander, de um dos seus soldados. Quem mais havia passado por ali? Uma procissão de curiosos.

Certo de que o olfato não tinha mais nada a lhe dizer, foi aos poucos se transformando. Os ossos estalaram se adaptando aos músculos, os pelos desapareceram na palidez de sua pele. Sentiu uma fisgada no peito, outra na parte interna da coxa. A ida para forma humana sempre mais incômoda do que a volta para o lobo. Os dentes perderam o fio enquanto a energia da transformação se pulverizava ao seu redor. A face de lupino se retraiu, recuperando os traços de homem, e logo cabeça e corpo voltaram a combinar.

Jaques estalou o pescoço e alongou a coluna. Agachou-se ao lado do cadáver do segurança e vasculhou os bolsos com pressa. Encontrou uma carteira com identidade, cartões de crédito e um crachá de Arcádia, um conglomerado tecnológico. Resolveu levá-la consigo.

A próxima parada foi na cozinha. O corpo da menina jazia imóvel, como esperado. Sua presença não diminuía em nada a realidade, não rompia a quimera. Podia ser assustadora para os supersticiosos, uma lembrança de que o estranho veste muitos disfarces, mas para Jaques ela não passava de um cadáver fedido, pego pelos cabelos e erguido.

A testa estava marcada com as irregularidades da mesa, os olhos abertos e amarelados. Em sua mão fechada, um toco de lápis de cera laranja.

Sem saber ao certo o que procurava, vasculhou o espaço com seus olhos brancos. Na geladeira, nada fora do usual. Pegou uma garrafa de cerveja, abriu a tampa contra a pia e despejou o líquido gelado pela garganta, ignorando a tabela de preços presa com um ímã. Finalmente alguma recompensa pelos seus serviços. Pousava a garrafa na pia quando notou um desenho no chão, algo que no início lhe pareceu uma mancha, depois um rabisco, e aos poucos foi ganhando forma.

Era um número.

Seu corpo se retesou. Os pelos cresceram involuntários na linha da coluna. Jaques se abaixou para vê-lo de perto e encontrou uma trilha deles rabiscada no chão. Três, seis, nove, doze. Três, seis, nove, doze. Três, seis, nove, doze. Indefinidamente. Ao afastar a geladeira da parede, deu de cara com um desenho infantil – um enorme relógio circular, com números e ponteiros tortos, bordas pintadas de amarelo e marrom.

Não era o primeiro que via desde o seu retorno à cidade. Algum Banksy de pontualidade britânica andava espalhando relógios pelos muros de Libertà.

Deixando a vidência de lado, se perguntou qual seria a conexão com a morte que investigava. Será que o guará havia se metido em confusão para tentar defender a menina? Sem uma resposta na manga, sentiu a casa vibrar após um baque no teto, seguido de outro e mais outro. Antes que tivesse tempo de interpretá-los, ouviu um festival de grunhidos na direção da sala. Uma espiadela confirmou o que já sabia: os abutres haviam voltado. Não poderia atravessar o cômodo sem arrumar confusão. Estava marcado com o sangue do adulto e seria identificado pelo restante do bando.

Sua única saída era a janela acima do fogão, por onde escapou sorrateiro.

Já na rua de trás, procurou um lugar seguro para se esconder. A razão mandava que saísse da favela quanto antes, mas seu instinto pedia que ficasse. Sorte grande estar ali, apesar de não entender o que acontecia diante dos seus olhos.

"Eu sabia que você era um lobo".

A voz veio de uma porta entreaberta. Jaques espiou com curiosidade a silhueta que se formava pela fresta. Não tardou a reconhecer o garoto que vira se drogando com os colegas ao entrar em Nova Cingapura.

"Nunca viu ninguém pelado?", perguntou, diante da incredulidade do menino.

"Não tá com frio? Que isso nas suas costas?"

"Pelos. E um rabo", respondeu, se dando conta da transformação. "Agora some daqui que o bicho vai pegar."

"Vai mesmo. A polícia tá subindo." Era difícil ouvir seu sussurro em meio ao festival de piados que tomava conta do céu e da casa de onde saíra.

"Polícia?"

Um tiro branco-azulado cortou a noite e interrompeu a conversa. Um abutre despencou do ar e caiu sobre uma casa, levando uma antena consigo.

"É o BEAST. Merda", Jaques disse para si mesmo. Num movimento ligeiro, driblou o garoto, entrou na casa e fechou a porta sem produzir nenhum som. "Me leva para o teto", pediu, estalando os dedos para despertá-lo do transe.

O Batalhão Especial de Assuntos Sobrenaturais era a força tática do Conselho de Hórus. Responsáveis por controlar inumanos e magos que ameaçassem a segurança pública, levavam sua truculência tecnológica aonde a força policial evitava entrar.

O corpo branco de Jaques sumiu no breu do ambiente. Seguindo seu pequeno anfitrião, foi para um segundo andar de cômodo único e de lá pegou a escada de madeira que desembocava no teto. Ao contrário das lajes ao redor, esta contava com um muro alto, pontuado por aberturas parciais, uma espécie de forte.

"Meu irmão era soldado", respondeu o menino, esticando uma muda de roupa. Jaques o encarou no escuro, as pupilas dilatadas. Suas orelhas haviam se modificado para captar melhor o que acontecia por perto. O garoto pareceu não se abalar com a transformação. Crianças esquisitas a desse lugar, pensou, aceitando o short e a camisa.

De dentro da cabine de tijolos, Jaques e o menino acompanharam a revoada, um espetáculo raro de se ver mesmo em cidades como Libertà. Os abutres desciam sobre a casa e saíam enfurecidos, assim como o espécime que tinha matado há pouco, sem entender de onde vinha a essência que os atraía.

Não demorou muito até a equipe do BEAST atravessar a favela e alcançar a área crítica. Homens vestidos de preto, com visores de peça única sobre os olhos, se espalharam pela ruela, corpos rentes às paredes, armas na mão. Talvez aquela fosse uma armadilha para os abutres, uma tentativa de coleta, pensou.

Descartou a hipótese ao analisar a formação dos agentes. Agrupados em um mesmo corredor, não demonstravam interesse em cercá-los. O mais provável é que tivessem atendido ao pedido de algum morador assustado. Os abutres deviam estar rondando a favela desde a morte da família. Agora os agentes ficariam a par do que acontecera dentro da casa. Pegariam suas roupas rasgadas. Veriam a garota vodu.

A noite não tinha sido nada boa, rosnou.

"Por que eles cantam tão alto?", o menino perguntou. Jaques já tinha esquecido de sua existência.

"Surdez."

"Parecem que estão chamando reforços."

"Só estão revoltados. E não sei de onde vieram nem para onde irão, antes que pergunte", concluiu, já completamente na forma humana.

Que se danasse seu instinto. Queria ir embora de uma vez.

Ele correu a extensão do muro, enfiando a cara em cada buraco para verificar a melhor rota de fuga. Numa dessas, avistou um bonifrate negro subindo a favela. Não, ele se movia com naturalidade demais para ser um construto. Devia ser alguém trajando uma nanoarmadura. Tinha lido notícias sobre elas, ouvido nas ruas histórias de quem havia apanhado para valer e experimentado os efeitos de uma tecnologia que só os militares e o BEAST tinham acesso. Sempre achou que fosse conversa, campanha de marketing. Nunca tinha visto uma delas em ação.

Pelo jeito que sinalizava para os agentes em volta, era o cara na armadura quem mandava por ali. Segurava um bastão negro em cada mão, que vez por outra cintilava em cor azul. Entrou na casa coberto pela equipe de atiradores, sem precisar lutar. Não demorou muito e estava no teto distribuindo golpes nos penosos. Quem quer que fosse, fazia de sua luta um belo espetáculo para os olhos, quase uma dança.

Jaques se sentiu um cachorro de madame, rabo entre as pernas. Deu uma rápida geral nos casebres. Nem a curiosidade vencia o medo dos moradores. As janelas e portas continuavam cerradas. Testemunhas protegidas atrás das paredes, já acostumadas a se esconderem. Ele voltou a atenção para o homem na armadura. Os bastões se projetavam no ar e retornavam para suas mãos em um puxão, conectados à roupa por algum fio invisível a essa distância. O objetivo não era matar os abutres, apenas atordoá-los o suficiente para desistirem.

Precisava sair dali antes que a farra acabasse. Abandonou sua proteção e se equilibrou no muro, em busca de uma rota de fuga. Viu o agente de armadura enfiar um aparelho no chão e reerguer o dorso pesado para acertar em cheio mais um penoso que tentava se aproximar. Sem avisos, o aparelho disparou um pulso de luz fortíssimo que cegou Jaques por um momento e o fez perder o equilíbrio, derrubando-o de volta no teto. Sem enxergar, ouviu asas batendo, pios se silenciando. Quando a visão retornou, tudo o que restava era um bando de abutres voando para longe.

Sentado no chão, o menino cobria o rosto com a mão, também incomodado pela luz. Ótima surpresa para um fim de noite. Lá embaixo, a equipe do BEAST voltava a se movimentar, parte seguindo em direção à casa, parte preparando a saída da favela.

"Garoto, ei! Você está bem?"

"Vendo uma mancha preta."

"Tá me vendo?"

Ele respondeu que sim com a cabeça.

"Então tá ótimo, daqui a pouco passa", falou com pressa. "Preciso me mandar daqui. Um caminho que não dê lá na frente. Alguma sugestão?"

Com a naturalidade de quem conta o que fez nas férias de verão, o menino explicou a Jaques como chegar à saída que o irmão usava quando tinha batida policial ou confronto de facção. Duas quadras acima, uma casa falsa, entrada para uma galeria subterrânea. O problema era os ratos e a falta de luz. Onde saía ele não disse, nunca tinha ido até o final.

"Qual é o seu nome?" perguntou, fingindo se importar.

O garoto não respondeu.

"Valeu pela roupa", completou.

Jaques retornou ao primeiro andar e correu pelas ruelas na direção indicada pelo menino. Faria a sua própria rota de fuga, uma que não passasse pelo esgoto, mas pelo menos tinha um norte a seguir. Confiante de que a cota de problemas estava cheia para um mês inteiro, avançou preferindo velocidade à atenção. Enquanto corria pela favela, ouviu um zunido no ar, seguido de uma pontada no peito.

Virou a cabeça para o alto em tempo de ver uma senhorinha na janela de uma casa. Percebeu um vulto se aproximando, sentiu o perfume. Antes que entendesse quem o havia acertado, foi abraçado pela escuridão.

12

Reencontro

Uma multidão de adolescentes se aglomerava na porta da Jovem Digital, aguardando a aparição relâmpago de seus ídolos. Formavam mais uma manada, uma entre tantas que transitavam pela avenida dos Libertinos em horários variados. Fossem executivos de terno ou estudantes de uniforme, os grupos colidiam, disputavam espaço, mantinham a postura de serem os únicos ocupantes da rua. Contudo, aquele grupo vibrante não fazia parte do quadro cotidiano da cidade. Ocupava seu território sem pedir licença, concentrado não em si mesmo, mas no seu objeto de culto, obrigando as demais manadas a se deslocarem para a outra calçada.

Tiago não tinha se dado conta da situação até chegar à avenida e ver a fila que virava a esquina em direção à rua Augusta. A maior parte dos garotos e garotas usava lápis preto ao redor dos olhos e roupas escuras com algum quadriculado, o que o ajudou a se misturar sem chamar atenção. Dada a constância do padrão repetido pelos fãs, imaginou ser algum visual oficial da banda.

Pelo que vira na rede, a apresentação do Lilith seria às cinco da tarde, num programa de audiência elevada pela hora do engarrafamento. Relera a página inúmeras vezes, como se ao repetir o gesto pudesse antever os acontecimentos e amenizar o nervosismo. Tinha pensado em cada frase, ensaiado em silêncio, se inspirado na preguiça onírica de Ori para acalmar o vazio em seu peito.

Levar um tiro o redime do passado, apertar o gatilho o condena para sempre. A frase de um seriado não saía de sua cabeça. Tinha sido ele o mago de arma na mão. Tinha traído a confiança da mulher a quem deveria proteger, e descobria agora que o tempo, ao contrário do que dizem, não cura nada. Apesar da expressão alegre em seu rosto, adquirida por mero mimetismo, existia uma enorme tristeza consumindo suas entranhas, contaminando o mundo interior que tentava a muito custo isolar do ambiente que o cercava.

Enquanto abria espaço entre os adolescentes, Tiago Boanerges se perguntou o motivo do local do encontro. Com tantas opções para uma conversa tranquila a dois, Liz havia escolhido um evento público, um vórtice de histeria. No fundo, ele sabia que a resposta não importava. Quando se vissem, o mar humano viraria paisagem, ofuscado pelo peso do passado, e não haveria ninguém além deles dois.

Na porta, comunicou seu nome ao segurança e aguardou, de mãos no bolso, que ele se manifestasse. O homem desceu a lista em seu palmtop até chegar à letra T, encarou-o por um instante e indicou o segundo elevador à esquerda.

"Quinto andar, não precisa pegar o crachá", disse ele, expressando simpatia. Aparentemente, a gritaria e o sol não tiravam o seu bom humor.

"Sabe onde a Liz estará?"

"Ah, amigo. Vai ser fácil de perceber."

Dentro do elevador, Tiago encarou o espelho que ocupava a metade superior da parede. Havia se preparado para uma guerra, ajeitado o cabelo com precisão cirúrgica, usado maquiagem para ocultar imperfeições que iam além de sua pele.

Sobre o cinza de seus olhos, identificou uma fina película de lágrimas. Por trás dela, um não saber como agir e pensar sem se ancorar em julgamentos.

Ao abrir a porta, a música ambiente deu lugar ao burburinho dos corredores. Tiago seguiu a trilha de garotos quadriculados e tijolos amarelos e encontrou uma saleta de espera. Dinho e Toninho tentavam dar atenção aos inúmeros fãs vencedores da promoção da rádio, distribuí-la em frações equivalentes para evitar reclamações, mas sempre havia um alguém mais esperto. De taça de champanhe na mão, lidavam com a situação sem maiores estresses, mostrando-se adaptados aos favores da fama.

Toninho parecia outra pessoa. Tiago se perguntou quanto daquilo era motivação pessoal e quanto se devia ao trabalho de um empresário.

Ainda era um sujeito encorpado, mas parecia mais forte que gorducho. Tinha deixado a barba castanha de lado e ficado apenas com cavanhaque e bigode. Ter um penteado descolado não parecia uma preocupação, já que seu cabelo estava molhado e todo jogado para trás. Os brincos de argolas tinham dado lugar a um piercing transversal em forma de seta, e ele usava uma calça quadriculada que fez Tiago sorrir debochado ao percebê-la.

Dinho continuava com o mesmo corpo magro e cara de cafajeste de sempre. Vestia camisa preta, calças vinho e um sobretudo com detalhes quadriculados no cotovelo e no punho. O mulato arrumara o cabelo em um *black power* cuidadosamente espetado para cima. Os olhos escuros contornados por lápis preto encontraram os de Tiago assim que ele entrou na sala. O autógrafo que escrevia parou um instante pela metade. Dinho terminou de rabiscá-lo e pediu licença sem nem virar para trás, deixando revoltada a dupla de meninas que o bajulava.

"Ora ora, que surpresa", disse o guitarrista, olhando-o de cima a baixo. Ele esticou a mão sem saber muito bem como agir, mas Tiago o puxou para um abraço. Que saudade havia sentido daquele sacana. De repente, foi como se o tempo nunca tivesse passado e eles houvessem acabado de sair de uma tarde no estúdio.

Toninho se aproximou logo em seguida, trazendo as fãs a reboque: "Gostei da maquiagem. Igualzinha a da minha mãe quando vai ao bingo", disse ele e lhe deu um abraço de estalar os ossos.

"E desde quando você tem mãe?", retrucou o exorcista entrando no clima. Mas quando flashes espocaram em seu rosto – vai que era alguém famoso? – seu sorriso desarmou.

"Olha, esses moleques são desinformados", o baterista falou de perto, abafado pelo burburinho. "Não precisa fazer essa cara. Apenas se comporte como um velho amigo e, se alguém perguntar, diga que é produtor, invente uns álbuns para o seu currículo e pronto." Parecia ter lido seus pensamentos.

"Não quer me dar uma ajuda?", pediu ele, sem saber o que dizer para o trio de meninas parado ao seu lado, máquinas fotográficas em punho.

Toninho assentiu com a cabeça, passou um braço pelo ombro de uma loira baixinha, o outro por cima de sua amiga gordinha, e se afastou. A menina restante seguiu atrás, reclamando por ter ficado de fora. "Depois a gente se esbarra", disse ele por cima do ombro, antes de voltar a entretê-las e posar para as fotos.

"Vai lá", Tiago se despediu sem ser ouvido. Aproveitou para puxar assunto com o guitarrista e evitar que alguém desconhecido resolvesse preencher o silêncio. Da última vez que tinham se visto, Dinho estava louco de íon-K e confessou seu tesão não consumado em Liz, e de bônus o interesse no exorcista. Gostava dela pra caralho, tinha dito, mas gostava mais da banda. Chamava Toninho de frouxo quando vinha com suas teorias assexuadas de como preservar o Lilith, mas no fundo pensava igual. Uma conversa que fez Tiago rir na hora, mas nunca lhe saiu da cabeça. Podia jurar que ele não se lembrava de nada, ninguém se lembraria naquele estado, então se considerou em vantagem.

"A vida? A vida tá boa", Dinho estendeu o braço, apontando para o emaranhado adolescente ao redor. "Melhor do que naquela época de durango morando de favor e da pira da Liz...", ele se interrompeu, percebendo a mancada.

"Não esquenta. Eu ferrei com a vida dela e a de todo mundo mesmo."

"Ei", ele o puxou para perto da janela. Dali era possível ver os seguranças tentando organizar a bagunça dos fãs na calçada. "Ela tá de boa lá dentro, tirando um cochilo. Tá mais feliz do que nunca. Você vai ver", apontou para uma porta no fundo da saleta.

Tiago esboçou um sorriso sincero. A loucura do guitarrista o acalmava. Era bom se sentir mais normal do que alguém de vez em quando.

"O Hugo tá lá dentro com ela?"

"Quem é esse?"

"Achei que fosse o baixista de vocês."

"Você vai pensar que é zoeira minha, mas desde a morte do Zero não conseguimos manter um baixista fixo. É tipo uma maldição. Quando o sujeito não arruma encrenca ou pede para sair, um de nós acaba implicando, diz que não tá dando certo. Aquele papo. O Eduardo, que gravou as faixas com a gente, é um amigo emprestado do Dead Hakes, não pôde vir hoje. Como é uma banda iniciante, com uma agenda menos agitada, talvez saia em turnê com o Lilith. Senão, vamos ter que catar outra pessoa, botar anúncio no site, e assim vai."

Saber que não havia um Hugo na história melhorou consideravelmente o seu humor. Menos um inimigo imaginário a ser derrotado.

"Entendi o drama. Talvez isso tenha a ver com as minhas crises de sonambulismo e os bonecos de vodu espetados lá no escritório."

Dinho ficou sério de início, mas depois ergueu a mão e o mandou se ferrar.

Um grupo de garotos impaciente decidiu interromper a conversa e os cercou, caneta e encarte na mão. Quem compra CD hoje em dia? Jaques teria uma surpresa diante dessa galerinha.

Tiago aproveitou a deixa para se despedir, não queria se tornar *persona non grata* entre os fãs em seu retorno. Estendeu a mão para um cumprimento e dessa vez foi Dinho quem o puxou para um abraço.

"Valeu a força, seu doido", disse o exorcista.

Bem próximo ao ouvido, o guitarrista cochichou:

"Ei, quer dar uma saída amanhã à noite?" Em resposta à cara de paisagem que recebeu em troca, completou: "Pensa no assunto". E se enfiou no meio dos fãs.

Meio sem graça, Tiago Boanerges respirou fundo e pediu licença para os jovens que se amontavam em frente à máquina do tempo que o levaria ao seu passado: a porta do camarim. Viu Toninho ao lado da janela levantar a mão com dois dedos cruzados, desejando sorte.

Antes que girasse a maçaneta, ouviu uma garota perguntar "quem é esse aí?" e Dinho responder sem titubear: "o muso inspirador do Lilith".

Era só uma brincadeira, mas seu estômago se apertou. Nessas horas, achava ótimo não ter um coração.

***

A salinha era pequena, bem menor do que havia imaginado. O sol da tarde driblava as cortinas da única janela, iluminando os sofás e a mesa de centro entre eles. Liz estava deitada com a cabeça apoiada em uma almofada, pernas por cima do encosto do sofá e um braço caído para fora. Havia coberto os olhos com um pano negro que se misturava aos cabelos loiros em ambos os lados. Usava saia, meias pretas e camisa branca sem manga. Nas orelhas, brincos miúdos no formato de estrelas.

Tiago caminhou medindo os passos entre a mobília, na tentativa de manter o silêncio. Viu as botas de cano alto repousando perto da mesinha e um casaco no encosto de uma cadeira. Ajoelhou-se próximo a ela e sentiu um perfume cítrico que lhe despertou memórias. Conhecia cada milímetro daquele corpo que agora lhe parecia tão distante. Tinha decifrado e sido decifrado por ele em igual proporção.

Com delicadeza, segurou a mão fria de Liz entre suas luvas. Apesar do arrepio, os citrinos não emitiram qualquer sinal. Em um gemido suave seguido de uma profunda inspiração, ela despertou. Retirou o pano de cima do rosto e mirou o exorcista com seus olhos azul-cobalto. Virou-se de lado, sem se levantar, e acariciou sua barba cerrada.

Rever aquele rosto tão lindo e delicado o partiu ao meio.

"Você veio", disse ela, ainda sonolenta, e ele começou a chorar.

Com a cabeça reclinada, encontrou lugar no colo da roqueira. As lágrimas escorriam suas culpas, resfriavam o motor de suas frustrações. Quanto mais tentava se controlar, mais os sentimentos transbordavam, se esbarrando na forma de engasgos e soluços.

Liz o puxou para cima, deitando-o torto, enquanto o consolava com cafunés.

"Vou acabar desmanchando seu penteado", disse ela. As nuvens pesadas e cinzentas encararam o límpido céu azul e assim ficaram por longos minutos. Ele passou a mão nos olhos, secando o rosto, sem conseguir intimidar as lágrimas. Procurou o apoio da mesinha atrás de si e rolou o corpo para fora do sofá. Liz aproveitou para se sentar. Ajeitou a saia para baixo, deu três tapinhas no assento ao seu lado e esfregou os braços, indecisa quanto ao frio.

Tiago a obedeceu. Mirou-a por alguns segundos e baixou a cabeça. Sem graça com os próprios soluços, buscou novamente suas mãos, apertando-as com carinho.

"Acho que te devo um pedido de desculpas", falou finalmente, voltando a engasgar.

"E eu te devo os créditos em um par de músicas."

"Acho que saiu no prejuízo com a troca."

Liz entortou a boca, fingindo-se pensativa.

"É. Quase ficar louca no processo não foi muito divertido, preciso admitir."

"Você me perdoa?"

"Ei, sem essa, hum? Um homem desse tamanho fazendo drama na minha frente? Se eu ainda tivesse algum rancor, não teria te pedido para vir."

"Até atravessar aquela porta, não havia me dado conta da culpa que carrego dentro de mim. De quanto fui covarde de não ter feito o exorcismo. Eu realmente acreditava que..."

Ela o calou tocando o indicador em seus lábios.

"Eu estava lá, Tiago. Era a minha vontade na hora do sexo, minha tristeza na hora da saudade. Possuída por uma etérea maluca que me dava orgasmos múltiplos e uma personalidade esquizofrênica, mas era eu, mesmo que ninguém entenda isso. Sei quanto foi bom, quanto foi ruim. Minha raiva passou quando o psicólogo do Conselho tentou me explicar o que era uma musa e as consequências de uma possessão. Ouvindo as teorias dele, percebi que ninguém além de nós dois poderia entender o que tinha acontecido e que você não tinha como impedir o que veio pela frente. Fomos vítimas do mesmo monstro. Nós dois fomos manipulados. Eu dei a ela minha mente. Você, sua dignidade."

Em outra situação, aquelas palavras teriam doído, mas ouvir o discurso racional de Liz o fez se sentir menos sozinho, o peso do mundo diminuir em suas costas. Sabia que ainda havia muito a ser feito, mas era um começo.

"Você se lembra de tudo?"

"De cada minuto. Por isso fiz papel de idiota indo atrás de você. Só mais tarde entendi que era dela que eu sentia falta, que era ela que fazia o nosso sexo tão maravilhoso e não nós dois, não você. Algo que entendeu antes de mim, assim que ela sumiu."

Sempre que repassava as conversas tidas com a cantora depois do exorcismo, desejava poder voltar no tempo e escolher com mais cuidado as palavras. Fora sincero ao dizer o que sentia, que sem a musa não havia razão para continuarem a manter qualquer tipo de contato, muito menos um relacionamento. Apesar de saber que aquela tinha sido a decisão mais sensata mesmo antes de encarar a morte negra, sentia-se em dívida com Liz. Ocupado se afundando na própria dor, remoendo o que considerava um abandono, se esquecera de pensar nela, no outro lado da história. Não era somente ele que se sentia vazio.

"Eu soube do psicólogo recentemente. Queria ser uma mosquinha para ouvir os foras que deve ter dado nele."

"Eu fui um doce. Se ele não largou a profissão daquela vez, não larga nunca mais", ela riu gostoso, jogando a cabeça para a frente. "Falando em traumas e orgasmos, você também teve... é..." Ela balançou as mãos de leve, tentando encontrar a palavra. "Dificuldades?"

"De transar?"

"De achar graça."

"Foi deprimente", ele respondeu de supetão. "Às vezes o corpo até respondia, mas na hora eu não sentia nada."

Não é que o sexo fosse ruim, mas a sensação de mediocridade não o abandonava. Ao transar com uma musa, o orgasmo vinha numa intensidade avassaladora. Ele havia se acostumado à energia circulando no corpo, ao dreno que levava embora seus sentidos e o abandonava à exaustão, cada célula pedindo por mais. Ao se deitar com alguém comum, um alguém não possuído por um onírico, simplesmente não havia inspiração.

No início, Tiago havia se enfiado na cama com sua saudade e torcido pelo retorno da musa, uma segunda chance. Desejado com todas as forças que ela viesse sanar as dúvidas ou brindá-lo com uma última noite enquanto se alimentasse da sua essência. Poderia ser até o fim dessa vez. Não queria mais seu respeito nem se importava em morrer dentro dela. Na verdade, já estava morrendo, só não sabia disso.

A morte negra, obviamente, colocou o problema em segundo plano. Após a barganha com o efrite e o período de recuperação, resolveu tentar colocar a cabeça em ordem, se cobrar menos, voltar a ter uma vida normal.

Infelizmente, o sexo seguiria frustrante por um longo tempo. Por isso entendia a pergunta da roqueira. Se ele havia ficado assim ao experimentar a energia da musa, imagine Liz, que tivera a fonte dessa energia emanando em seu interior.

"Para ser sincero, tenho dificuldades até hoje", ele prosseguiu. "Pelo menos já consigo... bem..."

"Ter uma ereção?"

"Isso. Por mais de cinco minutos", falou constrangido, ocultando as transas com oníricos no La Sombra. "E como as coisas estão com você?"

"Ainda procurando alguém que não me mate de tédio depois do café da manhã, mas já voltei a ter orgasmos."

"Com o Hugo?"

Pela cara de Liz, as recordações não foram boas.

"Ele foi um fiasco. Nem sei por que me aproximei dele. Talvez por ser..."

"Baixista", completou Tiago, e os dois sorriram em sincronia.

Podia ser apenas impressão, mas a paz que sentia no peito também se refletia no rosto de Liz. Ele pensou por um instante em como uma adormecida possuída por uma musa havia se transformado em ídolo adolescente e superado traumas sem nenhuma atitude idiota.

Perguntou-se se não havia voltado somente para estragar a vida dela de novo. Talvez Liz tivesse razão em creditar à musa a base de seu sucesso, porém, como mago, Tiago sabia que talento tinha mais a ver com transpiração.

"Sei que vai parecer uma pergunta estranha, Liz, mas queria saber como anda a sua criatividade."

"Se tenho composto músicas novas?"

"As que ouvi no site do Lilith são as mesmas da época do ensaio."

"A gente tem muito material guardado. E não gravamos o tempo inteiro. Cada coisa tem a sua hora, ainda mais com turnê de divulgação rolando."

"Mas e a inspiração?"

"Voltei a compor assim que despachei o psicólogo do Conselho de Hórus. Algumas músicas mais tristes, obviamente, outras mais alegres conforme fui melhorando. Mas a chama é a mesma, sabe? Como se a musa tivesse deixado parte dela dentro de mim."

A ideia fez Tiago gelar.

"E você não está se sentindo mais inspirada atualmente?"

"Fora a época da deprê, nunca perdi o ritmo. Diria que igual."

"Entendo", respondeu ele, aliviado.

Segundo Marcos Sardenha, o supervisor, a musa havia retornado ao plano físico recentemente, matando um exorcista. Mas a marca encontrada no corpo do guará Fabrício mostrava que ela estava aqui há mais tempo. Se não tinha procurado Liz até agora, era provável que permanecesse distante. Como os citrinos não haviam indicado energia residual e ela dizia não notar nenhuma inspiração fora do comum, as chances de sossego eram consideráveis.

"Eu conheço essa cara, Tiago Boanerges. Esse papo de 'e como tá a sua inspiração, Liz?' não tá me agradando. Essa vadia voltou, não foi?", Liz o arrancou de seus pensamentos.

"O Conselho suspeita que sim. Ainda estou investigando", falou de uma vez. "Eles acham que ela pode procurar um de nós dois para se estabilizar de novo nesse reflexo. Eu acho que ela não escolheria um movimento tão óbvio."

"Então ela ainda não apareceu pra você."

Ele fez que não com a cabeça.

"Mas matou o exorcista que a expulsou do seu corpo. Se lembra dele? Um cara fortão, bem alto."

"Como poderia me esquecer daquele imbecil?"

Ela se calou por um instante, incomodada com a raiva.

Não deveria senti-la. Não mais.

Enquanto recuperava a calma, ajeitou os cabelos loiros para trás da orelha e encarou Tiago. Podia ler os desenhos nas íris, as linhas em seus olhos, cada rabisco avermelhado no globo branco. Sentiu-se mais normal ao ver que compartilhavam a mesma preocupação.

"O infeliz foi sugado por ela enquanto dormia, ou algo parecido. Inspiração através de sonhos."

"Ele tinha esposa? Filhos?"

Ele deu de ombros. "Não sei. E por mais que o Conselho de Hórus seja um rolo compressor, nisso sempre foram atenciosos. Sei que graças ao incidente com Diego ganhei uma chance de compensar meus erros, de protegê-la como deveria ter feito desde o início. Só preciso te manter segura, continuar vivo e descobrir o que está acontecendo antes que ela faça mais estragos."

Liz se levantou e pegou o casaco. Passou-o pelos braços e tirou o cabelo de dentro da gola, exibindo como quem não quer nada a tatuagem de lua minguante. Com um sorriso sacana nos lábios, fechou os três botões frontais, mexeu os ombros para se ajustar dentro da roupa e voltou para o sofá, pedindo ao exorcista que se aproximasse.

"Eu me recuso a ser enganada por ela de novo", disse, mirando-o sem piscar. "Temos que fazer um teste."

Seu rosto se aproximou do dele bem devagar, e os dois se entregaram a um beijo. O toque das línguas aqueceu Tiago, uma excitação inegável acompanhada de uma pontada de medo.

Liz se afastou e olhou para os citrinos, que permaneciam apagados.

"Nada?"

"Nada."

"Só mais um então, para ter certeza."

E se beijaram de novo, dessa vez em um passeio mais profundo e demorado.

A nuvem de fumaça se agitou no peito do exorcista, bombeando o sangue com maior velocidade. Despencava em uma montanha-russa vertiginosa enquanto o espaço diminuía rapidamente em suas calças.

"Nadica", ele confirmou e a afastou com gentileza. Sentia como se o ar lhe escapasse e os pulmões queimassem em vez de respirar.

"Bom sinal."

Liz contornou o corpo dele sem descer do sofá e sentou na outra almofada para calçar as enormes botas. Havia tantos grampos e fitas de couro que ele não conseguiu entender o que passava por onde. Ao vê-la em plena forma, Tiago se questionou sobre o real poder da musa. A Liz do presente era um mulherão, livre da fragilidade que, anos atrás, buscava disfarçar com uma atitude exagerada na hora de afirmar sua independência. "Como se ela tivesse deixado parte dela dentro de mim", foram as suas palavras.

Seria possível que uma adormecida e um desperto pudessem ter herdado parte da energia de um onírico? Não, sem essa. Estava delirando. Querendo acreditar que ao menos uma partezinha dela não o havia deixado para trás. Tinham passado por um aprendizado complicado, apenas. Era essa a explicação plausível. As conquistas de Liz eram mérito dela. Os vícios, sua responsabilidade.

Enquanto ajeitava as meias na altura das coxas, ela o encarou de um jeito ladino.

"Temos que pensar em um código."

"Pra enganar a musa?", ele ironizou.

"Usaremos uma música. Ouça a primeira que vamos tocar. Eu a escrevi pensando em você. Se um dia eu não souber qual foi e não cantá-la de volta, é porque ela assumiu o comando." Ela falava sério.

"Se ela chegar perto de você, eu perceberei, Liz. Pode ficar sossegada."

"Promete que vai prestar atenção em cada frase, em cada palavra, cada letra."

"Liz..."

"Promete pra mim, Tiago."

"Tá."

"E baixar da rede."

"Não se preocupe."

"No seu celular."

Os dois sorriram juntos outra vez. Nem parecia que no encontro anterior suas vidas estavam afundando no caos absoluto.

Liz terminou de calçar as botas e afastou as cortinas. Eles se encararam meio sem graça, indecisos quanto ao próximo passo. Tiago avisou que o batom estava borrado no canto, e ela foi catar em sua bolsa um espelhinho para retocá-lo, sem mencionar o beijo.

"Chegou a hora", disse ela, revestindo-se de uma aura de segurança inabalável e se encaminhando para a saída. Tiago deu uma última limpada no rosto para garantir que as lágrimas haviam secado.

"Liz", ele recomeçou, meio sem jeito, "você me perdoou de verdade? Digo, nós passamos por uma barra pesada. Não ficou nenhuma ponta de ressentimento?"

"Eu vivo no presente, Tiago. E como eu disse, devo alguns sucessos a essa tragédia. Você sempre teve os seus poderes, agora eu tenho os meus."

Dizendo isso, ela abriu a porta.

A gritaria foi ensurdecedora.

Dois seguranças da rádio vieram ajudar a colocar ordem na bagunça. Dinho e Toninho ainda estavam por lá, mas foram esquecidos imediatamente. Elisa Goldin era a estrela, o auge da festa, uma promoção para um grupo seleto que poderia ouvir a apresentação na cabine da rádio. Só de estar no meio deles, o exorcista sentiu doer os tímpanos. Apesar disso, se regozijava por dentro. Havia vencido mais um pesadelo, enfrentado o passado sem fraquejar. Ao menos uma parte dele.

Ele tentou sair pelo canto, mas Liz o puxou para perto e o segurou pelo braço, fazendo pose para as fotos. Notando o seu desconforto, Dinho veio em seu resgate. Liz deu uma piscadinha para o guitarrista e liberou o amigo do sofrimento. Distribuía sorrisos, acenos e autógrafos com uma simpatia imensa. O brilho nos olhos dos jovens indicava muitos anos de sucesso pela frente. Um brilho humano, sem nenhum risco dourado.

"Parece surpreso", falou Dinho, enquanto caminhavam.

"Aliviado."

"Foi tudo bem lá dentro?"

"Melhor impossível. Mais uma vez, obrigado pela força." Tiago o abraçou sobre os ombros.

"De nada."

"Vem cá, o convite ainda tá de pé pra amanhã à noite?"

"Claro. Seria ótimo colocar a conversa em dia. Eu marcaria pra hoje se não tivéssemos um *pocket show* numa livraria mais tarde, lá no fim da avenida. Imagina se não vou desabar quando voltar pra casa."

"Sem problemas. É bom que me dá um tempo para reorganizar as ideias. Depois da conversa... E da Liz...", as palavras lhe faltaram, sua pele ainda arrepiada. "Alguma sugestão de barzinho?"

"Meu apê novo, faço questão. Lá pelas nove. Anota aí o endereço e meu telefone."

Os dois pegaram os celulares no bolso, acionaram a conexão entre os aparelhos e, num gesto similar a um brinde, os dados foram transferidos para as respectivas agendas.

"Tá marcado. Eu levo o quê?"

"Deixa por conta."

"Certeza?"

"Absoluta."

"Está bom pra mim", concluiu, vendo a multidão arrastar o trio. Quieto no lugar, comemorou o retorno de mais um caco de amor-próprio, um fragmento importante que julgara perdido para sempre. E, dessa vez, com o bônus de não estar entregando oníricos engarrafados em um bar de sombras.

O Lilith se uniu no final do corredor, para deleite dos fãs, e seguiu para a cabine de transmissão. Com duas de suas quatro paredes de vidro, ela parecia um aquário tamanho família, dezenas de olhos atentos nos espécimes em seu interior.

Liz se acomodou de pernas cruzadas em um banquinho, em um desafio à gravidade, e recebeu o microfone das mãos de um assistente. Dinho sentou-se ao seu lado para afinar o violão elétrico e os dois trocaram algumas frases inaudíveis para quem estava de fora, enquanto Toninho driblava pratos e chimbaus para chegar ao seu lugar.

Nesse intervalo de adrenalina, Tiago aproveitou para pegar o celular e enviar uma mensagem a Marcos Sardenha. Solicitou um encontro no dia seguinte para relatar as descobertas sobre Liz, mas o que queria mesmo era tirar a pulga que começava a mordiscar sua orelha de forma inquietante.

Um sujeito grande e de cabelo muito curto, por volta dos 30 anos, apareceu no corredor cumprimentando o bando e a banda. Vestia uma camisa da rádio e ostentava um jeito descolado nada natural. Tinha uma aparência cansada para a idade, com rugas ao lado dos olhos, que nasciam a cada sorriso exagerado que colava no rosto. Dentro da cabine, ele se anunciou como Vitor Fontes, e Tiago reconheceu o nome que havia lido no site do programa.

Com o áudio da cabine liberado para o corredor e a entrada de fãs encerrada, o locutor disparou algumas gracinhas para descontrair o ambiente e fez perguntas ao Lilith, a maior parte delas respondida por Liz. Era curioso como os integrantes da banda não faziam a menor questão de ser simpáticos com ele como tinham sido com os fãs na sala de espera.

Depois de receber uma resposta torta que fez os adolescentes ao redor caírem na risada, Vitor anunciou a apresentação:

"Lembrando que a partir das nove da noite você poderá comprar as versões ao vivo e exclusivas da Rádio Jovem Digital em nosso site ou no seu celular. Eu sou Vitor Fontes e esse é o Lilith, com o lançamento da nova música, 'Doomsday'."

Liz se virou para trás e assentiu para Toninho, confirmando que estava pronta. As baquetas colidiram suaves na marcação do tempo. Assim que Dinho tocou a nota inicial, Tiago Boanerges sentiu os pelos se eriçarem e olhou desconfiado para os citrinos. Apagados. Disse a si mesmo para relaxar e deixou se levar pelos acordes. Alguns segundos de solo de violão elétrico, e a voz de Liz tomou conta do andar:

Love is supposed to be free
But for desire we have to pay
Now it's your turn to beg for my love
From now until Doomsday

There's no love inside your heart
It is a dark and empty space
So please shut up and let me sing
Your words don't matter anyway

For the first time I sang a blues
And now I'm playing (it) just for you

I'll tell you something new, babe
I don't want you anymore
You've tried to break my heart
So go away and close the door

O refrão foi cantado mais uma vez, palavra por palavra reverberando nos tímpanos do exorcista. "Eu a escrevi pensando em você", ele repetiu mentalmente, sem saber se devia ficar agradecido ou ofendido com a homenagem. Mas havia um detalhe pior para se preocupar no momento. A letra falava de alguém sem amor, com um buraco negro no lugar do coração. Tiago não acreditava em coincidências. Só havia um porém: ninguém além de Julia Yagami e de Hain sabiam da barganha.

Alguém havia mandado um recado.

A não ser que esteja sendo paranoico, pensou. É só uma canção de amor. Centenas delas falam de alguém sem coração. Já tinha escutado a expressão tantas vezes e em tantos idiomas diferentes. E Liz sabia do seu fascínio por blues, por isso a melodia. Não há nada de errado nisso, se convenceu.

Ou assim tentou.

Teve a impressão de ver um vulto sobre o ombro e se virou, intrigado. À procura de um suspeito, encarou os adolescentes hipnotizados com o show, o silêncio respeitoso que mantinha o grito preso na garganta. Ao voltar os olhos para a banda, notou um brilho dourado intermitente atrás de Liz e forçou passagem, pedindo licença e dando esbarrões até se aproximar da cabine, como se só buscasse uma posição mais privilegiada para ver seus ídolos. Tocou discretamente o vidro com as luvas, ao mesmo tempo em que notou uma luz lateral incidindo nos pratos da bateria junto às pancadas de Toninho.

Seu suspiro de alívio veio junto com os aplausos dos fãs e uma chamada para os comerciais. Aproveitou estar pertinho e ergueu os polegares para o Lilith, sinalizando que tinha aprovado a música. A expressão da roqueira não denunciava qualquer sinal de maldade. Seus olhos continuavam a ser do mais puro azul. Liz soprou um beijo para a multidão de cópias fiéis e recebeu um urro animado em troca.

Tiago olhou para os cristais apagados. Forçou uma onda de energia até eles para ter certeza de que estavam carregados e se obrigou a abandonar a paranoia.

Em seguida, acenou para Liz e recebeu um aceno em troca.

Ficava feliz de poder dividir sua miséria com alguém que o entendia.

Não deixaria que a musa a machucasse.

Não vacilaria outra vez.

Enquanto o locutor conduzia mais uma rodada de perguntas e o Lilith cantava seus dois sucessos radiofônicos, o exorcista começou a considerar a reaproximação com mais afinco. Tinha como um de seus preceitos que não há pessoas iguais no mundo, e por isso cada relação é única e especial. O que duas ou mais pessoas desenvolvem entre si sexual e sentimentalmente só pertence a elas e a mais ninguém. É impossível, olhando de fora, entender o que se passa lá dentro. E uma vez lá dentro, muda-se a equação impedindo dessa forma o entendimento da situação anterior.

Liz tinha razão em suas palavras. Ninguém seria capaz de entender o que haviam passado. Compunham um caso deveras singular. Especial demais para ser abandonado pelo Conselho de Hórus após o acompanhamento médico. Mesmo que tivesse ocultado do psicólogo seu ponto de vista sobre a herança da musa – e seria a cara de Liz desprezar alguém enviado para paparicá-la –, a hipótese teria passado pela cabeça de algum dos superiores. O Conselho não largaria Liz sozinha curtindo a vida, ainda mais com a carreira em evidência. Ela estava sendo vigiada. Quem sabe de longe, um relatório mensal, uma visita no cair da noite para medir seus sinais vitais quando pegasse no sono.

Ou podia ser um caso arquivado, mais uma pasta na gaveta. A musa havia sido exorcizada, afinal. Tinham outros problemas a resolver.

Nada disso, porém, o impedia de ser precavido. Assim como ele, Liz era um estudo de caso valioso, o que levantava a seguinte pergunta: se o Conselho a vigiava, por que recrutá-lo para cobrir a mesma função? Marcos Sardenha havia falado que ela ficaria mais à vontade com Tiago, e nesse ponto tinha razão. Entretanto, nada tirava de sua cabeça que bastaria a um exorcista disfarçado de fã pedir um autógrafo e ver se os cristais acendiam ou não.

Como se respondesse à torrente de pensamentos, o celular vibrou no bolso, avisando da chegada de uma mensagem.

Amanhã, dez horas. Parque Delijaicov.
Não se atrase.

Marcos confirmava o encontro.

O exorcista ouviu mais uma música e decidiu partir antes do fim da apresentação. Não queria disputar lugar com aquela pequena manada de fãs ensandecidos no elevador. Acenou por detrás do vidro até que os três o tivessem visto e saiu de fininho, sem perceber que pontos verdes luminosos o observavam no meio da multidão.

13

Maresia

É um retorno difícil o que faz. Um de tantos que guarda na memória, só mais um de tantos que ainda virão. De pé no convés do iate, ela observa as margens do rio das Araras e o público que transita em torno da hidrovia, se perguntando o porquê de estar ali.

O *Princesa Isabel* desce lentamente pelo rio, rumo à baía da Água Negra, disso ela se lembra bem. Tem a sensação de ter feito o passeio outras vezes, de ter estado naquela mesma balaustrada vendo a menina que anda de bicicleta com o pai na ciclovia, decifrando uma situação que de tão familiar lhe desperta certa estranheza.

Se alguém lhe perguntasse, diria ter partido da zona de embarque há cerca de trinta minutos. Verificaria o relógio e notaria que o ponteiro dos segundos está imóvel. Com uma pontada de mau humor, reclamaria da bateria que sempre a deixa na mão. Como ninguém se dirige a ela, admira seu cenário, seu pequeno iate, a única coisa à qual pode se agarrar.

Ele lhe pertence, não há dúvida. É movido a energia solar, uma exigência sua desde o projeto original. Foi adaptado de um modelo de grande porte para navegar na parte interna da cidade, criado pelo fundador da empresa náutica especialmente para ela, uma homenagem à sua família.

E quem sou eu? Ela se pergunta, sentindo-se ansiosa.

É claro que sabe quem é. Beatrice Belcastro, herdeira de Dante Belcastro, seu pai.

Pensar nele faz a imagem do barco tremer e perder a nitidez, uma interferência na tela que pincela com fragmentos emocionais. Ao seu lado, um ser onírico com o dobro de seu tamanho pede calma. Seu corpo é um entrelaçado de fios de sombras, tecidos imateriais que descem na forma de um manto, terminando em fiapos sem direção. No rosto, uma pintura se alonga ao redor dos olhos para a lateral da cabeça. Do tamanho de braços, dois chifres azuis irrompem de sua testa e refletem o brilho do sol.

Embora não o houvesse notado até então, ela não se assusta. Sabe que está ali para guiá-la, por isso segue suas ordens. Beatrice inspira e expira em intervalos regulares, retomando a consciência do próprio corpo. Percebe-se em uma jaqueta de vinil e uma saia cinza de dupla camada que oculta parte de suas botas. Aquela jaqueta é uma de suas roupas favoritas, comprada em uma viagem a Roma, um dos raros momentos de lazer desde que assumira o comando de Arcádia.

Saber daquilo deixa seus contornos mais firmes, sua postura mais ereta. Ela pigarreia ao perceber a traqueia e arrisca palavras aleatórias, testando o alcance da voz.

Beatrice decide analisar o barco, puxar para si os detalhes de seu microcosmo que ainda lhe escapam, na esperança de que a memória se reavive.

Nota que ele se assemelha a uma cabeça de moreia de boca aberta. A mandíbula cobrindo parte do deque posterior, a janela de vidro acastanhado imitando os olhos contra a tinta branca.

"Seu nome é uma homenagem à princesa que, como seu pai, foi grande incentivadora da pesquisa de aeróstatos e tecnologias a vapor em nosso país."

Ela relembra as palavras ditas no discurso de reinauguração da zona de embarque. Tinha sido a responsável pela revitalização do trajeto até a baía da Água Negra e dos parques no entorno da Marina dos Vigilantes.

Aquilo a enche de orgulho, sabe que seu barco é um dos símbolos da nova era de investimentos da cidade. Pensa no que diria seu pai.

Revive de sentidos despertos o evento, sente o suor da mão pegajosa do prefeito, o hálito azedo do governador, ávido por boas notícias que escondam seu mais recente fracasso junto à população.

Beatrice gosta de política, mas não dos políticos. Na sua posição de empresária precisa aturá-los, manipular seus egos enquanto acham que a ludibriam ao pedirem doações para suas campanhas. Faz parte da herança, parte do fardo. Os caminhos que permitirão encontrá-lo.

Afastando-se da amurada do deque, começa a entender o porquê de estar ali. Olha para o gênio pedindo orientação e segue as palavras que ele sopra em seus ouvidos. É hora de parar.

Obedecendo ao comando mental, o iate começa a diminuir a velocidade e margear a plataforma de embarque do Parque Delijaicov. Uma multidão de rostos distorcidos aguarda em fila o táxi náutico que jamais chegará, tão consistentes quanto o restante do cenário. Do meio deles, um homem de terno acena para Beatrice.

Nas primeiras vezes, seu coração respondera com alegria, iludido, mas agora ela sabe o que virá. Resignada, olha para o céu e vê as nuvens negras se adensando. Em pouco tempo, não há mais vestígios do sol, o azul arrancado da paleta. O dia agradável se transforma em uma redoma cinzenta e o iate se agita com o vento repentino.

O homem no convés parece preocupado, tenta correr pelo píer, mas é agarrado pela multidão. Os fantasmas projetados por seu inconsciente o cercam e o afogam em uma onda de sombras, derrubam-no na água e o puxam para o fundo do rio. Ela quer gritar, quer saltar do convés e usar seus dons para trazê-lo ao barco, mas sabe que nada disso adiantará.

Para se afastar dos gritos, ela busca refúgio dentro do iate. Senta-se no sofá macio e encara sem piscar a parede branca, na tentativa de limpar os pensamentos.

O gênio diz que está indo bem. Basta dominar a vontade do reencontro, matar em si o desejo de se jogar nas águas escuras.

"Olhe para mim", ele pede. Mas ela se recusa. Seu pai está lá fora, se afogando. Os gritos perfuram seus ouvidos, fazem o coração acelerar, e por um momento ela se distrai. Desperta.

De olhos abertos, encara o vidro que a cobre, os fios que se ligam ao seu corpo, dentro do navio real.

Não pode ser, ela pensa, e tenta voltar ao seu subconsciente. Não falhará ali, de novo, em frente ao parque, vencida pela própria fraqueza. Basta se concentrar com afinco, decide, basta fechar os olhos e se entregar ao estado de plenitude. Afastar a imagem do reencontro que nunca aconteceu e abrir caminho para aquilo que esconde.

Aos poucos, Beatrice sente a realidade se afastar e dar lugar ao quebra-cabeça de suas memórias.

De mãos dadas com o gênio, flutua através das nuvens rumo à sua casa e, de repente, se percebe deitada em sua cama, aos 15 anos.

Ela quer dormir, abraçar cada segundo de sono antes do despertador tocar, mas um barulho insistente a incomoda. De início ela culpa os cães, os pestinhas dinamarqueses que andavam acordando no meio da noite para brincar, mas logo nota que os sons, na verdade, são fruto de uma discussão.

De pés descalços, abre a porta do quarto e desce a escada em direção à sala e segue a voz de seu pai até a biblioteca.

Ele está atrás da mesa, usando um terno preto, e parece bastante irritado. Roda uma caneta entre os dedos, cacoete que ela conhece bem, mas mantém a voz firme. Fala com uma mulher muito branca, de cabelos e lábios cor de vinho, a um palmo de distância.

Algo na visitante a incomoda. Ela tenta se aproximar, segue discreta pelo escuro do corredor querendo ouvi-los melhor, mas é notada pela mulher. Antes que seu pai a perceba, a visitante a encara, e Beatrice sente o coração ribombar no peito. Ela e a visitante são iguais.

A menina de 15 anos força a mente para romper a ilusão. Não entende por que projeta seu rosto no dela, por que oculta aquela a quem deseja encontrar. Direciona seus esforços a uma única intenção, mas não consegue nada diferente de seu reflexo vinte e cinco anos mais velho. Olhando bem, pensa ver alguns traços orientais. Nada próximo a uma certeza.

"Volte para o quarto. Daqui a pouco passo lá para um beijo de boa-noite, tudo bem?", diz Dante Belcastro, indo fechar a porta.

Beatrice tem vontade de dizer que não, não está tudo bem, que aquela mulher a assusta e que ficará com ele até ela ir embora, mas só faz um *uhum*, acompanhado de um balançar de pescoço.

Quando a porta se fecha, só resta a escuridão. O gênio aparece ao seu lado, os olhos azuis flamejantes, e estende a mão imprecisa. Beatrice a segura confiante, respira fundo para aliviar a tristeza pelo que está por vir. Ouve o grito.

É seu pai, ela sabe. E então corre.

Dentro da biblioteca não há mais ninguém.

O pai e a mulher sumiram. No lugar deles, um tapete de pétalas de rosas.

"Você foi bem", diz o gênio chifrudo, mas ela discorda e o repele com o pensamento. Sozinha, acorda dentro da câmara de vidro, no cômodo inferior do iate. Com uma das mãos, enxuga lágrimas reais e com a outra aperta o botão que a liberta.

A tampa que a cobre é suspensa e permite que possa se sentar. Beatrice Belcastro arranca os fios conectados às têmporas, pulsos e peito e desce de supetão, encarando a câmara ao lado da sua.

O vazio dentro dela é um símbolo de sua derrota. Sente o peso de uma dívida de anos, o peso da ausência de seu pai. Recusa-se a acreditar naqueles que insistem que Dante está morto. Ela conhece a verdade, embora não consiga se lembrar dela em todas as minúcias. Sabe que a visitante é a responsável e que um dia, custe o que custar, irá descobrir quem é e onde se esconde.

De olho no relógio, ela deixa o piso das câmaras e sobe para o convés. O dia está seco, o céu de um azul arrebatador que em nada combina com as sombras em seus olhos. No mundo real, o iate passou há muito do Parque Delijaicov e se encontra no espelho turvo da Baía da Água Negra.

Minutos depois, na hora combinada, seu celular vibra no bolso. Ela não se dá ao trabalho de atendê-lo. Sabe quem é. Vai para a balaustrada e observa.

***

O catamarã seguia sua rota pela hidrovia de Libertà com um pequeno atraso. Na zona de embarque na Marina dos Vigilantes, seguranças precisaram intervir quando uma jovem começou a xingar as pessoas num aparente surto de abstinência. Os passageiros acomodados na área interna nem chegaram a perceber a agitação. Tiago Boanerges e o supervisor, apoiados em uma parede do lado de fora, acompanharam a intervenção com cautela, mas logo voltaram a conversar.

Marcos Sardenha tinha batido a cota semanal de tolerância a mudanças repentinas de comportamento. Ganhara uma costela quebrada e um hematoma no rosto ao perseguir uma mulher possuída por um onírico em sua investigação sobre o paradeiro da musa. A pior parte foi inventar uma desculpa para o seu chefe no Conselho de Hórus.

“Espero que tenha tido mais sorte.”

Tiago aproveitou a deixa e relatou suas descobertas ao analisar o cadáver do guará. Sua empolgação não encontrou retorno na expressão enraivecida do antigo supervisor.

"É sério isso, Tiago? Você desobedeceu as minhas ordens e foi se meter com os guarás? Justo com a família Castilho? Acha que eles são donos de um cemitério por acaso?"

Marcos começou a tossir, engasgado. Levou a mão às costelas indicando sentir dor, sinalizou pedindo uma pausa. Acostumado à sua postura pedante, foi estranho para o exorcista vê-lo assim, fragilizado.

"Quem te ouve falando desse jeito não pensa que você é um agente federal", ele provocou. Depois de todo o trabalho que tivera para conseguir se enfiar entre os guarás, o mínimo que esperava era uma boa explicação.

"Eu sou, Tiago. Eu sou. Diferente de você, que não é ninguém, está entendendo? Ou eu preciso lembrá-lo do motivo de estarmos aqui nesse barco conversando e não no meu escritório?", Marcos controlou o tom de voz para não chamar atenção, mas não parecia muito feliz. "Existe uma unidade do Conselho investigando o envolvimento do patriarca dos Castilhos em atividades que nem passam pela sua cabeça. Levamos um ano para infiltrar os agentes. Agora imagine por um momento que um deles, unzinho que fosse, visse você junto com os guarás. O que acha que aconteceria?"

O exorcista não precisou responder. Os agentes avisariam ao supervisor responsável por sua unidade no Conselho de Hórus. Se a história chegasse ao chefe da divisão, ele acabaria somando A mais B e Marcos Sardenha seria convocado a dar explicações. Se a operação fosse comprometida a culpa recairia sobre Tiago, que teria mais um prejuízo da agência em sua conta.

"Está bem. Eu posso ter sido precipitado", argumentou o exorcista. "Mas e a marca no pescoço?"

"Aquela marca não tem nada a ver com a musa. Era um sinal de nascença do garoto. Chegou a pensar nessa possibilidade?"

Marcos falava com tanta convicção que Tiago Boanerges quase se esqueceu de um pequeno detalhe de dois metros de altura, garras e pelos.

"E como sabe disso?"

"O legista que trabalha no cemitério vertical dos Castilhos é nosso informante e nos passou os laudos, por via das dúvidas. A mancha aparece identificada no exame de necropsia como uma marca de nascença."

Porra nenhuma, teve vontade de dizer. Se o Conselho tinha mesmo um informante enfiado no meio dos Castilhos, não podia dizer, mas sabia não haver corpo de nenhum garoto. Fabrício estava sob a forma salvaxe, mantido em suspensão anímica por ordem de seu pai. Nenhum mago conseguiria devolvê-lo à forma humana. Havia morrido como um salvaxe e permaneceria como tal.

"Depois de tanto tempo na ativa, devia saber que guarás não violam os corpos de seus mortos."

"Uma marca no pescoço, Tiago", Marcos gaguejou. Por força do hábito, tateou o bolso atrás dos charutos que não havia trazido.

"Eu senti a energia dela."

"Sentiu ou achou sentir pra estar mais perto da sua musa?", a ironia trouxe o velho supervisor de volta. "Porque eu tenho o palpite de que não sou o único obcecado nessa história."

"A energia era real."

"Os citrinos brilharam?"

"Vagamente. Foi mais uma música na minha cabeça..."

Marcos revirou os olhos e foi para o parapeito do catamarã. Se não fosse a costela quebrada, se curvaria sobre ele e ali ficaria até o fim da viagem, distraído, observando a paisagem, fingindo ser como uma das pessoas na ciclovia que margeava o rio, todas indiferentes à sua busca.

Se não encontrasse a musa em tempo, acabaria morto.

"Está precisando de ajuda?"

A voz familiar veio da direção da proa. Tiago Boanerges demorou a reconhecê-lo sem o colete de trabalho, a fuligem no rosto, a luva de ferramentas. Moebius vestia bermudas, tênis e uma camiseta florida. Com o visual casual e seu cabelo loiro claro, parecia um turista estrangeiro. Considerando o tempo passado no Entremundos, a comparação não era de todo equivocada.

"E aí, Moebius. Que inusitado te ver por aqui." Tiago o cumprimentou com um aperto de mãos. Desistiu de apresentá-lo a Marcos ao notar o completo desinteresse do supervisor. "Tirando um dia de folga?"

"Tenho que comprar umas peças do outro lado", ele apontou com o queixo para a margem oposta, "e decidi que merecia uma manhã de descanso. Estava quieto ali na frente vendo umas gaivotas que resolveram se banquetear em um cardume e ouvi umas vozes alteradas. Quando enchi o saco e virei pra trás..."

Pela curiosidade dos outros tripulantes, ele não havia sido o único.

"Desculpe por ter incomodado. A gente caiu na besteira de falar assuntos de trabalho e acabou dando nisso."

"Pra mim não tem problema se pra você também não tiver".

O artesão deu um passo à frente, sua sombra cobrindo o supervisor que o olhava com desdém. Tiago demorou alguns segundos para entender que ele estava se propondo a defendê-lo. Imaginá-lo arremessando Marcos no rio fez com que risse por dentro e acalmasse o ânimo. Já tinha problemas demais com apenas dois esquentadinhos na conversa. Não precisava de um terceiro.

"Está tranquilo, Moebius. Obrigado por perguntar."

O artesão torceu por alguma provocação de Marcos, um "agora se manda daqui", uma insinuação de carteirada que fosse, mas nada aconteceu. Tirou o relógio do bolso se atrapalhando com a corrente, conferiu as horas.

"Bom passeio, então", falou, cumprimentando-o novamente, e voltou para a área sobrevoada pelas gaivotas.

Assim que ele se afastou, Marcos retomou a conversa.

"E a Liz?", perguntou ele.

Tiago se apoiou de costas ao seu lado, um olho no gato outro no peixe, e foi direto ao ponto. Explicou que ela estava limpa. Plenamente recuperada, sem qualquer indício de contato com a musa.

A raiva que lhe subiu durante a discussão se esvaiu por completo, e Marcos Sardenha pareceu ainda mais abatido. Pela expressão de desânimo, era evidente que não queria estar ali. O exorcista se sentiu mal pela situação, responsável pela piora do seu estado, embora não houvesse por quê. Quis pressioná-lo, tentar extrair alguma informação útil, mas sabia que forçar a barra eliminaria qualquer possibilidade de retorno ao antigo emprego. Precisava fazer o jogo de Marcos, manter-se como parte do plano e descobrir à sua maneira o que o Conselho de Hórus estava escondendo. Se estava sendo usado, arrumaria um jeito de tirar proveito disso.

O catamarã diminuiu a velocidade. Sem uma zona de embarque por perto, Tiago se virou para as águas procurando um motivo. Viu uma embarcação navegando na direção contrária, um iate com a forma de uma cabeça de moreia que ostentava um "A" estilizado no casco. O catamarã esperou que o iate saísse do canal e rasgasse as águas da baía. Permaneceram lado a lado, tão próximos que alguns passageiros esticaram os braços para tentar tocá-lo. Os mais animados acenaram para a mulher na balaustrada e receberam um aceno discreto em troca.

Ele nunca a tinha visto pessoalmente. Conhecia a história do sumiço de seu pai graças às reportagens que esbarrava de vez em quando em canais de documentários, programas como os dez maiores mistérios de Libertà, crimes famosos sem solução, ou o império dos ricaços. O rosto dela, conhecia dos jornais. Discreta com a vida pessoal, Beatrice Belcastro era presença constante nas reportagens sobre seu conglomerado tecnológico. Além dos investimentos em infraestrutura na cidade, Arcádia era famosa por seus equipamentos de contenção de magos e feéricos e por uma prisão subterrânea projetada para delinquentes com dons sobrenaturais, e segurança era um tema sempre em pauta no país.

Ao perceber que ela olhava na direção deles, o exorcista também arriscou um aceno, mas foi completamente ignorado.

"É melhor limpar a baba", disse Marcos, enquanto tirava uma foto do *Princesa Isabel* com o celular.

O catamarã soou seu apito e manobrou para o canal. Tiago acompanhou a cabeça de moreia fantasmagórica sumir atrás da embarcação.

"Ainda me quer no caso?"

"E eu lá tenho escolha?", respondeu o supervisor. "Só quero que fique longe dos guarás e se concentre na Elisa Goldin. É a ela que deve vigiar e a mais ninguém."

O exorcista concordou.

"Já tem um próximo encontro previsto?"

"Algo parecido."

Fique atento a sinais de mudança de comportamento. Reporte-se diretamente a mim e não ao Conselho. Nem pense em realizar um exorcismo sozinho. Não deixa Elisa saber de nada. Quanto menos gente envolvida nisso, melhor.

O sermão só cessou quando Tiago se despediu para desembarcar no Parque Delijaicov, mas fazia tempo que não prestava mais atenção nos "conselhos de um profissional com anos de experiência" do supervisor. Sua cabeça havia rumado para outro lugar, outro encontro que se fosse improdutivo, ao menos lhe traria diversão.

14
Jam session

De olho no respiradouro da porta do elevador, Tiago acompanhava andares e paredes de concreto se revezarem. Durante a tarde, enquanto regurgitava as mentiras de Marcos Sardenha, decidira por um novo contato com os guarás para sanar as suas dúvidas. Na rede, encontrou com facilidade o endereço do cemitério vertical da família Castilho, caso optasse por uma abordagem direta. Em uma rede social, vários perfis com o sobrenome Boni-ni, um deles com uma foto preta escrita "luto" e muitas postagens com um sentimento de revolta. O garoto precisava conversar com alguém antes que tomasse uma atitude da qual pudesse se arrepender. Talvez pudesse resolver o lado dele e o seu ao mesmo tempo, por isso deixou uma mensagem.

No apartamento para o qual subia, a questão seria diferente. Precisava ter tato com Dinho, arrancar suas impressões sobre Liz sem que ele se sentisse usado. Se estivesse sóbrio, estaria atento às suas intenções e mediria as palavras para não ficar mal com a cantora, mas provavelmente compartilharia opiniões relevantes. Embebedá-lo o deixaria mais acessível, sem dúvida, porém menos confiável. Sendo assim, decidiu explorar as duas situações.

Havia ainda outro complicador. Ou facilitador, saberia em breve.

Tiago Boanerges mirou o rótulo da garrafa que trazia na mão, um presente para agradecer ao convite. Firmou os dedos ao redor do gargalo e seguiu com a contagem regressiva. Havia desistido de controlar o turbilhão em seu interior. Os sinais externos, tentaria amenizar.

O elevador sacolejou e chegou ao penúltimo andar do edifício. Os dois apartamentos do andar dividiam um corredor curto, quase um cubículo. Tiago espiou um quadro feito em fundo azul com desenhos de cola colorida que lembravam espermatozoides psicodélicos e se perguntou de quem teria sido a ideia de colocá-lo ali. Conferiu o número correto em um papel amassado que tirou do bolso e tocou a campainha duas vezes num embalo só.

Após um instante de silêncio, ouviu uma voz cantarolante e o barulho de chaves. A porta se abriu e revelou um Dinho de calça jeans surrada, pés descalços e sem meias. Completava o visual uma camisa de malha azul, as mangas puxadas para cima, sem ultrapassar os cotovelos. O cabelo, ainda molhado do banho, havia encolhido em cachos curtos e desordenados.

Ao apertar a mão do guitarrista, Tiago ensaiou uma firmeza logo derrubada por um beijo casual.

"E aí, que bom que você veio. Bem-vindo à minha humilde choupana", disse Dinho, como se o cumprimento fizesse parte do protocolo. "Estava preparando uns petiscos pra gente lá na cozinha." E deu passagem ao seu convidado, indicando que entrasse.

"Lugarzinho bom, hein?", o exorcista respondeu, ainda sem graça.

"Foi o que deu pra comprar, mas não tenho do que reclamar não. Ainda tô sem os móveis da sala, dei uma improvisada com as almofadas, mas o quarto já tá armado, e tem um estúdio também. Quer dizer, não é bem um estúdio, é mais um canto pra eu arriscar umas notas enquanto descanso, sem que os vizinhos pirem com o barulho. Foi o forro que levou a grana dos móveis embora."

"Tá melhor que a minha."

"Que bom que gostou. Se um dia me convidar para um café, eu vejo se foi uma comparação sincera."

Tiago sentiu o rosto enrubescer. Pensou em alguma frase engraçadinha para emendar, mas nada lhe veio em mente. Para não ficar ali, quieto no lugar, foi espiar as janelas sem cortina. Por estarem no penúltimo andar de um dos prédios mais altos, a vista era ampla. Podia ver os quarteirões iluminados da cidade, faróis colorindo uma via elevada que cortava toda a região central mais ao fundo.

"Vista bonita. Sem vizinho grudado."

"Foi o que me fez escolher o apartamento. Isso e o condomínio pagável por ter uma centena de apartamentos. Tá vendo aquele campo lá pra esquerda com umas cores que ficam se alternando? É o Parque dos Guardiões, um dos meus lugares favoritos na cidade", falou Dinho, grudando a testa no vidro.

"O que tem as estátuas?"

"O próprio. Quando te digo que sou um cara estudado, você não acredita", ele deu uma piscada. "Agora chega aí. Mas tira o sapato pra não marcar o chão que eu não tenho faxineira."

Dinho se virou e sumiu em uma porta. Só então Tiago notou a faca na mão atrás das costas.

A cozinha era bem tradicional. Tinha azulejos grandes e claros, armários nas paredes; pia e fogão de um lado, geladeira e bancada do outro, com uma passagem razoável no meio. Assumindo uma postura mais à vontade, Tiago se recostou e assaltou uma bandeja metálica cheia de canapés, driblando as fatias de presunto para pegar os cubos de queijo. Entregou a garrafa de vinho para o anfitrião dizendo que pularia o papo sobre safras e buquês, e avisou que era um presente a ser compartilhado mais tarde. Dinho leu o rótulo, agradeceu a gentileza e largou a garrafa em cima da pia. Abriu a geladeira, sacou duas latinhas de cerveja na porta e jogou uma delas para o exorcista.

Enquanto conversavam sobre trivialidades para quebrar o gelo, um arsenal de *ahãn*, claro, claro, você tem toda razão, Tiago aproveitou para perguntar como andava a rotina da banda.

"O ritmo de trabalho tá puxado. Tem dias que eu mal consigo dormir por conta da adrenalina. É ensaio, van, telefone, ensaio, van, telefone. Mas em rádio a música só está estourada mesmo aqui em Libertà e no Rio de Janeiro. Outro dia falaram que a execução tem subido também no Recife."

"E como é que você tá aguentando esse ritmo, rapaz?"

"Larguei o íon-K, se é isso que está perguntando", respondeu ele, sem parecer ofendido.

"Sem julgamentos, só curiosidade. Cada um com suas diversões", Tiago fez uma pausa para mastigar. "É que não tinha um dia de ensaio que você fosse direto para casa. E nem tô falando das nossas saídas depois do estúdio. Tô falando das saídas depois das saídas. Das esticadas online..."

"Sabe o Dead Hakes que comentei contigo na rádio? Que ia emprestar o baixista e tal? Então, fui convidado para tocar em um show deles e quando subi no palco não sabia nem meu nome. A vergonha que eu passei bateu a cota dos próximos dez anos. Como a cerveja eu não corto nem por ordem médica, dançou o K."

"E a Liz, decidiu ser uma boa menina e seguir o seu bom exemplo ou continua porra louca?", o exorcista emendou.

Dinho deu uma engasgada com o comentário.

"A Liz parou bem antes. Nem o tarja preta recomendado pelo teu amigo do Conselho de Hórus durante o acompanhamento ela quis tomar. Preferiu umas yogas e meditações alternativas. Dizia que não queria ficar de guarda baixa. E como álcool ela só toma muito de vez em quando pra não prejudicar a voz, dá pra dizer que ela é o bom exemplo dessa história."

Tiago entendia a decisão por trás do discurso de vida saudável. Elisa Goldin estava receosa de ampliar os sentidos e ficar suscetível à energia existente na quimera. Era comum alguns magos, como Julia Yagami, conseguirem enxergar ao menos em parte o que havia por trás da ilusão do plano físico. Com o treino adequado, podiam distinguir fantasmas, sombras, correntes de energia. Adormecidos ou magos como Tiago Boanerges, que não conseguiam rompê-la naturalmente, podiam expandir a visão por um período limitado de tempo se usassem drogas lícitas ou ilícitas capazes de alterar a percepção.

Em uma recaída, o exorcista havia feito isso para tentar encontrar a musa. E por pouco não encontrara a morte.

"Sei que se preocupa com ela e acho isso bacana da tua parte, mas ela tá bem, Tiago", Dinho continuou. "Aceita isso de uma vez, larga de sofrimento e começa a olhar pra frente, pode ser?"

"Pode ser", respondeu Tiago, com uma firmeza nas palavras que não condizia com a realidade.

"Agora chega de falar do passado, senão vou pensar que veio aqui só pra isso", Dinho completou. "Pega a sua latinha e vamos cuidar do presente."

Sentados no amontoado de almofadas da sala, foi a vez de Tiago comentar o que andava fazendo. A cada latinha que esvaziava, as preocupações ficavam mais distantes. Dinho se mostrou bastante curioso sobre o La Sombra e disse que de uma próxima vez podiam marcar de beber por lá. Ao notar o exorcista reticente, sugeriu que então ele o convidasse para uma de suas palestras para universitários.

"Prometo ficar na minha e não fazer perguntas indiscretas", falou.

"Mais do que aqueles alunos já fazem, acho difícil. Você pareceria um menininho inocente perto deles."

"Ninguém mais presta hoje em dia... Ainda bem", concluiu Dinho, propondo um brinde aos perdidos do mundo.

"Aos perdidos do mundo", brindou Tiago com sua latinha. "Acho que me encaixo no perfil."

Uma rodada de canapés e alguns goles depois, o guitarrista olhou para o relógio no pulso, contornou a mesinha disposta entre eles e encarou o velho habitante de seus sonhos de um jeito mais demorado do que fizera até então. Pensou nos gritos não gritados e nas noites insones, quando o corpo só encontrava a resistência do colchão e a mente fazia o restante do serviço.

Agora a pele queimava com igual ardência, a vontade de anos vindo à tona, a camada oculta de frustração transformada em um combustível que tentava dosar para não haver incêndio que o consumisse em uma única chama.

Tinha ensaiado sua aproximação enquanto andava pela casa, mas o que veio foi impulso movido a hormônios. Em vez de preencher o silêncio com palavras, deixou que seu corpo falasse mais alto. Largou a lata de cerveja na mesa, tirou num lance rápido a camisa e aproximou o rosto de Tiago, partindo seus lábios num beijo. Conforme pressionava sua boca contra a dele, apoiou-se no chão e jogou o peso sobre o braço, para que com o outro pudesse envolvê-lo enquanto se deitavam. Num movimento consistente, repousou o corpo sobre o dele, aproveitando com calma cada etapa.

Dinho não era um sujeito de muitas certezas, mas sabia que o tempo passa rápido demais para se impor limites. Sentiu a aspereza das calças alimentar a ansiedade, e só quando o fôlego lhe faltou, se distanciou para mirá-lo nos olhos. Podia ser só a imaginação, um deslumbre pueril e equivocado, mas achou que o cinza daquelas íris brilhava diferente.

"Você é lindo", foi o que conseguiu dizer.

Tiago sentiu a eletricidade antes do toque, as faíscas que sinalizavam a igualdade dos intentos. Correu os dedos entre os cabelos dele e o trouxe para baixo, virando levemente o rosto para melhor aproveitar a calor de sua língua. Enquanto curtia o beijo, deixou a mão deslizar pelas costas do guitarrista e invadiu sua calça, encontrando espaço entre a roupa e a pele escura. Apertou seu peito contra o dele, antecipando o ritual de liberdade, e então girou, invertendo a posição. Aproveitou estar por cima para também se livrar da camisa, e junto com ela um par de neuroses.

Dinho não pareceu se incomodar com o abandono das almofadas. Ao contrário, o chão frio ajudava a dissipar o calor que emitia. Sorria como um gato que ainda traz nos dentes as penas do canário, dedilhando a barriga de seu captor em busca de novos acordes.

Assim que voltaram a se beijar, Tiago ouviu de longe uma música. Bem lá no fundo, uma voz de mulher chegou aos seus ouvidos, a voz que um dia embalara suas noites de insônia enquanto se recuperava da morte negra. Com a mente vagueando desatenta aos próprios lábios, murmurou sílaba por sílaba uma antiga canção e a reconheceu no primeiro verso.

Birds flying high, you know how I feel, cantaram juntos, ele e ela.

Tiago estremeceu. Pulou para o chão.

"Tudo bem aí?"

"Tem algum rádio ligado?", perguntou o exorcista, virando o pescoço para trás.

Breeze driftin' on by you know how I feel.

"Onde?"

"Como onde, Dinho? Aqui, no seu apartamento. Tem algum rádio ligado lá no seu estúdio, notebook tocando música, sei lá."

"Ainda não. Quer que coloque?", sugeriu, se perguntando se havia feito algo errado e quebrado o clima.

"Eu tô ouvindo Nina Simone."

"Deve ser no vizinho de cima dando festa na cobertura. Ou você tá é bêbado. Relaxa um pouco", improvisou, erguendo o tronco para pegá-lo num abraço.

Tiago Boanerges ouviu a música se distanciar, não conseguia mais acompanhar a letra, mas a melodia continuava a acelerar a nuvem negra em seu peito. É só mais uma lâmpada refletida no prato da bateria, tentou se convencer, o raciocínio se perdendo no que começava a parecer somente um chiado distante.

Novamente deitados, começou a se distrair com as carícias, um mapeamento agradável logo abaixo do umbigo. Curtiam seus ensaios exploratórios sem frescuras quando a campainha tocou, um único som estridente sumindo de vez com o blues imaginário.

"Oba, mais visitas", Dinho comentou. Deu dois tapinhas no rosto do exorcista, uma ajeitada no cabelo e foi atender a porta.

"E aí, magrinho."

"E aí, Liz. Demorou."

E mais essa agora?

De volta ao seu estado encabulado, Tiago tateou atrás da camisa e a vestiu depressa. Como estava sentado, não precisou disfarçar as pernas bambas ao ver Elisa Goldin entrar no apartamento.

"Quis dar mais tempo para os pombinhos."

Com um sorriso manhoso, ela deslizou a alça da bolsa sobre o ombro e a largou em cima de uma almofada com a cara de Marylin Monroe. Com o pé erguido para trás, tirou um salto, depois o outro, e os deixou junto ao tênis do exorcista.

"Eu disse que ele viria", comentou o guitarrista.

"Te devo uma."

Ela ficou de joelhos diante de um Tiago abobado, a pele clara contrastando com o vestido e a meia três-quartos azul-marinho. Seus cabelos loiros estreavam cachos, uma moldura imprecisa. Sem fãs para apressá-la, acariciou o rosto dele e deslizou os dedos pelo pescoço até alcançar a crina, onde firmou a mão.

"Você não achou que eu ficaria só naquele beijo, achou?"

Tiago poderia se afogar na felicidade daqueles olhos. Beber daquele estado de leveza de quem não deve nada a ninguém. "Isso foi ideia sua... magrinho?", perguntou para Dinho.

"Faz diferença?"

"Nenhuma. Só poderiam ter me avisado."

"E estragar a surpresa? Nem pensar", disse Liz. Após um beijo comportado no canto da boca, ela ficou de pé e esticou as mãos para ajudá-lo a se levantar. "Vem, eu te aguento. Você sabe."

Assim que os dedos se tocaram e as palmas encontraram apoio, Tiago sentiu a pele se eriçar em uma onda de energia.

Estava sem as luvas de exorcista.

Deu impulso com os calcanhares, contraindo as coxas, e se levantou, atordoado. Se fosse a musa dentro dela, ainda saberia?

"É o presente a morada de tudo o que importa", disse Liz ao notar sua apreensão.

"Letra nova de música?"

"Autoajuda goldiniana."

Tiago quis sorrir, mas não conseguiu.

"Liz, sei que vai parecer bobagem, mas qual o nome da música que você tocou pra mim na rádio?"

"Que música? Qual rádio?", perguntou ela, emendando uma risada dissimulada.

A brincadeira que deveria acalmá-lo aumentou sua tensão. Antes que ele morresse de susto, Elisa Goldin cantarolou sua música e só parou na frase que continha a resposta. "É 'Doomsday', Tiago Boanerges. Não tem musa nenhuma aqui, esquece essa vadia. Vem logo pra mim. Se pensarmos bem, este é nosso primeiro encontro sem ela por perto", concluiu, sendo tomada nos braços.

Enquanto a beijava e sentia o corpo enrijecer novamente, Tiago se livrou do peso do mundo, num mimetismo bem-vindo. Tinha vontade de morder os lábios dela, erguê-la no ar para que encaixasse as pernas em sua cintura. Experimentar a sensação de horas em cinco minutos. Estava ansioso e feliz, animado como alguém que acaba de redescobrir seu eixo.

Ele se virou para trás e procurou pelo anfitrião.

"Vamos pra cama", falou, com cara de cachorro pidão. "Depois a gente conversa mais."

"Ei, vocês já estavam aí se pegando, eu acabei de chegar", disse Liz. "Nada de pular preliminares com uma mocinha de família."

"Cerveja ou vinho?", perguntou Dinho em sua animação alcoólica.

"Alguém que me entende nessa casa! Traz um vinho", ela respondeu, se acomodando nas almofadas.

"Vou pegar."

Antes que Tiago arrumasse uma desculpa para escapar dali, ela o puxou para baixo e catou lugar em suas coxas.

Já haviam estado os dois seminus, no apartamento dela, naquela mesma posição; ele no cafuné, ela mirando estrelas. A piteira de shisha revezada entre as bocas, a indecisão entre o aroma de limão e o de tangerina. Na época dos ensaios e das noites viradas na cama, ele acordava exausto, olheiras de panda, ela com a pele de seda nutrida por seu fiel alimento.

"É estranho, não é?"

"Sim."

Sabiam no que pensavam. No estado de tensão psicológica do sexo sem calmaria, os dois se equilibrando de pé na beira do abismo, indecisos quanto a quem despencava e quem emergia. Lembravam-se de como um tecido mais fino antecipa o calor da pele, e que, de repente, a pele podia também se transformar em um tecido, tão fácil de ser despida, arrancada fora.

Não era uma lembrança gostosa como o gosto do café dormido na cafeteira ou a preguiça do lápis no rascunho das letras. Era medo. A noção tardia de que só haviam sobrevivido por um capricho *dela*. E por causa dela encenariam um próximo beijo.

"Prontinho, vinho servido." Dinho voltou à sala e os devolveu ao presente. "Se quiserem posso pegar o violão."

"Só se você cantar", falou Liz.

"Vou considerar um não."

"Magrinho esperto. Senta aqui com a gente", disse ela, saindo do colo do exorcista, que puxou umas almofadas para perto. Por via das dúvidas, Tiago segurou os copos enquanto ele se sentava. Grudados daquela maneira, não demorou nem uma garrafa para se levantarem em busca de conforto.

Dinho entrou no quarto sem mexer no interruptor. Deixou a iluminação por conta do umidificador que vaporava próximo à janela para diminuir a secura do outono. A luz azul do aparelho banhava parte do chão e se imiscuía à penumbra, retocando a textura de filme *noir*.

Liz soltou as alças do vestido e o deixou cair na mescla de sombras e tonalidades variadas, revelando um pouco mais que uma silhueta, um pouco menos que um quadro de Modigliani.

Sob os olhos atentos de seus parceiros, sacudiu a perna para se livrar do tecido e caminhou lentamente para a cama, os seios prontos a serem explorados.

Dinho resistiu ao ímpeto de ficar nu e atacar os visitantes. Já tinha visto aquele belo par de peitos no camarim, em intervalos entre os shows, o olho da direita vesgueando e o da esquerda mirado no profissionalismo, nunca antes embasbacado por saber que realizaria sua vontade.

Anfitrião do encontro dos seus sonhos, pulou para cima do colchão estalando o estrado e se recostou na cabeceira, convidativo ao oferecer espaço. Apoiou-se sobre os calcanhares, afastou os travesseiros e fez um bico involuntário, enquanto um balão de pensamentos se enchia de possibilidades.

Liz se sentou na borda, mirou-o por sobre os ombros e voltou sua atenção para Tiago.

"Chegou a hora de implorar pelo meu amor", falou, citando a letra de sua música, para logo em seguida abrir as pernas.

As mãos geladas dele contrastavam com o corpo quente dela. Abaixado, puxou com cuidado as meias da cantora e expos os pés pequenos que beijou, antes que ela o rechaçasse com um empurrão no peito. Mexendo a cabeça para os lados em negativa, Liz se impulsionou para o meio da cama e então o chamou com o dedo.

"Agora pode."

À medida que se deitava, levou a mão à calça de Dinho e o puxou para junto de si. Sem precisar de malabarismo, retirou o botão da casa, desceu o zíper e mandou que ele a beijasse, enquanto o apertava por cima da cueca. O guitarrista curvou o corpo para a frente, buscando um ângulo cômodo, e obedeceu à ordem sem pestanejar. Tentava não se distrair com o carinho que recebia.

Liz sentiu os lábios de Tiago passearem por suas coxas e cruzou as pernas sobre o pescoço dele, trazendo-o para perto. A língua quente explorou a calcinha do meio às bordas, e dedos hábeis começaram a tirá-la do caminho para ampliar o passeio. Exposta à nudez, demorou a organizar as memórias sensoriais que a textura revivia. Conheciam-se do toque ao gozo, da pele às entranhas. Cada curva, cada mancha. Sabiam aonde ir e onde demorar.

Mesmo de forma inconsciente, Tiago não conseguia evitar a tensão que o arrancava do agora e o dividia entre arrependimentos e expectativas. Se fosse a musa, ali, deitada sobre a cama, estaria repetindo o erro. Se fosse Liz, não havia com que se preocupar, havia?

Parou um segundo de pé para ganhar fôlego e mirou a cena: duas pessoas por quem sentia atração estavam loucas para transar com ele, e ele não conseguia abandonar o complexo de rato na ratoeira.

A situação ficou clara para seus parceiros.

"Não faz isso com você", disse Liz, um carinho legítimo em sua voz.

"É, deixa que eu faço", emendou Dinho.

Não queria deixar o clima se perder.

Ele manobrou o corpo no colchão rolando sobre o ombro e se colocou de pé, sua sombra fraca deslizando na parede. Deu a volta na cama como quem ginga no palco e abraçou o exorcista pela cintura, colocando a boca próxima ao seu ouvido.

"Esquece o passado, cara. Só tem gente de sangue quente aqui", e mordiscou sua orelha, arrancando um gemido.

Com a ponta do nariz colada no dele, pousou a mão entre suas pernas e apertou até conseguir a dureza experimentada em seus sonhos, cada vez que o imaginava com Liz. Só então abriu o zíper, e arrastou calça e cueca para o chão.

De sorriso largo no rosto, Liz se juntou à dupla e assumiu o comando. Defendia a bandeira dos direitos iguais. Abaixou-se entre eles, ajudando-os a se despirem e, após um beijo, se afastou com as peças de roupa nas mãos. Largou-as sem nenhum cuidado em cima de seu vestido, e retornou para os dois, segurando suas mãos.

"Que embolados com elas fiquem também nossos receios."

"E as minhas paranoias", o exorcista completou.

"Vou servir mais vinho", sugeriu Dinho, aproveitando para pegar camisinhas e lubrificante na gaveta do criado-mudo.

Após um brinde oficial aos medos vencidos, expatriados de suas tocas, decidiram dançar, os três juntos, abraçados, uma música cantarolada em coro.

♫ *Let's sway!*
Sway through the crowd to an empty space ♪

Mais do que pés, dançavam mãos, línguas e braços, prazeres despertados num revezamento assíncrono porém funcional, até não poderem mais dizer a quem pertencia qual parte de seus desejos.

Na fricção de peles e pelos, se perceberam indecisos entre tantas possibilidades. Dinho abriu a embalagem laminada e lubrificou Tiago com sua saliva antes de vesti-lo com a camisinha. Esperou Liz se ajeitar na cama e deitou ao seu lado, no sentido contrário, para explorarem juntos seus sabores. Catalogou nas papilas gustativas o gosto real de seus lábios e o frescor do óleo mentolado espalhado em carícias circulares com a ponta dos dedos, cabeças perdidas entre coxas, a insinuação do gozo em cada gemido.

Era difícil se concentrar, manter a sintonia. Experimentar com a língua enquanto outra língua a experimentava.

De vez em quando, Liz afundava a cabeça de Dinho com a mão, apertando as pernas para aumentar a intensidade, retardar o ritmo. No ir e vir de suas bocas, se divertia em mergulhos sucessivos, vindo à superfície quando lhe faltava o ar.

De rosto vermelho do vinho e pronto para entrar na brincadeira, Tiago se ajoelhou na borda da cama e começou a se masturbar. Esperou que os dois se desgrudassem e encontrou espaço no meio deles, sentindo a mão de Liz assumir o lugar da sua enquanto Dinho o beijava.

"Vem pra dentro de mim", disse a cantora.

Sentindo-se mais seguro, ele se deitou sobre Liz, sustentando o corpo, sua mão o direcionando para dentro dela, enquanto espalhava mais uma camada de lubrificante. Quando seu ventre tocou o dela, ele a mirou no fundo dos lagos azuis e viu sua última ponta de medo desparecer. Nenhum brilho dourado para prendê-lo ao passado, nenhuma energia drenada no beijo. Tão tranquilo quanto possível, deslizou suavemente o cotovelo sobre os lençóis e soltou o peso sobre ela, alternando o toque da boca aos seios, com uma gentileza que a incomodou.

"Eu não sou de cristal, Tiago. Não vou quebrar. Éramos nós no meu quarto, mesmo sem estarmos sozinhos."

De repente, sentiu unhas se cravarem em suas costas, e retesou o quadril em resposta. Trançou os cabelos dela em seus dedos e a puxou para trás, expondo o pescoço que apreciou de um lado a outro, o ar escapando em arfadas pela boca.

Enquanto revivia aquele encaixe perfeito em moto contínuo, o ritmo marcado ressuscitou a melodia do blues. Seus dois companheiros de cama a ignoravam por completo, e foi o que tentou fazer, sem nenhum sucesso, incrédulo diante do que acontecia. Tiago virou de leve o pescoço para tentar identificar sua origem, mas ela parecia vir de todas as partes, ribombar nas paredes.

Correndo o risco de parecer egoísta, ele fechou os olhos e se ateve a si, buscando na mecânica da carne um refúgio para os sentidos. Com a escuridão azulada como aliada, Tiago repetiu mentalmente a letra de David Bowie para afastar o blues.

♪ *Because my love for you*
Would break my heart in two ♫

Droga.

Num efeito colateral, a voz de Nina Simone se avolumou em sua mente. Pássaros voaram alto derrubando o camaleão e ganharam o acompanhamento de um burburinho.

Os sintomas estavam piorando.

Ouvia-a com a perfeição de um toca-discos.

O tato não registrava mais a cama e seus amigos.

Sem falsas esperanças, o exorcista abriu os olhos e se descobriu nu no meio de um pequeno bar. Conseguia distinguir poucos detalhes –

copos e cartas de baralho, uma mesa vazia no canto. Pelas vozes, sabia haver clientes, embora não enxergasse seus rostos. Concentrando-se como fazia em seus passeios por Yume, ouviu o batuque de dedos e se virou para o bar.

Um homem negro vestia o rascunho de um terno castanho e uma camisa clara. Apesar de ser familiar das capas dos vinis, ele não o reconheceu de imediato.

"É melhor ter cuidado com o que pede", disse ele, sem interromper a batucada.

"Achei que fosse encontrar..."

"...a mim?"

Do lado oposto, surgiu uma mulher. Era composta de detalhes, coloridos precisos, traços nítidos. Tinha o olhar forte, rosto arredondado, sobrancelhas desenhadas e bem finas. Usava um longo vestido vermelho e um turbante branco, além de enormes brincos de argola. Tiago se arrepiou inteiro ao ver que falava com Nina Simone.

"Não se deve procurar quem não quer ser encontrado, garoto", disse ela.

"A musa?", ele retrucou. Olhava para os lados na tentativa de decifrar o ambiente, encontrar uma rota de fuga.

"A resposta."

Um baque surdo fez suas pernas tremerem, os copos tombarem, mas ninguém além dele pareceu se abalar.

"É meu dever procurá-la. Não faço por mim. Fui contratado para..." Ela interrompeu sua gagueira com um gesto. As palavras do exorcista se embolaram secas na garganta, como se engolisse um pedaço de pano. Tentou dar um passo adiante, se mover, e não conseguiu.

"Sem falar de trabalho na minha hora de lazer."

Ela desceu a mão, e o bar desapareceu sob o seu toque.

Tiago ouviu o burburinho aumentar.

"Não estamos falando do seu acordo afetado com Hórus. Estamos falando do agora. Daquela cama de pura musicalidade."

Embora o ouvisse em português, Tiago acabou o reconhecendo. "Elmore James", disse ele e fechou os olhos. Precisava retomar o controle, afastar a invasora. "*You said you was hurtin', you almost lost your mind...*" Ele cantou. "*Well now, look for me baby, you know I'm coming home. I'm comin' home to you, baby.*"

Não, não, não. Saia daí. Outra música. Vá embora.

"Para que descobrir o que não pode entender?", disse ele ou ela, não soube precisar.

"Eu preciso. Eu..."

"Chega de olhar para nós dois, garoto. Aprenda a desfrutar da companhia. Fuja da jaula que criou para enaltecer sua dor. Se prestar atenção, verá que existe um mundo inexplorado além do seu umbigo. Hoje sua boca conheceu mais dois."

Que sorriso provocante tinha Nina. Em vez de encantá-lo, porém, ela o deixou ainda mais confuso.

"É você, não é?", questionou sem saber a quem, com medo do que ouviria em resposta.

"Ela está lá fora, sob o sol." Os olhos de Nina se acenderam dourados e ela se virou para ir embora.

"Espere!", gritou Tiago, tentando alcançá-la, mas seus pés estavam presos às tábuas do piso.

"Você sabe o que quero dizer, não sabe?" A cantora sumiu por onde viera.

O exorcista permaneceu no lugar, hipnotizado, tomado por uma sensação devoradora de solidão. Só reagiu ao sentir a mão de Elmore James tocá-lo no ombro. Tinha aspereza, algo além de um rabisco. Em que recanto de sua mente havia se perdido dessa vez? Temeu estar preso de novo, ter inventado o encontro na casa de Dinho, mas algo lhe dizia não estar sonhando. Seu corpo era real. O corpo dentro de Liz. Só havia bebido álcool, nada que seu fígado não pudesse resolver. Tinha de pensar neles dois. Beijos, bocas, mãos, pernas, corpos, vinho, cama, quarto, sexo... Precisava acordar, precisava acordar.

"Ei! Preste atenção enquanto falo com você."

Tiago se virou, atônito. Ainda estava no bar.

"Desculpe", falou para Elmore.

"Volte para lá e trate aqueles dois com o melhor que tem para oferecer. É esse o seu verdadeiro exorcismo, garoto. Sem luva, sem roupa, sem vaidade. Chega de se proteger do mundo, chega de ter medo de sentir prazer. É essa a resposta que importa e mais nenhuma. O que realmente valer a pena sobreviverá ao giro dos ponteiros."

"Eu sei."

"Agora ouça isso e guarde de recordação."

Ele começou a cantar, seu corpo mais translúcido a cada sílaba.

"I got a bad feelin, my baby don't love me no more..."

"*I got a bad feeling...*", Tiago o acompanhou. No último verso, o bar havia se dissolvido num borrão.

Tiago sentiu dentes mordiscarem seu mamilo e afundarem na curvatura do peito.

"Au!", deixou escapar. Ainda confuso com a alucinação e em dúvida quanto aos limites da realidade, aproveitou a deixa para pedir uma pausa. Beijou Liz com carinho, afastou com a ponta do nariz os cabelos loiros sobre a testa dela e jogou o corpo para a lateral da cama, usando o braço do guitarrista como apoio.

"Muita tensão. Muito tesão. Não quero terminar agora", mentiu. Ninguém pareceu acreditar.

"Sem pressa, lindo", ela respondeu. Sabia que dava uma desculpa. Conhecia aquela cara de que estava tudo bem porque tudo estava mal.

Liz evitou criar conjecturas, mestra formada com honra ao mérito em supor o pior. Também guardava seus medos, só os mantinha trancafiados em um baú no fundo do oceano, e preferia que continuassem assim.

"Você colocou alguma coisa na bebida?", o exorcista perguntou, só por via das dúvidas.

"Algum estimulante?", retrucou Dinho, com cara de safado.

"Tô falando sério, Dinho", Tiago ralhou, erguendo a sobrancelha. Estava ajoelhado com o corpo para trás, apoiado sobre as pernas, a mão indo e vindo sobre a camisinha na tentativa de se manter ereto.

"Só vinho. Nada misturado. Palavra de escoteiro", respondeu, dois dedos em riste.

"É que eu fiquei meio tonto."

"Você é meio tonto."

"Um tonto gostoso", Liz entrou na dança, alcançando-o com o pé.

Tiago decidiu recomeçar, seguir o conselho de seus ídolos.

"Dinho, quero que fique no meio. Essa é a tua fantasia, mais do que a de qualquer um de nós", emendou, olhando para Liz, que concordou com a cabeça. "O que acha de aproveitá-la por inteiro?"

"É...", foi o que ele conseguiu dizer, seu coração a mil por hora.

"Eu ponho a camisinha em você."

Liz rolou sobre o corpo e se arrastou até os pacotes, a bunda empinada para cima. Puxou uma cartela cor de canela, destacou uma embalagem e a rasgou. Masturbou Dinho até devolvê-lo ao ponto, e então desenrolou a camisinha, subindo e descendo sem separar a boca da dele.

"Não se desconcentre", falou ao notar que estava em transe, de língua parada.

Seus lábios se abriram em um riso, mas ele atendeu ao pedido e manteve o beijo em um teste de coordenação motora, o desejo cada vez maior. Findada a missão, ela se deitou atravessada na cama e o ajudou a acomodar o corpo magrelo.

"Justo você tímido, magrinho?"

Ele deixou o ar escapar entredentes. "Tô nada."

Quando os ventres se tocaram, a sensação de conquista lhe revirando os olhos, Dinho se arqueou e voltou o quadril para trás, ensaiando movimentos ora curtos ora longos que quase o levaram para fora. Aos pouquinhos, estreitou o espaço entre os dois e se deixou conduzir pela cantora, até se virarem de lado.

Temendo ser óbvio, desceu a boca pelo pescoço em busca do bico do peito, que pressionou entre o canino e a ponta da língua. Não era mais um sonho frustrado, um delírio de íon-K. Estava na cama com seu casal fetiche, e o tesão enorme que sentia superava de longe o mais elaborado de seus surtos imaginativos.

Precisou se controlar para evitar o fim precipitado, o coração tentando escapar pela boca, buscando passagem pela garganta. Queria tornar o momento especial para os três, uma impressão sinestésica que perdurasse na memória da pele.

Sem que nada precisasse ser dito, o exorcista se aconchegou sobre eles e beijou Liz demoradamente. Poderia morrer ali, feliz, em um orgasmo induzido pelo atrito. Mas queria ir até o fim, então saboreou na descida o corpo da roqueira e na subida as costas de Dinho, suas vértebras marcadas como placas indicando o caminho entre abismos.

Quando voltou aos lábios de Liz, os dois se inclinaram, permitindo o encaixe.

Devagar para que a ansiedade não o atropelasse, Tiago colou o peito nas costas do guitarrista e se desdobrou em ângulos improváveis. Os próprios movimentos de Dinho, em seu vaivém junto à roqueira, levaram o exorcista para dentro dele.

"É você quem manda agora", o guitarrista ouviu ao pé do ouvido, e precisou se concentrar um bocado para sincronizar suas idas e vindas sem que o transe levasse a consciência embora.

Não vou gozar, não vou gozar, não vou gozar, ele pensava, ela pedia.

Os três seguiram entrelaçados, braços sob braços numa concha uniaxial, mentes conectadas por meio do aroma dos corpos e do gozo.

Os primeiros gemidos escaparam de Liz, sonoros e desafinados, diferentes das notas de suas canções, e suas unhas arranharam bundas, costas e pernas de alguéns, se é que a alguém pertencia aquele todo.

Dinho acelerou por um momento, o ar escapando pela boca, e então pediu que Tiago assumisse as baquetas. Queria ser o último e estar dentro dela quando ele terminasse, e assim aconteceu. Seus gritos abafaram os gemidos dos parceiros, um ganido melódico e natural que não pôde controlar, perfurando tímpanos do jeito que havia sonhado.

Não era mero sexo o que tinham feito. A experiência ia muito além do que seus sentidos conseguiriam processar. O entendimento dispensável em uma experiência tão sublime.

"Eu não acredito que isso está acontecendo", falou, o corpo exaurido.

"Shhh...", alguém respondeu, e então veio o silêncio.

No ar, vapores de perfumes e suor formaram uma nova fragrância. Voltaram a ser unitários, indivíduos no sentido físico, mas a mente permanecia em harmonia, exaustão e fluídos como provas.

"Hora de fazer uma pausa. E dar um pulinho no banheiro", falou Liz, rolando de leve para a beira do colchão.

"Vou aproveitar para desmaiar aqui", respondeu Tiago, desfrutando de uma tranquilidade como há muito não sentia.

No banheiro da suíte, Dinho contabilizou arranhões sangrentos e futuras marcas roxas, recitando palavrões comemorativos. Minutos depois, voltaram à cama para se curtirem um pouco mais. Liz havia virado uma água gelada direto do gargalo, mas sua pele continuava fervendo. Quando a chama de um amainava, a do outro se erguia. E foi assim enquanto os corpos permitiram.

De braços abertos, Tiago se esticou nos lençóis, um homem e uma mulher aninhados em seu peito. Perdido entre exorcismos, amores e uma dose de blues, comemorou em seu íntimo o derradeiro orgasmo. Cada jorro livrando-o da culpa, afrouxando as amarras de seus erros, revivendo uma parte de si que julgava morta em definitivo.

Tinha sentido prazer, afinal. Prazer com duas pessoas de carne e osso. Nenhum onírico no labirinto de seus sentidos.

Estava pronto para a próxima rodada.

Quer dizer, não exatamente.

Como se antecipasse a proposta, a roqueira ergueu o rosto e falou: "Tô precisando de uma chuveirada. Quem vai comigo?"

Dinho deixou escapar um riso abafado. Tudo bom demais para ser verdade.

"Vou dar uma olhada lá, ver se está faltando algo e preparar o terreno pra gente. E assim, não sei vocês, mas eu tô quase desmaiando." Ele pulou para o chão, sem conter a felicidade.

"Sem problemas, eu tô na mesma", Tiago falou para Dinho, mas ele já tinha saído de quarto.

"Vocês são muito fracos. Por mim a gente só parava quando o sol nascesse."

Liz e Tiago se encararam, olho no olho, respiração sincronizada como um hino de vitória. Seus lábios se tocaram em um beijo longo, os dois rindo de quanto se sentiam exaustos.

"Acabou", sua voz saiu fraca.

"Acabou", repetiu ele, sem muita convicção.

"Fiquei com medo de que a musa..."

Ele selou os lábios dela com os seus.

"Nada aconteceu", disse ele.

"Eu sei."

"Ela não virá atrás da gente."

Liz franziu a testa, torceu o nariz. Controlava-se para evitar as lágrimas.

"Você acha que eles conseguirão capturá-la de novo?"

"Talvez. Interesse não falta", respondeu, pensando no suposto descaso do Conselho de Hórus. Depois da conversa com Marcos Sardenha no catamarã, não sabia mais no que acreditar.

"E depois?"

"Depois, algum exorcista que não sou eu a despacha daqui com um pé na bunda, e ela fica inerte e fraca em Yume até recuperar a consciência."

"E vir atrás da gente outra vez."

Havia uma súplica naqueles olhos tristes, o pedido pelo final derradeiro. Em algum lugar na cavidade oca de seu peito, Tiago sabia que se a musa os atacasse novamente, só haveria uma coisa a fazer.

"Aí terei que decorar outro dos seus blues", respondeu ele, arrancando um sorriso tímido. Mesmo quietos, sabiam pensar igual. Sentiam pena da pretensa assassina, da onírica que havia partilhado de seus corpos, roubado sua energia e parte de suas vidas. Aquele não era um fim digno para uma musa.

"Vamos para o banho?", perguntou ela, e se levantou, numa estratégia para espantar a onda de tristeza. Ergueu os braços para o alto, segurando os dedos, e estalou as costas, deixando escapar uma lamúria. Depois, se alongando, tocou a ponta dos pés num exibicionismo calculado, e se virou para trás.

Tiago fez uma careta safada, a língua no canto da boca, e se levantou também. Sem demora, ele a pegou num abraço pela cintura e apertou com força, mas ela se soltou.

"Ué? Não disse que não estava mais se aguentando? Deixe pra ficar animadinho debaixo d'água quente", falou Liz, indo para o banheiro.

Em seu assovio inspirado, a melodia de "Feeling Good", de Nina Simone.

15
Café sem açúcar

Um mês antes da virada para o século XXI, enquanto programas vespertinos discutiam o efeito do retorno de Saturno no amor, na saúde e na carreira, um dragão apareceu nos céus de Libertà.

Seu curso descrevia uma longa elipse que ia do cemitério piramidal ao Parque Ibirapuera, cortando o ar como se conhecesse o território desde tempos imemoriais. Voava alto, muito acima das antenas de transmissão dos arranha-céus comerciais, se misturando às nuvens pesadas e trovejantes daquela época do verão sem afetá-las em sua passagem.

Nas curvas feitas nos extremos, manobrava o corpo em piruetas e girava a barriga reptiliana para cima, único instante em que parava de bater as asas e aproveitava para planar. De vez em quando, baixava o pescoço de modo a mirar o chão, mas nada o distraía do passeio.

Sua presença fez o governo se movimentar. Logo apareceram especialistas para acalmar uma parte da população e desalentar a outra.

Ao que tudo indicava, aquele não era um animal propriamente dito, não um de carne, osso e couraça. Uma historiadora com mestrado em dragonologia e alguns *best-sellers* no currículo levantou a hipótese de que ele se refletisse de outro reflexo. Possivelmente, enfatizou para desânimo geral, era o vestígio de um voo feito muito tempo atrás, na chamada Era do Fogo, quando, acreditava-se, os dragões habitavam a beira dos lagos e o cume das colinas.

Ele não pousaria nos telhados nem daria rasantes sobre a avenida. Simplesmente cumpriria seu percurso letárgico até o corpo dourado e translúcido desaparecer por completo, tão de repente quanto havia surgido, como uma aurora boreal.

Mesmo com as inúmeras explicações, houve quem optasse pelo medo. Porta-vozes do fim do mundo se espalharam por praças e avenidas anunciando o cataclismo que se aproximava. Esse seria o preço a ser pago pela aceitação, pelo respeito às diferenças, pela pluralidade cultural. O deus dragão anunciava o seu vaticínio sobre nós, e em breve cuspiria o fogo purificador e queimaria a cidade. Uma chama que mataria apenas magos e salvaxes, aberrações que haviam roubado os dons míticos das divindades e entregado o mundo à perversão.

Enquanto a maioria achava graça e desdenhava dos lunáticos, um pequeno grupo se organizou para acabar com o dragão. No topo de um edifício comercial, vendo os riscos luminosos no céu, se armaram até os dentes com um discurso de ódio. Aquele monstro espectral não era um símbolo da cura e sim da doença. E para que sumisse de lá, para que o céu voltasse a pertencer apenas aos que lhe eram dignos, magos e salvaxes precisavam morrer.

Assim, na madrugada do ano-novo, eles saíram às ruas para espalhar sua doutrina de exclusão. Quando retornaram às suas casas para cear, as roupas sujas de sangue em nome da moral e dos bons costumes, deixaram para trás dezoito feridos e seis mortos em um bar no centro novo de Libertà. Entraram atirando, explodindo coquetéis, e saíram sorrindo, certos do dever cumprido.

Dentro do plano estabelecido, não demoraram a ser encontrados. O mais novo, menino bem criado e rei das festinhas da faculdade, confrontou a polícia e foi morto sem que tivesse tempo de proclamar o discurso decorado. Morreu no primeiro dos oito tiros que tomou antes de tombar, porque o dedo sempre pesa no gatilho da lei do mais forte. Almejava o posto de mártir, sem suspeitar que após esta última dança só teria o esquecimento.

Dois deles, descuidados com o conteúdo de seus ultrabook, foram condenados como mandantes dos crimes. Fotos, e-mails e uma videoconferência armazenados em cache aceitos pela justiça como provas de responsabilidade. Pegariam quatorze anos de prisão, com a possibilidade de redução de pena por bom comportamento. Os demais foram liberados pelo dinheiro de papais e seus bons advogados, alegando que tudo não passara de um delírio causado pela aparição.

Naquela virada de ano, conhecida como Noite Vermelha, não era mais o espectro de um dragão que deixava a população perplexa. Agora, as pessoas se perguntavam qual a origem do ódio dos dez adolescentes, entre 16 e 27 anos, responsáveis pela chacina.

Da mesma forma que desastres ambientais, condenações políticas e escândalos de celebridades, as notícias sobre os crimes completaram sua jornada da capa ao rodapé. Junto com elas, o dragão também desapareceu. Em sua última semana sobrevoando a cidade, só podia ser visto à noite, um mero rastro de pó luminoso, composto mais pela imaginação dos insistentes do que por resíduos de energia.

A chacina foi considerada um ponto fora da curva. Dela, restaram as flores anuais dos estranhos, deitadas entre fotos na esquina do bar. Contudo, Tiago sabia não ser essa a verdade. Assim como o dragão, o grupo de delinquentes também havia dado suas crias.

Cerca de um ano atrás, o exorcista fora convidado a participar do XI Simpósio de Magia e Diversidade Sexual, na Faculdade de Ocultismo de Libertà. Ainda guardava na gaveta o papel que levara com o rascunho de sua palestra. O início, ele sabia de cor.

"Me pediram para discursar sobre a relação dos magos com Yume, o mundo onírico. Sugeriram que eu não falasse de sexo, porque somos associados a uma imagem promíscua e eventos como este devem ser aproveitados para mostrar que somos pessoas comuns. Podem imaginar uma palestra sobre magos na qual não se fala de magia? Também não consigo imaginar uma sobre diversidade sexual na qual não se fala de sexo, exatamente porque somos pessoas comuns e essas, a meu ver, podem optar pelo sexo, independente de sua orientação. Além do mais, sou um mago que não se esconde do mundo. Se ser promíscuo é viver sentimentos ao máximo, querer fazer parte da vida das pessoas e que elas façam parte da minha, se apaixonar mil vezes ao dia e ainda achar pouco, bem, então é um mago promíscuo que falará a vocês esta noite sobre sonhos, mas também sobre sexo e amor em uma de suas diversas formas."

Durante quinze dias, Tiago Boanerges regurgitou o convite. Tinha partido de Julia Yagami, fruto de uma negociação com coordenação e professores, na melhor das intenções. Para ele, significava se expor depois de um longo período de reclusão. Levar para o palco do humor o que permanecia encarcerado no drama. Dizer que tudo bem, havia superado o que nunca superaria.

Inclinado a recusar, viu na banca de jornal a foto de uma agressão. Dois jovens com menos de 20 anos tinham sido espancados pelo simples fato de serem magos. Vítimas de golpes de bastões e soco inglês foram encontradas pelos bombeiros com os corpos pichados de vermelho, tinta e sangue se misturando sobre o chão. Estavam dentro de um círculo vazio com um traço na horizontal, como o que ele via agora no muro, sentado no banco do ponto do táxi, duas quadras abaixo do edifício de Dinho.

Parecia um símbolo inofensivo aos desinformados, mas ele conhecia a mensagem. O preconceito sempre dava um jeito de sobreviver nas ruas mais escuras. A revolta só não era maior porque alguém havia contornado o círculo com um coração, e o transformado no O da palavra amor. Rabisco contra rabisco.

Distraído entre lembranças distantes e recentes, Tiago Boanerges sequer notou o cachorro que o encarava num rosnado baixinho, mesmo no silêncio perturbador que se estendia pelo quarteirão. Era um vira-lata branco de pintas pretas, manto escuro sobre as costas, pouco maior que um cachorro de madame. Sentado como uma estátua, o rabo cotó descansando ao seu lado, não parecia muito ameaçador, apesar dos dentes expostos e dos olhos esbugalhados.

Bastou a ameaça de um chute e debandou para o meio da rua, de onde revidou com um festival de latidos. Logo outros cães se juntaram a ele, diferentes cores, raças e tamanhos, e a matilha de vagabundos, agora acima de vinte membros, não pôde mais passar despercebida.

Um arrepio na espinha fez o exorcista olhar para as luvas inexistentes no dorso de suas mãos.

Droga.

Usando os bancos e a caixa de telefone do ponto de táxi como apoio, ignorou o corpo cansado, se firmou na viga lateral e subiu para a cobertura de vidro, se protegendo de um possível ataque. Dali, tentou entender o que atraía os cães. Torceu para identificar uma cadela no cio, uma lata de lixo revirada, mas infelizmente eles não pareciam vagar em torno de nada em específico.

Perguntou-se se poderia ser um grupo de salvaxes canichos comandando os demais. Se fosse esse o caso, a probabilidade de estrago era grande. Havia uma praça no fim da descida, habitada a essa hora por mendigos, onde ficava a saída do metrô. No meio do caminho, entre todos os estabelecimentos fechados, um café vinte e quatro horas de portas abertas. Não podia arriscar.

De volta ao chão, procurou uma caçamba de entulhos, lixeiras ou qualquer fonte de armas de improviso. Sem encontrar nada muito óbvio, desenroscou a antena de um táxi estacionado mais abaixo, fora das vagas demarcadas do ponto. Enquanto a retirava do capô em movimentos desajeitados, percebeu uma mulher deitada no banco de trás, um braço esticado para o lado, o outro cruzado sobre o peito.

O vidro escuro dificultava a visão. Ainda assim, notou a motorista ressequida. Provavelmente havia morrido cochilando, drenada por um parasita onírico faminto demais para preservar o corpo.

O exorcista conhecia aqueles sinais mais do que gostaria. Eles explicavam os animais vagando como se hipnotizados, a sensação de desorientação que se abatera sobre ele sem motivo aparente enquanto fitava o muro. Precisava encontrar o hospedeiro no meio da matilha. Descobrir em qual deles havia se escondido o invasor.

Sem medir riscos, cruzou a distância que o separava dos cães e começou a agitar a mão e a gritar mais do que o razoável para ser ouvido por animais de audição aguçada. Mesmo desordenados na descida pela rua, sumindo vez ou outra atrás dos carros estacionados, eles pareciam orbitar em torno de um fila brasileiro de orelhas caídas, pelo rajado e costelas salientes que farejava o asfalto. Por ser noite, demorou a visualizar a névoa negra que se desprendia daquele corpo esquálido, as flâmulas vermelhas na altura do pescoço.

Próximo dos retardatários, Tiago olhou para o andar de baixo da cafeteria e avaliou o tamanho do problema. O lugar estava cheio, mesas ocupadas por clientes atentos à movimentação canina, acreditando estarem protegidos por trás dos vidros. Isso valeria para todos os animais, exceto um. Precisava acertá-lo de uma vez, antes que fosse tarde, então avançou.

Assim que se colocou no meio da matilha, os cães passaram a latir num desespero desordenado, cercados por energias antagônicas. De repente, guinaram para um estado de calma pontuado por ganidos sutis e abriram espaço para o fila.

O pesadelo de olhos cintilantes possuía uma presença tão densa que Tiago Boanerges teve de se obrigar a não recuar. Habitantes das fronteiras escuras de Yume, os cães sobrenaturais raramente abandonavam seus domínios. Não estavam acostumados a transitar entre o mundo físico e o onírico, nem sabiam estender o prazo de validade de seus hospedeiros. Só escapavam para esse lado quando portas acidentais se abriam.

"Por que me segue, humano?" A voz desafinada do fila ecoou direto na mente do exorcista.

"Não tem autorização para transitar nesse mundo", ele pensou de volta. "Seu lugar não é aqui."

"Tenho uma ordem a cumprir, depois partirei."

"Nada de ordens, vá agora.", Tiago zuniu a antena e tentou alcançar o fila, mas foi mordido na perna por trás e derrubado no chão com uma sacudida. Um vira-lata pesado, com traços de pastor alemão, parou rente ao seu rosto, num sinal claro de que não deveria se mexer.

O fila possuído pelo pesadelo avançou novamente, o corpo vaporando a neblina escura do onírico em seu interior.

"Conheço seu cheiro. Posso senti-lo da floresta, vindo das montanhas. Sei que entra no meu mundo sem um guia, como agora entro no seu." Estava tão perto que podia sentir o fedor exalando de sua boca.

Uma gota de baba pingou no rosto de Tiago quando o fila arreganhou os dentes. Os cães que os cercavam se aproximaram mais.

"Vim matar um exorcista. Não me importo de matar dois."

Só havia uma chance. Se conseguisse reunir energia o suficiente e liberá-la em uma descarga, talvez pudesse enfraquecer a conexão mantida entre o onírico e o fila. Por estar sem a luva, precisaria se jogar em cima do cão e fazer contato direto, num abraço arriscado, mas já tinha dado abraços piores na vida.

Com o peito arfando, o exorcista tentou controlar a respiração e drenar do ambiente a força que precisaria, mas sentiu um focinho gelado tocá-lo no lóbulo da orelha. O cão havia deduzido suas intenções.

Precisava passar para o plano B.

Tiago virou o braço em um arco acima da cabeça e fincou a antena no pescoço do fila, pressionando o máximo possível contra carne.

Um ganido agudo estalou seus tímpanos quando o sangue escorreu. Sentiu no mesmo instante a conexão com a matilha se desfazer e os seguidores perderem o norte imposto pelo líder. Aproveitando a distração, conduziu a energia para a mão firmada na antena, enquanto a outra evitava uma mordida.

O pesadelo começou a se desprender do corpo do hospedeiro e a ganhar forma no ar. Lembrava um cão enorme, de dimensões desproporcionais. Seu pescoço e as patas traseiras mais compridos do que os de um animal comum; seus olhos, rabos e crina flamejantes.

De repente, Tiago achou o plano B uma péssima ideia. Tentou firmar a perna para fugir, mas antes que pudesse se levantar, um feixe cortou a rua e acertou o pesadelo em cheio no traseiro, desafiando seu corpo fuliginoso a se manter inteiro. A criatura emitiu um som de puro ódio, pega de surpresa.

Visivelmente desorientados com a energia circulante, os cães começaram a latir e se dispersar. Enquanto o onírico se desmanchava, o exorcista subiu em um carro na entrada da cafeteria. Caso corressem para lá, poderia bloqueá-los.

"Vamos lá, cãozinho, seja obediente." Ouviu o atacante gritar, mantendo-se firme na dissipação de energia. Quando a poeira dourada se desfez junto com o pesadelo, ele finalmente pôde ver o rosto de seu salvador.

Era Diego. O exorcista que havia assumido o seu lugar e despachado a musa. O exorcista que Marcos Sardenha dissera estar morto.

Contrariando expectativas, ele não o obrigou a se lançar em uma caçada capenga pela cidade. Com a ajuda do segurança e de dois clientes, usaram uma toalha de mesa para afugentar o restante da matilha rua abaixo, depois foi tirá-lo de cima do carro, gentilmente.

"Já pode descer daí", falou, esticando o braço para que ele se apoiasse e tentasse firmar a perna machucada. "Cuidado com a desorientação, os efeitos estão ficando cada vez piores."

Tiago sentiu a carne latejar e o mundo retomar o fluxo lógico. Acabara de encontrar um pesadelo em Libertà e tinha a ligeira suspeita de que a culpa era sua.

"Te devo uma", foi só o que conseguiu dizer.

"Sem problemas."

"Achei que estivesse morto."

"Estamos todos", Diego respondeu de olho no relógio. Em seguida, apontou o amuleto preso em seu cordão para o céu, e o citrino que o incrustava cintilou. "É só uma questão de tempo."

Tiago sentiu a meia molhada. Puxou a calça para cima e a percebeu empapada de sangue. Aquilo estava mesmo acontecendo ou havia adormecido no quarto de Dinho sem perceber?

"Marcos falou que a musa tinha te drenado enquanto dormia", comentou, ainda se recobrando do susto. Diego rasgou em duas tiras a toalha que trazia nas mãos.

"Suspenda a calça de novo", falou, e as amarrou em volta da mordida. A força na hora de apertar o nó o fez gemer de dor.

"É para evitar o atrito."

"Eu sei, obrigado."

"Como pode ver, ele mentiu. Se serve de consolo, nem ele vai escapar desta vez. Para falar a verdade, acho que já está ferrado em algum canto, por aí."

"Por que diz isso?"

"Não consigo falar com ele desde ontem. Ele devia ter me ligado depois de se encontrar com você. Tentei ligar várias vezes, mas primeiro o telefone estava fora de área, depois chamou, chamou e ninguém atendeu. Talvez ele tenha fugido, aquele filho de uma puta, e deixado a roubada na nossa mão."

Os olhos de Diego se reviraram em um delírio febril. Suas íris ficaram leitosas, as cores esmaecidas. Como se nada demais acontecesse, ele sacou uma caixa amarela do bolso, tirou duas pastilhas de menta e começou a mastigar. A película branca sumiu de repente.

"Você ainda está aí?", Tiago preferiu se certificar. Ergueu o braço para cima e estalou os dedos.

"Dá uma coceira na garganta quando ela chega", se justificou.

"A musa?"

"Aquela danada." Ele levou a mão à boca e tossiu. "Menina difícil essa que você arrumou."

"Você já a viu, Diego? Digo, depois que ela voltou. Sabe em quem ela está?", Tiago tentou descobrir algo, enquanto ele parecia manter algum grau de consciência de suas palavras.

"Ver a musa? Não..." A risada se emendou em uma pigarreada. "Não, de jeito nenhum. Ela nos acha indignos de sua presença. Não aparece e diz 'oi, querido, vim matá-lo'. Não é assim que funciona. Ela age por meios indiretos. É uma musa, oras. Não precisa sair da toca. Nenhum de nós faz a menor ideia de onde ela esteja. Mas, como pode perceber, ela sabe muito bem onde nós estamos." Ele apontou para o corpo do fila.

Tiago teve a impressão de vê-lo se mexer. Abaixou-se ao lado do cão, notou que ele tremia de leve. Pensou se haveria um jeito de salvá-lo. Odiava ter agido daquela forma, mesmo para se defender.

"Esquece a culpa. Ele hospedou um pesadelo. Os órgãos devem estar apodrecendo. De qualquer maneira, não sobreviveria muito mais tempo", disse Diego.

"Não podemos largá-lo assim."

"Deixa comigo."

Diego ajudou o exorcista a se levantar. Agachou-se por trás do cão, firmou uma das mãos na cabeça, a outra no pescoço, e pôs fim à sua agonia. Limpou as mãos sujas de sangue na camisa, estampando-as de vermelho na altura do peito.

Tiago olhou para o animal morto, espantado com a praticidade do gesto.

"Foi por isso que armaram a ratoeira, não foi? Por isso queriam que eu me aproximasse de Liz."

"É um jeito de ver as coisas. Se os dois queridinhos dela não forem capazes de atraí-la, nada mais será, e estaremos fodidos de um jeito nada inspirador." Ele voltou a tossir.

"Estava me vigiando, então."

"Prefiro pensar que estava reforçando a sua segurança. Achei que demoraria mais lá em cima com o casalzinho, então fui tomar um café. Para o nosso azar ou sorte, você saiu bem na hora. Aliás, tenho que pagar a conta, será que..."

O que fora um incômodo na garganta evoluiu para uma tosse insistente. Diego fez um esforço considerável para respirar, mas engasgou com as tossidas. Apoiou-se em Tiago Boanerges, curvando o corpo para a frente, e levou a mão à boca, forçando cada vez mais o ar pela traqueia. De repente, sua camisa se encheu de círculos vermelhos que o exorcista pensou serem gotas de sangue. Entretanto, logo elas passaram a se mover. Algumas caíram por dentro da gola, outras voaram para a luz inconstante do poste acima de suas cabeças. Diego levou o indicador e o anular unidos à boca e arrastou para fora um dos insetos presos entre a bochecha e a gengiva.

"Joaninhas", comentou, cuspindo no chão. "Mais simpáticas do que os besouros da última vez. Talvez seja um presente romântico para você."

"Acha mesmo que ela mandou o pesadelo e estes insetos?", perguntou enojado, vendo-o raspá-las da língua.

"Ela está nos caçando, Tiago. Um a um. O grupo que acabou com a farra dela", ele respondeu, antes de gritar de dor.

O exorcista viu a pele de Diego se elevar em pequenos grânulos e antecipou o pior. Joaninhas migraram pelo rosto, chegando aos olhos, e deixaram um rastro na saída ao abrirem espaço entre as pálpebras e os globos oculares.

A luz tremeluzente dos postes se apagou em definitivo, deixando a rua na escuridão. No peito de Diego, oculto embaixo da camisa, o amuleto se acendeu e os insetos de desmancharam em pó.

"Você precisa de um pronto-socorro, foi mordido por um cão de rua. Eu vou embora daqui", disse ele.

"Espere aí, eu vou junto com você. Posso testemunhar no Conselho de Hórus que a ameaça é real."

Uma sombra alada cruzou o céu. Por um momento, ele pareceu indeciso.

"Não seja burro, Tiago, suma logo. Vá para o mais longe possível de mim e daquele apartamento. Você é o único com uma chance real de nos salvar."

"Eu preciso saber o que está acontecendo!"

"Se quiser falar comigo, traga a carteira. Sabe onde me encontrar. Talvez eu ainda esteja vivo", Diego respondeu e começou a correr. Depois de tentativas trêmulas de encaixar a chave na fechadura, deslizou para dentro de um carro estacionado no final da rua e ligou o motor. "Cuide da perna!", gritou da janela.

A luz do farol iluminou os cães que permaneciam na região enquanto ele partia. Minutos depois, Tiago viu abutres passarem pelo céu que ensaiava clarear. Seguiam organizados em uma barreira de penas negras, vindos de lugar nenhum, atrás do líder que gralhava para guiá-los.

Ao notar os curiosos irem para a calçada, o exorcista sinalizou para o segurança que os colocasse para dentro e também buscou abrigo na cafeteria. Um dos pássaros desceu sobre o carro com a taxista morta, e os outros atacaram o cadáver do fila.

Quando o barulho amainou e os pios se distanciaram, Tiago catou uma cadeira e pegou o celular. Primeiro ligou para Dinho, se certificando de que estava tudo bem. Pediu que ele levasse Liz em casa quando chegasse a hora e que não a deixasse sozinha perambulando. Morreu uma pessoa aqui por perto, vai ter polícia, não se assustem, justificou. Em seguida, discou o número de Julia Yagami, uma ligação insistente que demorou a ser atendida.

"Ju."

"Ti?"

"Oi."

"São..." Ela procurou o despertador.

"Nem cinco da manhã, eu sei."

"Tá tudo bem?", ela perguntou, entorpecida pelo sono. Era do tipo que demorava a abandonar a letargia.

"Ju, preciso que falte a faculdade hoje e vá lá pra casa."

"Onde você tá?"

"É provável que chegue antes de mim. Você ainda tem prova?"

"Não... hoje não."

"Leve a sua chave e o seu tablet."

"Me diz pelo menos se você tá bem, caramba", resmungou, encontrando o interruptor do abajur e finalmente o relógio.

"Sim. Quer dizer, mais ou menos. Aconteceram algumas coisas, um cachorro mordeu a minha perna. Vou ter de passar em um hospital. Tome cuidado na rua, tá? Peça para a sua mãe te levar, se for possível. Prometo que explico tudo depois."

"Tá bem. Mas eu vou cobrar, hein?"

"Pode cobrar. Agora volte a dormir, desculpe te acordar tão cedo."

"Não desculpo não. Vai ter troco", ela respondeu preocupada. Tiago era do tipo que preferia se enrolar a pedir ajuda. A situação devia estar feia.

"Um beijo, Ju."

"Outro. Tchau." Ela finalizou.

Tchau, ele respondeu para o celular desligado, e tratou de arrumar um táxi na pracinha. No caminho para o hospital, repousou a cabeça na janela e adormeceu, indo se aninhar em um ponto vazio de seus pensamentos.

O prazer de sua noite regada a vinho, transas e um blues fantasmagórico havia ficado para trás.

16
Passageiros casuais

Julia Yagami pegou o metrô tão vazio que se perguntou se não haveria atravessado um espelho para um reflexo paralelo. Acostumada a passar na estação algumas horas mais tarde, ficou feliz de poder viajar sentada, sem mochilas colidindo contra o rosto, nem gritaria e empurrões.

De olho na tela presa ao teto que exibia programas curtos de variedades, sintonizou seu tablet na rede interna de canais e clicou na seção "Cotidiano". Numa leitura rápida dos títulos, procurou algo referente a um ataque de cães, sem encontrar nada a respeito. Os jornalistas pareciam mais interessados em uma morte ocorrida no Centro Cultural de Libertà, logo após o horário de fechamento.

Algum louco ainda não identificado fizera uma intervenção macabra na exposição inspirada em Dalí: um relógio pintado com sangue no concreto circunscrevia o corpo de uma menina, os braços dela arrumados em um ângulo impossível na posição dos ponteiros. A legenda de uma foto tirada de uma proximidade desrespeitosa falava de cortes nos pulsos e possível asfixia.

A menina também possuía ascendência japonesa. Vinte e um anos de idade, havia se mudado do interior para Libertà para cursar faculdade de odontologia e estava no quarto período.

"Terrível, não é?"

"Hum?"

Uma garota havia parado perto de seu banco. Julia Yagami clicou no primeiro link que viu pela frente para mudar de tela, e foi parar na seção de economia. A ameaça de uma invasão russa a um de seus vizinhos havia derrubado as bolsas mundiais.

"A morte. Não estamos mais seguros em lugar nenhum." Ela tirou a mochila das costas e se sentou no banco entre Julia e a parede do metrô. "Meu nome é Emília. Tudo bem se eu te fizer companhia? Não queria ficar sozinha com essas coisas acontecendo. Foi uma menina da nossa idade."

"Tudo bem", respondeu ela, apesar de não estar com vontade de conversar. Queria continuar a pesquisa, tentar antecipar o que havia acontecido com Tiago, e não comentar sobre algum acontecimento macabro.

A garota cruzou os braços sobre a mochila, como se protegesse alguma coisa muito importante ou estivesse precisando de um abraço. Uma tatuagem apareceu na altura de seu cotovelo e se instalou no antebraço. Julia vinha pensando em fazer uma atrás da orelha, mas esse ainda era um assunto sensível com os seus pais.

"Ela é oferecida assim mesmo, sempre pede carinho."

"Bonita. Posso?"

"Uhum."

Julia acariciou a tatuagem de dragão, que cuspiu uma baforada de tinta e tingiu temporariamente a ponta de seus dedos. Enquanto a tocava, sentiu um vago desconforto que não entendeu de onde vinha.

"Eu queria fazer uma serpente começando na nuca e terminando aqui no alto", ela percorreu o caminho com o dedo.

Emília comprimiu os lábios numa cara de nervoso. "Lugar doloroso", comentou. "Foi o que me disseram no estúdio, não sei se é verdade." Ela pausou como se procurasse um modo de manter a conversa fluindo. "Você está indo para a casa do seu professor, não é?"

Julia deixou o sorriso morrer e se afastou. Enfiou o tablet de qualquer jeito na bolsa, sem nem desligá-lo.

"A gente se conhece da faculdade?" A possibilidade lhe passou pela cabeça. Todos os amigos mais próximos e os alunos que haviam comparecido a alguma das palestras do exorcista sabiam que ele a orientava nos estudos de magia.

"Eu trabalho na Drinqueria Blues."

"Ah", Julia fez as conexões. Não seria estranho que Tiago houvesse comentado sobre ela com alguém do bar, seria? Algo como um dia tenho que trazer a Julia aqui. E quem é essa? Minha aluna. Quer dizer, eu a encontrei no Entremundos perdida depois de uma semana possuída por um onírico, e acabamos nos tornando amigos enquanto ela me fazia companhia depois que me livrei de uma doença terminal onírica que tenho de manter em segredo. E ela também entende de blues.

Por via das dúvidas, ela expandiu sua visão. Esperou que o trem saísse da estação e entrasse nos túneis e se concentrou na garota à sua frente. Viu um brilho amarelo por trás de suas pupilas.

"Quem é você?"

"Eu não quis assustá-la. Só estou com medo."

"Eu tenho que saltar."

"Faltam cinco estações. Eu desço no mesmo ponto." Emília a segurou pelo pulso. "Eu só quero conversar, por favor. Preciso que leve um aviso ao exorcista."

Julia Yagami sentiu os dedos dela se afrouxarem, mas simplesmente não conseguiu ir embora. "Quem está com você?", perguntou. Sabia que um onírico habitava o seu corpo.

"Ninguém importante."

"É um efrite?"

"É um amigo, e quer retribuir um favor. Seu professor entenderá. Diga a ele para tomar cuidado com o lobo."

Ela tentou lembrar se Tiago mencionara algum lobo recentemente. Talvez estivesse trabalhando em um novo caso. Voltou a se aproximar dela e perguntou baixinho: "É isso? Cuidado com o lobo?".

A garota fez que sim. Parecia preocupada. Acariciou a tatuagem com a ponta do dedo, enxotando-a para baixo da roupa.

"Se trabalha na rua onde ele mora, por que não dá o recado pessoalmente?", perguntou Julia. A mensagem automática do metrô anunciou o nome da próxima estação, desembarque pelo lado esquerdo. Mais algumas tremidas e o trem começou a desacelerar. A porta deslizou após o aviso sonoro e liberou a passagem para os passageiros sonolentos.

"Porque não é seguro ficar perto dele nesse momento."

A necromante percebeu as ametistas se acenderem no cordão em seu pescoço. Captavam o aumento repentino de energia circulante. Emília se levantou. Manteve a mochila na frente do corpo e pegou a necromante pelo braço.

"Não estamos mais sozinhas", falou.

Julia se virou para trás. Quatro pessoas a observavam com mais proximidade e atenção do que gostaria. Tinham o olhar vidrado, as pupilas cintilantes.

"Ela está com ciúmes", falou a garota. "Fique atrás de mim. Quando a porta abrir, corra o máximo que puder. As ruas estão movimentadas. Você vai conseguir."

Elas recuaram para a ponta do vagão, sempre viradas para seus observadores. Eles se moveram juntos, diminuindo a distância, pressionando-se uns contra os outros no corredor apertado. O trem seguia pelo túnel, 100 quilômetros por hora, nenhuma saída. A gravação de voz feminina avisou sobre a próxima parada. Faltava pouco.

"Mas e você?"

"Eu tentarei despistá-los. Não se preocupe."

Os observadores cruzaram o último conjunto de bancos.

"Projeta os olhos", disse Emília, e abriu a mochila. Um orbe de luz escapou de dentro dela e voou sobre os perseguidores. Julia mal teve tempo de obedecer. Tentou segurar em um apoio, mas o trem sacudiu e a derrubou no chão. Assim que ouviu o aviso sonoro, fugiu com tudo pela porta e atravessou a plataforma. Subiu a escada rolante correndo, pulando os degraus, sem se importar com possíveis broncas. Esperou que a catraca a liberasse e disparou para as ruas.

"Eu vou conseguir, eu vou conseguir", repetiu em silêncio, se arrependendo por ter vindo de botas. Em vez de seguir pela avenida principal, desceu por uma transversal de mão dupla, correndo rente ao meio-fio. O fluxo de carros era constante, mas não representava perigo. Estava acostumada a driblá-los para compensar seus atrasos em programas com amigos.

Julia entrou em um café para recuperar o fôlego. Torcia para que Emília estivesse bem. Se eles tivessem ido atrás dela, para onde fugiria? Não devia ser muito difícil despistá-los, ou devia? Esperou dois minutos contados no relógio e saiu. Virou à direita e correu para pegar o sinal vermelho em um cruzamento. Mais um pouco e chegou à rua de Tiago. Deu dois toques curtos na campainha. Ninguém a atendeu. Tocou mais uma vez. Como não ouviu nenhum barulho, pegou a chave perdida na bolsa e entrou.

Não teve tempo de gritar.

Terceira Parte

17
Frutos da lobeira

Esticado no banco de trás, Tiago Boanerges sacolejava. Em um transe sonolento, captava pedaços do monólogo ininterrupto da taxista, as palavras propelidas em uma velocidade muito maior do que a dos carros amontoados no engarrafamento. Com sua voz esganiçada, ela comentava o assassinato noticiado em um programa matutino, dizia que a violência na cidade estava fora de controle e ninguém fazia nada, nada! Do que adiantam essas polícias privatizadas? Tanta tecnologia e uma menina morre num dos lugares mais frequentados de Libertà? Só pode ser coisa de maluco. Quem vai muito a teatro e exposição fica tudo doido, moço, tudo doido.

Ver o corpo da menina dentro do relógio traçado em sangue deixou Tiago apreensivo. Ligou para Julia para se tranquilizar, mas ninguém o atendeu. Cada vez que cochilava, uma profusão de joaninhas o despertava no susto. Algumas horas atrás, sentia na camisa emprestada de Dinho o cheiro de seus delírios e tentava remontar os encaixes daquele sonho bom. Agora fedia a cachorro e desinfetante hospitalar, e o perfume de Liz lutava para sobreviver em sua pele.

Enquanto repassava a conversa que tivera com Marcos Sardenha no Drinqueria Blues e driblava a melodia dissonante da taxista, acabou adormecendo. Foi acordado com um "moço, moço, acho que tá chegando", assim que o táxi virou em sua rua, e demorou a se situar. O bolo de papéis amassados se transformou aos poucos em dinheiro suficiente para pagar a corrida, 20 centavos de gorjeta, e Tiago saltou.

Tateava o chaveiro no bolso da calça, quando notou a porta destrancada. Sem acender a luz, entrou e ouviu o blues tocando baixinho. Em outra situação, aquela melodia teria o efeito de um banho quente e uma massagem no pé, tudo o que mente e corpo pediam no momento. Entretanto, sabia que Julia mantinha distância dos oníricos engarrafados e não entraria no cômodo sem a sua companhia.

Onde estavam as luvas? No quarto, sem dúvida. Em cima da escrivaninha, ao lado da camisa que tinha decidido mudar de última hora. Para chegar até elas, teria de passar pela sala de vídeo, que agora via estar entreaberta.

A dor na perna o fez sentar no braço do sofá para ajeitar as ataduras, o efeito da anestesia começava a passar. Uma silhueta de orelhas pontudas aproveitou a pausa para percorrer a sala e se aninhar em seus ombros. Assim como ele, podia sentir a energia feérica que tomava a casa.

"Temos visitas, Ori. É melhor você sumir", falou, sem ser obedecido. Degrau após degrau, sentia os efeitos da noite, o cansaço alertando que o único destino sensato seria a sua cama.

Depois que o gato fumacento escapou de seus ombros, Tiago entrou na sala de vídeo e estagnou ao ver uma silhueta feminina o fitar com olhos amarelos. Por que era familiar? Antes que pudesse alcançar o interruptor, foi empurrado pelas costas e caiu no chão, o peso amparado pela perna machucada.

Como seu pai costumava dizer, nada como o estresse para deixar alguém desperto. Tiago manobrou o corpo para aliviar o peso na região mordida e encarou o agressor, pronto para o revide. Na luz esparsa que vazava pela porta, reconheceu o garoto lobo, amigo do guará assassinado.

Bonini tinha o rosto alterado. No lugar da aparência abatida do dia em que se conheceram, um jeito raivoso que o levava ao limiar da forma humana. Suas orelhas estavam pontudas e os braços preenchidos por uma espessa trilha de pelos negros. Vestia uma camisa escura com uma estampa cinza que lembrava um sol de várias pontas, símbolo de um grupo de rock.

Tiago ameaçou se levantar, mas foi atingido nas pernas por Clara, e voltou a cair. Não era assim que esperava ter seu favor retribuído.

"Calma lá vocês dois que eu não quero machucar ninguém. O que está acontecendo aqui?"

“Você mentiu pra mim”, gritou Bonini, os punhos cerrados. Dessa vez não havia um lobo cinzento para segurá-lo no sofá.

“Eu vou me levantar, vocês dois vão ficar quietinhos”, ele se virou e apontou o dedo para Clara, atrás de si, “e nós vamos conversar sobre seja lá qual for o motivo de revolta da vez. Mas antes de tudo, eu quero saber onde está a Julia.”

Enquanto ficava de pé, Bonini se afastou para liberar a passagem. Julia entrou no quarto com uma mordaça na boca e as mãos presas para trás. Um garoto de no máximo 20 anos a forçava a seguir em frente. De cabelos negros e óculos retangulares, parecia integrante de uma banda indie. Usava um penteado escorrido sobre a testa, o rosto branco sombreado pela barba rala. Sua calça caqui e o cardigã listrado contrastavam com o visual largado de seu companheiro de matilha.

Tiago a abraçou quando o garoto a empurrou em sua direção. Retirou o pano de cozinha que tapava sua boca e a ajeitou perto de si para desatar os nós que prendiam seus punhos.

“Seu babaca!”, ela gritou, cuspindo fiapos, assim que se libertou.

“Calma, Julia.”

“Esse idiota torceu o meu braço.”

“Você é cúmplice dele”, respondeu Bonini.

“Ei, ei, ei! Sem confusão, esqueceu? Não é nada inteligente irritar um mago na casa dele. Além do mais, algo me diz que estão aqui sem autorização do Castilho, então se não quiserem que eu ligue para ele para ter uma conversa, é bom me explicarem o que está acontecendo”, o exorcista tentou adotar um tom diplomático, mas realmente não estava no clima.

O trio se entreolhou. Tiago havia tocado no ponto certo. O menino indie se adiantou para falar, mas Bonini avançou na sua frente e grunhiu: “Você teve um caso com uma musa! A mesma musa que matou o Fabrício. Nós pesquisamos o símbolo, Xela pesquisou.”

Então aquele era Xela, o guará ausente no dia do laudo.

“E como soube disso?”, perguntou, apesar de saber a resposta.

“Internet”, os três falaram juntos, ecoando uma conversa que havia se desenrolado antes da invasão.

“Assisti a uma entrevista da Elisa Goldin. Ela comenta a origem da tatuagem de lua minguante e por que colocou o símbolo na capa do álbum”, disse Xela.

O exorcista aguardou. O silêncio demonstrou que a carta já estava na mesa. Era sua vez de jogar.

"Está bem. Entendi aonde querem chegar. A responsável pela morte do seu amigo foi a musa que eu conheci e nenhuma outra. É o que indica a marca atrás do pescoço pelo menos."

Ao ouvir a confissão, Clara rosnou. Ela e Julia se encararam sem desviar os olhos enquanto a menina de *dreadlocks* se juntava ao restante do grupo.

"Você fede a morte, como ele, como Fabrício."

"Tava demorando", falou Xela. "Agora não, Clara."

"Eu sou uma necromante, sua estúpida. Eu estudo a morte."

"Ei, chega de briga aqui dentro", Tiago interveio. Sentia-se aliviado da loba-guará ter se afastado da estante. Não queria nem imaginar o que aconteceria se ela encontrasse a coleção de oníricos ou libertasse Marafo. "Eu e o seu amigo fomos vítimas da mesma criatura. Você devia estar sendo solidário comigo em vez de me julgar um mentiroso ou sei lá o quê."

Julia revirou os olhos. Sabia que o exorcista jamais falaria da musa daquela maneira.

"Estamos do mesmo lado, seus idiotas", disse ela. "Também sei como é perder alguém para um onírico, se sentir impotente. Ter medo de adormecer."

Tiago entrelaçou os dedos nos dela, apertou firme sua mão. De tão próximos, às vezes se esquecia de que ela ainda era uma menina. "Adoro quando finge que sou adulta", já tinha ouvido em tom de ironia, mas não deixava de ser verdade.

Julia tinha visto seu corpo definhar e ser coberto pela morte negra enquanto decidia aceitar ou não a barganha. Não havia maquiagem que ocultasse o sofrimento. Se houvesse se recusado, teria morrido na frente dela ou se perdido em um canto do Entremundos, sem que pudesse fazer nada para salvá-lo.

Os guarás se entreolharam novamente. Conheciam-se o suficiente para se comunicar sem palavras. Tiago sentiu que eles estavam cedendo e continuou: "Musas não são oníricos comuns. Elas são fortes, ardilosas. Se pesquisaram direito, sabem que a musa que matou Fabrício quase me matou. Que faltou pouco para Liz enlouquecer. Eu vi a sua raiva, Bonini. Se entregasse um alvo na sua mão para começar uma caçada, seriam dois lobos mortos agora em vez de um."

"Talvez eles tenham razão", comentou Clara. Não queria perder mais um amigo.

"Está vendo. Alguém de bom senso por aqui."

"Só falta educação", Julia emendou.

Antes que as mulheres se enfezassem novamente, Xela se antecipou: "Agora que estamos mais calmos, talvez seja uma boa oportunidade de pedir desculpas". Ele ofereceu a mão para Julia e recebeu um tapa sonoro no rosto.

Clara arreganhou os dentes, como se estivesse na forma animal. Estupefato com a audácia da necromante, Bonini partiu para cima dela, mas Tiago o pegou pelo punho e lhe torceu o braço para trás, derrubando-o no chão. Um brilho discreto circundou sua pele e chegou às mãos com maior intensidade, envolvendo o guará. As orelhas perderam o aspecto pontudo e os pelos abandonaram o corpo, enquanto Bonini retornava à forma humana. Antes que seus amigos reagissem, Tiago o empurrou para trás e curtiu sua cara de surpresa. Resfolegava, exausto, mas satisfeito. No seu estado de cansaço, sentia pesar no corpo cada esforço feito sem a luva.

"Não confunda minha paciência com fraqueza, garoto", falou ao recuperar o ar. "Se encostarem um dedo nela, a musa será o menor de seus problemas."

Os ânimos voltaram a ficar exaltados. Julia se sentiu levemente culpada. Queria que aquele encontro desagradável terminasse logo.

"Está tudo bem. Eu mereci o tapa", Xela intercedeu, massageando a bochecha. "Não a tratei com a devida educação. Mas podemos recomeçar do zero, se não se importar." Esticou a mão novamente.

Julia titubeou um segundo, mas aceitou a trégua. Se esperavam por um pedido de desculpas, entretanto, era melhor se sentarem.

"Agora que voltamos a ser amigos...", falou Tiago Boanerges, examinando as reações. "Precisam entender que a marca na nuca não é uma confissão de assassinato. Ela só mostra que Fabrício teve contato prolongado com a musa. Nossa única certeza é que não foi um efrite o responsável."

Bonini resmungou ao pensar nos oníricos de fumaça.

"O que os pais de vocês acham disso?"

"Eles não acham nada", o guará respondeu, bravio.

"Entendo", disse o exorcista. A situação começava a se esclarecer. Os três sentiam a falta de Fabrício e achavam que os pais não estavam fazendo o suficiente para resolver o caso. Tinham decidido tomar a dianteira para poder se vingar.

Lobos-guará se orgulhavam de ser capazes de infligir danos reais a violadores de corpos, e ver um dos seus cair pelas mãos de rivais tinha gosto de humilhação. Ao saberem que o responsável não tinha sido um efrite, perderam o alvo escolhido para amenizar a dor e ganharam um inimigo invisível para caçar.

"Você pode nos ajudar ou não?", perguntou Clara.

"Há anos não sei onde a musa está. Se pensaram que a encontrariam escondida atrás da cortina com os pés pra fora, sinto informar que a vida é mais complicada do que isso. A boa notícia é que também estou precisando trocar umas palavrinhas com ela. Então se vocês tiverem alguma informação relevante, talvez possamos nos ajudar."

Bonini deu um consentimento silencioso a Clara.

"Eu sabia que íamos perdê-lo, mas não pude fazer nada", começou, e explicou sobre a sua capacidade de farejar a morte. Conhecia o cheiro de sangue. Enjoava-se com os desodorantes baratos dos vizinhos. Podia sentir a chuva chegando a quilômetros de distância. Entretanto, não era um cão farejador. Pequenos resíduos lhe eram silenciosos, mantinham seus segredos trancafiados nas ligações de suas moléculas. "Nisso, Fabrício era o melhor. Ganhava de nós três com vantagem. Mas o meu faro o incomodava. Ter por perto alguém que pressente a morte minava suas ilusões de que conquistaria o mundo e viveria para sempre", falou, com uma voz saudosa.

"E por isso ele se afastou de você", comentou Tiago.

"Foi."

Havia sido a única a desconfiar de que havia algo errado com o guará. Sabia que ele a via como mais do que uma amiga, tinha confessado isso em uma festa da matilha em um sítio no interior, a única vez que se beijaram para valer. Disse que ela devia estar farejando outra coisa. Contou da situação em Nova Cingapura, do seu trabalho voluntário. Entretanto, Clara sabia que o cheiro era dele, que havia algo em seu corpo. Insistiu para saber o que acontecia e então brigaram.

"Depois disso, ela pediu que eu falasse com ele. Perguntei se ele estava usando algum anabolizante, ou uma dessas drogas que fazem a cabeça funcionar mais rápido. Ele riu da minha cara. Falou que estávamos nos preocupando por bobagem", disse Bonini.

Tiago aproveitou a pausa para juntar algumas peças. Fabrício parecia ser do tipo que gostava de testar os próprios limites, fossem físicos ou intelectuais. Estudava, trabalhava em uma empresa de ponta e, se chegaram a suspeitar de anabolizante, devia ser viciado em esportes. Estava claro que era um sujeito em plena forma, que poderia resistir a musa por tempo suficiente para ganhar a marca na nuca.

Havia também o faro de Clara. Era possível que sentisse o mesmo cheiro nele e em Fabrício devido ao contato com a musa, mas Tiago apostava em outra hipótese, a morte negra. Farejava-a inerte em seu corpo, adormecida, controlada pelo coração de fumaça. O cheiro não de algo por vir, mas de sequelas do passado.

"No dia em que nos conhecemos no apartamento, sugeri que você e Fabrício haviam brigado, e pareceu concordar comigo. O que aconteceu?"

"Eu e Clara fomos falar com o Xela."

"E eu falei com o meu tio, o Felipe."

"Pai do Fabrício", disse Tiago.

"Isso."

"E ele não acreditou na história de vocês."

"Pior. Disse que o que o Fabrício fazia ou deixava de fazer era problema deles e de mais ninguém. Perguntou se queríamos revistar o quarto dele, mexer nos armários e nas gavetas, irônico com a nossa preocupação. No dia seguinte, o Fabrício não atendia mais os nossos telefonemas."

"E seu pai, Xela?"

"Disse que não queria briga com o irmão e pediu para eu esquecer essa história."

Tiago sentiu a perna latejar. Mandou que se sentassem no sofá e puxou uma cadeira para perto. Os mais velhos estavam escondendo algo dos filhotes, apostaria sua coleção de vinis nisso. Contudo, achava improvável que o pai de Fabrício houvesse armado a encenação no apartamento em Jardim Calvino apenas para impressioná-los. Guarás eram zelosos com seus mortos. Se soubessem o verdadeiro motivo do assassinato, não o teriam exposto daquela maneira. A busca por um culpado era real e nisso poderia ajudá-los. O restante não lhe dizia respeito.

"Ninguém morre sem deixar uma pista", disse Clara, introspectiva.

"Nisso você tem razão", respondeu Julia. Mantinha-se distante, sentada à mesa.

Tiago os encarou pensativo. Sentia-se culpado pela morte do guará, assim como pelo sofrimento de Liz. Mais uma vítima da musa para a sua conta. Pensou se não poderia resolver o seu lado e, de quebra, ajudar na investigação paralela que corria sobre os Castilhos.

"Tenho uma proposta a fazer. Se eu ligar para o meu contato no Conselho de Hórus, vocês repetem o que me disseram aqui? Terão que contar tudo que souberem, todos os detalhes. Estariam dispostos a desobedecer seus pais para saber o que aconteceu com o Fabrício?"

Os guarás se amontoaram no sofá para discutir o assunto. Xela tirou os óculos e sacudiu a mão para o alto como quem diz "a gente vai se ferrar", sua voz saindo em um cochicho. De repente, pareceram entrar num consenso.

"Se encontrarmos a musa, eu quero matá-la", falou Bonini.

O exorcista suspirou. "Escuta, garoto...", começou a dizer, mas Xela se adiantou.

"Chega dessa história, Bonini. Ele está tentando nos ajudar. E a musa matou o Fabrício, o mais forte de nós quatro. Acha que conseguiria vencê-la? Como ficariam seus pais? E a gente? Será que só pensa em si mesmo e nessa vingança estúpida?"

Tiago esperou a próxima reclamação, que não veio. Olhou de um para o outro com a cara cansada. Marcos Sardenha não gostaria nem um pouco de saber que havia feito outro contato com os guarás, mas a invasão serviria como uma boa desculpa.

"Ótimo."

Ele tirou o celular do bolso, trinta e cinco por cento de bateria. A tela ganhara dois arranhões depois do confronto com o pesadelo, provavelmente da hora em que levou a mordida e caiu no chão. Enviou uma mensagem de texto para Marcos Sardenha com o código de urgência e ligou para ele em seguida. O telefone chamou e chamou, sem que ninguém o atendesse. Ligou de novo. Enquanto aguardava, viu Clara sair da sala de vídeo e ir para o corredor. Não demorou muito e seus amigos a acompanharam.

"Pode tentar mais uma vez lá embaixo?", ela perguntou.

"Do primeiro andar?"

"De onde mais seria?", implicou Bonini.

Ele preferiu não perguntar o porquê. Antecipando a dificuldade, Julia Yagami o segurou pelo flanco e o ajudou a descer a escada. No banco da cozinha, apoiado na bancada, repetiu a ligação e seus ouvidos também captaram o som que atraíra os guarás.

Um toque de celular.

"Vem da geladeira", falou Clara.

"O que a gente faz?", perguntou Xela.

Julia driblou o trio. Não precisava ser uma necromante para ter um pressentimento ruim sobre aquilo. Contou até três mentalmente e abriu a porta num puxão. Não queria fraquejar diante dos guarás, mas a visão a fez recuar enojada.

"O que houve?", perguntou Tiago e passou pelo grupo. Havia uma mão sobre a prateleira, decepada na altura do punho. Apoiado em sua palma, um celular. "Isso não é bom", falou. "Nada bom."

Ele pegou o pano de prato pendurado na alça da geladeira e tirou o celular de seu suporte sangrento. Os alimentos abaixo da mão estavam salpicados de um vermelho enegrecido. Depois de duas tentativas, entendeu como destravá-lo e encontrou as chamadas não atendidas. Nas mensagens, viu o código de urgência que acabara de enviar. A mensagem anterior, marcada como não lida, continha uma pergunta: "Eles estão juntos. Quer que eu espere?"

Tiago procurou o ícone da galeria de imagens. A perna latejava no ritmo de seu coração etéreo. Em vez de fotos, encontrou um vídeo com a data do dia anterior. O som do celular estava no máximo, e as súplicas escaparam pela casa. Por favor, ele dizia, por favor. Ela está mexendo com a sua cabeça. Você precisa ser forte, precisa acordar.

Então o vídeo era interrompido. Marcos Sardenha estava machucado, amarrado a uma cadeira. A imagem escura não possibilitava ver muito mais do que isso. Tiago abaixou o volume e repassou o vídeo, o brilho da tela no máximo. Lembrou-se da conversa com Diego: "Ela está nos caçando. Um a um. O grupo que a aprisionou".

"Conseguem me dizer mais alguma coisa?", perguntou aos guarás.

Bonini moveu as narinas. Havia diversos aromas no ar. Alvejante, detergente, chá preto, café passado, comidas, o perfume de Julia e de Tiago, loção pós-barba, sabonetes comuns, populares, usados por milhares de pessoas, o sangue coagulado, um traço de carvão. Ele relatou ao exorcista o que percebia, disse quais eram mais fortes, quais estavam desparecendo.

"A pessoa que entrou na casa foi direto para a geladeira e depois saiu. O cheiro dela não está em nenhum outro lugar."

Tiago esperou para ver se os outros guarás complementariam a informação.

"Meu olfato é péssimo, desculpe", disse Xela. "Minha genética de salvaxe não se manifestou."

"Nada que Bonini não faça melhor", falou Clara.

"Tudo bem", disse o exorcista. "Pode ter sido qualquer pessoa. A musa é capaz de influenciar qualquer um de nós."

Ele largou o celular de Marcos e pegou o seu aparelho. Olhou para os números na tela enquanto decidia o que fazer. Sem o seu código de acesso de agente, se ligasse para o Conselho de Hórus, seria registrado como um cidadão comum. Eles abririam um protocolo de atendimento, enviariam a viatura, levariam a ele e ao grupo para prestar depoimento. Pensou então em Monique, a agente que havia palestrado com ele na faculdade de Julia Yagami. Honesta demais para fugir do protocolo. Se falasse com ela, os agentes estariam na sua porta ainda mais rápido. Levariam a mão, analisariam as digitais, o afastariam do caso, o afastariam de Liz.

Havia outro porém. Não confiava neles. Não confiava em Marcos Sardenha. Ele havia mentido sobre a necropsia do guará. Tinha ficado visivelmente nervoso ao saber do contato do exorcista com os Castilhos. Talvez houvesse mentido também a respeito da vigilância em torno de Liz.

"Tiago?", Julia apertou seu braço, trazendo-o de volta. Ele levantou o dedo, pedindo silêncio. Discou um número.

"Ouvidoria do Conselho de Hórus, em que posso ajudar?"

"Bom dia. Meu código de acesso ao sistema não está funcionando. Fui recontratado recentemente, pode ser que ainda não o tenham reativado."

"Posso verificar pelo seu número de inscrição, senhor", a mulher sugeriu simpática, e ele ditou a sequência pausadamente. "Aguarde um instante que já retorno."

Uma mensagem substituiu a voz da atendente. Com uma musiquinha irritante ao fundo, uma narradora explicava as atribuições do Conselho e informava estatísticas de crimes na cidade, números sempre em queda. A tortura durou menos de dois minutos.

"Senhor, pode me falar o seu nome completo?", disse a mulher, ao retornar.

"Tiago Boanerges", respondeu, ouvindo o barulho do teclado.

"Boanerges?"

"Isso. Bê-ó-a-ene-é-erre-gê-é-esse."

A linha pareceu muda, de repente.

"Alô?", disse ele. "Alô? Tá me ouvindo?"

"Senhor...", disse ela, reticente. "Se me permite dizer, a expulsão foi injusta. Admiro muito sua postura."

"Ãhn. Obrigado.", respondeu surpreso. "A gente se conhece?"

"Só dos corredores." A voz se tornou um chiado, misturado ao som das teclas e a um burburinho. "Seu número está mesmo cancelado, senhor Boanerges. Sabe me dizer qual foi o supervisor responsável pela reativação?"

"Marcos Sardenha. Não sei se ele tem mais algum nome."

Uma sinfonia de *tlecs* novamente. Dessa vez ninguém a interrompeu.

"Isso é estranho, senhor. Marcos Sardenha aparece no sistema com o registro suspenso. Pode ser um problema da seção, senhor. Os servidores estão sendo atualizados. Sugiro vir aqui pessoalmente relatar as circunstâncias da recontratação. Se preferir, posso agendar a visita de outro de nossos agentes ao seu domicílio. O endereço continua o mesmo?"

"Não, não. Eu ligo outra hora, obrigado."

E desligou.

Servidores atualizados droga nenhuma. Marcos havia pisado na bola e sido suspenso de verdade. Talvez não tivesse mentido de todo sobre a investigação dos Castilhos, e a visita de Tiago houvesse de fato lhe causado problemas. No catamarã, tinha falado do cemitério vertical, insinuado que os Castilhos eram mafiosos. O vídeo em seu celular não batia com o padrão. Tortura psicológica sem registro de morte.

Sem ele na jogada, só havia uma pessoa capaz de explicar o que estava acontecendo. Diego era esperto o suficiente para se esconder, e ele tinha um forte palpite de onde poderia encontrá-lo.

"Acho que deu pra notar que a conversa com o supervisor foi cancelada."

"E então?"

"Você e eu daremos um passeio. Precisarei da ajuda do seu faro para encontrar alguém", disse a Bonini. "Ju, vou deixar uma lista com os nomes de alguns agentes. Quero que pesquise na internet sobre eles. Qualquer informação é válida, mas você sabe o que estamos procurando."

"Posso usar seu ultrabook?"

"Só se quiser emprestar o seu tablet para o seu novo amigo", e deu um sorriso que ela não gostou. "Xela, você e Clara ficam aqui com ela, de cães de guarda. Não a quero sozinha nem por um segundo. Se algo estranho acontecer, corram para a sala de vídeo e tranquem a porta. O *aegis* de proteção impedirá a passagem de oníricos. Sei que podem feri-los com facilidade, mas estamos falando de forças maiores."

Os dois guarás assentiram, apesar de não terem a mínima ideia do que seria um *aegis*.

"Eu posso ajudar na pesquisa", disse Xela.

"Isso é entre você e ela", falou Tiago. "Mas antes que comece a brincar de nerd, ligue para o seu pai e descubra como entrar em contato com Jaques. Você sabe quem ele é, não sabe?"

"Uhum."

"A Julia tem o número do meu celular. Envie uma mensagem com o número dele pra mim. Preciso ter uma conversa com ele, urgente."

"E o que eu faço com... aquilo?", perguntou Julia.

"Jogue fora, ofereça pras visitas", disse o exorcista. Se agarrasse no pé de um deles de surpresa, no estado de tensão em que se encontravam, saltariam e grudariam no teto. "A nossa prioridade é encontrar a musa antes que ela nos encontre."

E antes que encontre Liz.

Tiago tirou as últimas dúvidas e os colocou em movimento. Sozinho, passou na sala de vídeo e tirou Marafo da estante, uma ideia em mente. Uma ideia insana demais, pensou, e devolveu a garrafa à prateleira. Em seu quarto, de porta trancada, foi para a escrivaninha conferir as luvas. Ainda estavam lá, inteiras. A camisa descartada para o encontro com Dinho dobrada ao lado dela.

Precisando de um banho, tirou a camisa, os sapatos, puxou a calça bem devagar para não friccionar a perna. Retirou o curativo empapado, deu uma olhada nos furos sequenciais em sua panturrilha e pensou no que poderia jogar em cima daquilo para disfarçar o cheiro. Afinal, não seria sensato se meter entre salvaxes pingando sangue.

18
Crocodilagens

Há muito morando na região boêmia da cidade, Tiago Boanerges ainda se encantava ao experimentar a magia impregnada em cada esquina do centro histórico de Libertà. Seus citrinos brilhavam de modo ininterrupto durante a travessia por aquela amostra de diferentes períodos da história. Em seu bairro se encontravam casas de arquitetura colonial misturadas ao estilo neoclássico disseminado pelo mago português Jerônimo Brás, mais tarde engolido pelo geometrismo da adormecida Letícia Aragão nos anos sombrios da ditadura.

Sempre que recebia visitas de fora, o exorcista as levava para um passeio turístico nos arredores, nos quais um guia animado de microfone contava a história de cada construção, transformando detalhes arquitetônicos normalmente despercebidos em uma viagem ao passado.

Bonini parecia hipnotizado pela própria silhueta na janela. Seus olhos cor de âmbar se misturavam às luzes dos postes e dos veículos refletidos, enquanto vislumbrava outros salvaxes pela calçada.

"É raro virmos para esses lados", comentou, notando o interesse do exorcista. "Eles só faltam brilhar sob as capas de chuva. Acho que vi um lúdico na porta de uma drogaria, com um guarda-chuva. Os adormecidos passaram por ele e o ignoraram, simplesmente."

Tiago entendia o comentário. Havia algo de diferente no centro histórico, como se as pessoas, inebriadas pela energia circulante, tivessem mais facilidade de se concentrar no que realmente importa.

"Já sofreu preconceito por ser um salvaxe?"

"Uma vez, no curso de espanhol. Começaram a fazer gracinhas sobre o assunto sem saber que eu era um deles. Às vezes alguém fica com medo. Eu sou enfezado, você sabe, e assim que aparecem os pelos nos braços, a pessoa se assusta. Acham, sei lá, que vou virar um *Chrysocyon brachyurus* e pular em cima. Mas de modo geral tenho sorte de conviver com gente esclarecida."

"Vantagens de se morar em cidades ligadas ao Entremundos, como Libertà. Mais magia, mais diversidade, menos gente de pensamento tacanho."

"*Homo sapiens, Homo salvaxe, Homo ludens,* quem se importa?"

"Deixa eu adivinhar: faculdade de biologia?"

"Sim, mas quero fazer meu TCC sobre coleópteros da família *Coccinellidae.* Nada de lúdicos na pauta."

"Era para eu saber o que é um Cocci... Cocci...?"

"*Coccinellidae.* Joaninhas."

Tiago deixou a conversa morrer, atento à coincidência. O ônibus deu um solavanco e parou no ponto. Alguém de rosto oculto encostou a palma no cobrador de passagens e pulou a roleta, chaveiro de pelúcia balançando na calça. Sentou-se três bancos para trás, encolhido contra a parede. O guará lhe dispensou alguma atenção, mas acabou perdendo o interesse.

"Ainda não me disse o que quer que eu fareje."

"O cheiro de um amaciante. Talco para os pés. Provavelmente nada. Não foi por isso que te trouxe comigo. Preciso que me conte o que estão escondendo, Bonini. Entendo que queira proteger a matilha, mas se eu não tiver uma visão ampla dos fatos, o próximo celular na geladeira pode ser o meu."

"Guarás não formam matilhas que nem os lobos do norte", falou, adotando um tom mais brando do que de costume. "Somos amigos, família, como qualquer humano."

O salvaxe desviou os olhos para a janela. Os pontos estavam cheios de gente saindo dos escritórios, jovens de mochila nas costas, adultos conferindo as horas. A chuva fina gelava mais do que umedecia, deixava as pedras portuguesas escorregadias, pequenas armadilhas para os apressados.

Um murmúrio melódico no fundo do veículo o levou a se virar. Era uma menina, então. De fone no ouvido, cantarolava a música de um grupo pop. Havia retirado o capuz e exibia os cabelos castanhos bem claros, o rosto de nariz arredondado e contornos símios.

"Fabrício estava envolvido com um grupo de extermínio de efrites", ele falou. "Se reuniam em Nova Cingapura, tinham diretrizes, uniforme, bandeiras. Eu descobri por acaso, achei que ninguém mais sabia. Vi um cordão pendurado na maçaneta do quarto dele e fui pesquisar o símbolo, só para não pagar de desinformado. Um dia, o coloquei contra a parede e disse que contaria a todo mundo se ele não me levasse junto. Bastou uma noite naquela confusão e desisti de acompanhá-los. Foi tão...", ele se interrompeu, fugindo das lembranças pesadas. "Aquilo não era para mim, simplesmente."

"Olhar nossos heróis de perto é um jeito clássico de nos decepcionarmos."

"É."

O exorcista fez uma pausa. Bonini voltou a olhar a rua. Pessoas de diversas culturas, origens, filosofias de vida, convivendo juntas, se misturando sem fazer disso um problema. Seus olhos ficaram marejados.

"Você chegou a contar ao pai do seu amigo?"

"Tentei. Felipe disse que era para eu esquecer essa história e não manchar o nome de sua família. Os Castilhos não são muito abertos ao convívio com outros guarás. Têm muito mais dinheiro do que a gente. Dizem ser protetores das tradições, mas agem como se fôssemos uma grande empresa. O próprio Xela só começou a conviver comigo e com a Clara porque o Fabrício estava lá. Senão, os pais dele nunca deixariam."

"Eles são primos, não é isso?"

"Uhum. Do tipo que se veem em aniversários e enterros."

Tiago conectou mais algumas informações. Não à toa o patriarca dos Castilhos estava mais interessado no confronto do que em conhecer os fatos. Se estivesse financiando o grupo de extermínio, se beneficiaria com o caos, com o ódio. Por alguma razão, havia envolvido o filho na história. Não era um mafioso, no fim das contas.

"E o que achou do pedido do pai dele?"

Bonini pareceu pensar duas vezes. Preferiu ficar calado.

"Xela e Clara não sabem de nada, não é?"

"Não posso enterrar o herói deles como enterrei o meu."

"Prometo não contar nada a ninguém. É só uma tentativa de entender o que aconteceu ao seu amigo, de fato. Quem sabe ele possa voltar ao posto de melhor amigo e herói."

O guará procurou a menina de fone no fundo do ônibus. Ela havia aumentado o som, a música havia mudado.

"Acho que o pai do Fabrício sabia de tudo, desde o início. Por isso contratou aquele lobo cinzento para ficar de babá e afastou as outras famílias da investigação. Ele se conformou muito rápido para alguém que acabou de perder o único filho."

Tiago pensou em Hain. Se bem conhecia o fumacento, o Conselho de Hórus não devia ser o único investigando a família de guarás.

"Se um efrite fosse o assassino, ele poderia começar um confronto com a desculpa da vingança. Todo mundo se envolveria, inclusive você e seus amigos."

"Só que o seu laudo apontando a musa como responsável pegou os Castilhos de surpresa. Agora eles só querem saber de sepultar o filho e fazer justiça."

"Como acha que ele morreu?"

"Minha teoria é que Fabrício descobriu a localização da musa em suas rondas atrás de efrites. Deve ter tentado mostrar para o grupo que podia mais do que eles, como sempre."

"É uma possibilidade", respondeu Tiago, para encerrar o assunto. A marca na nuca do guará indicava um contato frequente, e não apareceria no confronto de apenas uma noite. Fabrício e a musa haviam se envolvido de alguma maneira mais duradoura. Talvez como amantes, como foram um dia. Contudo, não precisava dividir sua teoria com ninguém.

"É hora de descermos", falou se levantando para apertar o sinalizador.

"Já posso saber para onde estamos indo?"

"Para uma rinha de salvaxes. Espero que tenha tomado suas vitaminas."

***

A Praça de Dresbel marcava o início da Zona Portuária de Libertà e havia sido escolhida como marco zero da revitalização. No centro dela, no topo de um pedestal, uma estátua do Barão de Mauá, nome forte da industrialização no país, se erguia junto a câmeras do sistema de segurança da polícia do estado. O ponto onde desceram era dos mais movimentados, tão iluminado quanto um dia de sol. Mas logo que atravessaram a Avenida Rio Branco e entraram nas ruelas transversais, um ambiente mais soturno se estabeleceu.

"E você, como se meteu nessa roubada?", Bonini puxou assunto. "Quero dizer, como era a sua vida antes da musa? Sabia que queria ser exorcista desde pequeno?"

Antes da musa. Ainda conseguia reconhecer o Tiago anterior ao ponto de ruptura? Um coração no peito, resultados acima da média no Conselho de Hórus, tapinhas nas costas dos superiores, noitadas exaustivas a cada fim de semana. Eram praticamente estranhos um para o outro.

"Eu não era muito ligado em magia na sua idade. Meu pai levava como um hobby, e eu seguia o exemplo dele, me metendo mais de curioso do que por vocação. Um dia, o irmão mais velho dele morreu de umas complicações de saúde e ele ficou muito pra baixo. Para se recuperar da deprê e mantê-lo próximo de alguma forma, começou a estudar de verdade e eu fui no embalo."

Bonini se arrepiou.

"Daí decidiu levar a magia a sério."

"Achei que ia me tornar uma espécie de super-herói, um vingador com identidade secreta. Um monte de bobagens. Acabei enfiado em pilhas de livros, virando uma noite atrás da outra para me formar num curso de ciências sobrenaturais e depois passar no concurso do Conselho de Hórus."

"A musa foi só um azar então?"

"Uma dissertação de mestrado sobre a relação entre oníricos e humanos na Era das Divindades. Acharam que eu era o cara ideal para assumir o caso. Não foi sorte ou azar, foi currículo."

A dupla prosseguiu num percurso fedido, onde grandes prédios de empresas se intercalavam com casas antigas transformadas em estabelecimentos comerciais. Tiago parou diante de uma delas. Tinha três andares e fachada caindo aos pedaços. Uma lona preta cobria parte de um muro encerrado em cacos de vidro. De onde estavam, via-se um andaime armado, ancorado na lateral da construção, e as cordas esquecidas de um dia de trabalho.

O exorcista passou a mão por entre as grades de ferro, apertou a campainha cravada no batente de madeira e se afastou. Conferiu o celular para ver se Jaques havia respondido sua mensagem. Nada ainda. Aguardou um longo instante sob a chuva, olhos esmiuçando as sombras, atentos a qualquer sinal de movimento. Quando a porta se abriu, agradeceu por ver um rosto conhecido.

Com cerca de um metro e sessenta, cabelos e olhos escuros como a noite, a menina aparentava 15 anos. Ela lançou um olhar desconfiado para o guará e só abriu a porta quando Tiago assentiu.

"O BEAST está na área, venham de uma vez", falou, colocando-os para dentro e cerrando a porta novamente. "Sabia que não aguentaria muito tempo afastado, fanfarrão. Quem bebe do sangue da arena sempre volta."

"Só vim apresentá-la a um amigo. Explicar o esquema."

"Esse frangote? Parece muito magrinho para competir", disse ela, tentando pegar no pulso de Bonini, mas ele se desvencilhou.

"Eu sei o que você é. Não ache que pode me enganar com sua beleza", grunhiu o guará.

"Primeiro encontro e já ganho um elogio. Um verdadeiro Don Juan", disse ela, lambendo os lábios. "É melhor explicar a ele como as coisas funcionam do outro lado", se dirigiu a Tiago. "Para evitarmos acidentes."

"Pode deixar. Ele está sob minha responsabilidade", falou trocando com o guará um olhar que pedia calma. "Agora, sem querer estragar o clima de vocês..."

"Me acompanhem", ela respondeu, e seus pés abandonaram o chão.

A menina percorreu um corredor que se afunilava para dentro da casa e virou em uma saleta com entulhos, latas de tinta e pincéis. Aguardou os visitantes diante de um vidro que emitia uma luz branco-azulada tão forte que os impedia de olhar diretamente.

Tiago e Boni protegeram os olhos.

"Aposte uma por mim", falou ela. Sem que nada mais precisasse ser dito, eles entraram na branquidão. Chegaram ao outro lado na velocidade de uma piscada, o ar rarefeito queimando os pulmões.

"Me sinto mergulhado em uma piscina que não molha", falou o guará, parte de si na arena e parte ainda completando a transição.

"A sensação vai passar", respondeu Tiago, no topo da arquibancada. Um cachorro foi arremessado contra as grades, e um urro da plateia encobriu o que falou em seguida.

"Onde estamos?"

A voz chegou sutil ao seu ouvido. Tiago se virou e viu que o guará ainda não tinha atravessado. Puxou-o pelo braço num impulso só, tirando-o da luz que ameaçava tragá-lo. Tudo que não precisava era de um guará perdido na lâmina entre as realidades.

"Nunca atravessou um espelho antes? Parar no meio do nada é perigoso."

Ele sacudiu a cabeça. "Nem em sonhos. O pai de Xela diz que uma viagem dessas nunca é segura." Bonini analisou o próprio corpo, mexeu as mãos. Testou o movimento dos músculos, as articulações dos dedos decompostos em camadas de amarelo, vermelho e azul.

"E ele tem razão", prosseguiu o exorcista. Gritos raivosos acompanharam o revide do cachorro contra seu agressor. "Porém, nunca chegaria a um lugar como este através de um sonho. Nós estamos em uma miragem, uma espécie de beco sem saída. Do mesmo modo que reflexos criados em locais específicos nos levam ao Entremundos, outros nos trazem a lugares assim, desconexos do restante."

"E a pessoa que estamos procurando está aqui."

"Assim espero. Nenhum onírico que se preze se meteria no meio de uma rinha de salvaxes. Não consigo imaginar um lugar melhor para um apostador se esconder de uma musa."

Bonini aproveitou o espaço nos degraus e se misturou ao público que urrava cada vez que o sangue esguichava no círculo central da arena. Um pastor com manto negro e um vira-lata de pelos castanhos e embolados trocavam rosnadas e ameaças de mordida, à espera de uma abertura para atacar. O pastor parecia o mais ferido, sangue manchando a pelagem no dorso e na anca, mas o pescoço do vira-lata também não estava nada bem. Se tomasse mais uma mordida na região, corria o risco de morrer, então precisava de um golpe bem encaixado, sem chance de defesa.

"Decepcionado?", perguntou Tiago, indo se sentar junto ao guará.

"São canichos", falou, referindo-se aos salvaxes que se transformavam em cães. "Havia imaginado algo diferente."

O vira-lata correu latindo pela lateral da arena, estimulando os aplausos do grupo. Sob a forma humana, escalou parcialmente a grade e se lançou sobre o oponente, transformando-se em cão no meio do percurso. O pastor foi pego de surpresa com a manobra, mas reagiu em tempo.

"São as lutas acessíveis." Ele esfregou a ponta do polegar e do indicador. "Se quiser ver lobos, tatus, jaguares e símios, é preciso ter os contatos certos. Descobrir as datas e o local do espelho."

"As espécies competem entre si?"

"Sim, há espaço para todas as categorias."

"E qual você acompanha?"

Tiago aproveitou a gritaria e fingiu não ouvir. Um ganido de dor se transformou em euforia no andar debaixo, enquanto o pastor tinha parte do rosto arrancado em um vergalhão. Discussões acaloradas sobre a legalidade do golpe irromperam entre os apostadores e só pararam quando um homem de pele negra e cabelos vermelhos se levantou no observatório acima da arena. Seus olhos brancos escrutinaram aqueles que o encaravam até a respiração ofegante do cão vitorioso ser o único ruído audível. Quando a calmaria se fez, o salvaxe perdedor foi levado embora sobre uma lona, ainda vivo. O vencedor voltou à forma humana e, nu, ergueu o braço em comemoração.

O canicho instigou a plateia, virou-se de um lado para o outro, contornou a arena bradando sua vitória. Mas só após o homem de cabelos vermelhos se ausentar, a euforia recomeçou.

O árbitro pegou o microfone para anunciar o intervalo de cinco minutos e a próxima luta, mas o vira-lata não demonstrava estar disposto a abandonar a arena. Os dois seguranças que haviam recolhido o pastor precisaram entrar para arrancá-lo de lá. Foram driblados algumas vezes, antes de conseguirem dominá-lo.

"O que acontece... Tiago? Tiago?"

O exorcista havia sumido.

Bonini saiu do meio dos apostadores e o procurou no mar de gente. Entendeu que precisaria de um ponto de observação melhor se quisesse achá-lo. Notou que as vigas de sustentação da arquibancada continuavam para cima, formando uma coluna, e as escalou. Viu o exorcista ser carregado por um brutamonte que lhe segurava o pescoço numa gravata e se preparou para saltar. Estaria sobre as costas deles antes que pudessem entender o que acontecia, não fosse o puxão que o derrubou para trás de um paredão humano.

"Quieto."

Nem teve tempo de ganir e Jaques tapou sua boca.

"Se mudar de forma, terá que lutar na arena", explicou. "Nada de pelos, focinho e garras."

Sem tirar a mão, ele prosseguiu:

"Seu amigo exorcista me chamou. Vá atrás dele como humano e não enfrente os seguranças. Se fizer isso, atirarão em você e fim de jogo. Preciso garantir nossa saída, depois irei atrás de vocês. Tente se manter vivo até lá."

"Tente deixá-los vivos, você quer dizer."

Girando sobre o próprio corpo, Bonini deslizou para fora das tábuas e escorregou pelas vigas laterais. Seu instinto lhe dizia que aonde quer que estivessem levando Tiago, lá também estaria o homem que possibilitaria sua vingança. Se Fabrício estivesse vivo, se sentiria orgulhoso.

***

Ayo Otieno mancava da perna direita. Deslocava o peso para o cajado de marfim apoiado contra o piso de concreto e andava devagar. Usava um sobretudo de couro de jacaré e mais brincos e argolas do que era possível contar sem se perder. Trazia na roupa troféus de uma época em que as lutas significam algo além de dinheiro, e no corpo as marcas de suas glórias.

Com os ossos pontiagudos que saíam de seus anéis e lhe cobriam as pontas dos dedos, levantou o queixo de Tiago Boanerges na direção da luz, a cabeça pendendo naturalmente para trás.

O exorcista ergueu as pálpebras e exibiu os globos brancos. Um filete de sangue escorria das narinas e molhava seus lábios.

"Você está com ela?"

"Eu vim só."

"O que é isso em seu peito?"

"Eu vim só."

O homem deslizou a garra óssea pelo rosto do exorcista. Colheu o sangue que desceu pela bochecha e o levou à boca. Com a escultura na ponta de seu cajado, tocou a testa do prisioneiro e expandiu sua visão. Enxergou um lobo-guará, um efrite em forma de guerreiro e o homem que lhe pedira abrigo noites atrás. De repente, foi expulso por uma onda de escuridão.

Tiago Boanerges abandonou o transe e vomitou na camisa. Dobrou-se sobre o estômago, enquanto assimilava o sabor metálico que lhe alcançava os lábios. Controlou o lamento ainda na garganta. Engoliu em seco. Levantou-se ignorando a tontura, mão espalmada para a frente na direção de um rosto anuviado.

"Ayo?"

Ele direcionou a energia para os citrinos e atraiu a energia do homem para si, na tentativa de dissipá-la. Sentiu a ponta do cajado tocando-o no peito e então sua visão retornou. Encontrava-se em uma saleta administrativa, com uma mesa e vários arquivos cobrindo as paredes. Estivera ali algumas vezes no passado, em condições amistosas, na sua fase de apostador. Boa parte do dinheiro que sumira da sua conta na época da morte negra tinha ido parar nas mãos do dono da rinha.

"O que fez comigo?", perguntou, ficando de pé.

"Adormeci seus sentidos", o homem baixou o cajado. "Você ativou as defesas da casa ao atravessar o espelho. Um dos meus sensitivos o detectou na arquibancada. Há sombras ocultando seu coração."

Tiago encarou o sujeito que obstruía a porta. Não conseguiria passar por ele de mãos limpas. Recebera treinamento para conter salvaxes lutadores, um mago humano seria brincadeira de criança.

"Como pôde ver, sou apenas eu. Dou minha palavra que não há nenhum onírico em meu corpo."

"E o que o faz acreditar que a sua palavra tenha algum valor nessa casa?"

"O cordão que exibe no pescoço", retrucou, se referindo ao amuleto feito com as garras negras de um salvaxe. Eram cinco, no total, penduradas em um fio de prata. "Não foi nenhum dos seus brutamontes que o ajudou a consegui-lo. Se quiser, posso refrescar sua memória."

Otieno não pareceu feliz com a petulância do visitante.

"Não será necessário. O que veio fazer aqui?"

Tiago sabia que aquela era uma pergunta retórica. Havia sido arrastado pelo guarda-costas até o corredor e apagado com o toque de Otieno. Nos seus breves minutos de inconsciência, suas verdadeiras intenções reveladas. Aquele homem era perigoso. Um manipulador de mentes que tratava com violência os que desafiavam sua autoridade. Entretanto, ainda mais desdenhoso aos que demonstravam fraqueza diante de seu poder.

"Antes preciso saber onde está o garoto que veio comigo."

O telepata acenou para o capataz e ele os deixou. Seguiu para sua mesa e se sentou. Na gaveta do meio, pegou um cachimbo esculpido em marfim e começou a preenchê-lo com um pó que cheirava a herbena. Só depois de acendê-lo e apreciar um longo trago, voltou a falar: "O que acha de uma aposta só nossa? Seu moleque contra um dos meus canichos. Se ele perder, permanece aqui comigo. Se ganhar, respondo à pergunta que ecoa em sua mente."

Tiago se inclinou para a frente e o puxou pela gola da camisa. O cachimbo voou ao chão, espalhando o pó. Ao ver que tentava manejar o cajado, deteve o golpe. Energias contrárias se encontraram com tanta intensidade que os citrinos esquentaram sua pele.

"Se tocar em minha mente de novo, darei um jeito de acabar com a sua". E o soltou. "Agora, o que acha de ter uma conversa civilizada e colaborar comigo para que eu não anule a magia com a qual ludibria os apostadores da arena?"

Com seus olhos fixos no visitante, o telepata ergueu os braços. Tiago sentiu o corpo amolecer, as pálpebras pedirem para se fechar. Olhou para os ferimentos no pulso. Teve tempo de ver Bonini sendo arrastado para dentro da sala, Otieno se levantando, e então apagou.

"Faça um bom passeio."

***

Num abismo de escuridão, ele se debatia. Agitava as pernas procurando um sinal que indicasse a superfície. Sentiu a densidade das brumas invadir sua boca, melar seus olhos e ouvidos, puxá-lo para baixo, e então soube para onde nadar. Forçou os dedos entre a matéria escura, ganhou espaço com os braços e nadou. Nadou, nadou e nadou sabendo que disso dependia a sua vida. Nadou até que o breu se abrisse em um mar de penas negras.

Não estava mais submerso, era um começo. Agora precisava se orientar. Olhou para o céu procurando estrelas. Nunca fora adepto de acampamentos, noites passadas ao relento, histórias em volta da lareira. Era um sujeito urbano, filho da cidade, raramente olhava para o céu. Gostava apenas da lua, do sorriso pontuado por Vênus, de um símbolo a lhe contar que o dia havia terminado.

Quem sabe aves?, pensou. As aves sempre voam para a terra firme. Batem suas asas incansáveis para longe do perigo, para fugir do frio, buscar comida, alento. Ouviu então os pios, os grunhidos, um grito de harpia.

Não. Não eram pios. Era alguém, um alguém de verdade chamando o seu nome.

Tiago, ele dizia. Uma voz conhecida. Sua estrela no céu. Uma direção.

Era disso que precisava. A *goal in life would save your ass*. Agora tinha de segui-la, se mover, não ficar parado, não afundar. Mas não conseguia lutar contra a corrente de retorno, desvencilhar-se do agueiro. Um agente invisível sacudia seus ombros, desorientava-o, o prendia. Era a voz, pensou. Não, não a voz. O dono dela. Achava que o puxava para cima, mas o mantinha preso. Tinha de reagir. Tentar. Qualquer coisa. Qualquer coisa.

Suas luvas? Suas luvas! Estava com elas, meladas de breu, mas funcionais. Apontou-as para a frente, deixando para as pernas a função de se manter na superfície, e direcionou energia para os citrinos.

As pedras brilharam. Brilharam como as chamas de uma vela. As lâmpadas acesas em uma casa abandonada. Brilharam cada vez mais e mais e se tornaram estrelas. Orbes luminosos e amarelos tal quais os olhos de um felino.

Ele viu a escuridão se erguer do mar, consciente. Livrar-se dos abutres que a bicavam, derramar suas penas, arrastar-se para fora do negrume, era também uma prisioneira. A massa viva orbitou as duas esferas luminosas, fez dela seus sóis, deu-lhe um rosto, boca, orelhas e fiapos de um bigode.

Tiago sentiu os dentes se firmarem em sua roupa e o puxarem para cima, lançarem seu corpo onírico para o alto. Estava voando agora. Girando sobre as costas dos abutres. Girando como se fosse esse o seu destino. Caindo. Desabando. Não acreditava em destinos. Pousando sobre as costas felpudas de um gato.

"Ori."

Ori lambeu seu rosto com uma língua que poderia lhe esfolar a pele. Virou-se para a frente e começou a correr sem parar. Pegou impulso no vazio, era bom em percorrê-los, ganhou velocidade e saltou. Quanto mais ele voava, mais se distanciava do mar de penas, do pio ameaçador dos abutres.

Quando Tiago deu por si, agarrava-se aos pelos como quem segura rédeas, voando nos céus daquele lugar desconhecido. Tentou conduzi-lo, soprar-lhe ordens, porém Ori não lhe dava ouvidos. Cruzou os céus de estrelas apagadas até avistarem uma ilha de caixotes, amontoados de papelão, mesas e cadeiras de escritório. Agarrado a seus pés de ferro, um homem de vestes vermelhas tentava escalar.

Havia algo embaixo dele, um arsenal de presas afiadas que mastigava a ilha pelas beiradas, mandíbulas provocadoras de sons atordoantes, carniceiros esperançosos de que tombasse direto em suas gargantas.

Ao ver que o gato preparava um rasante, Tiago intuiu que precisavam salvá-lo. Segurou-se firme nos pelos de fumaça e se curvou para a lateral, esticando os braços.

"Segure minha mão!", gritou para o homem. "Segure minha mão", repetiu até que ele o ouvisse.

Firme nas pedras de papel de sua ilha, Diego esperou o momento e saltou. A nuvem que formava sua roupa zumbiu levando-o para cima e eles se seguraram pelo punho. Tiago o colocou em segurança, notando que o vermelho agora lhe escorria.

"Diego?", ele o sacudiu. Olhavam-se nos olhos, olhavam-se através, viam-se além do que deveriam. "É esse o seu nome, não é? Está me ouvindo?"

Uma manobra repentina quase os derrubou. Ori inverteu as patas sem alterar o corpo, virou o leme de suas orelhas, o timão de seus bigodes, e guinou num ângulo felino. Tiago olhou sobre o ombro e viu abutres os perseguindo. Ouviu os piados. Chamados. Gritados. Quem eram eles? O que eram eles? Deveria saber e sabia que os sabia, embora não conseguisse se lembrar.

Diego abriu um sorriso largo, exibindo os dentes com exagero. Parecia feliz. Demasiadamente feliz. Os lábios lhe ocuparam todo o rosto. Deslocaram bochechas, maçãs, orelhas para o topo da cabeça. "Ela dançou...", disse ele numa careta. Enfiou dois dedos na goela e provocou uma profusão de joaninhas que se misturaram à camada fina que o cobria. "...uma valsa comigo", completou, e seus olhos se reviraram.

Tiago já tinha visto aquilo antes. Não muito antes. Um antes recente que o levara ali. O ataque do pesadelo. Os cães. A arena. A rinha. A rinha!, maldito seja. Estava desacordado, nos limiares de seus sentidos, bordeando as fronteiras de Yume. Mas o que Diego fazia ali? Como o via, tocava, entendia? Tinha ido procurá-lo, relembrou. Otieno o havia emboscado, injetado algo em seu sangue com os anéis de ossos. Fincado as garras pestilentas em sua falta de juízo. Sim, era isso. Estava inconsciente, sua mente em contato com a do agente, de uma forma que não compreendia.

"Diego?"

"Achei que estivesse morto."

"Estamos todos", respondeu Tiago. Repetiam a velha conversa, papéis invertidos. "Você me reconhece? Sabe quem eu sou?" Percebendo que ele se manteria calado, continuou: "Sei que está mal, mas preciso que me ajude a ajudar você. Marcos foi torturado, acho que está morto".

"Oh", falou, aspergindo pingos coloridos. A informação pareceu deixá-lo mais próximo da realidade. "Foi ela?"

"Não sei. Você tem que me dizer o que está acontecendo. Por que estavam atrás dele? Por que ele foi suspenso do Conselho de Hórus?"

"Sim", disse Diego.

"Sim?", Tiago se desesperou. Enfiou ambas as mãos nas pinceladas que o cobriam e deixou que a energia corresse em sua direção. O tecido vermelho se desfez em milhares de insetos e ficou para trás num rastro de poeira. Diego inspirou com dificuldades e tossiu uma nuvem de joaninhas que se reagruparam sobre ele, recriando a couraça. Tiago Boanerges insistiu no fluxo, enterrou as mãos, alcançou pulmões, e outra nuvem explodiu ao redor.

Livre do peso dos insetos, aliviado da agonia de seus delírios, Diego ajeitou-se contra o pescoço de Ori. "Ela sabe", falou, vendo que os abutres ficavam para trás. "Ela sabe que estamos aqui."

Tiago também a sentia. Cada vez mais próxima, um sussurro no pé do ouvido.

"Vamos lá, rapaz. Um pensamento por vez. Concentre-se na pergunta. Por que Marcos foi suspenso?"

"Estava sendo investigado pelo Conselho", falou Diego. "Suspeita de ter mentido no relatório sobre o caso de Liz."

"Foi por isso que ele me procurou? Por isso ele não pôde reunir uma equipe para investigar o retorno da musa?"

"Na verdade", Diego segurou com força em seu ombro para se aproximar. "A musa nunca foi embora."

Tiago Boanerges sentiu uma lufada de vento, ouviu o bater de asas. Viu que Ori mergulhava direto para o mar de penas. Forçou-se a se acalmar, recuperar o controle. Contou até dez, vinte, cinquenta. Concentrou-se nas esferas de luz e então o gato se endireitou, guinando para cima.

"Você assumiu o meu lugar quando fui afastado. Por que ela não foi embora? Por que o exorcismo não funcionou? Ela ainda está em Liz?"

Diego revirou os olhos, a cabeça embaçou. Muitas perguntas, muitas respostas. Estava fraco demais. Ia cair, rolar pela ilha, mas alguém o segurou.

"Só mais um pouco", pediu Tiago.

"Nós a tiramos da Elisa Goldin, mas não a mandamos de volta a Yume."

"O que fizeram com ela?"

"Marcos. Ele jogou um dos exorcistas para ela, boi de piranha, um garoto em treinamento, e ela o possuiu. Depois disso, ele a vendeu. Ela estava aqui o tempo inteiro. Mas os planos deram errado. Ela foi mais esperta. Conseguiu fugir. Não podíamos adivinhar o que ela faria. Ninguém podia." Ele segurou firme em Tiago e seu braço se desprendeu do restante do corpo. "Estou sumindo", falou.

"Vendeu pra quem, Diego? Por quê? Não some, não some! Fala comigo!"

"Eu não sei. Marcos nos pagou pelo trabalho e nunca contou a ninguém."

Tiago sentiu um jorro vermelho molhar seu rosto. Limpou os olhos a tempo de ver Diego despencar de cima de Ori e ser pego na escuridão pelos abutres. Bicos e garras o despedaçaram e subiram velozes. Antes que o alcançassem, acordou.

***

A sala se construiu aos poucos. Primeiro o teto, depois as paredes, e então o rosto de Bonini. Estava com a cabeça apoiada em suas pernas, um lápis entre os dentes, os globos oculares latejando.

"Onde eu..."

"Levanta ele", gritou alguém na porta.

O enjoo veio forte.

O exorcista vomitou. Viu o corpo de Diego largado ao seu lado, a marca de bala no centro da testa, o sangue escorrendo escuro para o chão. Virou-se para Jaques, parado de pé na porta. Seus olhos se fixaram na pistola em sua mão. Não era nenhum especialista em armas, mas o tubo na ponta do cano parecia um silenciador.

"Otieno conectou a mente de vocês dois."

Tiago deu um jeito de ficar de pé. Era tudo que precisava saber. Apontou a mão para Diego e, usando o que restava de suas forças, exorcizou o que havia dentro dele, resquícios de diferentes energias, um sopro onírico e algo além.

"O que está fazendo?", perguntou Bonini.

"Me certificando de que abutres não o encontrem antes do Conselho."

"Consegue andar?", perguntou Jaques. "Posso carregá-lo, mas é melhor sair daqui por sua conta para não chamarmos atenção. Temos que ir embora antes que a luta termine e descubram o que aconteceu."

"Vamos logo", disse ele, a capacidade de raciocínio retornando.

"Ótimo", respondeu Jaques, e lançou a arma para o guará. "Se alguém tentar nos impedir, esvazie o pente sem dó."

Bonini guardou o revólver no bolso de trás, desajeitado. Olhou para o cadáver de Diego no chão, para Ayo Otieno morto sobre a mesa, e pulou o corpo do segurança estirado no caminho. Era a primeira vez que via a morte de perto. Não sabia destravar uma arma, puxar o gatilho, nem pretendia aprender. Torcendo para não precisar usá-la, respirou fundo e os seguiu.

***

O exorcista estava na calçada de casa. Depois de ligar para o Conselho de Hórus e denunciar a atual posição da rinha, havia pedido a Bonini que entrasse na frente para conversar a sós com Jaques. Queria agradecê-lo pelo que havia feito, por ter se arriscado.

Depois de ser dopado, Tiago foi jogado em uma sala atrás do escritório de Otieno, junto a Diego. Pelo visto, o telepata havia conectado suas mentes para ver o que descobriria com uma conversa. Se alguém não interrompesse o processo, seus miolos fritariam.

"Obrigado."

"Não agradeça. Quando me avisou de que estava indo para a rinha, Castilho mandou que eu garantisse a sua segurança e a do garoto."

"Cumprindo ordens."

Jaques soltou a fumaça do cigarro e o encarou calado.

"Por que me avisou que estaria lá? Para contratar serviço de babá tenho certeza que não foi."

"Dois motivos. O primeiro: Você se tornou próximo dos guarás. Meu antigo chefe, um supervisor do Conselho de Hórus, desapareceu. O nome dele era Marcos Sardenha. Acho que vem sendo torturado e..."

"Esqueça." Jaques o interrompeu. "Não sei o que ouviu por aí, mas Castilho não se meteria com os federais. Seu chefe não está com eles. Ele está centrado em vingar o filho, e é só isso. Não é um assassino."

Não que esperasse um "sim, tem um agente federal sem uma das mãos em uma das gavetas do cemitério vertical pronto para a batida da polícia", mas precisava perguntar.

"O que me leva ao segundo motivo. Vamos entrar", disse ele.

Enquanto lhe dava passagem, Tiago olhou para cima. Não encontrou estrelas, abutres, nem muito menos um gato gigante de fumaça lhe velando. Havia apenas a lua cheia, tão grande e imponente que se ficasse na ponta dos pés conseguiria tocá-la no céu. Era a lua dos loucos. Lua dos sonhadores, dos amantes e dos lobos.

19

O boneco na garrafa

Antes de se dedicar ao exorcismo, André Boanerges havia sido um guitarrista de mão cheia, profissional respeitado no mundo inteiro. Em uma de suas turnês ao lado de um famoso roqueiro com voz de harpia, foi chamado para conversar no dia do show de encerramento.

Em um sofá de veludo preto usado no palco, mais bêbado que um gambá, o cantor olhou por cima de seus óculos vermelhos e redondos e pediu a André que se aproximasse. O pai de Tiago imaginou que ouviria mais uma piada estilo "fadas são fodas" ou alguma lamúria alucinatória. Entretanto, desta vez, o roqueiro das trevas queria lhe dar um presente.

"Como sabe, no início de minha carreira, fui um forte divulgador da magia negra. Talvez por isso tenha me afeiçoado a você desde o dia da audição. Naquela época, escrevi minha primeira canção e disse ser inspirada no trabalho de um ocultista, um desses escritores metidos que não vendem nada, mas saem nos jornais como se fossem importantes. Mas a história real é outra, uma que nunca contei a ninguém e quero compartilhá-la com você em nossa despedida."

André era um especialista em ouvir as histórias sem sentido de John Oyster. Custaria a admitir, mas sentiria saudade de suas loucuras. Por isso, procurou de relance uma cadeira para sentar e puxou um dos bancos da equipe de apoio.

"Manda ver", respondeu, prevendo uma noite longa, e sem saber se o cheiro no ar era incenso ou herbena.

"Aquela letra veio de uma visão. Acordei no meio da noite, tinha bebido mais cerveja do que uma bexiga pode suportar e precisava mijar com urgência. O banheiro da casa onde havíamos nos hospedado estava trancado, os gemidos de uma trepada tornando minha agonia ainda maior. Lá dentro, alguém se divertia enquanto eu tentava não molhar as calças, uma metáfora para a vida." Ele parou um minuto, aguardando o reinício das sinapses, e André se perguntou se Oyster não teria dormido.

"Pois bem. Quando cheguei ao jardim e coloquei o microfone para fora para me aliviar, vi uma sombra enorme caminhando na minha direção. O fluxo de urina parou na mesma hora. Se pudesse congelar no ar, era o que teria feito. Saber que essas porras existem e dar de cara com uma delas de madrugada no meio de uma mijada são coisas bem diferentes. Pensei em praguejar, mas a ideia não pareceu sensata. Tínhamos nos reunido para compor as músicas do disco e eu não queria morrer naquela situação. Só de imaginar as fotos no jornal, me desesperei. Como estou aqui, é óbvio que não morri, você deve estar pensando. Uma verdade parcial."

O roqueiro abaixou o rosto e deixou os olhos à mostra. Suas órbitas estavam negras. Ele sorriu como se contasse mais uma de suas piadas sem graça e ajeitou os óculos no nariz.

André não soube o que dizer.

"A sombra parou na minha frente, e eu ouvi uns *roaur, roaur, ruéun*. Às vezes parecia se dividir em duas, mas pode ter sido efeito da ressaca. Eu senti a noite se tornar mais densa, as luzes da varanda desaparecerem. De algum modo, ela pairava também ao meu redor e esticou a mão fluídica para mim. Quando pensei que arrancaria o meu coração ou algo trash de igual medida, ela produziu um ruído que parecia um arroto e falou: 'Vim até aqui lhe oferecer uma troca'", ele se calou novamente.

Sem saber se esta era a sua deixa, André disse em inglês fluente uma de suas frases padrão para os papos com o líder da banda: "Oh my fucking Zeus, Oyster! It's amazing".

O roqueiro aproveitou para dar um trago em uma garrafa de vodca russa direto do gargalo. Limpou a boca com a longa manga de veludo de sua camisa negra e prosseguiu: "Posso terminar?".

"Ah, me desculpe. Claro que pode."

"Good. Onde eu estava? Sim, a sombra me ofereceu uma troca. Com uma voz assustadora, ela falou: 'Eu te dou o talento que você não possuiria nem renascendo das cinzas e você me dá boas músicas. Não aguento mais canções de paz e amor, não aguento mais rodinhas de violão. É você, John Oyster, o meu escolhido para levar o rock ao topo do mundo. Se me aceitar, começa hoje a cumprir o seu destino'."

Dessa vez, foi o guitarrista que precisou de uns minutos para o cérebro voltar a funcionar.

"Uma sombra com bom gosto musical, quem diria."

"Eu quase me mijei de medo. Olhei para um lado e para o outro, procurando alguém para me beliscar, mas só havia escuridão. De repente, me dei conta de que estava com o pau para fora diante de uma sombra me oferecendo um pacto. Dizem que demônios são crendices infantis, você deve entender melhor disso do que eu, então não sei o que foi aquilo. Para evitar problemas, dei um jeito de controlar a tremedeira e fui direto à pergunta importante: 'Vou conseguir comer as fãs?'. E ele me respondeu: 'Até morcegos, se quiser'."

"E você aceitou?"

"Eu disse que sim e nós fizemos uma troca. Ela me deu parte da essência dela e levou a minha sanidade. Disse que a loucura me faria ver o mundo de um jeito diferente, o que julgava essencial para um bom compositor. Antes de ir, me esticou uma velha garrafa de bourbon. Achei que iríamos dividir um trago para comemorar o pacto e disse que passava. A ressaca estava mesmo me matando. Me fuzilando com seu desdém imaterial, a sombra me explicou que dentro da garrafa havia um boneco de pano para me aconselhar nas decisões de carreira. Sempre que estivesse em dúvida de que caminho seguir, teria de perguntar a ele e a mais ninguém. Para cada resposta haveria um preço. Geralmente, pequenos animais. Hoje, quando perguntei se devia sangrar no palco ou usar uma cadeira elétrica, ele me pediu para trocar de dono. Disse que seguiríamos caminhos distintos e que sua nova missão era acompanhá-lo no retorno ao Brasil. Acompanhar você, André Boanerges. Espero que faça bom uso dele, meu amigo. Eu escolhi a cadeira elétrica."

Discurso encerrado, ele presenteou o guitarrista com a garrafa, se levantou meio trôpego e seguiu para a saída do camarim entoando seu maior sucesso "A morte recusou meu beijo". André não conseguia nem piscar. Tinha diante de si um encarcerado legítimo e com ele voltou ao seu país.

Em muitas noites, o exorcista se pegava pensando se não havia herdado de seu pai também o dom de inventar histórias. De qualquer modo, lá estava a garrafa em suas mãos, com um boneco inerte porém atento à sua presença, botões dos olhos tingidos de preto.

Após conferir se a porta estava bem trancada, Tiago Boanerges retirou a rolha de cortiça que prendia o boneco de pano e sussurrou um nome pelo gargalo. Uniu as mãos ao redor do cárcere e inspirou profundamente, retendo o ar nos pulmões. Um foco de energia nasceu em seu peito e se dividiu pelos braços em igual medida, até chegar às mãos e dissipar o lacre que o protegia.

Quando a poeira dourada ao redor da garrafa sumiu, ele a devolveu à prateleira e aguardou.

Primeiro, a linha reta costurada no rosto do boneco perdeu os xis que a pontuavam. Depois, ele descolou um pé do fundo vítreo e o balançou para a frente como se estivesse se alongando. Satisfeito, repetiu o gesto com o outro pé. Convencido de que podia andar, esticou uma das agulhas que compunham seus dedos e a arrastou na face interna do cárcere, desenhando um retângulo de sua altura. Ao terminar, apoiou a mão de pano na porta imaginária e a empurrou, atravessando o vidro para ganhar a liberdade.

"Mestre Tiguinho", falou, com sua voz desafinada. "Há quanto tempo. Que saudade! Que saudade."

Tiago sentiu um arrepio percorrer a pele, e os olhos de Marafo mudaram de cor.

"Tenho uma missão para você."

"Não trouxe alguma dama?"

Tiago fez que não com a cabeça.

"Sem damas, Marafo."

O boneco apoiou as mãos na prateleira, se sentou na borda e escorregou o corpo de pano para a televisão. Virou de pernas para o ar e mexeu os pés para a frente e para trás.

"Nem um nobre cavalheeeeiro? Marafo adoraria assustar um cavalheiro esta noite."

"Ainda não anoiteceu, e eu vim sozinho."

"Oh", ele soou decepcionado. "Marafo perde a noção das horas aqui dentro. É tão solitário. Os outros nunca falam, nunca falam."

"Os outros?"

"Engarrafados, mestre Tiguinho. O senhor sabe."

Marafo deu um salto mortal e aterrissou no chão um tanto desequilibrado. Ergueu-se novamente com ajuda das agulhas e virou a cabeça para cima, procurando. Seus olhos adquiriram um vermelho rubro. Como não encontrou o que queria, deu alguns passos na direção do exorcista e se preparou para tomar impulso.

"Nem pense. A Julia está no andar debaixo nos esperando. Você não quer que eu diga a ela que se comportou mal, não é?"

"Menina Julia! Linda, linda", ele levou as mãos de pano ao coração. "Não conte a ela, mestre Tiguinho, não conte a ela. Não quero menina Julia decepcionada com seu grande amor."

"Então se comporte."

"Marafo tem sede. É só matar a sede e Marafo se comporta."

"Nós ainda não fizemos uma barganha."

"Mas se mestre Tiguinho soltou Marafo é porque tem um pedido que só Marafo pode atender."

"Muito perspicaz", respondeu o exorcista, mantendo os olhos no boneco que já arriscava novos passos. "Mas uma coisa de cada vez."

Desde criança, Tiago se acostumara a tê-lo na casa, aprisionado na garrafa. Quando não estava com seu pai, passava a maior parte do tempo em um canto da sala de estar, cercado por livros de música e algumas placas de premiações de sua mãe, como se fosse um mero enfeite. Havia presenciado conversas entre ele e André e conhecia seus truques de encarcerado, mas nutria uma afeição que, de maneira perigosa, beirava a confiança. Seus momentos de liberdade ainda eram um luxo a ser controlado, permitido apenas dentro do cômodo trancado. Mesmo que tentasse, não poderia sair dali antes de aceitar a barganha.

De uma das gavetas da estante, Tiago sacou uma garrafa de dose única de cachaça e a abriu para que o aroma se espalhasse. Passou o gargalo na altura do nariz imaginário do boneco, ciente de que capturara sua atenção ao ver os botões mudarem de cor novamente.

"Repita as regras."

"Primeiro um gole, mestre Tiguinho, não seja cruel. Marafo tem sede!"

"Você sabe como funciona."

"Um gole e uma música e duas regras seguidas."

"Nada feito."

"Mestre... mestre..."

"Esperando. Acho que não teremos música hoje."

"Marafo dirá, não corte a música, mestre Tiguinho. Marafo se lembra das regras", o boneco se ajoelhou no chão, juntando as mãos.

"Desembucha."

"Regra número 1. Nunca atentar contra a vida do carcereiro. Número 2. Quando livre, se ater somente às ordens recebidas. Número 3. Após cumprir as ordens, voltar imediatamente para o cárcere."

"Número 4. As regras só são válidas depois que a barganha for aceita", o exorcista ecoou mentalmente a voz de seu pai. "Antes disso, é com você."

Ele esticou a palma rente ao chão e esperou que o boneco pulasse em seu antebraço. Com cuidado, trouxe-o para junto dos lábios e soprou a barganha, garantindo que cada palavra soasse da maneira correta. Explicou em detalhes o pedido, o nome de quem deveria encontrar, o recado a ser transmitido.

"Marafo entende e aceita, mestre Tiguinho."

"Todos os detalhes?"

O boneco balançou a cabeça redonda, e confirmou que havia compreendido as instruções. "Cada um deles. Muuuita sede, muita sede."

"Então vamos ao pagamento."

Tiago depositou o boneco e a pequena garrafa no chão e esticou um dedo. Quatro agulhas se cravaram certeiras em seu indicador e o sangue escorreu pelo gargalo, se misturando à cachaça. O líquido transparente foi lentamente ganhando um tom rubro como seus olhos de botão.

"Música, mestre Tiguinho. Ponha múuuusica também."

"As agulhas."

"Desculpe, mestre, desculpe. Marafo é muito distraído", e recolheu seus dedos afiados.

"Não abuse."

O exorcista foi para a coleção de blues procurar uma voz que combinasse com seu humor. Após dedilhar as capas, pular os álbuns de Nina Simone e titubear em pescar Big Mama Thornton, decidiu por B.B. King. O vinil desceu sem pressa sobre o toca-discos, e um chiado aliviou o peso de um dia ruim.

Durante o intervalo de uma canção, os problemas se distanciaram da mente de Tiago Boanerges. Sem musas para destruir e assassinatos para desvendar, fechou os olhos e se deixou invadir pelos acordes. A guitarra de B.B. King soou solitária e logo ganhou a companhia de sua rouquidão.

Como se chegasse à sala de vídeo vinda de outro reflexo, ele anunciou: "I've been down hearted, baby, since the day we met".

Marafo riscou um triângulo no gargalo da pequena garrafa de cachaça e atravessou o vidro com as unhas, tocando a bebida no interior. O blues e o álcool fluíram imateriais, alimentos da centelha de vida em seu corpo de pano. Com os olhos em um vermelho quase flamejante, ele começou a cantar: "You're evil when I'm wiiiith you, baby, and you are jealous when we're apaaaart".

Na velocidade de uma piscada, a garrafa foi esvaziada e o boneco começou a dançar. Tiago não sabia se o apreço dele por sangue e álcool era um hábito arraigado desde sua criação ou aprendido com donos anteriores. Já ouvira falar de encarcerados que comiam pequenos animais como hamsters e canários em troca dos favores. Vendo por esse lado, não tinha do que reclamar.

Com um movimento ligeiro, o exorcista o pegou no chão e o conduziu até o bolso interno do casaco. Sentiu-o dançar embaixo do zíper e o cutucou para que se aquietasse. Em troca, só uma reclamação. Enquanto a barganha estivesse em vigor, não correria o risco de levar uma agulhada.

Assim que a música e o movimento cessaram, apertou a ponta dos dedos, pingou uma gota de sangue dentro da garrafa de bourbon que servia de cárcere e a envolveu com as mãos para recriar o lacre.

Como se os dedos fossem lápis na escuridão, traçou um círculo luminoso no vidro, e dentro dele o seu símbolo pessoal. Se Marafo desaparecesse, bastaria chamar seu nome e ele voltaria inanimado à garrafa.

Agora precisava levá-lo até o espelho do banheiro e autorizar a passagem. Aquele era um portal deveras específico que o levaria diretamente ao destinatário de sua mensagem.

Quando abriu a porta, a cabeça e o rabo balançante de Ori o esperavam no corredor. Vidrados, os olhos do gato pareciam mais negros do que de costume. Ele arreganhou os dentes de fumaça, miou ferino, e deu impulso. O exorcista tentou desviar, mas o gato foi mais rápido e o acertou em cheio. Ouviu um apito agudo enquanto ele atravessava seu corpo, a nuvem dentro do peito agitando-se com a interação, e caiu de joelhos com tanta força que Julia veio ao seu encontro ao ouvir o estrondo.

"Tiago?"

Ori pairou junto ao dono como uma neblina até recompor os contornos felinos e então escapou pelos degraus.

"Me ajuda?", ele pediu.

"O que houve?"

"Ori surtado, coisa de gato." Ele ficou de pé e se debruçou no parapeito. Desde que saíra da rinha, sentia-se enjoado. Acenou para os salvaxes no sofá da sala para mostrar que estava bem. "Preciso conversar com você em particular antes de falar com eles."

Julia o acompanhou até o quarto e se sentou na beira da cama. "Aguenta aí", disse Tiago, e prosseguiu para o banheiro. Com as palmas apoiadas no espelho, proferiu o ritual de abertura da passagem. Assim que sua imagem desapareceu, tirou o boneco do bolso e o colocou na bancada de pedra. "Que você encontre um caminho", falou, e ele pulou para dentro. Quando o reflexo do banheiro se refez, viu a necromante parada atrás de si, escorada na porta.

"Aquele era o Marafo?"

"Meu plano B", disse ali mesmo, de pé. "Desculpe te envolver nessa confusão, evitei ao máximo que isso acontecesse. Sei que te devo algumas explicações."

"Um salvaxe foi assassinado pela musa, os amigos dele resolveram me amordaçar achando que eu sou cúmplice e a mão do seu chefe entrou na sua dieta para curar a anemia. Deixei escapar alguma coisa?", perguntou.

"Foi um bom resumo", disse ele. "Menos a piada com a mão. Essa foi nojenta."

Os olhos dela se encheram de água. Tiago a abraçou bem apertado.

"Ti..."

"Eu sei."

"Ela vai tentar te tirar de mim. Não vou aguentar passar por aquele sofrimento de novo. Ninguém merece isso."

Eles mantinham um pacto não declarado de silêncio sobre o assunto. Sempre que ele tentava conversar a respeito, Julia recuava. Sobre a morte negra, havia ficado somente a tristeza, certa amargura, compensada por estar ao seu lado e ter contribuído para sua melhora. Mas sua recaída, a fuga intencional para o mundo onírico quando tudo parecia bem, com isso não sabia lidar.

"Não vai acontecer, Ju. Eu prometo", disse ele, apesar de não ter tanta certeza. "Vamos sentar um minuto", pediu. Contou o que sabia sobre o retorno da musa. Desde a conversa com Marcos na Drinqueria Blues, ao reencontro com Liz, passando pela rinha e a marca na nuca do guará.

Insistiu que aquela era uma investigação confidencial, que queria mantê-la longe de problemas, e ela aceitou a explicação.

"Eu também preciso te contar uma coisa."

Tiago ouviu atento à história do metrô. Sentiu o sangue ferver de pensar que a musa havia manipulado alguém para ir atrás de sua pupila e agradeceu pela proteção dos efrites.

"Espero que Emília esteja bem. Quem sabe um dia você não me leva no Drinqueria Blues para eu agradecer pessoalmente?", disse Julia, ciente de que a entrada de menores de idade não era permitida. "E quanto ao lobo, alguma noção de quem pode ser?"

"Bem, temos quatro sentados na sala nos esperando. O lobo cinzento acabou de salvar a minha vida em uma miragem obscura, então não acho que queria me matar. Os guarás não assustam nem filhote de gato perdido da mãe. Fora eles, restam o poderoso-chefão Felipe Castilho, e o próprio Fabrício."

"Pelo menos o guará morto não pode te fazer mal."

"Mas pode esclarecer uma dúvida."

"Vai repetir a análise?"

"Para ser sincero, estou pensando em fazer um interrogatório."

Julia ficou séria, olhos arregalados. Em seguida, caiu na risada a ponto de chorar. Ao notar o ar pensativo de Tiago, entendeu que ele não estava de brincadeira.

"Nós vamos ressuscitar um salvaxe, Julia Yagami. Espero que seus estudos de necromancia estejam em dia."

***

Ser um mago é levar uma vida comum na maior parte do tempo. Acordar com o despertador tocando, reclamar do vizinho barulhento, acompanhar suas séries favoritas, emendar um jantar após o cinema, comemorar que o chefe entrou de férias. Contudo, de vez em quando, a magia o leva a situações inusitadas. Como ter de dizer a um grupo de adolescentes que você quer colocar seu amigo morto de pé para uma conversa franca. Seguindo sua velha estratégia, Tiago preferiu ir direto ao ponto. A perplexidade dos guarás foi uma reação melhor do que a fúria prevista.

"O que querem dizer com falar com o Fabrício?", foi Bonini quem fez a pergunta.

"Necromancia", disse Clara. "É uma violação. Eu sou contra."

"E é a favor do que estão fazendo com ele?", Xela rebateu. "De o manterem em estado de suspensão anímica como uma propaganda contra os oníricos."

Chrysocyon brachyurus consideravam crime a violação de um cadáver. Acreditavam na permanência do ânimo no corpo após a morte, zelavam por seus mortos e os protegiam nos longos anos que estes demoravam a se decompor devido à energia característica dos salvaxes.

O rito de renúncia praticado anualmente por familiares e amigos era mais forte nas comunidades que cerceavam os Andes na Bolívia e no Peru, mas encontrava espaço significativo no Brasil. Em Libertà, a família Castilho havia aliado a tradição à tecnologia e investido em um cemitério vertical, andares inteiros com lóculos que pudessem comportá-los na forma humana, salvaxe ou animal.

Nessa crença herdada de antepassados residia a origem da repulsa que sentiam por oníricos, e especialmente por efrites. Sua capacidade de possuir cadáveres e utilizá-los como carcaças era inaceitável.

"Por favor", disse Tiago. "Seria uma chance de se despedirem de seu amigo de verdade. Eu sei quanto isso é importante, sei o que é ter alguém arrancado da sua vida de uma hora para outra, quanto é doloroso não ter a oportunidade de colocar um ponto final em uma história. Acreditem em mim."

"Eles irão salvá-lo, Clara. Se houver um parasita dentro do Fabrício, ele irá exorcizá-lo, não é?", disse Xela.

"Exato."

"E do que você precisa?", perguntou Bonini. Esfregava os dedos sem parar.

"Do corpo, basicamente."

"E a pirralha conduziria o ritual sozinha?", perguntou Jaques. Vinha se mantendo calado até então, os olhos fixos no exorcista.

"Ei!", protestou Julia, e Tiago pediu que se acalmasse.

"Precisaremos de uma necromante mais experiente para nos proteger de possíveis interferências. Alguém que saiba lidar com a energia de salvaxes e seja capaz de afastar a musa, caso ela resolva dar as caras."

"E quem seria essa pessoa?"

"Não posso falar, sinto muito. Ainda nem sei se ela aceitará. Enviei a mensagem quando chegamos e estou esperando a resposta", disse Tiago. Tentou ler algo nos olhos brancos do lobo. "Também gostaria que estivesse por perto, Jaques. Não só como testemunha, mas como um reforço caso tenhamos que derrubá-lo."

Ele assentiu de modo tão discreto que pareceu nem se mover. Havia interesse real por trás do seu cinismo.

"Vocês podem chamar o ânimo dele? Podem trazê-lo para nós?", disse Clara. Sua convicção começava a ceder.

Julia pensou em uma maneira simples de explicar a necromancia sem correr o risco de fazê-los recuar da ideia. Preferiu não entrar em detalhes: "Será Fabrício, em carne e osso. O mesmo que viram antes da morte."

"Você confia mesmo nele, não é?", perguntou Clara.

"Cegamente."

"Eu também confio", disse Xela, empolgado. "Se o Fabrício falar mesmo com a gente, poderemos saber quem o matou e conseguir justiça. Eu vou falar com o meu pai. Ele e o Felipe são muito próximos."

Sem se preocupar com as consequências do ritual, os guarás se concederam uma ponta de esperança. Ver Fabrício de pé, estar em sua companhia mais uma vez. Saber, sem intermediários, o que havia acontecido com ele, talvez trouxesse explicações não só para sua morte, mas para a mudança de comportamento que os havia chateado.

"É só nos dizer o que fazer", disse Bonini.

Tiago olhou para as mãos nuas, as marcas arroxeadas no ponto onde reunia energia.

Novas regras pedem novas exceções, repetiu em pensamento.

***

Eles assistiam à televisão sem piscar. A reportagem mostrava a entrada do Conselho de Hórus na favela Nova Cingapura. Depoimentos de parentes da família encontrada morta eram intercalados com relatos de moradores sobre a revoada de abutres. Uma mulher com rosto borrado e voz de pato acusava o traficante da região de ter assassinado mãe e filhos depois de a menina vidente prever que ele perderia a boca. A foto das vítimas seguia estampada no canto da tela. A repórter fez questão de esclarecer que eles não apresentavam marcas de violência e que o Conselho anunciaria o laudo oficial em conjunto com o Instituto Médico Legal de Libertà a qualquer momento.

"Enquanto não for descartada a possibilidade de morte por causas feéricas, nós temos o direito de mantê-los em nossas instalações", disse

Raquel Lisboa, responsável pelas ações do batalhão especial na favela. "Dependendo do laudo final, cuidaremos da transferência da família para o IMLL, onde a investigação seguirá sob o comando da polícia."

"É verdade que a as mortes têm conexão com o recente caso no centro cultural?"

"Isso é um equívoco da imprensa", Raquel rebateu.

"Mas temos no site do nosso programa um vídeo que mostra um relógio pintado na casa, atrás da geladeira, igual ao que envolvia o corpo da vítima. Não acha muita coincidência haver o mesmo desenho na cena dos dois crimes?"

A pausa entre falas levou segundos a mais do que o normal.

"Eles não são iguais."

"Então vocês chegaram a pensar na possibilidade?"

"Achamos pelo menos três cadernos de desenho entre as coisas da menina. Ela participava do programa de formação de uma ONG, no qual cantava e aprendia a desenhar, uma artista mirim. Há uma oficina *steampunk* na pinacoteca ensinando a reutilizar relógios em enfeites e chapéus, uma exposição inspirada nos relógios de Dalí no Centro Cultural e o livro no topo da lista dos mais vendidos é um de autoajuda chamado *Aprenda a enganar o tempo*. A nossa prioridade é resolver o caso e dar uma resposta efetiva aos parentes, e não propagar teorias fantasiosas." A agente especial Raquel Lisboa afastou o microfone e voltou para as instalações do batalhão, deixando os jornalistas sem mais informações.

"Parece que o bom humor não tem mesmo lugar no Conselho de Hórus. Direto da Praça Constantinopla, Adriana Portella." A imagem da repórter mudou para a de um âncora de cabelos grisalhos que após alguns comentários burocráticos deu o seu boa noite. Encerrados os créditos, um comercial sobre íon-K, "uma viagem segura e legal", tomou conta da tela. Tiago apertou o controle do aparelho e o desligou.

As engrenagens do tempo estavam na moda. Prazos, contagens regressivas, engarrafamentos e rotinas. Brincos de ponteiros, estampas de números. Três, seis, nove, doze. Peças de teatro no intervalo entre o vermelho e o verde do sinal de trânsito. A expectativa pelos passos que dariam a seguir.

"Nenhuma notícia sobre o Marcos ou sobre a confusão na rinha", disse ele, no sofá da sala de vídeo. "Não sei se é um bom ou mau sinal."

"Falando nisso, pesquisei na rede os nomes que me pediu."

Xela pigarreou, em um protesto.

"Nós pesquisamos na rede os nomes que me passou naquela lista", Julia se corrigiu. "Não encontrei nenhuma notícia envolvendo o Marcos Sardenha. Só um depoimento sobre o caso da musa em que ele declarava que a justiça havia sido feita. Aliás, existe muito pouco a respeito do Conselho de Hórus fora do site oficial."

"Mas...", Xela chegou para a frente, ficando na beira do sofá. Olhou para a necromante pedindo consentimento e então prosseguiu: "Se você acredita nesses sites de teorias da conspiração sobre o mundo feérico, achamos um vídeo bastante suspeito."

Julia virou o tablet para Tiago, sumiu com a barra de propagandas e apertou o play. O vídeo em preto e branco exibia no canto inferior direito a sigla CTL, marca do controle de trânsito de Libertà. Mostrava o alto de um viaduto que ele não reconheceu, pouquíssimo movimento na madrugada.

Na marca de quatorze segundos um veículo passava na tela e via-se uma explosão de luz no banco do carona. Ao que tudo indicava, o motorista perdia o controle do carro e saía da pista. A imagem do viaduto vazio tremia, como se a câmera tivesse sido sacudida por uma batida.

Foi simples deduzir o que tinha acontecido.

"O que o site falava?"

"Onírico luminoso ataca motorista", falou Xela, com voz de slogan de comercial. "Segundo o texto, a vítima foi Carlos Gusmão. Procurei nas redes sociais alguma informação que nos ajudasse, mas os treze perfis com esse nome pertenciam a adormecidos. Um detalhe importante: o post é deste ano. E o autor disse que não havia registro de entrada em hospitais."

"É mais do que suficiente."

"Faltou uma coisa", disse Julia. "Uma nota de óbito no jornal publicada pela família de Carlos Maciel, mas não descobrimos como ele morreu."

"Gusmão e Maciel trabalharam comigo no caso da musa sob o comando do Marcos, assim como Diego", Tiago suspirou. Não queria assustar ninguém com as inquietações que lhe assombravam, mas elas estavam lá. "Os outros nomes?"

"Nada. Se morreram, estão fora do cadastro nacional de obituários."

Tiago devolveu o tablet e se levantou. Uma fisgada na perna o lembrou de que era humano e precisava de uma nova dose de analgésicos. A passagem pela rinha também não tinha feito muito pela sua saúde. Uma dor irradiava do septo do nariz para as laterais da cabeça e parecia perfurar seu cérebro.

Ao seu modo, seguia firme em seu objetivo de manter Liz em segurança, embora soubesse que faltava passar pela derradeira provação. Sentia-se psicologicamente mais forte desde a noite na casa de Dinho, pronto para o embate, mas o medo de falhar se mantinha como uma pequena chama no fundo do peito, esperando que alguém jogasse lenha. A qualquer momento, poderia desaparecer com a escassez de oxigênio ou se expandir com a combustão.

"Obrigado pela ajuda."

Julia e o guará se entreolharam.

"Ãhn... eu... é...", Xela gaguejou.

"A resposta é não. E você não devia ter contado a ele."

"Mas ele ainda não disse nada."

"Não", repetiu Tiago. "Ele não irá com a gente."

"Eu não vou atrapalhar."

"Sem chances, Xela. Você é um dos Castilhos. A decisão do seu pai terá um peso grande para Felipe autorizar a necromancia. Preciso de você lá, com eles, repassando os detalhes que conversamos, explicando os procedimentos. Bonini é estourado, Clara não bate muito bem. Você me parece o mais centrado dos três mosqueteiros. Além do mais, não posso me responsabilizar por ninguém dentro do espelho. E pode pular as argumentações de que é um menino crescido e sabe se defender sozinho."

Xela comprimiu os lábios, coçou os olhos por trás dos óculos. Sabia que não era hora de argumentar.

"Por que não vêm comigo? Meu pai é xamanista, poderia amenizar seus ferimentos."

"É só uma perna inchada. E um cérebro em curto. Se depois da necromancia ele ainda quiser olhar na minha cara, aceito a ajuda."

"Posso pelo menos esperar pelo boneco?", ele perguntou, e um brilho dourado clareou a estante. Marafo reapareceu na garrafa e, antes que voltasse à sua imobilidade, soprou ao seu mestre a resposta da necromante.

20
Estação das Rosas

Julia deixou um beijo para o pai e se despediu da mãe ao telefone. Não voltaria para casa esta noite. Justificou-se contando uma meia-verdade. Tiago Boanerges havia conseguido um encontro com uma necromante importante que não costumava receber ninguém e essa era uma chance que ela não podia deixar passar. A naturalidade dele ao pronunciar aquele nome a tinha deixado aturdida, para dizer o mínimo. E se não fosse a responsabilidade de ter de convencer os guarás, teria caído na cama e ficado olhando o teto branco até o dia amanhecer.

"Ainda não acredito que ela existe. É tipo uma historinha que se conta na faculdade para não entrarmos sozinhos nos laboratórios de anatomia."

"Não só existe como aceitou conversar com a gente", disse Tiago. "O único porém é que ela quer te testar, Ju. Garantir que não estaremos te colocando em perigo."

"E se ela me reprovar eu estou fora."

"Se você quiser discutir sua nota com ela..."

"Eu passo." Julia ficou amuada. A empolgação da ideia lançada entre os mosqueteiros começava a ceder à preocupação de colocá-la em prática. Estava quase desaparecendo embaixo de seu sobretudo roxo.

"Se serve de consolo, acho que ela quer neutralizar qualquer dissonância antes de nos expormos ao ritual. Como têm afinidade pelo mesmo tipo de energia, ela poderá ajudá-la a lidar com a força que existe dentro do guará. Explicar o que fazer em caso de, você sabe."

"Por que eu tenho a impressão de que esse teste não será parecido com os da faculdade?"

"Eu estarei o tempo todo ao seu lado", disse ele. "Ao colocá-la em contato com as partes da sua essência que ainda não domina, ela irá torná-la menos suscetível à influência da musa. Deixa eu dar uma olhada no seu amuleto."

Julia desabotoou o casaco e puxou o cordão feito de ossos de cobra. Fios de prata trançados firmavam a estrutura central, e duas pequenas ametistas jaziam incrustadas no lugar dos olhos.

"Tinha me esquecido de quanto é bonito."

"O artesão que incrustou e ativou as pedras disse que eu tinha talento para trabalhar com ossos", disse ela, desanuviando a mente por um segundo, mas não conseguia pensar em outra coisa. "É verdade o que dizem sobre ela?", perguntou, curiosa. Encontraria uma bruxa que para a grande maioria dos seus companheiros de classe morrera na Segunda Guerra Arcana. Havia inclusive quem duvidasse de sua existência, dizendo que os historiadores erravam ao atribuir a uma só pessoa o que era ação de um grupo amplo.

"Poderá tirar suas próprias conclusões em breve."

Julia se calou. Esperou por um sorriso ou uma ironia desconcertante, mas o exorcista saiu do quarto e sinalizou para que descessem. Ori o olhou de longe, ainda desconfiado da presença de Marafo, mas acabou se enrodilhando em suas pernas para pechinchar carinho. Tiago abaixou para acaricia-lo, e ele se desfez em fumaça. Nada de me tocar, seu humano imundo.

"E você, Ti? Quer desabafar alguma coisa? Sabe que eu sou uma boa ouvinte."

"Na verdade...", Tiago pegou a mochila sobre a bancada da cozinha. Riu da cara de "eca" que Julia fez ao passá-la sobre o ombro. "Eu ia deixar para falar isso quando chegássemos à casa dela, mas como estou vendo você aí ansiosa e estou ficando ansioso por tabela, vou falar de uma vez." Ele a pegou pelas mãos. Esperou até ter toda a sua atenção. "Nós dois devemos a vida a essa mulher, Ju. Foi graças a ela que conseguimos sobreviver no dia em que te encontrei possuída pelo efrite."

Aquela visita ia além de um teste, então. Estaria próxima de recompor mais um pedacinho dos seus dias perdida no Entremundos. Pensou em agradecer com um tradicional abraço. Desistiu assim que se imaginou encostando em sua mochila.

"Obrigada por me contar. Fico mais aliviada. E com as pernas tremendo. E o coração acelerado. E com a garganta seca."

"Que bom que ajudei." Tiago piscou. O cinza de seus olhos adquiriu um brilho triste. Depois de atravessarmos o espelho, não seremos mais os mesmos, quis falar, mas permaneceu na intenção. "Hora de ir."

"Um gole d'água antes", pediu Julia, antes de partirem. "Pensando bem, vou é levar uma garrafinha."

Apesar da garoa constante que os obrigou a se protegerem durante toda a subida para o cinema, Tiago fez questão de repassar o plano dezenas de vezes. Se o Entremundos houvesse se estabilizado, seguiriam pela rua principal como no passeio anterior, apenas em um ritmo mais rápido. Se ainda sentissem as ondas de energia, tomariam um caminho lateral direto para a oficina de Moebius, onde tentariam conseguir condução. Caso se perdessem um do outro...

"...correr o mínimo possível para dentro e usar a chaminé da oficina para me orientar. Eu já decorei cada palavra, Ti. Se te deixa mais tranquilo, não tenho nenhuma intenção de sair correndo e me afastar de você."

"Só mais uma repassada", disse ele. Enquanto Julia repetia as instruções – deixar o celular no bolso, não tacar pedras em mecanorratos, não entrar na casa nem de humanos nem de feéricos, evitar o Jardim do Esquecimento, se entrar nele, cuidado com as flores – ele observava o feixe azul que iluminava a ponta final da avenida. Um sinal de que os problemas começariam mais cedo dessa vez.

***

Tinha dias que Tiago se sentia como se Murphy organizasse sua agenda. Assim que chegaram à esquina, viram o carro de polícia responsável pelas ondas azuis. Tinha sido deixado ligado, de portas abertas, a luz no teto girando e girando. Mais perto, notaram os cacos sobre a calçada do Cine Lótus. Sua entrada estava destruída, portão suspenso e vidros despedaçados.

"Devem estar lá dentro, investigando."

"Espero que não."

Os magos se aproximaram devagar, sem saber ao certo o que havia acontecido. Tiago verificou os citrinos – apagados. Driblou as pontas afiadas que persistiam nas corrediças e entrou no cinema. Parecia que alguém com um péssimo humor havia detestado o final da saga de Justine. Ele pegou um dos organizadores de fila tombados no chão – como era pesado! – e quebrou os cacos restantes. Julia se aventurou em seguida, o sobretudo escudando o rosto, e se espantou ao ver a bagunça na bombonière que ficava entre as salas de projeção. Uma das vitrines de exposição de doces e chocolates estava trincada, formando uma teia acidental de rachaduras, manchada de pingos grenás de sangue envelhecido.

A máquina de cappuccino emitia um sibilo agudo. O vapor escapava de uma das biqueiras abertas. Ao lado dela, um mar de pipoca caía da cumbuca de vidro para o chão. Havia também uma faca de passar manteiga fincada na parede. Ela prendia a corrente de uma placa de acrílico com a palavra "FECHADO".

Julia apontou para um rastro de sangue que margeava o tapete pelo salão principal e sumia atrás do balcão. "Será que foi roubo?"

"Não sei, mas é melhor atravessarmos logo o espelho. O que fez esse estrago pode estar por aqui ainda."

"Devíamos chamar a polícia", ela comentou. Sentia como se alguém ou alguma coisa tentasse tocá-la, dedos quentes e invisíveis que a fizeram sacudir os ombros.

"É só um palpite, mas acho que a polícia já esteve aqui. E não quero nem imaginar o que a unidade tática do Conselho de Hórus faria se encontrasse dois magos metidos nessa confusão. No mínimo, passaríamos a madrugada prestando depoimentos e adeus necromancia."

Tiago colocou Julia para trás e seguiu o rastro no tapete. Estava fresco, ainda molhado, a disposição das manchas indicando uma fuga. Ao virar os armários internos da bombonière, encontrou uma mulher ferida. Tentava se manter sentada e estancar o ferimento causado por um apetrecho acima de seu peito, fincado próximo ao coração.

"Andrea?", disse ele, se abaixando junto dela. "Andrea, consegue falar?", perguntou para a funcionária que costumava recolher os ingressos, o rosto dela contraído em uma careta. "Julia, um pano, rápido."

"Loucos, todos loucos."

"Andrea?"

"Começaram a se matar...", ela pausou para driblar a dor, levou a mão à barriga.

Tiago analisou a arma que a perfurava, uma rosa. Seu cabo feito de arames trançados desabrochava em pétalas pintadas de vermelho. "Posso tentar?"

"Está presa dentro de..." Ela ameaçou desmaiar e foi amparada.

Julia encontrou a gaveta de panos do armário da bombonière. Seguindo orientações, pressionou um deles ao redor da rosa. Mas aquele não era o único ferimento a sujar sua camisa. "Alguém a cortou na barriga", disse ela. "Coloco um aqui também?"

Tiago sinalizou que sim. Pegou o celular da mão da mulher e conferiu as últimas ligações. Havia ligado para a polícia e para o namorado, ele também um protetor do espelho. Reconheceu o nome das conversas que tivera com ela naquele balcão, à espera de expressos e biscoitos amanteigados. Palpitara inclusive em alguns desentendimentos do casal. Ela nunca reclamava de sua função. Pensando melhor, não reclamava de nada sobre a vida. Vivia dizendo ter a profissão ideal, por se manter próxima de dois dos seus assuntos preferidos: cinema e magia.

"Temos que ir", falou para Julia. "Ajeite os panos e coloque a mão dela por cima."

"Não vou deixá-la aqui."

"Ele tem razão. O espelho...", disse Andrea.

"Ela já ligou para as pessoas certas. O auxílio virá", explicou Tiago. "Temos que nos apressar antes que..."

Nem precisou terminar a frase. Julia fez o que lhe foi pedido, sem se importar com o sangue que encardia suas mãos. Depois, armou duas caixas de pipoca de cabeça para baixo para ancorar o peso do cotovelo. Com a visão de necromante expandida, viu um ser miúdo e branquelo emitindo sobre ela uma tênue luz violeta. Ao notar que era observado, ele apontou para Julia e bloqueou a visão.

O estremeção não passou despercebido.

"Tudo bem?"

"Vi alguma coisa irradiando luz nos ferimentos. Acho que era um primal."

"Quem trabalha para as sentinelas recebe suas recompensas. Ela vai sobreviver."

"Sou dura na queda, mocinha", disse Andrea.

"Confia em mim, Ju."

Julia se afastou a contragosto. Lançou um olhar demorado à mulher, e então o seguiu. Os magos entraram na sala escura de cinema e foram à saída de emergência. Do outro lado da porta, encontraram calças jeans rasgadas e um par de meias e sapatos estourados. Tiago se abaixava para analisá-los quando ouviu um murmúrio semelhante ao assovio do vento. Reconheceu na hora aquele som angustiado.

Usando a luminescência dos citrinos para compensar a escuridão, encontrou um eco sentado sobre a caixa que guardava a mangueira de incêndio. Suas costas se curvavam para a frente, as pernas balançavam no ar. À sua volta, miasmas rastejavam pela parede, ora ganhando forma própria, ora se misturando às suas vestes.

Aqueles oníricos lhe despertavam os mais intensos calafrios, devido às semelhanças guardadas com a vida anterior à transformação. Ao contrário da grande maioria, nascida diretamente em Yume, eles se originavam de humanos que acabavam adoecendo e migrando para o mundo dos sonhos, onde perdiam sua essência original e se tornavam um eco da época de vivente. A maior parte deles surgia em decorrência de mortes dolorosas, no sentido físico ou psicológico, e muitos vinham de estadias agonizantes em hospitais ou de vidas de abandono.

Alguns magos teorizavam que o convívio constante com oníricos seria um dos caminhos para a sua criação, mas Tiago Boanerges preferia acreditar que isso não passava de uma conversa sem fundamento. O que não o impedia de pensar o que teria acontecido se perdesse a luta contra a morte negra.

O onírico não chegou a registrar a presença dos dois. Pela aparência, devia ser um morador de rua. Tiago jamais tinha visto um deles em um prédio em funcionamento. Eram habitantes de becos, construções abandonadas, áreas mortas da cidade, agregando-se e acumulando vibrações ruins.

Diante da impossibilidade de diálogo, ele ativou os citrinos e apontou a mão na direção da caixa. Faíscas douradas espocaram ao redor do eco, e as ligações que o mantinham no plano físico começaram a se romper. Para ele, não seria um retorno ao lar, mas o encontro com a morte definitiva.

Quando restava apenas o aveludado da parede, Tiago fechou a mão e anulou o último traço de energia a resistir. Junto à sensação de dever cumprido veio o desconforto por dar fim a alguém que ninguém se importava em salvar. Assim como fora por longas semanas de morte negra, com a pele enegrecida e as órbitas vazias, o eco também era considerado um pária, uma doença a ser curada.

Fiquem longe dos miasmas, diziam os livros, eles quase nos levaram à morte durante as guerras.

Tudo o que Julia sabia sobre o assunto, tinha aprendido com o exorcista, por isso entendeu o olhar triste. Magos, às vezes, eram práticos demais.

Ela o segurou de leve pela mão e passou os dedos entre os dele, lhe dando um beijo no braço.

"Acabou."

"Ele não deveria estar aqui. A energia da passagem deveria afastá-lo, não atraí-lo."

"Você o ajudou."

"Eu sei."

"Então se ajude um pouquinho também", ela apontou para o espelho. O exorcista avaliou sua aparência. Sentia-se um lixo. De novo. Mas essa não era a única coisa errada chamando atenção.

"Os reflexos estão distorcidos", ele comentou. "Como num parque de diversões."

"Será que foi trocado?"

"Improvável. É algum tipo de interferência."

"Ainda funciona?", perguntou ela.

"Se estamos refletidos é porque a passagem está liberada."

Tiago se afastou. Vasculhou a área contígua à sala de cinema sem detectar nenhum aproveitador à espreita. Não havia resíduos de energia no ar. Ao dar a mão à Julia Yagami novamente, olhou para seu eu distorcido e pensou se não seria apropriado desistir. Algo claramente interferia no espelho, uma força que não captava em suas luvas, por isso supunha vir do outro lado. Fossem ânimos exaltados ou uma invasão, a situação no Entremundos havia piorado.

"Sei que é um pedido difícil, mas..."

"Eu sei. Limpar os pensamentos", ela falou com certo desânimo. "E não, não quero desistir e voltar pra casa."

"Acha que consegue?"

"Eu te conheço, Ti. Se eu falar que não, você irá sozinho e essa não é uma opção."

"Que bom que não sou o único teimoso por aqui", ele sorriu. "E Ju..."

"Eu sei. Qualquer problema correr para a oficina."

"Eu ia dizer obrigado. Mas isso também serve."

Tiago Boanerges se preparou para abrir a passagem. Concentrou-se para vencer a tontura e direcionou energia às pontas dos dedos que seguravam a maçaneta imaginária. Só precisava encontrar Nazarethe Villagera, a bruxa conhecida por comandar os mortos, e se mandar. Se as coisas estivessem feias como pareciam, ela os conduziria por outra passagem de volta à Libertà.

A necromante fechou os olhos e tentou calar o aviso se repetindo como um disco arranhado em sua mente. É só uma cidade estranha, pensou. Ninguém irá me machucar.

"Estou pronta", fingiu.

Tiago girou a mão e a moveu para o lado, dando início à abertura. Uma onda emanou do espelho para as paredes e estourou a caixa de vidro que instantes atrás servia de apoio para o eco. O reflexo distorcido dos magos piscou no espelho e desapareceu como em uma televisão que se apaga de repente. No seu lugar, apareceram os degraus tortos da escada.

"Aconteça o que for, não me solte", falou, e começaram a correr. Em passos rápidos e atentos, eles desceram. Os degraus desnivelados se revelavam e desapareciam em igual velocidade, obrigando-os a manter o ritmo. Formavam uma escada de volteios, placas de pedra e tábuas de madeira se intercalando com materiais pegajosos em torno do abismo.

Enquanto mantinha os olhos nos pés, Tiago Boanerges sacudia a mão, afastando ramos de roseiras do caminho. Não sabiam de onde tinham vindo nem como haviam crescido tão depressa. Eles se alastravam das paredes com espinhos miúdos e se embolavam uns nos outros formando um manto resistente. A cada galho que recuava por conta da energia direcionada à luva, outro nascia para ocupar o seu lugar.

"Acho que o jardineiro saiu de férias", disse Julia, ouvindo a frase perdurar.

"É uma magia lúdica como a dele. Eu só consigo interferir, não desfazê-la", respondeu. Usava o peso do corpo para romper a parede cada vez mais espessa de espinhos quando um ramo negro rodopiou em seu braço e o puxou. "Pode ser que esteja mais fraca pela proximidade com o espelho."

"E isso é bom ou ruim?"

"Suficiente", falou. Um galho brotou dos degraus e passou entre suas pernas. Tiago Boanerges perdeu o equilíbrio e caiu num tropeço, de cara no muro vivo. Assim que tocou a planta, um ramo lhe envolveu o punho para imobilizá-lo. Sangue fresco escorreu molhando as folhas. Julia correu em sua ajuda, mas, em um giro imperceptível, a roseira se fincou em suas botas e a suspendeu no ar.

"Ti!", gritou ela em desespero, arremessada no abismo.

O exorcista viu a pupila despencar na escuridão e chamou seu nome, que se repetiu em um eco duradouro. Ignorando os rasgos na pele, envergou o braço com toda a força e se atirou atrás dela.

Por entre galhos, os magos caíram, machucados pelas pontas dos espinhos nas paredes do abismo. Na parte mais alta, a planta se torcia de maneira aleatória, nenhum senso, nenhum rumo. Contudo, quanto mais para baixo, mais se percebia método e geometria, a formação de uma teia precisa em pontos de crochê.

Julia foi a primeira a alcançar o miolo vacilante. O grito que escapou da garganta não foi de medo, apenas ar expelido dos pulmões. Sentiu-se afundar e voltar sobre as folhas tão de repente que o cérebro chacoalhou na cabeça. Tiago chegou um instante depois, ombro curvado para absorver o impacto. O corpo gritou em agonia. O estalido de uma vértebra se rebelando contra a maratona de estragos.

Na vontade de correrem um para o outro, descobriram quanto era bamba a armadilha.

"Aguente firme", ele falou, falou, falou e falou. Logo que o som morreu, o alto do abismo brilhou violeta.

"Tem algo vindo, Ti."

Ele rastejou até ela. A teia de galhos bambeou de leve, mas resistiu. "Se segure em mim", falou para a necromante. "Agarre as minhas costas com toda a força que tiver."

"A mochila", disse ela.

"O quê?"

"A mochila."

Droga. Ele havia se esquecido. Sentou-se com cuidado, girou a mochila para a frente e tirou de dentro dela a sacola com a mão que encontrara na geladeira. Jogou-a para cima com toda a força. Não conseguia pensar em um lugar melhor para se livrar da evidência de um crime.

A luz violeta emanou mais forte. Uma rosa gigante flutuava pela escuridão na direção dos dois. Seu brilho revelou as patas que manobravam habilidosas pelos ramos da roseira. A flor desabrochada nada mais era do que o abdômen de uma aranha. Não precisava ser esperto para entender quem seriam suas presas.

Tiago devolveu a mochila às costas e se deitou sobre Julia. Conduziu um pouco da energia para acender os citrinos.

"Você não vai fazer o que estou pensando", disse ela.

"No três. Um..."

Julia agarrou o exorcista. "Ela chegou, ela chegou!", gritou ela. Tiago firmou as mãos nos galhos que os sustentavam. Não conseguiria dissipá-los, mas sabia que eles se afastariam. Deixou a energia correr e virou sua pupila de lado. Como imaginava, a teia viva se desentrelaçou abaixo de seus corpos e recuou o suficiente para despencarem pelo abismo.

A aterrissagem foi amortecida por uma espessa camada de pétalas de rosas. Mesmo assim, a dor brotou silenciosa na forma de lágrimas, e uma fisgada no músculo da panturrilha o deixou na dúvida de se conseguiria andar.

Tiago ouviu um gemido manhoso e procurou sua pupila, ainda deitado no chão. Vê-la viva estimulou-o a suprimir as fraquezas e se colocar de pé. O corpo doía em tantos lugares que a mordida na perna se tornou um detalhe. A passos mancos, afastou-se da escada por onde deveriam ter vindo. Galhos arroxeados sumiam junto aos degraus rompendo a fronteira entre os reflexos. Uma nuvem de pó e cascas de galho caíam do céu, um ponto de conexão semiaberto.

"Julia", ele se aproximou. Passou o braço por trás das costas, a mão apoiando a base do pescoço, e a ergueu. Ela estava consciente, resfolegante. O lábio ferido começava a inchar. A lateral do rosto, vermelha, não demoraria muito a escurecer em um roxo. "Consegue se levantar?"

No lugar da resposta, veio o aviso de perigo: "Cuidado!". Mas Tiago não teve como se defender. Lançado para a rua, viu a necromante ser erguida e arremessada dentro da rosa cintilante.

Sem tempo de recuperar o fôlego, o exorcista partiu atrás da flor-aranha que os havia seguido pelo abismo. Enquanto driblava as plantas e os restos de flores que entupiam as ruelas, tentou sintonizar a energia da criatura para que pudesse enfraquecê-la e aumentar suas chances de alcançá-la.

Quase derrapou numa esquina. Ela era rápida demais e ultrapassava obstáculos com facilidade. Seu padrão não se assemelhava a nada com o que estivesse acostumado. Tiago precisou agir à distância para não perdê-la de vista. Suas energias se encontraram e a aranha se atrapalhou por um instante. Ficou desorientada. Aproveitando a oportunidade, ele correu na direção da criatura e agarrou-se ao seu corpo bojudo, coberto de folhagens.

O intervalo de folga acabou com a percepção da ameaça. A aranha escalou uma das casas e se sacudiu. Tiago tentou se manter firme, subir até a rosa, mas sentiu um formigamento e acabou escorregando. As pontas dos seus dedos estavam vermelhas, coçando. De onde estava, viu a aranha passar pelos portões escancarados do Jardim do Esquecimento, desceu para a rua e voltou a correr. Praticamente implorava ao ar que não lhe abandonasse os pulmões, pontadas agudas abaixo da costela minando sua persistência, quando chegou ao canteiro.

Tudo continuava em ordem, a grama cortada, a terra batida, as árvores inteiras. As flores, entretanto, haviam desaparecido. Ele se concentrou em recuar e sentiu o corpo ir adiante. Pensou em avançar e deu dois passos para trás. O encantamento de proteção continuava funcionando. Para ganhar tempo, ativou os citrinos e seguiu para o pátio do chafariz. Um tecido fino formado por um amontoado de teias e cascas de insetos cobria a estátua do grifo. Com um mau pressentimento, o exorcista tocou-a e deixou a energia correr. Nenhuma alteração.

"Julia!", ele gritou.

Pequenos objetos, entulhos, madeiras quebradas e sacos de estopa ocupavam o entorno do banco do salgueiro. Haviam sido recolhidos e largados junto ao tronco da árvore, possíveis restos de algum canteiro de obras. Aranhas minúsculas, pós-eclosão dos ovos, se agrupavam sobre a bagunça. O exorcista preferiu não imaginar o que havia embaixo dela.

"Julia!"

"Aqui!"

O grito veio do outro lado. Tiago rompeu as teias e cruzou o pátio. Perto dos cogumelos, um mosaico de aranhas azuis e brancas rodeava um imenso casulo. Junto a ele, estava Julia Yagami.

"Acho que é ela!"

Tiago viu a criatura gigante à distância. Havia se recolhido ao topo de uma árvore, escondida, apenas a rosa a denunciar sua posição. Aproximou-se com cautela, temendo que sua pupila fosse atacada, mas as aranhas se afastaram e liberaram o caminho. Procurou o que seria a cabeça sob as teias, a altura da boca e do nariz, e projetou sua energia para interferir na estrutura fibrosa.

A camada mais superficial derreteu depressa, revelando o rosto do jardineiro. Apesar dos olhos abertos, não parecia consciente.

Julia cavou a gosma cinzenta resultante do derretimento enquanto Tiago continuava a dissipá-la. Para sorte do jardineiro, ela era produto de magia. Quando o casulo se rompeu no peito, eles atravessaram as mãos na maçaroca e o puxaram para fora.

"Ela respira?", perguntou Julia.

"Deveria", disse ele. Preocupado, se ajoelhou para a respiração boca a boca. Soprou uma vez devagar, e uma segunda mais forte, sem causar reação. Massageou-o no peito e reencostou nos lábios para a terceira investida. A sensação de dormência na língua o fez recuar, mas o jardineiro continuava imóvel. Inspirando fundo, inclinou-se para mais um sopro, e ela enfim se levantou.

Em uma tossida seca, o jardineiro cuspiu os fiapos que se embolavam em sua boca. Soltou o manto azul gosmento de teia e deixou-o cair ao chão. Meio sem equilíbrio, pulou para o cogumelo mais baixo, depois para o segundo e alcançou o exemplar gigante de amanita. Em seguida, tragou a piteira de olhos fechados e soprou círculos de fumaça como se nada tivesse acontecido. Sentada atrás do narguilé, contemplou o estado do jardim.

"É querer demais perguntar o que houve?"

Ela baforou mais uma vez, observadora, sem se preocupar com a geometria da fumaça. Um cheiro cítrico adormeceu o olfato dos magos ao aroma de rosas que se espalhava pelo jardim.

"Perdi o controle sobre meu poder", disse ela, sem encará-los.

"Era atrás de você que os perscrutadores estavam?"

A lúdica olhou para Julia, suas pupilas de um azul intenso. Seus braços dançaram sobre a cabeça chamando sua mensageira, que desceu da árvore pendurada em um fio. Ela soprou o narguilé sobre a rosa cintilante e as pétalas se enroscaram, fazendo a flor regredir para um botão. A flor-aranha voltou então para a copa, e sumiu entre as folhagens.

"Como eu disse em nosso encontro, algo antigo se esconde na cidade entre os reflexos. Não um humano ou feérico. Um objeto. Pensei que conseguiria usá-lo, mas subestimei sua força. Ele não foi feito para ser controlado, ao contrário, foi criado para causar descontrole."

"Um relógio", disse o exorcista. "É esse o objeto, não é?"

A expressão absorta da lúdica foi substituída por uma olhar deveras consciente, sua neutralidade cedendo à malignidade. Tiago e Julia se deram as mãos, sem precisar falar nada, e recuaram, prontos para correr.

"Como sabe disso?"

"Não é só o Entremundos que está respondendo à presença dele. Ela está por toda Libertà. Na bancada dos artesãos, na mesa dos escultores, na tinta dos pichadores, na lâmina dos assassinos. Artistas, de modo geral. Crianças com suas caixas de lápis de cor. Todos estão criando relógios sem saber por quê. Se o seu poder foi capaz de atravessar a passagem, acho que o dele pode fazer o mesmo."

"Sabe precisar o alcance do estrago?"

"Suas rosas quase chegaram à minha cidade, é só o que sei."

O jardineiro voltou a tragar o narguilé. Tiago pôde sentir a tensão de Julia diminuindo junto com a sua.

"O Entremundos reencontrará um equilíbrio e anulará o que fiz. As sentinelas encontrarão o relógio e ele será adormecido novamente."

"Foi por isso que as suas próprias aranhas a atacaram?", perguntou Julia.

"Me protegeram. Ou tentaram, pelo menos. Ao perceberem a energia estranha do relógio, me envolveram com o casulo para que eu me afastasse dele." A lúdica ficou de pé. Seus longos cabelos azuis se trançaram em um novo manto, cobrindo-lhe por completo. "Depois foram para a entrada mais próxima esperar que alguém passasse para me libertar." Ela desceu a escada de amanita e estendeu a mão para os magos, mas eles se afastaram um passo mais. "Devem ter se afeiçoado a vocês quando estiveram no jardim."

Tiago decidiu ser otimista. Quem sabe Murphy estivesse distraído.

"Seja lá de onde veio esse relógio, não foi por ele que voltei ao Entremundos. Peço que nos deixe partir." Ele segurou a mão da lúdica. Manteve a própria energia sob controle para demonstrar o seu respeito.

"Eu jamais os machucaria, pequenos salvadores."

"E o que acha de nos recompensar?"

Julia Yagami não acreditou no que ouvia. Não queria terminar na boca de uma planta-carnívora superdesenvolvida ou enrolada em um cipó. Fez-se de desentendida e colocou Tiago entre ela e o jardineiro.

"Três frutos de psicótria, é tudo que eu preciso", disse ele.

"Pois bem", ela falou. Seus dedos dançaram no ar, comunicando-se com o jardim. O ramo de um arbusto se projetou dentre as demais plantas, expondo seus frutos azuis. Uma aranha amarela e preta colheu-os no galho e os trouxe para o exorcista. "Agora deixem-me levá-los ao portão. Quero entender o tamanho do estrago que causei."

A necromante continuou desconfiada, mas estendeu a mão. Sentiu como se alguém comprimisse seu cérebro contra a caixa craniana e, de repente, estava de volta às ruas.

"Boa sorte em sua busca. Faça bom uso dos frutos", disse a lúdica, uma mancha colorida em meio à palidez amarela do Entremundos. Sem que precisasse tocá-los, os portões se fecharam atrás dela, e ela seguiu na direção da passagem, o manto azul escorrendo sobre as pétalas murchas.

Escorado na parede, Tiago soltou a respiração devagar. Os citrinos cintilaram forte, dissipando a energia absorvida no contato. Seus pelos estavam arrepiados, fios de cabelo espetados para cima.

"Ainda bem que o meu trabalho não inclui lúdicos."

"Acho que ela gosta de você", disse Julia.

Tiago a olhou atravessado.

"Como aranhas gostam de moscas, você quer dizer."

"Não deixa de ser um sentimento verdadeiro", ela implicou. "Agora que resolvemos esse rápido desvio do nosso roteiro, deixe-me adivinhar..."

"A oficina de Moebius", falaram juntos.

21
Casa de loucos

Era noite.

No Entremundos, um artesão se divertia solitário entre seus inventos.

Havia cochilado na oficina, tronco desajeitado sobre a mesa, depois de esvaziar um bule inteiro de chá, uma mistura aconselhada pelo vizinho jardineiro. Um tanto zonzo, limpou a baba que molhava o queixo e procurou a origem das vozes infantis que brincavam em seus ouvidos, convidando-o a tomar um gole mais.

Moebius se ajeitou para cima, pressionou o corpo contra o encosto para estalar as costas e tentou se reorientar.

Sentada na prateleira junto às cabeças animais, a lebre de bronze discursava sobre a finitude da vida de um construto, orelhas se movendo assíncronas, um ar de pedantismo acadêmico ao se expressar. Na base da estante dos fundos, peças de cobre arriscavam combinações aleatórias visando completar o corpo do rinoceronte, que não parava de reclamar de balburdia.

"Quer mais um pouco de chá?", o mago perguntou enquanto se servia. A máscara metálica apoiada sobre a mesa o ignorou.

"Obrigado, está bom para mim", respondeu para si mesmo. Mexia com uma chave de fenda os fragmentos de pétalas e fungos no fundo da xícara.

Após mais um gole farto, pegou o relógio que repousava no canto da bandeja.

Os ponteiros dançantes se negavam a ficar quietos. Insistiam em entortar as linhas e derrubar os números que nelas se equilibravam, mudando o tempo de lugar. A estrutura dourada com tampo de vidro escorreu entre seus dedos e pingou na calça de lona. O restante dos pingos, sacolejou para dentro do colete, como se pudesse recolher no bolso os segundos fugitivos.

Moebius pediu silêncio e cambaleou até a janela. Debruçou-se com certo fastio no parapeito e olhou para as extremidades da rua, sem ver nada além das flores mortas que brotavam pelas frestas dos paralelepípedos e azulejos. Sentiu o couro cabeludo formigar e levou a mão à cabeça, só então se dando conta de que usava sua cartola.

***

Marcos Sardenha colocou as últimas peças de roupa na mala, recontou o dinheiro na carteira e conferiu o papel impresso da companhia área. Olheiras da profundidade de um poço de petróleo denunciavam o acúmulo de noites mal dormidas. Estava fodido, não havia outra definição. Entre o abismo e o lobo, como costumavam dizer. Difícil decidir qual seria o pior destino.

De um jeito ou de outro, seu nome seria o próximo da lista. O jeito era ir embora, sair do alcance dos predadores enquanto as únicas consequências fossem o nariz e as costelas quebradas que lhe doíam a cada movimento. Pretendia se esconder por uns meses em Yucatán, no México, depois rumaria para a Espanha e de lá sumiria em algum lugar da Ásia, possivelmente a Coreia. Desde a unificação, o país se tornara um dos melhores destinos para estudiosos de magia. Apesar de não ser um mago, encontraria utilidade para seus conhecimentos.

Tinha calculado o tempo do trânsito para chegar ao aeroporto com uma margem mínima que o permitisse emitir a passagem e se encaminhar direto ao portão de embarque, sem correr o risco de ser interceptado. Confiante de que ninguém o atacaria em público, escolhera um voo de fim de tarde, a hora de maior movimento.

Na pia do banheiro, o ex-agente passou uma nova camada de maquiagem sobre o roxo que se derramava do nariz e se despediu do apartamento. Às vezes simplesmente não dá certo, pensou. Pegou a chave do carro sobre a escrivaninha e partiu, deixando para trás móveis, roupas e tudo mais que não fosse imprescindível.

Na garagem, calculou a distância até o carro e respirou fundo. Cada sombra lhe parecia senciente, com algo a exigir ou reclamar. Cada silêncio ou ruído, um carimbo no passaporte para o mundo dos mortos. De passo em passo, o nervosismo foi cedendo a uma sensação de desconforto, e a suspeita de que havia algo fora do lugar começou a aumentar. No meio do trajeto, engoliu um palavrão ao ver os cinco arranhões que varavam a lataria.

"Mas quem foi o filho da p...", falou baixinho e não pôde evitar rir de si mesmo. Nada disso importava mais. Só precisava se preocupar em se manter vivo. Abandonaria em breve o carro no estacionamento do aeroporto, o carro que fizera questão de exibir como prova de sucesso quando derrotou a musa.

Ao se aproximar das janelas, o humor morreu junto com o riso em seus lábios. Viu um homem no banco traseiro, contornos ofuscados pela luminosidade refletida no vidro. De início achou que estivesse diante de um ladrão, depois reconheceu o uniforme do porteiro. Não seria novidade vê-lo bêbado no condomínio, mas agora tinha passado dos limites.

E também para outro reflexo.

Assim que desligou o alarme com um clique no chaveiro e abriu a porta, se deu conta de que o homem não estava embriagado. A garganta dilacerada ainda vazava sobre o estofado, um corte recente. Marcos Sardenha não conseguiu pensar em uma ação concreta, pernas e braços tomados pela tremedeira dos covardes e dos sensatos. Refletiu que a medida mais segura seria sair como se nada tivesse acontecido e pegar um táxi. Com sorte, quando achassem o cadáver, já teria embarcado. Ao se virar de volta, porém, mais uma surpresa de sua noite de despedida. Uma silhueta sinistra o observava imóvel na porta do elevador.

***

Moebius despertou devagar, pontos escuros lhe nublando a visão. Deixou o ar escapar pela boca repetidamente, bochechas infladas, analisando com cautela a oficina. O fato de não ouvir a voz da lebre lhe deu esperanças de que aquele não fosse mais um delírio colateral. Com o antebraço recostando na mesa, inclinou-se para a frente e olhou no fundo das órbitas da máscara que repousava sobre a bandeja. Vinha trabalhando nela há alguns meses, acertando detalhes das lentes e do filtro que se encaixava no respiradouro. Entretanto, não se lembrava de como ela havia parado ali.

Precisava diminuir a dose de chá, seguir os limites recomendados.

"Mas, por que, se estamos indo tão bem?"

"Eu também preciso descansar", argumentou com a lebre de pernas cruzadas no parapeito. "Não sou uma máquina que você aciona quando quer fazer seus serviços e tira da tomada no fim do dia."

"Meus não, seus serviços", ela o corrigiu. "E aposto uma orelha que os concorrentes passam a noite de olhos arregalados sem essa conversa mole de dormir. Ou você acha que não existe outro artesão no Entremundos trabalhando para roubar os seus clientes neste exato momento? Há sempre um espertinho pronto para nos passar a perna, e espertinhos não dormem em serviço."

Ele ponderou um instante. Pensou em se levantar da cadeira e ir ao encontro da lebre, passos mansos acompanhando a melodia de uma conversa casual, um gesto de mão para o lado, uma covinha no rosto, e de repente, *ploft*, ela cairia da janela e se espatifaria no meio da rua, lhe devolvendo a paz de espírito.

Entretanto, a lebre tinha razão. Não ficaria para trás de novo. Havia perdido uma posição de prestígio uma vez e não era do tipo que cometia o mesmo erro duas vezes. Precisava reavivar os sentidos, ampliar percepções.

Para sua felicidade, o bule ainda permanecia pela metade. Chegava a estar quentinho por fora, denunciando o chá fresco. Ele se serviu uma xícara, seguida de outra, e mais outra. Três cubos de açúcar para cada, mexidos em sentido horário antes de largar a colher atravessada na lateral do pires. Levou-as aos lábios dispensando o sopro e deixou o líquido verter garganta adentro.

"Revigorante", falou.

Sob aplausos da lebre, vestiu a máscara metálica, encaixou os dedos na luva e se ajoelhou no chão. Era hora de voltar ao trabalho.

***

"É assustador, não é? O modo como nos deixa vendo sombras nas paredes e afastando insetos inexistentes com safanões. Como faz de nós meninos crescidos com medo do escuro. Você deve estar se perguntando se estou realmente aqui ou se sou fruto do seu cansaço. Infelizmente, senhor Sardenha, a resposta não é muito animadora."

O estranho tocou repetidas vezes com o indicador na têmpora. Trazia pendurado no pescoço algo que Marcos deduziu ser um óculos de proteção, e na mão uma luva metálica com hastes pontudas. Ao percebê-la, não teve dúvidas do responsável pelos arranhões e pela morte do porteiro. Largou a mala no chão e pegou no bolso o amuleto feito para ele no Conselho. Tinha energia suficiente para uma ativação. Um único alvo numa situação de emergência. Apontou-o para o artesão e contou até dez. Uma fina camada de poeira dourada rodopiou ao seu redor e morreu no ar. Não havia nada ali que pudesse ser exorcizado.

"Decepcionado?"

"Quem é você?"

"Ninguém que valha a pena se guardar o nome. E respondendo suas próximas perguntas: não, nunca nos vimos antes, e não, ninguém virá ajudá-lo se gritar por socorro."

Moebius se deslocou rente aos veículos, quebrando janelas, arranhando latarias. A cada golpe que dava, um novo alarme se juntava a sinfonia de barulhos e mensagens de roubo.

"Quem será o primeiro curioso a vir salvá-lo?"

"Ei, não sei seu nome, mas vamos conversar! A musa está manipulando sua vontade, tentando transformá-lo em um assassino", ele arriscou. Talvez o mago fosse um homem bom, alguém comum.

"Me transformar, senhor Sardenha?" Moebius sorriu. "Você ficaria espantado com o meu currículo."

O exorcista pegou a mala e correu para o carro. Ignorou o cadáver do porteiro e entrou resfolegante. O chaveiro falhou e falhou novamente. As portas se trancaram no terceiro clique. Sem pestanejar, enfiou a mão no suporte embaixo do banco do motorista e sacou o revólver descartável. Demorou tanto a destravá-lo que, quando o apontou, seu perseguidor já alcançara a janela.

"Essas engenhocas nos deixam na mão quando mais precisamos delas", falou o artesão.

Movido pela adrenalina, Marcos se jogou de lado e disparou quatro tiros seguidos. O resultado foi o vidro blindado semidestruído, os estilhaços firmes na película protetora rindo de sua ignorância.

"Imbecil", falou para si mesmo.

Surpreso com o ataque, Moebius se lançou ao chão, sem poder apreciar a estupidez do homem que pretendia degolar. Havia revistado o porta-luvas e se dado por satisfeito, agora precisava lidar com um panaca tentando matá-lo. Ele se esgueirou para trás se lembrando das histórias de seu pai no campo de guerra. Um homem que teme as balas do adversário permanece vivo para estar do outro lado do cano no dia seguinte.

Antes que decidisse como agir, ouviu o ronco do motor e afundou a luva no pneu do carro até encontrar a câmara de ar. Quando o carro partiu, por pouco não perdeu os dedos e a luva, ferramentas arrancadas no processo.

Marcos perdeu o controle do carro e colidiu com uma pilastra de sustentação. Numa manobra de improviso, tentou embicar na direção do portão. Iria fugir dali nem que tivesse de destruí-lo por inteiro. Foi nesse instante que viu pelo retrovisor o seu perseguidor tentando se levantar, e a ideia de esmagá-lo contra a parede pareceu bastante tentadora.

Pneus cantaram na garagem quando Marcos afundou o pé no acelerador. O carro voou para trás e se chocou com tudo contra a parede, enquanto Moebius se atirava desengonçado para escapar do atropelamento.

Um corte se abriu vermelho no centro da testa quando a cabeça colidiu contra o vidro. Cambaleante, abriu a porta com um empurrão dos pés e apontou a arma para o vazio, sem saber aonde ele tinha ido parar.

"Eu sei que não veio aqui só para me assustar. Vamos logo com isso, não seja covarde!", gritou, olhando ao redor. "Se você é corpóreo, pode ser ferido."

"Acho que posso dizer o mesmo", ouviu em resposta e se virou, recebendo um soco metálico que o lançou ao chão com um par de dentes a menos.

Marcos tateou atrás da arma e três tiros foram disparados. Um deles perfurou o braço do artesão, na altura do ombro. Moebius o recebeu calado. Havia se acostumado à dor, suportava-a com prazer, sabia provocá-la nos outros e cultivá-la em si mesmo com maestria.

Tanto pela adrenalina baixando quanto pelo pente vazio, Marcos Sardenha sentiu a coragem se esvair pelos poros. Sem nenhuma opção à vista, tentou barganhar enquanto o sangue escorria dos lábios rasgados.

"Eu posso paá-lo, falou. Posso audá-lo a fuir."

"Problemas com a fala?

"Por afor."

"Façamos da seguinte maneira: uma pergunta. Se acertar a resposta, eu o deixo viver e ambos fingiremos que nunca estive aqui. Nada que um agente federal inteligente e bem-sucedido não seja capaz de responder. Está pronto?"

"O que quiser", balbuciou.

"Então lá vai: qual a semelhança entre um corvo e uma escrivaninha?"

"O quê?"

"Qual a semelhança entre um corvo e uma escrivaninha?", repetiu aos gritos.

"Ofê é louco", falou, a voz muito fraca.

"Resposta errada."

A luva desceu reta contra o nariz de Marcos e o nocauteou. Moebius agachou-se junto ao corpo e revistou os bolsos. Dinheiro, cartões e as chaves do apartamento foram jogados embaixo de um dos carros.

Faminto, desabotoou a camisa de sua vítima e analisou qual seria a porção mais suculenta. Do dedo médio, projetou um canivete serrilhado que afundou na lateral do peito, provocando um espasmo involuntário. Em meio à onda vermelha, cortou uma lasca de carne e a pegou na ponta dos dedos, mantendo-a próximo ao nariz. Depois de apreciar o aroma de sangue fresco, jogou-a para dentro da boca, mastigando de um lado para outro, trinta e duas vezes antes de engolir, como o médico havia recomendado.

"Muita gordura", ponderou, se preparando para o trabalho braçal.

***

As lâmpadas tremeluziram na oficina. A lebre metálica há muito havia se calado, dando espaço às vozes inquietas na mente do artesão.

Usando um gancho projetado da base do metacarpo, Moebius puxou as tábuas que disfarçavam o alçapão e revelou um buraco no piso. Rente à pedra crua, uma escada construída em ferro e madeira pela qual desceu sem pressa.

Lá embaixo, facas, serrotes e machados se espalhavam pelas paredes, arrumados por categorias de corte e perfuração. De variados tipos e formatos, peças antigas na maioria, destacavam-se como obras de arte em um museu.

Em uma bancada, alicates dividiam o espaço com serras circulares, uma furadeira e um cutelo usado recentemente. Ao lado deles, dois suportes elevavam uma foice com um longo cabo de madeira.

Nu, de mãos atadas para trás da cadeira, Marcos Sardenha contava cada segundo de esperança que se esvaía. Tentava impedir a imaginação de preencher os cantos escuros, mas os pinos de ferro que perfuravam seus pés não contribuíam. Encarar cinco crânios infantis cravejados de pregos só piorava a situação. Não queria acabar como eles, enterrado naquela cidade maldita.

Tentara de tudo para se libertar. Movera os pulsos em sentidos contrários para afrouxar as amarras. Usara o peso do corpo para mover a cadeira e pegar um dos objetos cortantes. Contudo, havia conseguido apenas tombar de lado, lanhar o braço na queda. Como castigo, recebera as marretadas nos pés, golpes que o fincaram na terra batida.

A sorte foi a dor dilacerante ceder à dormência conforme o sangue escorria. Ou era a sua consciência que escorria para um lugar escuro e tranquilo? Não. Cometera erros demais para contar com a sorte. Não haveria equipes de resgate, exorcistas. A única chance seria distrair o louco, vencer o artesão em seu próprio jogo de loucura, convencê-lo a deixá-lo partir, insistir em um suborno gordo. Se o convencesse a retirar os pinos...

Marcos deixou a cabeça pender para a frente. A quem queria enganar? Sua hora havia chegado. Tantos anos temendo enfrentar um lobo, e a morte se anunciava pelas mãos de um dono de oficina.

Justo agora que estava próximo de abandonar Libertà, o papel de confirmação de compra da passagem guardado no bolso detrás da calça.

Era injusto o que cobravam dele, como se fosse responsável por todas as desgraças que vinham acontecendo. Havia cumprido sua parte no acordo e reaproximado Tiago Boanerges e Elisa Goldin. A musa fugitiva não demoraria a aparecer. Seria engarrafada como um onírico inferior e guardada em uma geladeira no fundo de um porão, onde não encheria mais o saco de ninguém.

Droga.

Por que pensar justo em porões? Estava enlouquecendo. Se as mãos não estivessem presas, tiraria a própria vida de uma vez. Uma estocada com uma chave de fenda e pronto, nada mais de medo, nada mais de vozes de crianças sussurrando em seu ouvido.

"Ainda vivo?"

O brilho dourado atrás do artesão o iluminou no breu do subterrâneo. Sem deixar de encarar seu hóspede, retirou a luva e a depositou no balcão. A mão havia inchado. Talvez estivesse quebrada. Mexeu cada um dos dedos para alongá-los, tirou a foice do suporte e se sentou. Cutucou-o para ver se reagiria.

Marcos tentou se erguer, olhá-lo nos olhos. Cada decisão errada que havia tomado para se encontrar naquela posição pesava em sua cabeça.

"O tiro que me deu pegou em cheio, sabia?", ele apontou para o ombro esquerdo. "Faltou questão de centímetros, senhor Sardenha, para conseguir sua liberdade."

"Por que não sai do corpo desse idiota e me enfrenta de igual para igual?", reuniu forças para dizer. "Aposto que posso vencê-la de novo."

Moebius se levantou da cadeira portando a foice, deu dois tapinhas no rosto de seu refém e se acomodou nos degraus mais baixos da escada.

"Me vencer de novo? De que jeito? Sentado em seu escritório dando ordens para seus lacaios exorcistas? Está tão acostumado a resolver os problemas da mesma maneira que acabou assim, chato e repetitivo. Eu, por outro lado, sou um sujeito criativo", ele fez uma pausa, batendo o cabo da foice no chão para garantir que Marcos não havia desmaiado. "Está vendo o crânio com uma roldana no olho e arames colados no osso frontal? O dono se desentendeu com um serrote. Aquele ali com os pregos na testa e fios trançados nas cavidades preferiu um martelo. A unha voou direto no pescoço, foi terrível. O menorzinho, meu preferido, usou uma faca de caça. Garoto simples."

"Você é doente."

"Sabe qual é a parte mais divertida? Todos eles gritaram que nem porcos sem que eu nada fizesse no meu abatedouro. Eles mataram uns aos outros, sozinhos. Libertei seus demônios interiores e coube a eles se divertir com o resto."

Marcos esperou que a voz prosseguisse, mas nada mais foi dito. Pelo barulho, soube que ele havia se aproximado da bancada. Não conseguia ver em qual das ferramentas ele mexia. Ouvia os ruídos metálicos, imaginando o pior. Lutou para ficar acordado, encarar a morte de frente, mas sua mente tinha outros planos. Suas pálpebras se fecharam devagar e a cabeça desceu de supetão, enquanto a escuridão lhe cobria como um lençol macio.

De repente, um clique atrás de si o despertou. A pressão nos ombros diminuiu, suas mãos ficaram livres. Mal pôde acreditar. Em um gesto de desespero, segurou a panturrilha e forçou a ponta do pé contra o chão, tentando erguer os pinos que o prendiam. Sem nenhum resto de orgulho a perder, sentiu as lágrimas descerem ao perceber que não conseguiria. Era covarde demais.

"Eu tiro, não se preocupe."

O artesão arrancou os pinos em um só puxão. Um grito lancinante ecoou no espaço claustrofóbico do porão. Sentindo-se fraco, Marcos desabou da cadeira sobre a terra enlameada por seu próprio sangue. Antes que pudesse se martirizar, um cheiro doce alcançou suas narinas.

"Você está sendo manipulado", murmurou pela última vez.

"E não estamos todos?"

Na escuridão, uma chama de vela se acendeu.

Beirando um novo desmaio, Marcos viu um homem sem rosto lhe tocar a bochecha com as garras. Uma máscara de couro encerrada em uma estrutura metálica envolvia por inteiro a cabeça de Moebius. Um respirador gradeado se projetava como uma tromba, e duas grandes lentes ocupavam o espaço dos olhos, como os óculos de um aviador.

Em seu estado febril, Marcos via somente o rosto da morte. Podia ouvir as vozes infantis murmurando pedidos em seu ouvido, ansiosas, divididas. Umas querendo ajudá-lo, outras desejando que se juntasse a elas.

Uma menina o estimulava a fugir. Ele quase podia enxergá-la, tocar seu corpo translúcido. Falava que se ele fosse rápido, conseguiria acabar com a tortura e libertá-los, salvando a todos. Bastava matar o mago e destruir as caveiras cravejadas de ferros e botões.

Havia também um garoto. Alimentava-se de seu sofrimento, cutucava os miasmas que subiam rastejantes em seus pés. Repetia sem parar que o melhor seria usar os pinos de ferro e se matar com o peso do próprio corpo. Poderiam brincar, depois. Todos juntos. E ele ganharia um pai.

"Eu quero viver", conseguiu dizer, febril.

"Temo que não seja possível", falou o artesão, a voz soando grave pela máscara. "Esse cheiro que sente, são pedaços de amanita queimando em um incensário. Os vapores que ela libera são os mesmos que as crianças sentiram antes de escolherem um caminho. Em dez minutos haverá o suficiente aqui embaixo para enlouquecê-lo. Você pode tentar se levantar e apagar a vela sob ele. Ou pode escolher esperar."

"Vai me largar aqui?", perguntou para o mago.

"Meu expediente terminou."

***

Um sacolejo despertou Marcos no porta-malas. Havia sido colocado de lado para não engasgar com o próprio sangue, uma cortesia de seu sequestrador. Enquanto seguia para o abatedouro, entendeu que a musa havia cultivado aquele momento ao longo de muitas inspirações, dispensando a necessidade de possuir o hospedeiro. Dessa maneira, tinha se protegido de um possível exorcismo. Por que aquele mago em vez de uma pessoa próxima, ele não soube dizer, mas isso pouco importava. Podia sentir os parasitas oníricos espreitando, aguardando que se entregasse à inconsciência. Em breve encontraria a morte, então só haveria Tiago para detê-la.

***

Marcos se arrastou pela lama até esbarrar em um dos pés da bancada de ferramentas. Orientava-se pela luz alaranjada da chama, sua única referência. Quando se julgou próximo o suficiente, trincou os dentes e se preparou. Segurou firme no tampo de madeira e deslocou o peso para os joelhos, a fim de se reerguer na escuridão. Ao se levantar, não encontrou o incensário, somente um falcão feito de roldanas e parafusos, uma vela derretida na base em seu interior.

"Mas que droga..."

A reclamação foi interrompida por uma cantiga de roda. Na parede, sombras infantis giravam de mãos dadas sobre pernas inexistentes, os contornos das roupas precisos em traços de nanquim.

Roda, gira, canta forte
De braços dados a cantiga
Chama alta, chama, chama
A morte eterna, nossa amiga

Ele olhou em volta. Nenhuma criança, apenas o artesão o observava. Parecia um boneco largado na escada de acesso, pernas moles e braços pendendo de lado, um corpo sem vida. As paredes do porão, cada vez mais claustrofóbico, se recolheram em sua direção, enquanto o chão ondulava e o sacudia. Sentiu-se tonto, de pernas bambas. Estendeu o braço para se agarrar ao que estivesse ao alcance, mas não houve tempo. O cotovelo colidiu com tudo contra a borda da prateleira. A dor se propagou ligeira e ele encolheu o braço, derrubando consigo vela, incensário, crânios e ferramentas.

"Então você estava aí."

Tentou girar sobre o próprio eixo e apagá-lo, mas o incensário havia sumido. Enquanto o procurava, notou algo espetando sua barriga. Tateou pelo solo e encontrou um cabo de madeira. Na sua ponta, a lâmina curvilínea da foice. Tique-taque, tique-taque, ouviu alguém dizer. Entretanto, não iria desistir.

Roda, gira, canta forte
De braços dados a cantiga

Ele conseguia ver as crianças. Não só as sombras na parede, mas também a energia pesada que as envolvia durante a dança. Marcos pediu ajuda, implorou, mas eles não repetiam nada além da maldita cantiga de roda.

Chama alta, chama, chama
A morte eterna, nossa amiga

De repente, a zombaria cessou.

As crianças estagnaram assustadas e se desmancharam, os corpos se imiscuindo à escuridão. Marcos nem precisou olhar para saber o que acontecia. O artesão-boneco havia se levantado, ganhado vida. Ouviu sua respiração ao pé do ouvido. Tentou afastá-lo e se percebeu livre, nenhum pino cravado nos pés.

Não havia cordas. Não havia... mãos.

Continuava sentado. Nu. Retalhado.

A luva metálica segurou seu pescoço em um tranco violento.

"O que fez comigo?", perguntou, enquanto se debatia. Em um espasmo, a traqueia buscou o ar que desaparecia, e ele se engasgou com sangue e saliva antes do estalo. Marcos viu a luz da chama se expandir até formar uma silhueta dourada e magnífica. Ela flutuou na sua direção, pousou cuidadosamente em seu colo e lhe deu um beijo.

"Venha para mim", ouviu num recanto de sua mente, e uma sensação de intenso alívio o invadiu.

Estava leve. Livre.

Pronto para voar ao encontro de Hórus.

22

Tique-taque

De volta à rua principal, os magos caminharam sem esbarrar com viva alma. Mantiveram-se atentos, ele à esquerda, ela à direita, proibida de expandir a percepção de necromante. Os passos não produziam som, amortecidos pelo rio extenso de pétalas de flores que cobria as pedras do calçamento. Roseiras cresciam em espirais apoiadas em paredes e telhados, alcançando os fios de iluminação. Ao longe, era possível ver a fumaça vaporada pela chaminé da oficina.

De vez em quando, Tiago tinha a impressão de ver algo do tamanho de um animal pequeno se mexer por baixo de seu tapete de boas-vindas. Falava com Julia sem parar, apreensivo de que ela não conseguisse filtrar seus pensamentos. Ser atacada por uma flor-aranha tinha sido um mau começo, e sabia que precisaria de estabilidade emocional para o encontro com Nazarethe Villagera, algo que o Entremundos não se disporia a oferecer.

"É cedo para perguntar como voltaremos?"

"Daremos um jeito."

"Nazarethe dará um jeito, você quer dizer."

"Ou isso."

"E se não a encontrarmos?"

"Ela nos encontrará. Já fez isso uma vez, se esqueceu?"

"Essa foi a sua pior escolha de palavras desde que nos conhecemos, Ti."

"Desculpe", ele caiu na risada e mudou de assunto. "Como está lidando com a energia da cidade?"

"Melhor do que da outra vez, eu acho. Basta manter a concentração", disse ela, para não preocupá-lo. Desde a saída do Jardim do Esquecimento, tinha a impressão de ouvir um tique-taque como aquele ouvido na oficina de Moebius, só que mais frequente. Agora que sabia do relógio, o barulho pareceu menos assustador e, de certa maneira, reconfortante. Era como se ele lhe indicasse o caminho, lhe dissesse que toda aquela loucura possuía uma origem física que podia ser dominada.

Quando começavam a pensar que não ouviriam nada além das próprias vozes por todo o trajeto, um ruído metálico os fez parar. Veio irritante e contínuo, ferro contra concreto, e desapareceu após um guincho animalesco.

Tiago ergueu as mãos na provável direção do som. Os citrinos não indicaram nada. Decidiu que não podia confiar neles com o Entremundos desequilibrado. Sinalizou em um gesto para que fossem para o meio da rua. Queria estar longe das transversais caso algo aparecesse de repente. Avançaram mais um quarteirão e o ruído se repetiu. Uma silhueta correu de um lado ao outro, rápida demais para ser identificada, e pétalas flutuaram em sua passagem.

Julia Yagami estancou no lugar ao ver um bugio. Ao percebê-los, ele deixou a perseguição de lado e mudou seu foco de interesse. Seus pequenos olhos castanhos quase sumiam atrás da pelagem ruiva que se avolumava ao redor do rosto. Apesar da altura avantajada, foi a foice em sua pata que lhes chamou atenção.

"É um salvaxe."

"Armado."

Tiago Boanerges concentrou energia e a direcionou para os citrinos. O bugio saltou para diminuir distâncias, e correu direto para ele. Assim que entrou em seu campo de ação, centelhas douradas se projetaram de sua pele e flutuaram em direção às pedras no dorso da luva. Ele percorreu metade do trajeto emitindo sons simiescos, sem dar sinais de que era afetado, e então tombou, rolando sobre o próprio corpo enquanto voltava à forma humana. Nada bonita, a queda provavelmente lhe custara os dentes da frente.

Nem haviam comemorado a defesa, e outro jovem apareceu na rua. Duas velhinhas vinham logo atrás, seus vestidos floridos e óculos de armação redonda contrastando com as armas que tinham nas mãos.

"Os espectadores do cinema."

"Hipsters zumbis", falou a necromante. "Eu odeio hipsters! Vamos cortar suas cabeças." Em um desatino, ela correu para o salvaxe desmaiado e pegou a foice que deixara cair. Era mais pesada do que havia suposto, o que não a impediu de suspendê-la de modo ameaçador enquanto desvendava seu centro de gravidade.

"Julia, o que está fazendo? Eles são inocentes! É o Entremundos que está fazendo isso com você", bradou ele ao perceber sua intenção. Ao concentrar sua força no bugio, tinha deixado de proteger sua pupila.

"Eu não vou morrer aqui embaixo", respondeu ela, pronta para agir. "E nunca fui com a cara desse povo cinéfilo."

Como se movidos pela provocação, o grupo decidiu avançar. O exorcista apontou as luvas para os dois lados, mas não obteve o efeito esperado. Eles correram de armas em punho, os gritos mais ensurdecedores do que ameaçadores. Julia não só se manteve firme como manejou a foice para aproveitar a velocidade de seu adversário.

Tiago acelerou pela rua e saltou para derrubá-la no último segundo. Assim que a segurou, ela pareceu voltar a si. Atônita, levantou-se e correu para o corpo. A lâmina direcionada ao pescoço havia acertado em cheio na barriga de uma menina.

"Eu matei ela."

"Me dá a mão, Julia."

"Eu matei ela, Tiago."

"Me dá a mão e vem."

Ele a puxou pelo braço numa pegada firme e correu quanto a perna permitia. Precisou desviar de uma menina, mais precisamente da lâmina que segurava, e por pouco não foi atingido no flanco. Julia seguia em estado de choque com o próprio ato e não o ouvia. Foi sacudida um par de vezes e enfim prestou atenção.

"Não é sua culpa, Ju."

"A gente está se distanciando da oficina."

"Esquece ela. Minha prioridade é você."

Ele observava as ruelas para não se confundir, mas o cansaço insistia em lhe turvar os sentidos. Correram quanto foi possível, corpos exaustos, e acabaram perdidos. Haviam virado em uma esquina errada e entrado em uma área desconhecida, onde todas as casas pareciam iguais, numa extensão infinita de paredes de lajotas quadradas. Ao tentarem voltar, tudo o que conseguiram foi se perder ainda mais.

"Ele veio pra cima de mim."

"Concentre-se, Julia Yagami."

"Quando vi, estava com ela em mãos."

"Concentre-se! Expulse a cidade de sua mente e não pare de correr. Temos que achar um lugar seguro."

Tiago forçou a porta de uma das casas. Não aguentaria muito tempo naquele ritmo. Os ferimentos falavam mais alto, a musculatura não respondia. Parar se tornou mais do que uma necessidade. As chances eram remotas, ainda assim, socou a janela e pediu ajuda. O tempo perdido foi suficiente para os hipsters os cercarem. As silhuetas atrás do vidro se mantiveram inertes, observando, e nada fizeram.

"Hora de tirar uma carta da manga", disse Julia. Uma velhinha apareceu no final da ruela, seu cabelo violeta brilhando contra a luz. Do outro lado, um garoto de blusa verde quadriculada.

Tiago apontou a mão direita para ele, a esquerda para ela. Não era um mago que conjurava primais, criava ilusões ou domava os elementos. Tudo o que sabia era dissipar energia, romper ligações, anular encantamentos.

"Vou tentar minimizar a influência do Entremundos sobre eles, usar o excesso de energia a nosso favor, mas estou no meu limite. Acha que consegue ampliar sua visão e evocar algo para distraí-los?"

Ela sacudiu a cabeça em um sim depois de um instante de dúvida. A ideia da evocação a remeteu à experiência com o efrite em seu quarto. Com a energia na cidade entre os reflexos em desarmonia, seria impossível prever os resultados do ritual, saber o que atrairia.

Encerrando a conversa, Tiago os defendeu. Um feixe dourado correu em ambas as direções, mas os cinéfilos seguiram de pé. Como se pudessem perceber a mudança nos dois atingidos, os outros os atacaram.

"Droga, quantos lugares tem aquele cinema?", perguntou ele, direcionando a energia para outra garota que avançava. Mais uma vez, ela se tornou o alvo dos demais, e começou a gritar. "Não é o Entremundos, idiota. Eles estão sendo influenciados pelo relógio."

"Eu sei. Eu posso ouvir o tique-taque", disse Julia, agachada junto à porta para a evocação.

Tiago notou os olhos violetas de sua pupila. Se apontasse a luva para ela, os cinéfilos aproveitariam a brecha. Suas forças estavam quase no fim. Teria de impedi-los de outra maneira, pensou, procurando com o que se defender. Contudo, não podia atacá-los com um machado ou algo parecido.

"Julia!", disse ele. "Eu vou tentar arrombar a porta. Prepare-se para fugir."

"Não somos nós que precisamos fugir. Eu encontrei alguém."

O beco foi banhado de luz violeta. Uma lança negra atravessou o peito de um sujeito barbudo que se aproximava. Seus óculos quadrados voaram para longe. Movendo-se com habilidade, a flor-aranha envolveu um homem de cabelo raspado e topete em sua teia e fincou as presas em seu pescoço. O estalo de ossos ainda se propagava quando uma velhinha a acertou com um serrote. Sem conseguir atravessá-la direito, teve o peito perfurado e foi jogada para trás. Um a um o grupo tombou, sem distinção de sexo ou idade, pelas mãos de um executor eficiente e democrático em suas sentenças.

Restava apenas uma menina de pé em seu campo de visão. Cercada de cadáveres, não parecia entender que caminhava para a morte. Ela partiu para cima do exorcista com a foice e ele a imprensou na parede, forçando o cabo contra o corpo dela. A dor não a abalou, e ela tentou mordê-lo. Aproveitando a ideia, a flor-aranha a puxou para a boca e depois escalou o telhado. Logo que se distanciou, os olhos de Julia Yagami voltaram ao normal.

Antes que ela voltasse a si, Tiago correu ao seu encontro e a abraçou. Dessa vez, deixou que a energia corresse livre e a envolvesse, dissipando qualquer resíduo do contato com a criatura feérica. Nesse momento, um manto negro dobrou a esquina e ocupou a rua. A máscara branca se aproximou do rosto da necromante, que permaneceu imóvel. Satisfeito, tocou com as mãos fluídicas a luz que emanava do exorcista.

Tiago aguardou o ataque, mas o perscrutador se foi. Afastou-se de Julia e a olhou nos olhos, torcendo para que estivesse bem. Sem fazer qualquer comentário, ela foi para a ponta da casa averiguar as esquinas.

"Nada desse lado", disse ela.

"Nada aqui também."

"A aranha, ela ouviu o meu grito de socorro. Como isso é possível?"

"Eu não sei, Ju. É possível que a sua energia e a dela tenham se misturado quando ela a jogou para dentro da rosa. A lógica do Entremundos foi alterada. Se a cidade sozinha é capaz de influenciar os adormecidos, imagine com a interferência desse relógio, que não sabemos do que é capaz. O jardineiro é um lúdico poderoso e veja o que aconteceu. Temos sorte de os perscrutadores não terem enlouquecido também", disse Tiago. Manteria o pensamento para si, mas estava assustado com o fato de sua pupila ter conseguido contatar uma criatura feérica. Se ela tinha vindo ajudá-los, quem mais teria ouvido o chamado? "Temos que encontrar a Nazarethe e ir embora. O Entremundos é forte o suficiente para se regular, neutralizar os excessos, mas nós não. Basta eu descobrir onde estamos e definir o caminho mais seguro."

Ela baixou os olhos, imersa nos próprios pensamentos. Analisou as armas no chão e escolheu um cutelo.

"Eu sei de alguém que pode nos dizer para onde fica a oficina."

Um tanto desajeitada, virou o corpo de um dos garotos para cima, de modo a ver seu rosto. Não havia alteração no peito, nenhum ar saindo das narinas, parecia de fato estar morto. Ela desabotoou a camisa xadrez, mediu a distância de um palmo da linha da cintura e apoiou a lâmina.

Tiago odiava expor sua pupila a uma situação assim, mas deu o consentimento. O cutelo deslizou pela barriga do morto como se cortasse manteiga. O sangue vazou em um filete e depois transbordou. Vermelho e negro se misturaram conforme Julia criava espaço para introduzir os dedos. Tiago assumiu o posto de vigia, enquanto ela traçava uma mandala com o sangue do garoto.

Um círculo rubro nasceu na parede da casa: uma cobra que engolia o próprio rabo e ao mesmo tempo delineava um olho ofídico. Desenho feito, Julia se ajoelhou no chão de pedra, enfiou as mãos dentro do cadáver e lhe arrancou as vísceras. Com ajuda do cutelo, cortou as extremidades e as depositou diante do símbolo necromante. Conforme concentrava energia, as ametistas de seu amuleto se acenderam e o cordão em seu pescoço ganhou vida.

Com uma palma no chão e outra no símbolo, deixou a visão se ampliar e convocou os mortos a atenderem seu chamado. Embora os cadáveres ao seu redor fossem frescos e seus ânimos ainda estivessem aprisionados, temeu que eles se levantassem contra ela e, com isso, perdesse o controle.

O toque suave de Tiago em seu ombro ajudou a dissipar interferências e lhe deu a força necessária para recobrar a atenção e se concentrar na magia. Ela espantou o medo para longe, repetiu os ensinamentos aprendidos na faculdade e chamou pela menina que vira no dia da visita à oficina. Cinco crianças atravessaram a parede, e ela reconheceu a mais alta e magrela entre elas. Estava abraçada a uma menina muito pequena e um garoto segurando um ursinho etéreo na mão. Atrás dela vieram um casal, menino e menina, mortos por volta dos 10 anos.

A energia variava bastante dentro do grupo. De uns emanava o conformismo, de outros, certa morbidez. O menino com o boneco emanava a raiva acumulada, e miasmas negros cintilavam ao seu redor. Apesar da miscelânea, a garota mais velha parecia mantê-los sob seu comando. Foi a ela que Julia se dirigiu.

"Olá. Sinto pela sua dor."

"Olá", disse a menina. Há muito não conversava com ninguém.

"Foi você quem eu vi no espelho, não foi?"

"Sim. Nós nos escondemos."

"De mim?"

"Não. Dos pequenos. Eles nos levam embolados em sacos de pano, têm chifres grandes, olhos redondos. Perdemos muitos. Sobramos nós."

Julia não sabia ao que ela se referia.

"Foram eles que mataram vocês?"

"Não. O homem da luva."

Ela se virou para comentar com Tiago, que não via nem ouvia os fantasmas, e a menina avançou. Por milímetros não a tocou no rosto. Só não o fez porque Julia a encarou de volta e forçou seu campo de energia adiante, requisitando o espaço que lhe pertencia. O melhor era ir direto ao ponto, antes que a magia se desfizesse e o vínculo se perdesse.

"Sabem onde ele está?"

"Posso te dar meus olhos", um menino se pronunciou. "Em troca dos seus."

"Não faça", a menina retrucou. "Eu conto."

O menino sorriu de um jeito que fez a necromante tremer por dentro. Seu medo enfraqueceu o campo de energia e as cinco crianças avançaram de uma só vez.

"Me conte então", disse ela, centrando a atenção na menina mais alta. Ao confirmá-la como a líder, diminuiu o poder do restante das crianças e restabeleceu a integridade de sua proteção.

"Acabou de ir embora, para cima. Colocou uma planta no fogo, e ela queimou."

"Pode ser mais específica?"

"Estamos sozinhos. Com muito medo."

"Ele matou o homem gordo", o casal de irmãos disse em uníssono.

"Eu falei para não contar", a mais velha ralhou.

"Foi o relógio", disse um.

"O cogumelo!", disse o outro.

"Sabem o que esse relógio faz?", Julia perguntou para recuperar a atenção de todos.

Eles se entreolharam. A gordinha deu um passo à frente.

"Eu sei."

"Mentirosa", gritou o menino, enxotando-a com o ursinho.

A confusão distraiu Julia. A menina mais velha avançou um pouco mais.

"Queremos ir com você."

"Não podem."

"Podemos sim", ficou emburrada. "Aqui é ruim".

Eles começaram a chorar e a necromante absorveu a tristeza que sentiam.

"Para onde fica a oficina", perguntou.

Eles apontaram todos na mesma direção.

"Vem com a gente. Conta uma história", tentaram tocá-la.

Julia tirou a mão da terra e da mandala e rompeu a conexão. Os cristais nos olhos da serpente se apagaram e o cordão repousou inerte em seu pescoço. O grupo de crianças se virou e foi embora através da parede, ignorando sua presença como se não estivessem interagindo um instante atrás. Por um momento, se sentiu solitária e inútil. Queria poder ajudá-las, desfazer o vínculo com o local das mortes. Todavia, precisava ajudar a si mesma e encontrar uma saída.

"Está tudo bem?"

A voz de seu mentor soou reconfortante. Julia se levantou e o abraçou com firmeza. Tiago aproveitou o gesto para usar novamente seu dom. Deixou que a energia residual da magia fluísse para ele e se dissipasse nos cristais. O gesto afastou sua tristeza.

"Ju?"

"Uhum", disse ela. "Os fantasmas da oficina falaram que foi Moebius quem enlouqueceu as pessoas, e eles sabem do relógio. Um deles falou de cogumelo."

"Amanita", disse ele, uma teoria se formando. "Está ouvindo um barulho?"

"O tique-taque?"

Eles colaram as costas um no outro. O som foi ficando cada vez mais alto.

"Ratos mecânicos." Ela apontou para o fim da ruela. Como uma onda que estoura na areia, eles vieram. Dezenas, centenas, milhares de olhos atentos procurando alimento, encontrando no cheiro de sangue o rastro para o banquete. Julia e Tiago abandonaram o lugar a passos ligeiros. Atrás deles, os roedores avançavam sobre os cadáveres, mastigando-os tanto quanto possível.

"Por ali", disse ela, seguindo a direção indicada pelos espíritos.

O barulho angustiante foi se distanciando, a imaginação completando as lacunas do que não testemunharam. Tiago ignorou a dor na perna, amenizada pela adrenalina, e seguiu ao lado de Julia.

"Precisamos encontrar um ponto de referência."

"Eles disseram que a oficina fica para lá", repetiu.

"E confia neles?"

"Não. Por isso sei que disseram a verdade. Eles querem a minha companhia. Querem que eu fique com eles."

"Mais um item para a nossa lista de acontecimentos bizarros da semana."

"Saudades de quando a gente passava o dia conversando sobre blues, Ti", disse Julia. Havia sangue seco em seu pescoço e uma mancha preta na testa. "E de tirar fotos nossas para jogar na rede."

"Veja pelo lado positivo. Quando tiver que fazer um trabalho sobre o Entremundos, não precisará nem abrir o livro."

"Preferia estudar. E não use essa afirmação contra mim no futuro."

"Vou pensar no seu caso."

De mãos dadas, os magos seguiram na direção apontada por Julia. Passaram por um quarteirão que lembrava um subúrbio, com telhados muito baixos e ruas estreitas. Ainda não viam a chaminé, mas podiam sentir o cheiro da fumaça. Continuaram conversando, um animando o outro, mas nenhum dos dois estava bem. Ao chegarem a um beco, ela apoiou as mãos nas pernas, bem acima dos joelhos, e curvou o corpo para a frente. O cabelo liso caiu cobrindo as laterais de seu rosto.

"Preciso de uma pausa. Não aguento mais. As mortes..."

"Vamos descansar um pouco", falou Tiago. O ferimento em sua perna havia aberto. Pensava em se sentar quando viu uma senhora miúda vindo do fim da rua. Ele a reconheceu na hora, a mulher com discurso de guia que os conduzira de bicicleta até a passagem.

"Talvez eu possa ajudar", disse ela, fazendo uma reverência aos dois. "O movimento anda fraco, como pode deduzir, e eu preciso trabalhar."

"Eu não tenho como pagá-la dessa vez", falou. Não era simples conseguir a moeda de troca correta para cada ocasião na cidade entre os espelhos. Da última vez, havia conseguido graças a uma gentileza do jardineiro. Desta, contava com um favor de Moebius, cancelado por motivos de força maior.

"Não do modo tradicional."

Lá vamos nós, pensou ele. Em que roubada se meteria dessa vez? Se havia alguma forma de minimizar o desgaste de sua pupila, tinha de aproveitá-la. Quando chegassem à casa de Nazarethe Villagera, estariam seguros novamente. A imagem do golpe de foice seguia fresca na memória. E antes de partirem, ela ainda teria mais para lidar.

"Desembucha. Qual é o escambo?"

"Meu filho está doente. Você cura ele, eu levo vocês dois aonde quiserem ir."

"Adoraria ajudar, mas eu não sou médico."

"Eu sei o que é. Sei o que foi. Todos o conhecem na cidade entre os reflexos." A mulher se virou para trás e fez um gesto com a mão. Um homem levemente familiar apareceu no fim do beco. Trazia consigo um garoto enrolado em um cobertor.

Mentor e pupila se entreolharam. Julia o reconheceu como o garoto na bicicleta, a coberta era igual, pelo menos. O pai quase a tinha atropelado assim que desceram as escadas na incursão anterior. Seu rosto era pálido e magro, seus pés muito sujos. Teve a impressão de que se o pai o soltasse, desabaria como um saco de batatas.

"O que ele tem?", perguntou Tiago, intuindo a resposta. Sentiu um nó na garganta pela terceira vez naquela noite.

"Nosso filho morreu num... incidente."

Um ruído vindo do telhado preencheu o beco, e todos olharam para cima, mas não havia nada.

"Era um menino muito desobediente, o senhor deve saber na sua idade como são as crianças de hoje em dia", ela prosseguiu. "Não duram muito no Entremundos. Mas nós não queríamos que ele fosse embora. Era um garoto bom, acima de tudo. Alegre, trabalhador, nunca havia matado ninguém, eu acho."

O pai do menino assentiu com um som gutural, apoiando as palavras da mãe.

"Eu pedi muito para que ele voltasse um pouquinho para mim, e ele voltou. Quando as maldades começaram, eu e meu marido passamos a dopá-lo. Precisamos enganá-lo da primeira vez, ele era muito esperto, sabia de tudo, estava sempre atrás das portas. Depois foi só manter a dosagem alta e procurar alguém que nos ajudasse. Quando levei o senhor naquele dia até a saída, soube que a hora havia chegado. Ele não é mais nosso filho. Só queremos o corpo, vazio, para podermos nos recuperar do prejuízo que ele nos deu."

"Os órgãos dele estão mortos", Tiago achou melhor explicar.

"O que temos nos bastará."

"Está bem."

Pai e mãe removeram a coberta, exibindo o corpo semiputrefeito do garoto, e seguraram seus braços pelos pulsos. O cheiro de podridão era repulsivo. Ele andava abobado, sem consciência do entorno, e Tiago Boanerges não pôde deixar de pensar que faria um favor maior ao onírico do que aos pais ao exorcizá-lo. A predileção por cadáveres já indicava sua fraqueza, ter escolhido um corpo de criança para se esconder e ter ficado aprisionado eliminava qualquer dúvida.

O exorcista tocou a testa do garoto e usou seu dom mais uma vez. Não precisou de muito para romper a ligação entre onírico e hospedeiro. Quando a nuvem de fumaça se destacou acima do corpo, confirmou ser um efrite. Em questão de segundos, despachou-o para Yume, onde provavelmente seria devorado.

O pai jogou o menino inerte sobre o ombro e partiu pelo caminho de onde viera. Parada, a mãe olhava a coberta caída no chão. "Vou buscar a bicicleta", falou, e sumiu na porta de uma casa.

Tiago sentiu uma pontada no pescoço. Inclinou o braço para trás e tirou uma aranha transparente da gola, devidamente arremessada num peteleco. O barulho da corrente da bicicleta foi o suficiente para o abstrair da mordida. Se aquela mulher os tirasse dali, teria sua eterna gratidão.

23
Yagami

As pétalas transformavam-se em um pó viscoso nas ruas do Entremundos. De vez em quando, os pneus deslizavam sobre ele sem sair do lugar, pregando alguns sustos, mas a mulher que os conduzia era experiente, virava o guidão, forçava o pedal, e reiniciava o trajeto, sem pressa.

Abraçada às costas do exorcista, Julia Yagami tentava sumir com a imagem que se repetia constante em sua mente, mas a foice continuava a rasgar a barriga do menino que a atacava, e ela a convocar a aranha para um massacre. Os olhos baixos só ganharam vida ao reconhecerem os tijolos da oficina de Moebius. Ramos de roseira pendiam ressecados das paredes, invasores derrotados ao alcançarem os arcos das janelas.

"Pare um instante", ela pediu, e a mulher obedeceu depois de margear a calçada. Pela chaminé, um fiapo de fumaça denunciava o fogo em extinção.

"Acha sensato?", perguntou Tiago, mas ela não lhe deu atenção. "E se Moebius ainda estiver aí?"

Ela destravou o pino que segurava a escada e desceu da bicicleta. "As crianças com quem conversei estão presas à oficina. E me disseram que ele foi embora. É a única chance que elas têm."

"Eu sei o que está tentando, Ju."

"Eu matei um garoto, Ti. E aquelas pessoas no beco... Me deixe ao menos salvar essas crianças."

"Eles estão mortos", se indignou.

"Mas não estão livres."

Ela se virou de costas e os deixou. Sem alternativa, o exorcista desceu atrás dela.

"Nos espere aqui", pediu.

Quando chegou ao interior da oficina, a necromante havia expandido a visão. Via o menino do ursinho montado em um bonifrate, nenhuma das outras crianças por perto. Ele a cumprimentou com um aceno e um sorriso macabro e flutuou para o chão, onde havia um buraco aberto junto à estante.

Tiago Boanerges via apenas o plano físico. A confusão do Entremundos parecia ter poupado a casa. Havia um cheiro terrível de morte misturado à fumaça. O forno estava com a porta aberta, focos de brasa estalando sobre uma grossa camada de fuligem. Tomando cuidado de não se queimar, retirou da grade de segurança o pedaço de algo esponjoso que identificou ser um cogumelo. Apesar de extremamente seco, foi possível notar a superfície vermelha de bolas brancas.

Ele havia usado a amanita para diminuir a resistência dos moradores da cidade aos efeitos do relógio, deduziu. Dada a grande quantidade, devia tê-la comprado no Jardim do Esquecimento. Isso explicava o contato do jardineiro com o relógio. Enquanto ele parecia ter potencializado os encantamentos do jardim, Moebius havia enlouquecido as pessoas. Uma sala inteira de cinema usada como cobaia.

"Sucesso, Ju?"

"Um deles entrou aqui." Ela se agachou na beirada do alçapão iluminado. "É melhor você ver isso."

O exorcista desceu as escadas que levavam ao porão. Cobriu o nariz com a gola da camisa para bloquear o fedor, precisando lidar apenas com o chiado dos ratos em busca de alimento. Havia pessoas mortas no chão, prováveis cinéfilos, e ferramentas que evidenciavam de onde os hipsters zumbis tinham tirado suas armas. O que atraiu sua atenção, porém, foi o corpo de Marcos, sem uma das mãos, em cima da mesa. Só de vê-lo, seu estômago revirou.

"Eu disse que ele não me inspirava confiança." Julia ultrapassou o exorcista, driblou ratos e cadáveres. Encontrou na bancada crânios de crianças, os ossos frontal e parietal cobertos de pregos milimetricamente posicionados. O menino do ursinho parou em frente a um deles e aguardou.

"O que vai fazer?"

"Sem um ritual, não consigo me comunicar com eles."

"Conduzir um ritual aqui embaixo seria suicídio. Eles não podem fazer uma dancinha ou sacudir as mãos para confirmar que essas são as peças certas?"

"O espelho", ela se lembrou de repente. "Pode me ajudar a carregá-los?", pediu e pegou dois dos crânios. Embora não estivesse certo do que sua pupila pretendia, não se poupou a colaborar. Se aquilo a faria se sentir melhor, então valia a tentativa.

Como imaginara, os espíritos se revelaram no reflexo. Havia apenas quatro deles, contando o menino do ursinho. A menina mais velha tinha sumido, e o restante do grupo parecia perdido sem ela.

Julia Yagami teve vontade de dizer que a partir de agora tudo ficaria bem, consolá-las de alguma forma. Entretanto, sabia que as crianças continuariam à mercê da própria sorte. Segurou o crânio menor com as duas mãos, elevou-o à altura de seus olhos e ampliou ainda mais sua visão. Uma luz violeta brilhava dentro dele, uma chama fraca à beira de se extinguir.

"Ele nem sabe que os prendeu aqui", disse ela. "Deve ter cravejado os crânios por diversão." O sentimento de raiva atraiu os espíritos de dentro do espelho, e ela tratou de limpar a mente. Concentrada, recitou o encantamento de libertação e assoprou a chama até perder o fôlego. Assim que ela se apagou, uma das crianças desapareceu de sua frente. Sentindo-se mais leve, partiu para o crânio seguinte até todas elas terem ido embora.

O último a partir foi o menino do ursinho. Ele esticou a mão entregando o boneco para Julia e desapareceu. Algo lhe dizia que eram dele as maiores chances de sobreviver lá fora.

Ao senti-la recolher seu dom, Tiago se aproximou e tocou seu ombro. "Eles estão livres como queria, é o que vale", disse ele, ciente do que ela pensava. "Foi um gesto de bondade e de coragem vir salvá-los. Vamos torcer para que encontrem o caminho deles. E para que encontremos o nosso."

"Eles conseguirão", respondeu, tomada de esperança.

"Agora me dê um instante. Vá lá ver se a nossa carona continua nos esperando ou se foi esperta e se mandou."

Ela assentiu.

"Não demore, tá?"

"Pode deixar."

Ele esperou a pupila sair da oficina e subiu para o segundo andar, onde sabia que o artesão guardava os materiais inflamáveis. "Longe do forno", tinha lhe dito uma vez. Passou por uma mesa com xícaras e uma cartola e foi para o armário da dispensa pegar os frascos de álcool e latas de querosene. De volta ao porão, derramou o líquido sobre os corpos, mesa e prateleiras. Usando as brasas cobertas pelos restos de amanita, acendeu um jornal velho e o arremessou do meio da escada.

O fogo correu rápido, consumindo faminto tecidos, carne, madeira. Quando lambeu o cadáver de Marcos Sardenha, antigo supervisor do Conselho de Hórus, o exorcista não estava mais lá.

O restante do percurso não trouxe surpresas.

A bicicleta desacelerou em frente a uma casa caiada, sem nenhum detalhe que a destacasse das demais. As paredes eram brancas, as portas de madeira crua. Uma calha de traços retos acompanhava o perímetro do telhado e fez Julia se perguntar se ali chovia.

"É aqui", disse a condutora. "Boa sorte."

"Obrigado", respondeu o exorcista, e então desceram.

A mulher dava impulso nos pedais quando a necromante a chamou: "Ei, você não vai vender os órgãos do seu filho, não é?"

"Nunca falei isso, bruxinha. Foi seu mestre quem deu a sugestão", respondeu ela, os lábios um traço inexpressivo.

A apatia da mulher a incomodou. Havia alguém capaz de sobreviver àquele lugar maldito? Torceu para que o garoto, onde quer que estivesse, encontrasse o descanso merecido.

"E agora?", perguntou ela, se virando para o exorcista. O estado dele era péssimo, o dela não devia estar muito melhor.

Uma pétala solitária tocou o sapato de Tiago Boanerges e se desfez ao ser arrastada pelo vento. Mesmo naquela região mais afastada, havia restos de tantas delas que os paralelepípedos mais pareciam margens de microcórregos, sangramentos de uma cidade incapaz de conter as nascentes de suas feridas.

"A gente espera", respondeu, querendo esticar ao máximo aquele instante. "Ela sabe que estamos aqui."

Uma risada histérica os colocou em alerta. Quietos, ouviram passos se aproximarem e um garoto saltear as calçadas em fuga. Vinha em um embalo desequilibrado, evitando as irregularidades do calçamento, fugindo de um inimigo invisível.

Ou nem tão invisível assim.

O ataque se sucedeu tão depressa que os magos não perceberam de onde veio. De repente, o garoto pairava sobre um mar de telhas coloniais, suspenso por um perscrutador. Parte do manto negro se prolongou como um tentáculo e o segurou pelo pé, enquanto outra se enrolava em seu braço. O vigilante o sacudiu em um movimento brusco – cada tentáculo em uma direção diferente –, o enfiou dentro do manto e seguiu viagem.

"Quer saber? Nada de esperar."

Tiago abriu uma fresta que permitia a passagem de apenas uma pessoa por vez. Deixou Julia entrar na casa e fechou a porta. A necromante tomou um susto com o barulho. O ambiente escuro a impedia de enxergar um palmo à frente do nariz. Ela tentou expandir a visão, mas algo lá dentro a inibia. "Tiago?", ela chamou, sem ouvir resposta. Tentou retornar, mas só encontrou paredes e móveis, nenhum sinal de janelas ou da entrada pela qual havia passado.

O cheiro de poeira e de coisa velha lhe provocou uma onda de espirros. Às cegas, tateou em busca de um interruptor, mas agora as paredes também haviam desaparecido. "Tiago." A voz começou num sussurro e depois escapou mais alta, de novo e de novo. Nenhum ruído, nenhuma resposta. O que teria acontecido? Procurando conforto, levou os dedos ao cordão de ossos e, num estalo, entendeu o que se passava. Ninguém dissera que seria anunciada como uma concorrente de um show de calouros. Era o teste, decidiu. Ele havia começado.

Isso ou...

Ela seguiu a passos curtos, mãos sacudindo, desbravando o negrume. Sentiu algo esbarrar em sua canela e o coração foi à boca. Não sua canela contra algo, o inverso, de fato. Chamou Tiago uma enésima vez, um reflexo irracional depois de tantas tentativas inúteis, e ouviu seu nome ser sibilado em resposta.

"Julia."

A ideia de que alguém havia invadido a casa e matado Nazarethe antes de chegarem se arraigou em sua mente e o medo se transformou em combustível para o descontrole. Pensou em correr para a entrada, a porta não podia ter desparecido de verdade, tentar encontrar as janelas. Do lado de fora haveria luz, pelo menos. E quem sabe Tiago ainda estivesse lá.

Os resquícios de tranquilidade a abandonaram quando algo se enrolou em sua perna e a derrubou no chão. Ofegava cada vez mais rápido, imaginava demais, mantinha os dentes cravados nos lábios para segurar o choro. Precisava achar um objeto com que se defender ou acabaria morrendo.

"Acalme-se, Julia Yagami", repetiu para si. "É só um teste."

"Acalme-se", alguém respondeu.

Sem ceder aos temores, ela se pôs de pé e manteve o ritmo, os braços sacudidos na horizontal para antecipar o próximo obstáculo. Ao enfim esbarrar em uma parede e encontrar um interruptor, ansiou por uma luz que varresse a escuridão e decifrasse o lugar onde se encontrava, mas teve de se contentar com uma ponteira amarela iluminando o meio de um corredor.

Ela percorreu com cautela o espaço que levava à luz, recordando as lições de como manter o foco inclusive em situações de risco. Aproximou-se do que imaginava ser a lâmpada, e percebeu asas transparentes e patas miúdas formando o corpo de um inseto. Ao tentar tocá-lo, ele zumbiu e voou por aquela passagem sem começo nem fim. Com medo de ser engolida novamente pelo breu, a necromante seguiu atrás do ponto luminoso. De repente, se viu em um entroncamento que desembocava em uma rua espremida entre um muro e uma quadra gradeada. Atrás dela, nenhum sinal de casa ou corredor.

O lugar tinha um cheiro de esgoto nauseante e insetos voando em torno de caixotes empilhados. Por mais que fosse estranho, aquele cheiro não a incomodava. Ao contrário, sentia nele certa familiaridade. Analisando-se, notou fios de barbante enrolados em seu punho e os suspendeu. Encontrou nas pontas cabeças de rato ainda frescas, a pele pouco ressequida e os olhos vazando.

No lugar do nojo veio a fome.

Deixou a língua se esticar rumo ao pescoço arrancado, esfregou o nariz nas vibrissas e, em um instante de controle, conteve o instinto. Julia Yagami seguiu adiante sem entender com quem dividia a vontade, passos dela e de um outro dados em sincronia. Vasculhou a quadra atrás da grade pensando se haveria algo utilizável naquelas caixas, e só parou ao ouvir um grunhido.

Da distância onde estava, identificou um homem de calça xadrez inclinado sobre alguém. Conforme se aproximava, teve a certeza de testemunhar uma agressão. Um riso nervoso escapou entredentes, divertimento seguido de culpa. Julia se assustou ao identificar Tiago Boanerges com o braço firmado no pescoço de um homem, usando o próprio peso para sufocá-lo. A pele dele estava cobertas de manchas e o rosto fino, uma magreza doentia.

Ele se levantou assim que a viu e gritou um par de palavrões. Estava descalço, pés imundos, e mal conseguiu se equilibrar. Ela ouviu uma voz grave e arrastada retribuir às ofensas e demorou a perceber que era ela mesma quem falava.

"Ora, ora, um rato caçando no esgoto."

"Se manda."

"Roubando dos bêbados?"

"Cala essa boca, filho da puta", respondeu Tiago, cuspindo no rosto de sua pupila. A ousadia a fez bufar de ódio. Julia partiu para cima dele e o acertou na barriga com um chute, devolvendo-o ao chão. A cabeça do exorcista colidiu contra uma garrafa vazia, e ele só não desmaiou porque o homem que acabara de estrangular amorteceu a queda. Ela espalmou as mãos em seus bíceps, tentando prendê-lo, e o ameaçou de morte. Contudo, num deslize, acabou levando um soco.

Pega no susto, a necromante tombou contra a grade. Tiago manobrou por cima dela e a segurou firme na garganta. Como continuava a se mexer, apertou mais forte para que o ar lhe faltasse. Em seu delírio de íon-K, enxergava dentes afiados e asas pontiagudas. Não aguentava mais o maldito onírico o atormentando no corpo da menina. Não aguentava mais o monstro zombando de sua penúria com julgamentos que corroíam a pouca lucidez que lhe restava.

Foi então que os citrinos brilharam e a aparência de Julia voltou ao normal aos olhos de seu futuro mentor. Seus cabelos pretos, e não asas, se derramavam pelo chão.

Entre os pensamentos minados pela ação da doença, num intervalo de alucinações, ecoou a lembrança de quem era de verdade. Não abandonaria mais um alguém à própria sorte, não assistiria ao onírico devorar a essência de uma menina. Ele não era um fracassado, não aceitaria as provocações daquele verme. Mesmo que morresse vítima de seu amor pela musa e dos seus vícios, seria um exorcista até o fim, e estava retomando as atividades a partir dali.

Lutando contra os giros de sua mente, buscou uma memória segura e inspirou com vontade. Enquanto visualizava o rosto de Liz, a energia se acumulou no peito e correu veloz para as luvas, passando a anular o campo que unia o onírico à hospedeira. Uma nuvem de pontos luminosos se desprendeu da pele e do que restava das roupas e preencheu o espaço ao redor, milhões de vagalumes em uma noite de verão. Quando o ser de aparência bizarra abandonou o corpo, Tiago passou a dissipar seu vínculo com o Entremundos, usando a raiva acumulada como munição. Queria enfraquecê-lo antes de despachá-lo para Yume, aumentar as chances de ser predado por algum parasita.

"Espere, espere! Não me mande embora", disse o ser de fumaça.

"Boa viagem, idiota."

"Eu posso ajudar você a sair daqui."

"Ninguém pode me ajudar, eu já estou morto", respondeu, o corpo fragilizado indo além de seu limite.

"Eu sei como curá-lo."

"Sem essa."

"Eu posso curar a morte negra!", gritou o onírico. "Eu posso arrancar a morte negra de dentro da sua carne, drená-la do seu sangue", repetiu ele, "Eu sei como deixá-lo saudável novamente."

Mantendo-o no ar, Tiago se virou na direção do homem que havia assassinado e pegou a garrafa caída no chão. Incerto de seus atos, conduziu o onírico para dentro dela e usou o que restava de sua força para selá-la com magia.

À sua volta, um forte odor de nicotina.

O exorcista esvaziou a mochila do morto, guardou a garrafa e a colocou nas costas. Sem um bom ângulo, abaixou-se ao lado de Julia e a suspendeu nos braços, primeiro o tronco, depois as pernas, e a carregou para fora da ruela, empurrando o portão gradeado.

Encarava os olhos brancos sem saber se havia restado alguma consciência, contando apenas com a esperança de poder salvá-la e reparar parte dos estragos que havia feito desde que abdicara da vontade de viver. Andou assim, sem hesitar, até encontrar uma saída das galerias subterrâneas e voltar à face externa do Entremundos, onde sua força chegou ao fim.

Exorcista e necromante foram ao chão. Não sabia se o vermelho em sua mão vinha de si ou se dela. Ainda sentia dificuldade de separar o que era real dos frutos de sua alucinação. Decidido a pedir ajuda, ancorou-se em uma viga de madeira, e se reergueu. Voltava a ter consciência da morte negra, sentia as garras cravadas nos músculos, a lança dentada lhe perfurando a barriga.

Tiago olhou para as casas de arquiteturas excêntricas e tentou se lembrar da direção. Uma rua certa e chegaria a uma das passagens para Libertà. Uma rua errada e seria o fim daquela menina. E havia tantas delas, tantos caminhos possíveis, que seu desespero só fez aumentar.

Assumindo o fracasso, ajoelhou-se no chão e aninhou Julia em seu colo. Perdera para si mesmo, pensou, em desalento, ajeitando os cabelos molhados da menina para trás.

Entretanto, Tiago Boanerges não estava tão sozinho quanto supunha. De início, julgou ser mais um efeito do íon-K, da doença, sua mente pregando peças. Depois, começou a temer o ataque da cobra imensa que deslizava rente ao meio-fio, mas ele nunca aconteceu. Por uma razão naquele instante inexplicável, enquanto o animal os circundava, sentiu a paz voltar ao peito, o coração bater em um ritmo saudável, e uma onda de tranquilidade levou seus medos embora. De repente, o Entremundos deixou de parecer um labirinto inescapável.

Tiago limpou as lágrimas dos olhos, apoiou Julia e se levantou. Que essa fosse sua derradeira caminhada, mas não morreriam ali. Só parou de andar ao vencer o último degrau da escada e atravessar a passagem. Quando a protetora do espelho abriu a porta da saída de emergência e os encontrou, pôde se entregar à escuridão.

Julia Yagami viu o cinema se dissolver em cores, depois o espelho, a escada da passagem e a quadra gradeada e, por fim, o corredor onde encontrara o foco de luz. Levou as mãos ao pescoço, sentindo o cordão queimar a pele, e o arrancou.

Dessa vez, a casa estava clara e foi fácil voltar à sala de onde viera. Detrás de uma mesa de jacarandá com os pés talhados em forma de serpentes, Nazarethe Villagera e Tiago Boanerges a observavam calados, ela sorridente, ele inexpressivo.

Julia demorou a processar o que havia testemunhado. Não sabia como agir, o que dizer nem o que pensar. Teria ficado ali parada pela eternidade, presa nos conflitos dentro de sua cabeça, não fosse a bruxa lhe fazer um convite: "Por que não puxa uma cadeia e se senta, menina? Nós três precisamos conversar."

Última Parte

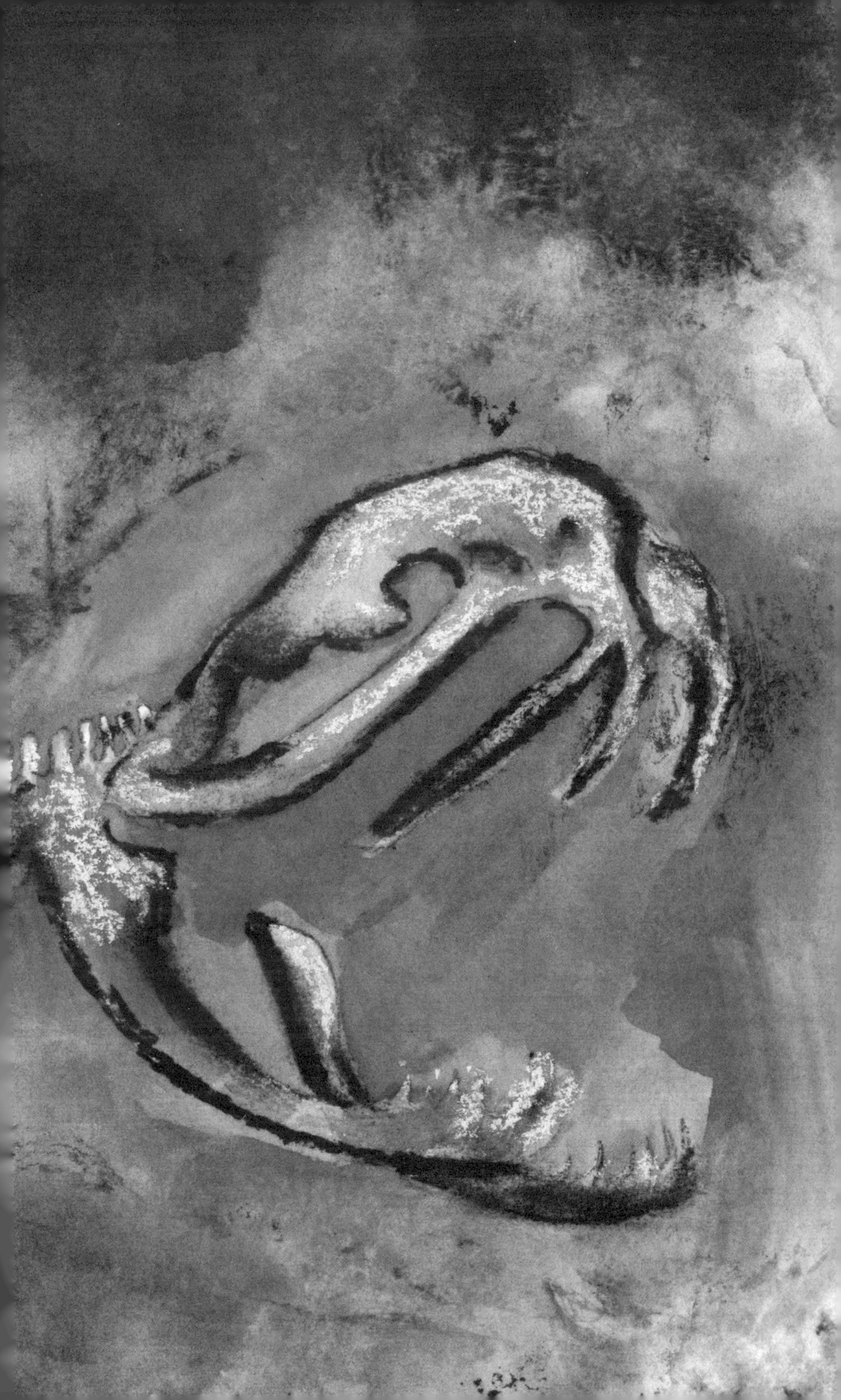

24

Ouroboros

Sentado no capô do carro sobre a calçada, Jaques fumava um cigarro. Pelos estalidos e murmúrios, soube que a espera havia acabado. Ao ver o trio de magos sair de casa, tomou um susto que suprimiu com ligeireza e se dirigiu ao porta-malas.

"É melhor guardar isso no bagageiro, o banco é estreito", sugeriu à necromante, de olho na grande sacola opaca carregada por Nazarethe. "Está levando mais um cadáver para a festa?"

"Apenas os ossos", ela respondeu e deu a volta.

Durante o trajeto para o cemitério vertical da Vila Pasteur, o lobo se manteve calado. Olhava-a pelo retrovisor, curioso pelos pensamentos que nutriria a seu respeito. Muitos anos haviam se passado, mas se lembrava de cada detalhe da noite em que a conhecera e tivera de fugir. Sabia quem ela era e do que era capaz. Acima de tudo, sabia o preço de sua cabeça e quanto ela pagaria pela dele.

Com a testa apoiada no carro e os cabelos sacudindo no vento que vinha da janela, Nazarethe admirava a paisagem urbana, o aglomerado de gente, carros e construções de Libertà, atenta a um mundo com tonalidades além do amarelo pálido ao qual havia se acostumado.

Ela havia se escondido em Paris durante um inverno rigoroso, se recolhido em um casarão em São Luís do Maranhão e aproveitado os teatros de Buenos Aires antes de transformar o Entremundos em sua morada e entender que lá e apenas lá, na cidade entre os reflexos, encontraria paz.

Era uma nova época que via, muito mais caótica, porém mais vivaz e intrigante, e no meio de sua resignação sentiu uma pontada de tristeza. Havia escapado da morte e, ao mesmo tempo, abdicado da vida que construíra pela causa que acreditava. Uma ironia amarga para uma necromante.

Seguiam por uma rua engarrafada, a poucos quarteirões de seu destino, quando ela resolveu perguntar: "Você nunca foi ao Entremundos, não é?".

Ele esperou um sinal fechado para falar.

"Uma vez para nunca mais."

"Traumas antigos?"

"Meu território é Libertà", prosseguiu Jaques. "Um lobo esperto sabe onde mija, e aquele lugar me dá calafrios."

"Sabe, abestado, seu rosto me é familiar", ela comentou.

"Tenho um rosto muito comum." Pisou no acelerador.

Ele a encarou pelo retrovisor uma última vez e passou a se concentrar no trânsito. Talvez fosse sensato manter uma distância segura, mas sensatez nunca fora seu forte. Estava claro que ela o havia reconhecido. Tentaria abordá-la quando a oportunidade surgisse, sem outros magos por perto.

Vinte minutos depois, o grupo chegava ao estacionamento do Pax Deorum. Por fora, parecia um prédio comercial comum, de arquitetura discreta. Cerca de dez andares aproveitavam a luz natural, com pavimentos personalizados para os mais endinheirados e um grande sistema em forma de colmeia em sua área principal, abrigando os lóculos de preço mais acessível.

Julia nunca havia entrado em uma construção do tipo. As excursões de faculdade a levavam aos velhos cemitérios horizontais, escolhidos pelo charme e valor cultural, bem como pelo acesso facilitado a túmulos e jazigos. Apesar das proibições, sempre havia um aluno para desenhar uma mandala ritualística longe dos professores, o que acabava em problemas e suspensão.

Ela mantinha uma expressão soturna, o cordão de ossos enrolado entre os dedos. Durante a madrugada, havia conversado com Tiago e, desde então, vinha se impondo uma postura madura para lidar com as descobertas desencadeadas pela visita à casa de Nazarethe. Optou por pensar naqueles dois, seu antigo eu e o antigo exorcista, como pessoas com quem não tinha mais contato, o que não impedia as lágrimas de brotarem de vez em quando.

"Só não entendo por que não me contou sobre as memórias bloqueadas."

"Porque eu não sabia sobre elas. Não em sua totalidade, pelo menos. Quando pedi que bloqueassem da sua mente aquilo que viu no beco, fizeram o mesmo comigo. O primeiro que rompesse o bloqueio liberaria as memórias do outro. Foi um encantamento conjunto. Eu me lembrava apenas de fazer o exorcismo e ver você no chão, depois ser ajudado pela cobra e então levá-la embora daquele fim de mundo."

"O jardineiro teve alguma coisa a ver com isso?"

"Acho que sim, apesar de não me lembrar de ter estado lá com você antes."

"Podíamos ter superado isso juntos."

"Eu tinha acabado de matar um homem, Ju", falou o exorcista, a nuvem negra se apertando em seu peito. "Tinha acabado de te conhecer. Queria me manter próximo, ajudar na sua recuperação sem o peso daquela parte da minha vida. Se soubesse o que eu tinha feito, aceitaria ser minha pupila?"

"Você salvou a minha vida."

"E por pouco não a tirei."

"Pelas coisas que vi, eu também poderia ter te matado."

"Sem o exorcismo acidental, é provável que eu tivesse morrido pelas suas mãos. O importante pra mim é que conforme as suas visitas ficaram mais constantes e você começou a me ajudar na recuperação, senti que era uma necromante talentosa. Quanto mais nos tornávamos amigos, mais a minha mente se afastava das lembranças contidas pelo bloqueio. De vez em quando eu intuía saber de alguma coisa, sentia uma sensação ruim, mas não sabia explicar o quê."

"Eu acredito em você", disse ela. "De qualquer modo, não consigo parar de pensar que aquele foi só um instante de uma semana inteira de lacunas na minha cabeça. Ainda falta muito a ser recuperado."

"Agora que o encantamento foi desfeito, as lembranças virão, e terá que se preparar para elas. Só não se esqueça de que estava possuída, Julia Yagami. Você também é uma vítima, e não a responsável pelo que aconteceu."

"Será que fiz coisas muito ruins?"

"Quem sabe?"

"Piores do que você?"

O exorcista se calou. Daria a ela o espaço necessário. Não havia como justificar seus atos na cidade entre os reflexos. Entregara-se a um estado de completa desolação, sem vontade de reagir, exalando autopiedade por cada poro. Contudo, aquele era outro Tiago Boanerges, um que a própria necromante havia ajudado a sepultar, um que havia morrido quando levaram seu coração. Agora, precisavam deixar o passado de lado e ficar com a mente limpa para o ritual, pois qualquer ruído poderia gerar consequências perigosas.

Xela apareceu na hora certa. Atravessou os pórticos de vidro fumê e veio na direção de Julia, sem esconder a ansiedade. Sua careta de susto ao ver os ferimentos dela aliviou parte da tensão no ar.

"Eu ia perguntar como foi no Entremundos, mas é melhor pular essa parte, pelo visto."

"Uhum."

"Você tá bem?"

"Agora não, Xela."

"Quer que eu vá embora?"

"Não, fica aqui comigo. Me fala do seu dia. Estou precisando de companhia para não pensar bobagem", respondeu, vendo Tiago se afastar para cumprimentar o outro guará que o aguardava na portaria.

Dentro do elevador, Bonini explicou por alto o funcionamento do prédio. Avisou que Castilho havia isolado a face leste de um dos andares para a execução do ritual. O corpo estava em um caixão de forma a simular um velório, e os seguranças tinham sido instruídos a não permitir a passagem de quem subisse sem a companhia de um dos guarás.

"Os cadáveres são sepultados em lóculos tampados por uma placa de concreto e outra de granito. Depois de fechados, só é possível abri-los com autorização da polícia, senão a violação é considerada crime. Isso vale tanto para vocês quanto para salvaxes. No nosso pavimento, os lóculos possuem uma terceira tampa, só por precaução."

"Isso é conversa de funcionário, ou é impressão minha?"

"Eu já trabalhei no setor de arquivos, mas era um saco ter gente tão próxima como chefe. Então me demiti. Agora estou só com a faculdade. No ano que vem quero procurar outro emprego."

"Biologia, não é?"

"Boa memória."

"E o que a família Bonini acha de ter um futuro biólogo em casa?"

"A família Bonini sou eu e minha mãe. Ela quer que eu me dê bem na vida, não interfere nas minhas escolhas, e eu desejo o mesmo para ela."

No corredor, Tiago parou para espiar uma imensa placa de ferro de tons negros e dourados presa à parede. Era a única peça escura naquele imenso mar de tons claros e espaços bem iluminados. Nela se destacava em alto-relevo a imagem de Farkas, um garoto com corpo humano, orelhas pontudas e grandes pés de lobo. Vestia apenas uma calça que terminava no joelho e luvas enroladas em correntes.

"É bonito, não é?", Bonini comentou.

"Não sabia que guarás tinham ligação com Farkas."

"E não temos. Cientificamente guarás nem são lobos, não temos um *lupus* no nome. Em cada andar do cemitério há a placa de uma divindade diferente, parte da política de boa vizinhança dos Castilhos. Uma família de salvaxes manter um empreendimento desse porte ainda não é muito comum, acaba chamando atenção de gente mal-intencionada. Fora isso, Farkas é um bom zelador. Não se esqueça de que, para nós, a energia e a matéria são inseparáveis, e o corpo deve ser cuidado mesmo após a morte."

"O ritual de cremação dos magos deve ser um verdadeiro filme de terror para guarás."

"Se fosse feito com um dos nossos, seria uma afronta. Queimar um salvaxe é um ato impensável entre nós. Mas entendemos que a relação de vocês com a energia é diferente e respeitamos isso. Se conseguem projetá-la e transformá-la, talvez não esteja tão conectada ao corpo quanto a nossa. Quem sabe não possa me explicar sobre o assunto um dia?"

"Quem sabe?", finalizou Tiago, voltando a caminhar.

Do outro lado, Xela comentava as reações da família a um possível ritual de necromancia, mas queria mesmo era voltar ao assunto que o incomodava. Desde a invasão à casa de Tiago Boanerges, vinha se sentindo de consciência pesada pelo modo como tratara a necromante. Durante a tarde de pesquisa ao lado dela, tinha tentado em vão encontrar as palavras certas para se desculpar. Na verdade, ainda nem sabia se devia mesmo um pedido de desculpas. Agora, depois de muito ruminar suas atitudes, tinha certeza de que agira daquele modo mais por desespero do que por raiva. No fim das contas, tinha sido uma conversa e não a violência que os levara até ali.

"Escuta, é muito tarde para falar que fui um completo imbecil na casa do seu mentor?"

"Nunca é tarde para se assumir um imbecil", disse Julia, sem encará-lo.

"Sei que nosso modo de agir foi errado."

"Foi sim."

"Agimos por impulso."

"Olha, você e seus amigos me amarraram e amordaçaram, me trancaram no banheiro, me trataram como um saco de lixo. Até ontem, diria que detesto todos vocês. Hoje, não faz a menor diferença. Não sou melhor do que ninguém. Teria feito igual, talvez pior."

Xela teve dificuldades de imaginar aquela menina meiga agindo de modo pior que guarás desequilibrados. Como parte de sua tática de fazer as pazes, achou melhor não levantar a questão e dar o assunto por encerrado.

"Sem mágoas então?"

"Sem mágoas."

"Quem sabe um dia a gente não possa sair juntos para apagar essa má impressão?"

"Quem sabe?", encerrou Julia, séria por fora, mas sorrindo por dentro.

Propositalmente para trás do grupo, Nazarethe e Jaques caminhavam devagar. Ela carregava sua sacola, ajeitando-a no ombro para lá e para cá, enquanto decifrava as centenas de corpos escondidos atrás dos lóculos.

Com a visão de necromante constantemente expandida, via fantasmas acompanhando os vivos e monitorando os mortos, primais passeando pelas alas, energias residuais se aglomerando e fluindo para os núcleos dispersores desenvolvidos pelos guarás.

Embora a confluência entre magia e tecnologia não lhe fosse novidade, não podia deixar de se espantar com a sua evolução.

"Faz muito tempo que abandonou esse reflexo?"

"Cinquenta, sessenta anos. Talvez mais", respondeu. Tinha feito a conta diversas vezes durante a noite, na casa de Tiago, censurando-se pela nostalgia que sentia por uma terra que havia lhe virado as costas. "Cheguei a voltar algumas vezes, mas é diferente estar no meio de gente comum."

"Ninguém interrompe um exílio de setenta anos só para ajudar um amigo."

"E o que você sabe sobre amizade, garoto? O que um moleque mesquinho que só pensa em si mesmo sabe sobre se sacrificar por alguém?"

Jaques matou o rosnado ainda na garganta.

"Você tem razão", falou ele, encarando-a com os olhos brancos. "Eu era um moleque quando aceitei participar da sua escolta pelo Entremundos. Não tinha o que comer nem onde dormir durante a guerra. Não podia correr o risco de me alimentar de corpos contaminados por doenças biológicas ou mágicas. A Liga me ofereceu as duas coisas mais preciosas naqueles dias: alimento e abrigo. Por isso aceitei. Mas não fui forte o suficiente. Então parti."

"E roubou o amuleto que me pertencia", acusou, recordando as feições do lobo de cabeça e barba raspadas.

"Com a venda dele, consegui sobreviver ao fim da guerra e sumir daquele pesadelo. Se quer saber se me arrependo? Nem um pouco."

"O que faz perto de Tiago, afinal? Gente da sua laia nunca dá ponto sem nó."

"Só cumpro ordens. Assim como você."

Nazarethe mudou a bolsa de lado, colocando-a entre eles, e decidiu não cair na provocação.

"Olha, esse papo tá muito sem futuro", carregou no sotaque. "O que acha de me largar quieta e ir conversar com os filhotes lá na frente? Quem sabe eles não arrumam algo útil pra você fazer?"

"É, quem sabe?"

No centro da sala do falso velório, um enorme caixão de madeira ornado com *Solanum lycocarpum* repousava sobre dois cavaletes. Dentro dele estava o guará, os pulsos enfaixados para esconder a região raspada durante a perícia. Seu pelo castanho e preto destacava-se contra o forro branco e ajudava a quebrar a monotonia do ambiente junto ao lilás da flor de lobeira.

Bonini apresentou o exorcista a Castilho, um homem de expressão cansada, porém forte, com olhos escuros que poderiam drená-lo para outro mundo num descuido. Tinha pelo menos um palmo de altura a mais do que Tiago, que não pôde deixar de imaginar como ele seria em sua forma salvaxe.

"Prazer. Aquelas são Julia e Nazarethe, as necromantes que irão me ajudar a conversar com o Fabrício. Obrigado por aceitar a minha proposta."

"Você tem feito muito por nossa família, senhor Boanerges. E eu lhe devia um favor. Conversei com o nosso xamanista e ele garante que o seu ritual não violará as nossas crenças. Fora isso, quero saber o que aconteceu com o meu filho de verdade."

A paz que aquele homem transmitia em nada parecia com a imagem que havia feito dele após ouvir os relatos de seu ódio por efrites. Tiago se perguntou o que mais ele esconderia por trás de sua atitude serena.

"Alguma dúvida que eu possa esclarecer?"

"Inúmeras, senhor Boanerges. Mas a maior delas será respondida durante o ritual."

"Meu pai preferiu não vir", Xela deu de ombros. "Mas concedeu a permissão dele e me enviou como representante."

"Obrigado por tudo que fez, rapaz. Sei que a sua participação foi fundamental", respondeu Tiago. "Agora me deixem conversar a sós com Castilho, por favor. Quanto antes acabarmos com isso, melhor."

Um tanto contrariados, os dois jovens guarás obedeceram e foram incomodar as necromantes. Queriam participar do ritual nem que fosse ajudando nos preparativos. Julia aproveitou para perguntar de Clara e a resposta veio de acordo com o que especulava. Não queria sentir o cheiro de morte, tinha sido o argumento. No lugar dela, também ficaria longe.

De pé no canto, Tiago explicou ao pai de Fabrício que o ritual de necromancia não traria o filho dele de volta. O contato seria feito com a mente do guará, como o acesso a um cartão de memória.

"A atividade cerebral será reiniciada por um tempo finito para que eu possa saber o que Fabrício associa aos seus momentos finais. Através dessa associação, poderei alcançar memórias importantes. Nazarethe cuidará do controle de energia, impedindo influências externas, já que estamos em um cemitério, e Julia apertará os botões de *play*, *stop* e *rewind*, me ajudando a navegar por dentro da mente do seu filho."

"Eu poderei conversar com ele?"

"Seria como falar com um gravador. As informações ficariam lá registradas, o que não significa que o aparelho entenda o significado delas."

"Não haverá vida."

"Os necromantes que possuíam esse dom se foram há muito tempo. Ironicamente, levaram com eles o conhecimento necessário para ressuscitar os mortos. Sinto muito."

"Melhor assim", ele respondeu. "E quando vamos começar?"

"Elas já estão terminando os preparos. Peço que fique calmo e não interfira, aconteça o que acontecer. Isso inclui se manter calado. Quando Fabrício conversar comigo, será com a voz real, e não um contato mental, então também poderão escutá-lo."

"Eu não irei me meter."

Xela e Bonini haviam descido o caixão do suporte ao piso. Julia Yagami trancou a sala, apagou as luzes e cerrou a cortina, de modo a restar somente a claridade por trás das fibras do tecido. Nazarethe estava ajoelhada na frente do corpo, palmas esticadas para baixo. Mantinha os olhos fechados e parecia falar baixinho com alguém que somente ela conseguia enxergar.

Ao sentir a aproximação do exorcista, estalou os dedos em sua direção e indicou um ponto à esquerda. Fez o mesmo com Julia, que se sentou do lado oposto, de pernas cruzadas. Na terceira série de estalos, o interior de sua sacola começou a trepidar. Sob o seu comando, uma sucuri de ossos e ametistas serpeou sinuosa pelo chão e envolveu os magos. Vértebra por vértebra, ela os circundou até a mandíbula alcançar a ponta da cauda e parou.

Julia sentiu um estremeção e tratou de se acalmar. A cobra estava ali para protegê-la, repetiu para si mesma.

"Você está pronta, minha menina?"

"Sim."

"Então me dê sua mão e use seu amuleto como expliquei. Você será a guia, e eu o alicerce. Nada chegará ao seu coração sem passar por mim. Mantenha a concentração e ajude seu mentor. Se perdermos a conexão com o morto, não conseguiremos evocá-lo novamente antes de anoitecer. E você, Tiago Boanerges, faça o que fizer, não nos toque nem rompa o círculo."

Ele assentiu com a cabeça.

As mãos suavam frias.

"Tudo bem."

"Ótimo. Agora vamos nos divertir", falou, e todos se calaram.

Em meio ao silêncio, o som das respirações impunha sua melodia lúgubre. Nazarethe recomeçou os murmúrios – braços, ombros e costas em uma bela dança – que evoluíram para um cântico harmonioso aos mortos. Bastaram algumas palavras e a energia da necromante fluiu de seu corpo para o cadáver de Fabrício Castilho. Vencendo a rigidez muscular, ele se ergueu e apoiou as mãos no caixão, jogou o peso sobre as pernas e se levantou. Boquiabertos, magos e salvaxes assistiram a um guará ressuscitado de dois metros de altura latir com gana, um latido de sofrimento que nenhum deles jamais se esqueceria.

25
Lobo encarcerado

Fabrício tinha o olhar vazio. Andava pelas bordas do círculo que lhe servia de jaula, as garras expostas nas patas enormes, explorando a parede invisível que o continha. Sobrepondo o passado e o presente em uma realidade a ele indiferenciável, mirava os presentes à procura de seu inimigo. O modo como os encarava em nada lembrava os dias de vivente. Sem o jeitão de valentia nem o papo amistoso, era um mero reflexo do ódio guardado no instante de seu assassinato.

O salvaxe socou o ar na tentativa de romper a barreira e recuou contrariado, sua pata dormente. Antes que causasse algum estrago, Julia Yagami estabeleceu a conexão. Deixou a mente vaguear até encontrar ondas de pensamento e começou a vasculhar impressões sinestésicas. Logo que a identificou na mente recém-desperta, Fabrício ganiu confuso e tentou expulsá-la. Recebendo uma dose de energia de Nazarethe, Julia rompeu as defesas e enfrentou os resíduos do medo da morte, entrando finalmente em sintonia com sua essência.

Por um intervalo mais curto que um soluço, sentiu um manto dourado envolver seu rosto e o ar lhe faltar, e o susto por pouco não rompeu a conexão. Depois disso, tudo o que veio foi paz e um sentimento de compreensão, refletido na postura tranquila de Fabrício, que desistiu de lutar e arriou as mãos. De repente, Julia se sentiu inspirada a conduzir o ritual, certezas suplantando as dúvidas, sua expressão também tranquila.

"Pode se aproximar", avisou ao exorcista, que foi para o centro do círculo. De pescoço inclinado para cima, ele olhou para o rosto do guará. Sentiu-se pequeno, raquítico. Nem nas rinhas havia estado com tanta proximidade de um deles na forma salvaxe.

Incerto de como começar, lembrou-se dos conselhos de Nazarethe Villagera e o tratou com naturalidade: "Fabrício, eu preciso falar com você".

"Vá embora."

"É muito importante que nos ajude a entender o que aconteceu."

"Ela não quer você aqui".

"Ela?"

"Vá embora!", disse o guará.

"Ele não devia ter emoções", Tiago se dirigiu à Nazarethe. "Não era para ser assim."

"Há uma força interferindo no ritual. Emana diretamente de dentro dele. Não posso bloqueá-la."

"É a musa?"

"Nós não estamos sós."

Tiago sentiu a mente nublar e um blues soar baixinho. Com um nó na garganta, reforçou a concentração e segurou os pulsos enfaixados de Fabrício, evitando o toque direto. Uma onda percorreu suas mãos e ativou os citrinos, criando uma fina camada de fuligem dourada. Parte dela se dissipou ao acender as pedras sob o couro da luva e parte escapou pelos braços, se misturando à energia adormecida no guará.

Me deixe falar com você.

Vá embora.

Não vou sair daqui.

Vá ou irei matá-lo.

Centenas de imagens se reavivaram, lembranças de suas noites com Liz, beijos e orgasmos desnorteantes mesclados ao sofrimento da perda e da morte negra. Sua pele estava quente, os pelos se queimando.

Preciso saber como ele morreu.

Alinhada à mente do guará, Julia percebeu o exorcista em perigo e alertou Nazarethe.

"Temos que tirá-lo de perto do lobo."

"Não se preocupe, minha menina", a voz não mais lhe pertencia. "Ninguém vai nos machucar."

Obedecendo a um comando silencioso, a sala mergulhou na mais profunda escuridão. A sucuri serpeou lentamente, a cauda junto à boca, mantendo íntegro o círculo dentado e emanando um brilho fugaz. Tiago sentiu o gosto da derrota nos lábios. Suas pernas fraquejaram. Os braços foram cobertos por manchas. Ele sentiu a mordida na perna latejar, o supercílio se abrir num corte e lhe turvar os olhos.

Permita-me.

Não.

Por favor.

Quando os sentidos pareciam prestes a abandoná-lo, sentiu a serpente ampará-lo e ajudá-lo a retomar a concentração. Saída de uma lembrança aconchegante, uma canção ecoou. *Bad love, bad love and misery.*

"Fale com ele", disse alguém.

"Fabrício..."

I'm getting sick and tired of all this secrecy.

"Preste atenção em mim", Tiago olhou ao redor. Não via ninguém além da muralha escura. Estavam a sós. "A musa está tentando te confundir... nos confundir. Eu sei como é difícil resistir ao chamado dela, mas você precisa me ouvir. Faça um esforço. Seu pai e seus amigos estão contando com isso para deixá-lo descansar em paz."

Deixe ele me contar a verdade.

Por que eu faria isso?

Para que eu possa encontrar você.

A menção ao pai fez o guará abaixar a cabeça, seus olhos refletindo um fiapo de consciência. Tiago sentiu o ar pútrido exalar de suas narinas. Viu as presas avantajadas sobrepostas ao lábio inferior.

"Ela não vai mais interferir."

"Ela está aqui?", perguntou o exorcista.

"Parte dela."

"Sabe me dizer como se conheceram?"

"Sim."

Em um chamado silencioso, Tiago pediu ajuda. Sentiu uma pequena serpente de ossos se enroscar em seu pulso, o amuleto de Julia. O chão liso sob seus pés se esfarelou e ganhou consistência arenosa. Gritos de briga e provocações cobriram o cântico de Nazarethe, seguidos de uma gargalhada gostosa. De repente, viu-se em um campo de futebol construído na entrada de uma favela, camisa amarrada na cintura, e soube que conseguira entrar.

O cheiro veio agressivo pelas narinas, se infiltrou entre pelos encontrando células olfativas, se desmembrou em informações facilmente decodificadas pelo guará. Havia o suor salgado de seu rosto e de outras peles, vapores de desodorantes e fumaças muito além das nicotínicas. Pairavam no ar resquícios de sangue misturados ao barro enegrecido pelo asfalto da rodovia. Traços sutis de ossos carbonizados, histórias para sempre perdidas sob o pó.

Apesar de confuso, Tiago conseguiu separar sua essência da dele. Imaterial, se transformou em uma testemunha silenciosa, um observador da sua consciência.

Fabrício Castilho jogava futebol com moleques de idades distintas quando foi interrompido. "Eu não vou fazer parte disso. Estou fora!", disse ele. "Essa luta contra oníricos não me diz respeito. Me deixem em paz."

A dupla que o abordava insistiu, mas um garoto veio em sua defesa. Tiago o reconheceu da televisão. De uma foto de pé no sofá, sorridente, segurando a bandeira de um time de futebol. Era a foto mostrada na reportagem sobre a investigação dos crimes na favela. Um dos irmãos da menina vidente levados pela unidade tática do Conselho de Hórus.

Outros garotos vieram separar a briga. Fabrício deixou a dupla para lá e voltou para o jogo. Correu pelo campo de terra e ganhou sapatos, calças sociais e uma blusa de botões. O cheiro de morte cedeu a um delicioso aroma de café misturado ao cheiro de tinta de impressora. Os xingamentos se transformaram em ruídos e falatório de escritório.

O guará carregava uma pasta nas mãos. Caminhou pelo corredor de um andar amplo, todo dividido em baias, acenando vez ou outra para conhecidos. Bateu numa porta bege, entrou tímido antes que o chamassem. Seu chefe, atrás da mesa, pediu que se aproximasse. Fabrício entregou a ele a pasta que carregava. Em sua capa, um "A" que o exorcista conhecia de algum lugar. O chefe agradeceu com um elogio e apontou para um homem sentado na cadeira em frente. Tiago reconheceu Marcos Sardenha de imediato. Seu ar de superioridade, a firmeza no discurso ensaiado.

"É só eu me deitar por duas horas?", ele perguntou. O escritório havia desaparecido. Estavam na proa de um navio.

"Duas horas quieto, dormindo. E o seu pagamento no final", disse Marcos, o charuto entre os dedos. "Vamos descer?"

"Espere um momento", pediu Tiago, interferindo nas lembranças. "Como ele chegou a você?"

"Uma indicação da empresa por meu bom desempenho", disse Fabrício.

"E você aceitou."

"E foi então que a vi pela primeira vez."

Fabrício abandonou a proa e desceu as escadas da embarcação atrás de Marcos. Encontrava-se agora diante de uma espécie de aquário, uma cama envolvida por uma câmara de vidro com o mesmo "A" estilizado em sua base. Ao vê-lo daquela forma, recortado em uma chapa de metal, Tiago se lembrou da conversa com Bonini, do passeio no catamarã. Aquele era o "A" de Arcádia, a empresa onde Fabrício estagiava, o "A" do iate de Beatrice Belcastro.

Fabrício retirou a camisa e os tênis. Antes de se deitar, olhou para o aquário ao lado do seu. Uma nuvem de um dourado brilhante ocupava todo o seu interior, numa forma vagamente humana. Um sujeito baixinho e careca, vestindo um jaleco branco, pediu que não pensasse muito nela. Esperou que entrasse no aquário, prendeu fios em sua cabeça e apertou botões que fizeram a tampa se fechar.

"A musa."

"Eles me ofereceram um bom dinheiro, mas não foi por isso que aceitei. Queria deixar a influência do meu pai para trás. Enterrar simbolicamente o ódio que ele nutria pelos oníricos. Eu havia participado de alguns encontros com o grupo de extermínio de efrites, mas não consegui ficar. Levei Bonini comigo para descobrir a opinião dele, e ele reagiu de uma forma ainda pior. Para que meu pai não soubesse, comecei a passar meu tempo com uma ONG em Nova Cingapura. Fiquei nessa até um dos chefes do grupo me dedurar e meu pai vir falar comigo."

"E como ele fez você se afastar da família que ajudava na favela, deu o troco aceitando alimentar a musa."

"Foi um jeito de conhecer os oníricos sem que violassem meu corpo."

Fabrício explicou que a musa lhe contava histórias. O pesquisador que o acompanhava não sabia que mantinham contato além da doação de energia. Mais tarde, ela pediu que ele também contasse as suas. Queria saber mais sobre os guarás e a família Castilho, sobre as crianças que ajudava na ONG e os homens que o levavam até a embarcação. Perguntou como era a paisagem do lado de fora, onde ele trabalhava, como se sentia ao visitá-la.

"Ela disse que minha força de salvaxe era pura. Fingia beber pouco, mas se fartava. Sabia que eu podia aguentar. Com o tempo, nossos pensamentos começaram a se misturar, meus olhos viam o que ela via, meu coração sentia o seu amor. Passei a ter vontade de salvá-la de seu martírio, da prisão. Ela me disse que nos tornaríamos um duo se eu permitisse. Queria que eu atacasse os homens, avançasse sobre eles, mas eu sabia que se fizesse isso não a teria mais, então passei duas semanas sem vê-la, me afastei."

"E o pesquisador aceitou?"

"Marcos Sardenha foi atrás de mim na empresa. Propôs que eu fizesse uma última visita. Mais uma e eu estaria liberado, ninguém mais interferiria na minha vida. Eu sabia, porém, o que iria acontecer. Não conseguiria aguentar ficar longe dela. Voltei outras vezes mais e, numa tarde em que desci sozinho, acertei o pesquisador com um soco e a libertei. Falei para irmos embora, para fugirmos dali, mas ela pediu por mais. Disse que queria me ver na minha forma salvaxe, e então me transformei. Quando dei por mim, o pesquisador havia morrido."

Um guará manipulado por uma musa. Doando e recebendo energia por um longo período, perdendo sua capacidade de decisão, seu livre-arbítrio. Em vez de inspirações artísticas, sede de sangue.

Tiago viu a musa flutuar do aquário e pairar ao lado de Fabrício. Sentiu o amuleto de ossos afrouxar em seu pulso, a conexão começava a se desfazer.

"Consegue se lembrar da sua morte?"

"De cada detalhe."

"Então me ajude a entender."

"Mas ela estará lá", falou o guará.

A serpente se afrouxou um pouco mais. Tiago viu os olhos de ametista se apagarem. Buscou a voz de Julia entre os ecos de sua mente, procurou a energia de Nazarethe, e entendeu que estava sozinho.

"Não. Ela já está aqui."

Mais uma vez, o mundo mudou. Estava em uma praça de skatistas que não soube identificar. Andou apressado no ritmo do guará por uma calçada de cimento até chegarem à porta arriada de uma galeria.

"Marcos havia me ligado. Disse que precisávamos conversar sobre a morte acidental do pesquisador e me passou o endereço. Eu sabia que ele tentaria armar para cima de mim, mas queria matá-lo, então aceitei ir ao encontro dele."

Fabrício ergueu a porta. Do lado de dentro, estandes espremidos e vazios conduziram a uma parede coberta por restos de fita adesiva e pôsteres de jogos de videogame. Kratos segurando a cabeça de uma górgona, Asura e seus olhos sobrenaturais, Dante com o novo corte de cabelo e outros personagens que a mente do guará não conseguiu decifrar.

"Conforme o combinado, parei em frente ao estande de jogos e aguardei. Foi quando farejei o cheiro de charuto que escapava por baixo das divisórias e me lancei contra a parede. Mas eles foram mais rápidos."

Fios de eletrochoque foram disparados. Tiago sentiu a revolta de Fabrício inundar sua essência. Ajoelhou-se ao lado dele, querendo ajudá-lo a escapar, e teve um vislumbre do rosto de Marco Sardenha.

"Eu fui jogado num porta-malas, semiconsciente. Sonhei com os garotos no campo de futebol, com a menina que ajudava na favela. Ela mostrava para a mãe os desenhos feitos com o estojo de lápis coloridos que eu havia dado de presente. Foi um pequeno gesto, mas a reação das duas me emocionou. O problema é que quanto mais emocionado eu ficava, mais a vontade de matá-las crescia. Uma voz dentro de mim queria arrancar cada membro daquela criança barulhenta, prová-los como um prato suculento. Eu sabia que era ela. Só podia ser. Agindo em mim como uma droga, a musa se espalhava."

"A sua morte, Fabrício. Me fale dela."

"Eu sabia que ela sentia ciúmes, tive medo da forma que me manipularia. Temia perder o controle, voltar para a favela e matar gente inocente. Temia matar Clara, Bonini e Xela, acabar com meus amigos. Mas trancafiado naquele porta-malas, também tive medo de morrer, e por covardia eu a chamei. Quando acordei o carro estava vazio, largado em uma rua deserta. Abutres se refestelavam sobre os corpos dos magos de um jeito asqueroso. Tudo que consegui fazer foi correr sem parar. Dei um jeito de pegar um ônibus e me mandei. Enquanto via as pessoas andando na calçada, decidi que só havia uma coisa a ser feita para reparar a situação. Nossas mentes estavam conectadas, de um jeito que eu não entendia. Mas o importante é que eu sabia onde encontrá-la e ela a mim."

"É o que acontece após um período prolongado de troca de energia", Tiago sentia dó. "Ela foi atrás de você?"

"A musa me chamou. E mais uma vez eu caí na armadilha. Ela assumiu a forma de Clara, disse que eu não seria mais desprezado. A provocação alimentou minha fúria. Ela me inspirava a odiá-la e assim me consumia sem que eu percebesse. Achei que me livrava da sua influência, quando na verdade me enfraquecia. No instante em que dei o golpe final, caí inerte no chão. Pensei que iria vencê-la, mas foi ela quem me derrotou. Cheguei a ver a rua, algumas casas, depois tudo se apagou."

"E onde isso aconteceu?", insistiu Tiago. Mas sabia que o contato estava chegando ao fim. No lugar de cenários compostos por fragmentos de memórias, viu a luz violeta da sucuri de ossos que os circundava no cemitério vertical.

"É do que me lembro."

"Não precisa se esforçar. Você ajudou bastante."

"Obrigado. Estou cansado, quero voltar a dormir."

"Se serve como alento, seu pai e seus amigos Xela e Bonini estão aqui. A musa não os atacou. Clara está viva também."

"Eles sabem então."

"Do que falamos, não do que vi."

"Conhecem a minha vergonha."

Agora vá.

"A musa manipulou sua vontade", argumentou Tiago. Um novo pulso dourado cobriu suas mãos.

"Você me expôs!"

O golpe veio antes que alguém pudesse intervir. A patada pegou Tiago em cheio no rosto e o lançou para fora do círculo, desfazendo o encantamento. Assim que atravessou os limites definidos pelo esqueleto da sucuri, o corpo de Fabrício despencou inerte sobre o caixão, provocando estrago. Xela correu para ajudar o exorcista e tentou estancar o ferimento. Parte de sua orelha havia sido arrancada e a cabeça aparentava estar bastante ferida. O sangue escorria em um fluxo contínuo, molhava sua roupa, tingia sua pele.

"Alguém peça ajuda!", gritou Julia assim que abandonou o transe. Tinha compartilhado parte das visões com seu mentor e o guará, sentido a energia da musa e a violência do golpe.

"Vou falar com um dos nossos, não se preocupe", disse Xela, e saiu.

Nazarethe ficou de pé e estalou os dedos. A cobra se acercou sinuosa e se enroscou em suas pernas. Tinha perdido algumas vértebras com a queda do exorcista, e por sorte escapara do peso do guará.

Castilho, ainda atônito, se ajoelhou ao lado do filho e lhe deu um abraço de despedida. Em seu silêncio, um pedido de perdão. Bonini veio ao seu encontro. Nunca o tinha visto aturdido daquela maneira. Teve vontade de chorar, dizer que tinha sido um idiota por não perceber o que acontecia, de avançar em Castilho e falar que se ele não tivesse estimulado o filho a entrar em um grupo de extermínio, Fabrício estaria vivo.

Sem a coragem, porém, as palavras não saíram.

"Vamos arrumar essa bagunça", falou o pai. Recuperava a compostura e o senso prático, os olhos ficando amarelados. "Quero saber onde encontro o homem que cooptou meu filho."

"Ele está morto. Foi brutalmente torturado. Encontrei o corpo dele no Entremundos em estado de putrefação."

Tiago tonteou. Ouviu uma resposta distante, não conseguiu distinguir as palavras. Sua cabeça pendeu para o lado anunciando o desmaio. O rosto de Xela se contorceu em um grito que ele não ouviu. A sala ficou mais branca. Os barulhos se calaram. Havia só ele e o blues.

***

Uma hora mais tarde, medicado e com curativos, Tiago chamou os guarás para uma conversa final. O ouvido zunia e a mandíbula estalava, mas o estímulo de ir embora funcionava como um potente analgésico. Ele tirou as dúvidas dos dois mosqueteiros sobre o que tinha visto durante o ritual e recebeu um sincero agradecimento. No fim, mesmo que por vias tortas, Fabrício havia tentado se redimir, e os guarás poderiam enterrar o amigo sem enterrar o herói.

Enquanto Nazarethe ajudava Julia a lidar com as lembranças absorvidas do guará, Tiago conversou com o pai de Fabrício. Garantiu que os envolvidos no aliciamento de Fabrício haviam sido mortos indiretamente pela musa.

"Nossa família tem uma dívida de gratidão com você, Tiago Boanerges. Com todos vocês", falou Castilho, olhando para as necromantes. "A musa pode até ser uma vítima de um experimento, assim como o meu filho, mas se precisar de ajuda para destruí-la, peça aos garotos para me chamar. No mais, espero que seja um homem consciente e ajude a preservar a imagem dessa família." Ele apertou firme a mão do exorcista, se despedindo. "Jaques está autorizado a lhe dizer o que descobriu quando esteve na favela. Só peço que não conversem aqui dentro sobre isso."

Jaques continuava parado junto à porta, o pé apoiado na parede, em sua melhor imitação de estátua viva. Não havia movido um músculo para ajudar a tirar o cadáver de Fabrício do lugar ou recolher os destroços do caixão.

"Preciso de um cigarro", foi tudo o que disse quando o exorcista se aproximou.

Antes de descer com ele, Tiago conferiu se Julia estava bem. Não só estava, como lhe passou um sermão sobre ir para casa, descansar, tomar um banho, consultar um médico, fazer shiatsu, tirar férias e mais uma longa lista.

"Eu sei quem estava com a musa", ele sussurrou em seu ouvido. "Acha que pode tomar conta de Nazarethe enquanto vou ao estacionamento?"

Sem respondê-lo, Julia arrumou espaço entre sua camisa e o casaco e se aconchegou. Apertou a palma em suas costas num abraço gostoso, diferente dos abraços habituais.

"Eu senti as emoções que ela despertou no guará, Ti. O modo como ela o manipulou para matar aquele homem. Eu me perdi de você, mas estava lá, vendo tudo. Acho que finalmente entendo o que sentiu por ela e o que ela fez com você."

O exorcista pensou em algo bom para dizer. Preferiu não se arriscar a estragar o momento. Não cabia explicar que a empatia exagerada era um efeito do contato com a energia da musa. Simplesmente afastou a pupila, despediu-se de Nazarethe e disse que voltava logo. Uma promessa que não foi capaz de cumprir.

26
Vista panorâmica

Quando criança, Tiago Boanerges estabeleceu o edredom como seu território seguro. Embaixo dele, ninguém poderia lhe fazer mal, nenhum monstro conseguiria alcançá-lo. É claro que isso não passava de uma bobagem. Para um mago, desde pequeno, um boneco nunca é apenas um boneco, e o escuro pode guardar mais do que monstros imaginários. Mas foram as recordações de infância, a total falta de senso de perigo, que lhe voltaram no meio do estacionamento do cemitério vertical.

"Não me obrigue a correr atrás de você", tinha dito Jaques depois de lançar a guimba com um peteleco. "Seja esperto." Os dois haviam descido no elevador, calados. Logo que chegaram ao térreo, ele se ocupou com o cigarro. "Ele está morto, o caso solucionado. Que diferença faz o que eu encontrei em Nova Cingapura?"

"Meu interesse não está na favela, para ser sincero. E sim em Arcádia. Quero saber se descobriu algo sobre a empresa durante a sua investigação?"

"Por que a pergunta?"

Tiago explicou o que tinha visto na mente do guará. O receptáculo com o símbolo de Arcádia no qual Fabrício se deitou.

"Sabe o que me espanta?", perguntou Jaques. "É que ainda não tenha entendido que não é o único atrás da musa. E que ela não é a única atrás de você." O lobo ergueu a cabeça. Dois pontos escuros se destacavam no céu azul.

Tiago olhou para os abutres. Não imaginou que o rastreariam tão rapidamente. Os batedores vinham solitários, indecisos, mas logo avisariam ao bando. Dispensava ter de enfrentá-los no estado em que se encontrava. Nem sequer sabia se o seu dom teria algum efeito sobre eles. Pensou em se esconder no cemitério. Descobrir se existiam andares no subsolo. Foi então que veio a ameaça do lobo.

"Entre no carro."

Agora havia o barulho do vento no espelho d'água e um sacolejo gentil. No porão de um barco antigo, via apenas a brasa do cigarro, mas sentia a presença de Jaques. A energia que o incomodara desde o primeiro encontro no carro, a caminho de Jardim Calvino, na companhia de Hain.

"Você não é daqui, estou certo?"

O barulho de passos sobre o teto retardou a resposta.

"Nasci no Canadá."

"Não. Não nasceu", disse Tiago. Por um momento, pensou que seria ignorado e a conversa terminaria por ali. Ouviu um tilintar metálico contra o chão – dois, dois, um, dois, dois, um – de modo sequencial, e o barulho de um trago aumentando o ponto incandescente.

"Por que a curiosidade?"

"Quando frequentei as rinhas, ouvi lutadores se declararem salvaxes puros para valorizarem as apostas. Ficava me perguntando como descobrir se eles mentiam, se existia algo que os diferenciasse dos nascidos neste reflexo. No dia em que entrei no seu carro na porta da minha casa, senti um mal-estar que não entendi de imediato. Mas agora, longe dos demais, com sua energia tão nítida, a ficha caiu.

"Muito sagaz."

"Alguma chance de me contar de onde veio?"

"Nenhuma."

"E sua idade?"

"Digamos que seus avós poderiam ter me feito a mesma pergunta."

Tiago estava sentado em uma cama estreita de lona, recostado à parede. Seus pés e mãos livres. A tonteira pós-ritual e os analgésicos deixaram o balanço das ondas ainda pior. Poderia ter enfrentado o lobo, provavelmente perdido, perdido feio. Entretanto, decidiu aceitar o seu convite nada amistoso. Seria uma maneira simples de levá-lo para longe de Julia e dos guarás, e ao mesmo tempo atrasar o contato com os abutres. Além disso, havia a curiosidade. A oportunidade de ter suas dúvidas sobre o que havia acontecido com a musa enfim respondidas.

"Você fede a fumaça." Dessa vez, foi o lobo quem se manifestou. "O mesmo cheiro que sinto em efrites."

"Também é um desses salvaxes que farejam a morte?", perguntou o exorcista, os olhos começando a desvendar a silhueta no canto oposto.

"Percebo doenças. Às vezes vestígios."

"Ei, não estou doente", obrigou-se a afastar a ideia da cabeça. "Só fiz um tratamento não ortodoxo que me deixou sequelas, digamos assim. Mas como não me contou sua história, também não contarei a minha", finalizou, arrancando um rosnado gracioso de Jaques. "Para onde estamos indo?"

"Para perto da verdade." O lobo acendeu o celular e iluminou o próprio rosto. Arremessou-o para cima da cama de lona. "Ligue para a menina e diga que está bem. Deixe no viva voz para que eu possa ouvir a conversa."

"Vai me matar como fez com Diego?"

"Ninguém me pagou para isso."

O exorcista destravou a tela e clicou na foto de Julia Yagami em sua agenda. A luz mostrou que o lugar era pequeno, uma espécie de armário de bagunças. Havia uma escada íngreme de corrimão que dava no teto e uma janela redonda atrás da sua cama, vedada por uma tampa que, pelos detalhes na borda, parecia ser de metal.

Julia atendeu no terceiro toque.

"Tiago? Alô? Tiago? O que aconteceu?", falou sem parar.

"Ju."

"Por que foi embora com o Jaques sem avisar ninguém?"

"Eu tô bem, Ju. Fique tranquila. Ele está me ajudando a entender o que vi na mente do guará morto. Como está tudo por aí?"

"Xela me trouxe para casa. Vimos uns abutres perto do cemitério vertical. Estávamos preocupados!", ralhou.

"E a Nazarethe?"

"Foi embora. Bonini se ofereceu para acompanhá-la, já que da última vez que saiu do Entremundos nem existia sorveteria a quilo e *stickdrive*, mas a Naza disse que preferia ir sozinha para conhecer mais do novo mundo. Não sei se foi uma boa ideia."

"Naza?", ele riu. "Ela sabe se virar melhor do que nós dois juntos."

"O trabalho da faculdade tá fresco na cabeça. Acho que eu sabia mais da vida dela do que ela própria. Então sei bem o que você chama de se virar. Agora dá pra me contar o que está havendo?"

"Quero te pedir uma coisa, Ju. Me promete que não vai se meter em confusão. E que se começar a ouvir ou sentir a presença da musa, vai correr lá para casa, se trancar na sala de vídeo e ouvir blues até eu voltar. A porta tem um *aegis*, lembra? Nenhum onírico te fará mal."

"Você está indo atrás dela, não é?"

"Me promete."

"Tá prometido. Agora me fala..."

"Se cuida, Ju."

Ele encerrou a ligação e guardou o celular no bolso. Pensou ouvir um rangido, outra rodada de passos sobre o teto de madeira. Jaques se manteve quieto, a brasa consumindo o que restava do cigarro.

"Qual o seu verdadeiro interesse nisso tudo?"

"Dinheiro."

"Nunca é só dinheiro."

"Pra você, talvez. Fui contratado pelos Castilhos para investigar a morte do garoto e manter um olho nos filhotes. Alguém me interceptou na favela, fez uma oferta mais alta e aqui estamos nós."

"Foi Beatrice Belcastro, não foi? Está me levando para ela."

"Para mim não, para Arcádia." A voz feminina veio do alto da escada, uma silhueta na claridade da porta que se abria. "Traga-o para cima que vamos atracar", disse ela, e desapareceu.

Seguido pelo lobo, Tiago Boanerges cruzou o deque da embarcação e chegou a uma praça arborizada que precedia um complexo de prédios corporativos. Havia seguranças em cada margem da ponte que levava ao estacionamento e ao pórtico principal, muitos carros pretos e prateados e alguns funcionários tomando café em copinhos de plástico, sentados nos bancos do jardim.

Assim que entraram na sede de Arcádia, o exorcista entendeu o poder que a mulher na sua frente detinha nas mãos. Uma coisa era ver seu nome em reportagens sobre jogadas políticas, bolsa de valores e novos empreendimentos, outra, estar diante de uma construção que parecia saída de um épico futurista, uma versão autossustentável da torre de Saruman.

Beatrice Belcastro era uma mulher bonita, com roupas que aparentavam valer mais que sua coleção inteira de vinis. Sua saia cor de vinho balançava rente às sandálias, na altura dos calcanhares, sem tocar o chão. O cabelo, de um negro profundo como seus olhos, estava amarrado em um rabo de cavalo, deixando ver a tatuagem de uma rosa que se espalhava em ramos pela nuca.

Atento à posição das câmeras de segurança, Tiago atravessou a portaria revestida de mármore e espelhos e viu seu reflexo sumir por um corredor de portas automáticas. No balcão da recepção, duas mulheres sorriram gentilmente, mas não conseguiram disfarçar a olhadela para o curativo em sua orelha. Assim que entraram no elevador, um pulso vermelho percorreu o perímetro do teto e os escaneou, detectando Beatrice. No painel eletrônico, acima dos números, um "A" se acendeu.

"Desculpe pelo tratamento indelicado, mas a situação é grave e pedia urgência", disse ela, apertando o botão.

"O nome disso é sequestro, caso não tenha encontrado a palavra certa."

"Chame como quiser."

O elevador se abriu direto em uma saleta acarpetada e de janelas amplas. O ar condicionado que vinha do teto fez o outono parecer uma tarde aconchegante sob o sol. Uma mulher por volta dos 50 anos que devia ser a secretária cumprimentou Beatrice e voltou os olhos para o monitor. A empresária respondeu ao cumprimento e entrou no escritório.

O exorcista teve a impressão de ouvir Jaques rosnar, mas acabou distraído pela vista panorâmica que encontrou diante de si. Toda envidraçada, a parede do escritório permitia ver desde os parques recuperados ao longo da hidrovia e as pontes que a cortavam até a marina que servia de porto às embarcações.

"É uma bela vista, não? Fruto de um projeto encabeçado e conduzido pela empresa. Do ancoradouro ao Largo do Boticário, meses de estudo transformados em obras de revitalização e novos investimentos."

"Pode pular a ladainha do marketing, Beatrice. Eu leio os jornais virtuais."

"Se prefere assim. Sente-se para conversarmos." Ao ver que ele permanecia de pé, tocou-o no braço. "Por favor."

Tiago Boanerges sentiu a energia de Beatrice disputar espaço com a sua e recuar em seguida. Embora não convivesse com bruxas shuvanis, reconheceu o padrão característico que irradiava de ilusões e se perguntou o que seria real naquela mulher de rosto sereno e curvas convidativas.

Acomodaram-se em um conjunto de sofás brancos, um de frente para o outro, enquanto Jaques bocejava recostado ao paredão de vidro. Uma mulher uniformizada entrou sem precisar se anunciar e deixou na mesinha central uma bandeja com café, água e um pote de biscoitos. Sem cerimônias, Beatrice pegou um punhado deles e os enfiou na boca, se deliciando enquanto comia.

"São de araruta, maravilhosos."

"Eu passo por enquanto."

Ela tomou um gole de café, e se serviu de outra leva.

"Tentarei ser o mais sucinta possível, já que temos muito a conversar. Devo ser a primeira pessoa a cruzar seu caminho com o intuito de lhe dizer a verdade desde o contato de Marcos Sardenha, então confio na sua colaboração."

Verdade.

Ainda sabia o valor dessa palavra?

"Pedirei à minha secretária para cancelar os compromissos da tarde. Reagendarei os assassinos e lunáticos para semana que vem", respondeu Tiago.

"Preservar o humor perante as vicissitudes da vida é um talento raro."

"É o que vivem me dizendo. O que quer de mim?"

"O que sabe sobre Arcádia, senhor Boanerges?"

"Me chame de Tiago. Sequestros deixam as pessoas mais íntimas", respondeu, mas a face de esfinge de Beatrice permaneceu tranquila. "Só o que conheço dos jornais e da televisão. Um pai desaparecido, uma empresa de tecnologia dedicada a ferrar com a vida de magos e feéricos."

"Criminosos, é essa a palavra. Magos e salvaxes criminosos que usam os seus dons para desafiar a lei", disse ela, sem perder o tom diplomático. Em seguida, espanou os farelos da mão e foi à sua mesa abrir um notebook. Conforme digitava, as janelas começaram a escurecer e bloquearam a luz externa. O símbolo de Arcádia apareceu flutuando no meio da sala, projetado de uma chapa transparente no piso, e um lápis traçou ao redor dele os prédios e torres do complexo no qual se localizavam.

"É uma apresentação corporativa, feita para acionistas e investidores potenciais, mas irá nos servir."

Imagens se sucederam em uma velocidade que Tiago não conseguia acompanhar. Pessoas sorridentes, ruas seguras, policiais que só faltavam salvar gatinhos em cima das árvores, estádios de futebol cercados por agências de segurança pacíficas e prestativas, celas que pareciam verdadeiras fortalezas.

"O que vê na projeção é a nossa primeira cela de contenção capaz de neutralizar manipulação de energia. Nem um pouco prática de se construir, porém eficiente. Uma tecnologia adquirida pelo governo depois do ataque lúdico a Libertà. Imagino que conheça o incidente."

"Eu cresci com medo deles. Eram os meus monstros embaixo da cama", comentou. Lembrava-se dos amigos no retorno à escola comentando das criaturas que atacaram a cidade e obrigaram todo mundo a se esconder em casa. "Muitos crimes sem solução foram colocados na conta dos lúdicos."

"Inocentes pagam por erros alheios desde a invenção do mundo. Mas não é por isso que deixaremos de procurar os culpados", disse ela, e mudou a imagem. Um homem de queixo quadrado, sobrancelhas grossas e nariz reto, apareceu na projeção. Ela manteve os olhos fixos na figura reconstruída e demorou a continuar. "No mesmo dia em que os lúdicos se foram de Libertà, meu pai e fundador de Arcádia, Dante Belcastro, desapareceu. Nem a polícia nem os investigadores contratados por minha família foram capazes de descobrir ao longo dos anos o que aconteceu, e o caso foi arquivado. A única pista inexplorada sobre o sumiço estava perdida dentro da minha cabeça", apontou para a têmpora, sacudindo as pulseiras que escorreram braço abaixo. "Por esse motivo nossos caminhos se cruzaram."

"E eu achando que era amor."

"Eu tinha ido me deitar tarde", ela o ignorou. "Estava agitada acompanhando os noticiários sobre o fim da invasão na tevê e não conseguia adormecer. Já passava de uma da manhã quando ouvi um barulho na casa e me assustei. De ouvido grudado na porta, escutei meu pai se exaltar com alguém, então me levantei da cama, desci para a biblioteca e o encontrei discutindo com uma mulher. Ele falou para eu voltar ao quarto assim que me viu e bateu a porta. Depois disso, nunca mais o vi."

"Uma mulher humana?"

"Gostaria muito de saber. Por anos, tentei procurar nessa lembrança pistas que me dessem indícios do que havia acontecido e que me apontassem o paradeiro de meu pai, mas tudo que conseguia era vê-lo nervoso batendo a porta diante de uma mulher sem identidade. Por alguma razão, o rosto dela sempre me escapava. Três anos atrás, porém, uma nova oportunidade apareceu."

"A musa."

Beatrice mudou a imagem flutuante para uma algema de aço galvanizado.

"Foram vinte anos de estudo, e nossas celas evoluíram para isso: uma peça simples e portátil, capaz de inibir a concentração de energia. É claro que capturar lúdicos também se tornou um tema relevante. Mas sem uma cobaia é praticamente impossível entender o modo como usam magia. Então, em paralelo, decidi investir na pesquisa de contenção de oníricos." A projeção agora mostrava uma parede cheia de janelas redondas, nuvens ora escuras ora cintilantes em seu interior. "Quando a mente organiza as informações acumuladas durante o dia, parte é codificada na forma de sonhos. Imagens que sem as peças principais carecem de sentido, mas que com a ajuda certa revelariam o que eu precisava saber. O problema é que quanto mais o tempo se passava, mais as informações se perdiam."

Tiago começou a visualizar sobre a mesa as peças finais de seu quebra-cabeça, e a entender o que ela havia feito. Assim como oníricos podiam guiar humanos por passeios em Yume, Beatrice queria um guia dentro de suas próprias memórias.

"Não pensou em hipnose?"

"Hipnose, xamanistas, conjuradores, todos me levaram ao mesmo beco sem saída. Eu descia as escadas, corria do corredor para a biblioteca e não conseguia desvendar o rosto da mulher que ameaçava meu pai. O médico da família insistiu que eu havia ficado impressionada com as reportagens na televisão e imaginado coisas, já que no dia do desaparecimento as câmeras que vigiavam o portão não haviam gravado o retorno do meu pai para casa."

"E aí meu envolvimento com a musa tornou um ativo raro disponível no mercado. O único ser conhecido capaz de influenciar sonhos e acessar memórias para transformá-los em inspiração. Um pacote dois em um", concluiu Tiago.

Beatrice passou à imagem de duas câmaras de vidro postas lado a lado, uma delas com um colchão fino de revestimento branco, a outra uma espécie de aquário conectado a um computador.

"Essa é uma câmara de contenção avançada, nosso protótipo. Permite a cooperação entre um humano e um onírico sem contato direto no plano físico, eliminando riscos de possessão e fuga. Ou assim eu pensava até o incidente com o salvaxe."

"Foi o Marcos quem a vendeu a você?"

"Sim. Ele e alguns exorcistas escolhidos por ele estavam trabalhando para mim no projeto da musa."

Projeto. A musa tinha se tornado uma mercadoria.

Tiago tentou se acalmar. Não conseguiu.

"Musas não são oníricos comuns! Elas são fontes de inspiração, quase uma força da natureza. É claro que descobriria um jeito de escapar", disse ele, se exaltando e se virando para Jaques, que permanecia calado.

"Não espero sua compreensão nem que concorde com meus métodos, mas entenda o seguinte: meu pai foi arrancado de mim da noite para o dia e desapareceu, enquanto o governo só se preocupava com a própria imagem e com o impacto das mortes no ano de eleição. Eu tentei todos os meios tradicionais e feéricos ao meu alcance e não consegui nada. Era como se aquela mulher nunca tivesse invadido a minha casa."

"Ao menos descobriu o que queria?"

"Graças ao experimento, reconstruí cada fragmento daquela madrugada. Mas agora, quando olho para a mulher que ameaçava meu pai, é meu rosto que vejo e não o dela. Estava trabalhando nesse bloqueio quando a musa fugiu."

"E imaginou que ela havia lançado uma ilusão para ocultar o próprio rosto de você. Uma ilusionista aparentemente poderosa na casa de uma ilusionista mirim. Nenhum dos comentários que vi falaram dessa parte."

"É porque somente pessoas de extrema confiança sabem disso."

Se a ideia era deixá-lo lisonjeado, não deu certo. Tiago contornou os sofás e foi ao encontro dela, uma teoria em mente.

"Posso olhar sua nuca?", pediu. Embora não entendesse a razão, ela consentiu e se sentou. A gola foi dobrada para dentro enquanto o exorcista analisava a pele coberta pela tatuagem de ramos finos e espinhosos que escapavam de uma flor. No meio dela, discreta como uma mancha provocada pela idade, encontrou a lua minguante. "Você usou o lobo-guará para alimentá-la. Pensou que assim ela não beberia sua energia, que contribuiria pacificamente com a sua busca."

"Eu não queria correr o risco de uma interação. Mas ela estava cada vez mais fraca, o brilho dourado estava se tornando uma neblina translúcida. Eu precisava recarregar a energia dela, senão ela morreria. Não imaginei que fosse convencer o salvaxe a atacar os exorcistas."

"Se alguém mantém contato prolongado com uma musa, acaba manifestando as vontades dela sem perceber. A sede de vingança de Fabrício foi, na verdade, um reflexo do que ela sentia. Nesse período, ela também absorve nossas memórias. O que me leva à seguinte questão: ela não passaria três anos encarcerada enquanto você a humilhava e a matava de fome. Ela estava estudando você, Beatrice. Estudando o inimigo." Ele recolocou a gola dela no lugar, desceu o cabelo preso sobre os ombros e voltou ao sofá, preocupado com as dimensões que o caso adquiria.

"Marcos não me disse isso."

"Ele mal entendia de efrites", disse Tiago. "Além disso, o cara só pensava em si mesmo e em fumar charutos importados, por que se importaria com a sua segurança? Mas eu sei o que estou dizendo. A musa encontrou na minha cabeça o homem que matou Marcos, fez um guará morto cantar o meu blues favorito. Fabrício me disse que contou a ela tudo sobre a vida dele. Quando decidiu matá-lo, ela assumiu a forma da garota de quem era a fim", juntou mais algumas informações do quebra-cabeça. "Ele citou várias vezes uma ONG na favela, uma menina a quem ajudava. Eu vi na televisão o que aconteceu com ela e a família. A musa foi atrás deles, transformou a casa em uma armadilha. Sacrificou a família para criar uma isca, impregnou o lugar com sua energia para atrair os abutres, assim como fez com Diego e comigo. Deve ter achado que os exorcistas seguiriam a pista dela até lá."

"Na verdade, acho que a armadilha foi deixada pra minha equipe", falou Beatrice. "Havíamos acabado de encontrar o rastro dela e o seguimos."

"O que quer dizer com rastro?"

"Quando na câmara de contenção, identificamos a frequência de energia dela. A energia da musa vibrava de um jeito singular que não se repetia com os demais oníricos. Usamos esse dado para procurá-la pela cidade. E acabamos por encontrá-la na região de Nova Cingapura."

"Quer dizer que sabe onde ela está?"

"Desde a revoada, não captamos mais nenhum sinal. O jeito foi monitorar os exorcistas."

Predadoras disputando a caça, pensou ele. Plantando armadilhas uma para a outra na floresta, enquanto os gnus pagavam com suas vidas. Por isso Marcos Sardenha havia marcado o encontro no catamarã, para exibi-lo à Beatrice, mostrar que estava fazendo o seu serviço e correndo atrás do prejuízo.

Tiago ouviu tudo mais o que havia a ser dito. De quem tinha sido a ideia de reuni-lo com Liz, como a equipe de Beatrice tinha interceptado Jaques na favela, o medo de que os guarás encontrassem a musa e a destruíssem, os surtos de Diego, o suicídio de um dos pesquisadores envolvidos, a sensação de estar cada vez mais próxima de identificar a mulher que atormentava seus sonhos.

Por vezes, baixou a cabeça e mirou o tapete sob os pés, a voz dela ficando distante e abafada, como se estivesse debaixo d'água. O que mais lhe doía não era ser usado por Marcos ou pela mulher à sua frente. Conhecia muito bem as engrenagens do mundo cão. A dor maior vinha do fato de ser obrigado a admitir que também para a musa não passava de um gnu. E de sua vontade cada vez maior de salvá-la, apesar de saber que era preciso destruí-la. Quanto mais próximo de encontrá-la, mais tentado a se entregar se sentia.

Sua mente estava exausta.

Precisava parar. Desligar os sentidos. Mas não podia.

Era agora ou nunca.

"Quando estive com Liz...", ele respirou fundo. "Quando estive com Liz e o guará falecido, acho que descobri um jeito de entrar em contato com a musa. É mais do que um palpite e menos do que uma certeza", disse ele, repetindo as palavras de Marcos. "Mas acho que pode dar certo. Se conseguir falar com ela, saberemos onde está e, se formos rápidos, poderemos detê-la. Só há um porém."

"Estou ouvindo", respondeu a bruxa.

"Preciso saber se a musa sabe de algo que possa ser usado contra nós. Foram três anos acessando sua mente, Beatrice. Se não me disser o que ela encontrou lá, o que devo temer, evitar ou procurar, continuaremos em desvantagem. Você foi a mandante. Os demais envolvidos estão mortos. Achei que estivesse vivo porque ela me ama, mas ela nunca esteve atrás dos responsáveis pelo exorcismo e sim pela sua captura. A musa não a pouparia sem um motivo", concluiu.

Beatrice Belcastro encerrou a projeção e trouxe a luz de volta ao escritório. Ouvir que estava viva apenas por vontade da musa não a agradou. Jaques tateou os vidros à procura de uma janela que se abrisse para fumar um cigarro. No parapeito da torre oposta, viu um abutre à espreita e o apontou para os magos.

"Eles nos acharam."

"Temos que agir logo, então colocarei da seguinte maneira", Tiago recomeçou. "Há uma musa lá fora que sabe tudo o que você sabe, capaz de inspirar os outros com informações que nem você se lembra. Dados do funcionamento de Arcádia, as áreas de pesquisa, informações de finanças. Ela sabe tudo da sua vida pessoal, a senha do seu cartão de crédito, com quem você perdeu a virgindade, quanto você pesa."

Senha. Por que não tinha pensado nisso antes? Os olhos da bruxa se estreitaram, e o exorcista teve a impressão de ver um lampejo de raiva por baixo da ilusão.

"Minha casa foi assaltada", ela se manifestou. "Mais especificamente, um objeto, uma herança de família e... só eu tenho a senha do cofre onde ele estava guardado. As câmeras de segurança não mostraram ninguém além de mim entrando nele."

Tiago riu de nervoso. "Pode me dizer qual é o objeto?", perguntou, sabendo o que ela diria.

"Um relógio estudado por meu pai por muitos anos."

"Alguma ideia do que ele faz?"

"Sei que emite energia, uma vibração constante. Meu pai nunca descobriu nada além do óbvio. Por vida das dúvidas, ele o colocou em uma caixa com a mesma tecnologia de neutralização que usamos nas celas e o esqueceu. Temia que o antigo dono, fosse quem fosse, o tivesse impregnado com algum tipo de magia sinalizadora."

Tiago se serviu dos biscoitos de araruta e deu um gole farto no café. Havia ficado subitamente esfomeado.

"Tem olhado o mundo além das paredes do seu escritório? Há relógios pichados em muros, exposições de relógios em museus... a menina assassinada na favela desenhou um relógio na parede dela antes de morrer", o exorcista se pôs de pé novamente, assustado e animado ao mesmo tempo. "A família Belcastro pode não saber qual a função daquele relógio, mas a musa sabe. E decidiu que soltá-lo por aí seria uma vingança pior do que a sua morte."

"Está dizendo que ela me usou para roubar meu próprio cofre?"

"Pelo visto, o rosto da mulher que discutia com seu pai não é sua única memória perdida. Tem certeza de que ele nunca falou nada importante a respeito do objeto?"

Beatrice se calou, pensativa. Enquanto olhava para o abutre no parapeito lá fora, se perguntou se havia sentido nas palavras do exorcista. Não gostava da ideia de ter sido feita de idiota pela musa. Podia desconhecer a função do objeto, mas sabia o que aconteceria se pessoas começassem a ser inspiradas com seu conhecimento sobre Arcádia. Não desonraria seu pai com tamanha irresponsabilidade.

"Me diga o que será necessário para neutralizá-la."

"O seu aquário de oníricos", respondeu. "O restante pode deixar comigo."

"A câmara de contenção fica no meu iate corporativo. Pedirei a um táxi náutico que nos leve até ele."

Jaques jogou a guimba pela janela e fechou o vidro. Sua movimentação pareceu acordar o abutre, que se pôs em voo. O exorcista mirou o céu e viu o resto do bando se aproximar. Apalpou o casaco, conferiu o bolso. Os passarinhos podiam estar ávidos por um banquete, mas infelizmente Tiago teria de adiar o jantar. Sua noite estava reservada para um encontro a dois.

27
Sonhos intranquilos

Beatrice permaneceu no escritório para dar alguns telefonemas e os mandou na frente. Queria os abutres longe do prédio o mais rápido possível, e para isso precisava afastar o exorcista. O local que abrigava as câmaras de contenção no interior do *Princesa Isabel* impediria que as aves sentissem a energia deixada em seu corpo após o ritual de necromancia.

Sem que precisassem apertar nenhum botão, o elevador avisou que seguiria para o piso térreo. Tiago tentou estruturar os próximos passos na cabeça, repassar os pontos de uma estratégia ousada, mas o olhar fixo do lobo o incomodava tanto que não conseguia se concentrar.

"O que foi?"

"Só pensando."

Tiago esperou pela continuação do raciocínio, mas ele ficou calado. Só parou de encará-lo quando saíram do edifício. Apoiado à entrada da torre, o capitão do táxi náutico os aguardava. Ele os conduziu de volta pelo jardim, falando de assuntos aleatórios como se fossem velhos conhecidos e tomou um caminho diferente do qual haviam chegado, passando por um chafariz.

Tiago ouviu um rosnado no exato instante em que seus citrinos se acenderam. Um homem saltou detrás das árvores gritando e foi interceptado. Jaques o pegou pelo pescoço e bateu contra um banco de concreto sem dó. Uma nuvem de fumaça se soltou do corpo do agressor e voou para dentro do capitão, que começou a correr, levando o lobo atrás dele.

O exorcista se aproximou do funcionário que havia pulado dos arbustos. Tocou em seu pescoço e confirmou o fim da possessão.

"Você está bem? Um efrite o possuiu."

"Eu sei", respondeu o homem e o puxou.

Tiago sentiu a agulha da seringa atravessar seu peito. Antes que tombasse, o desconhecido o segurou.

***

Raios azuis retalhavam as nuvens da paisagem onírica. Estirado sobre a montanha, Tiago Boanerges sentia o chão tremer com os trovões na fronteira do mundo dos sonhos. Estava cercado por seres de fumaça. As pontas de suas espadas etéreas tocavam-se formando um domo sobre o corpo projetado. Daquele lado, seu dom de exorcista inexistia. Não passava de uma representação de sua vontade.

"Eu posso explicar", disse ele. "Dessa vez a culpa não é minha. Sei que depois de tantas invasões propositais a minha credibilidade deve estar em baixa em Yume, mas precisam acreditar em mim. Foi um dos seus que me dopou."

Como esperado, ninguém o respondeu. Tentou se levantar e foi empurrado de volta, sem que nem precisassem abandonar a posição de guarda. Começava a se desesperar, quando Hain apareceu. Estava em sua forma onírica, espirais de fumaça no lugar de pernas e mãos; sode e horo que pareciam materiais.

"Deixem-nos a sós", disse ele, e os guerreiros o obedeceram. Transformaram-se em neblina e migraram para a floresta do outro lado da fronteira.

Assim que partiram, ele assumiu a aparência humana mais conhecida do exorcista. Vestia roupa social numa camada bem composta sobre o corpo inexistente e uma gravata de riscas que Tiago reconheceu. Os olhos verdes brilhavam numa intensidade assustadora, como iscas de um peixe abissal. Tinha acabado de se alimentar de alguém, uma refeição farta, deduziu, mas preferiu não falar a respeito.

"Armaram para mim", falou.

"Fui eu que enviei o efrite ao plano físico."

"Pensei que seus soldados fossem me matar."

"Eles estavam aqui para protegê-lo. Bloquear a energia onírica que está emitindo sem parar como se fosse um sinalizador." Ele esticou a mão para tocar a aura luminosa e seus dedos evaporaram. "Está brilhando como ela, Tiago. Como a musa. É possível percebê-lo do outro lado da floresta, na fortaleza de Sono, a quilômetros de distância."

Hain usou parte da energia para formar a parte debaixo do terno, desenhou os sapatos sociais. A pele translúcida ganhou poros, relevos de veias e pelos acastanhados. Abaixo das pálpebras as cavidades se tingiram com o arroxeado das olheiras. No rosto, pequenos traços de expressão.

O exorcista entendeu a mensagem e se concentrou na sua autoimagem. Seu corpo, levemente translúcido, começou a ganhar consistência e desprender uma poeira dourada que brilhava a cada raio que cruzava os céus. Esticou o braço para o alto e viu um risco luminoso se desenhar na ponta de seus dedos. Dentre as nuvens, ouviu um grasnado familiar.

"Liz estava certa. A musa deixou uma parte dela dentro de nós. E essas partes ficaram mais fortes ao se encontrarem."

"Elas não se encontraram sozinhas. Foi você quem as reuniu. E eu quero saber por quê."

"Está insinuando que fiz de propósito? Ela me contaminou para me transformar em um alvo", disse ele.

"E por que teria tanto trabalho para matá-lo?"

Tiago pensou nos encontros. Na noite de sexo com Liz, havia falado com a musa através dos cantores evocados para dar voz e forma a algo que não compreendia. Depois, no ritual de necromancia, guiado por Julia e protegido do mundo externo pela barreira de Nazarethe, conversara diretamente com ela, sem intermediários. Ela, ou o que quer que fossem os vestígios de energia, havia liberado a passagem para a mente do guará e permitido que descobrisse a verdade. O fumacento tinha certa razão. Por que não matá-lo de uma vez?

A reflexão foi interrompida pelos grasnados.

"Os abutres o seguiram do plano físico. Mas aqui poderemos enfrentá-los. Também sinto os pesadelos inquietos na floresta."

De olhos fechados, Tiago Boanerges viu as crinas flamejantes o rondarem. Sentiam-se atraídos pela força da musa. Tentavam descobrir sua posição, mas a floresta os impedia de atravessar a fronteira.

"Deixe que venham. Será só mais uma cicatriz para a coleção."

Hain o circundou formando uma barreira de fumaça. Ao completar o círculo, tentou tocá-lo no lado esquerdo do peito. Só de se aproximar, sua essência de efrite foi desfeita pela aura dourada.

"Você é um humano sem coração. É essa a sua derradeira cicatriz."

Desde o início, ele sabia. Cada vez que encarava a nuvem negra no reflexo, sabia que havia perdido mais uma parte de si pelo caminho. Contudo, não era o coração a perda mais importante. Havia algo mais que lhe faltava.

Eu dei a ela meu corpo, você a sua dignidade, ouviu a voz de Liz repetir ao pé do seu ouvido.

No fim, a musa sempre estivera por perto, engarrafada como um dos oníricos de sua coleção. Conhecia cada recanto da sua e de outras mentes, e usava o que lhe convinha para pôr sua vingança em andamento. Tinha sido usada como uma bateria de luxo capaz de inspirar e despertar as memórias de Beatrice Belcastro e a enganara. Graças a ela, toda uma gama de artistas e psicopatas gritava para o mundo feérico e os demais reflexos sobre o relógio que se encontrava em Libertà, sem saber de fato o que faziam.

Por culpa dele e de sua fraqueza. Toda a paixão que sentira, e que graças à pontada no fundo do peito intuía perdurar, revelara-se um gesto de egoísmo. Nem mesmo a musa havia escapado de pagar por seu amor.

"Eu devo isso a Liz."

"Você ainda não entende."

Tiago se voltou para duas criaturas que cruzavam o planalto na base da montanha. Eram gigantes. De passos lentos e pesados, escoltavam um grupo de pessoas atrás de um veículo aberto. Daquela distância, não conseguia distinguir os indivíduos, apenas intuir as silhuetas e formas com a ajuda dos clarões azulados. Eles atravessaram a fronteira e sumiram embaixo do cume das árvores que ocupavam boa parte da região.

"O que não estou vendo, Hain? Quanto mais de perto eu olho, quanto mais coisas eu descubro, mais o óbvio parece me escapar."

"Então talvez seja o momento de tomar distância."

Placas de armadura cresceram sobre o efrite, enquanto abandonava a forma humana. Com uma mão desproporcional, agarrou firme o abutre que descia em um rasante e o trouxe para o alcance de sua lâmina. O penoso nem havia se desfeito por inteiro e Hain alçou voo. Interceptou outro deles no meio do trajeto e o trouxe para baixo na ponta de sua espada.

Usando os pios para se orientar, Tiago Boanerges correu pela superfície irregular da montanha em direção à floresta. Garras se fincaram em seus ombros e o suspenderam com facilidade, mas um golpe do efrite os derrubou logo em seguida. Sua mão afundou no laranja incandescente do magma que escorria pela montanha, e a energia dourada que o circundava se expandiu para protegê-lo. Surpreso, analisou a mão intacta e a levou ao ombro. No ponto onde fora atacado, encontrou buracos largos o suficiente para atravessar os dedos.

"Os abutres não estão matando os exorcistas por ordens da musa", gritou para Hain, que saltava sobre um penoso para arrancar suas asas. "Estão seguindo o rastro dela. Eles querem matá-la. Limpá-la do plano físico de uma vez por todas."

"É a função deles e ela sabia disso."

"Banhou os exorcistas com sua energia e os usou como distrações, armou seu número final na favela enquanto desaparecia", disse Tiago.

"Mas um onírico tão poderoso não pode desaparecer, não é?" Ele agarrou o último abutre pelas patas e o arrastou pelo chão, lançando-o pela montanha.

"Ela armou a vingança contra Beatrice e perdeu energia deliberadamente para sair do radar. Deve estar adormecida esperando uma chance de se alimentar. Esperando por mim", falou entre grasnados ensurdecedores. "Obrigado."

"Eu não disse nada."

"Preciso da energia que acumulei no sexo com Liz e na mente do guará para me comunicar com ela. Sei que posso vencê-la, Hain. De um jeito ou de outro, posso fazer com que a musa vá embora. E só há uma maneira de saber onde ela está. Se eu dispersá-la, só adiaremos o inevitável."

"Mesmo com o rastro de destruição que vem acompanhando, ainda acha que conseguirá convencê-la."

"Talvez."

"Sabe o que acontecerá se falhar?"

"Terei reabastecido a musa."

"E morrerá", ele se aproximou. Os olhos verdes emitindo um brilho intenso enquanto recuperava a forma humana. "Estará em território inimigo, vítima de sua própria mente. Você precisa de um guia, de alguém que mantenha sua consciência forte no mundo dos sonhos para que consiga entrar e sair sem se submeter à vontade dela. Se for sozinho, ela beberá sua essência e irá destruí-lo."

"Então seja o meu guia. Me ajude a acordar e levar o plano adiante", disse ele.

"A musa não pode ser o motivo", disse Hain, jogando a isca.

"Então faça por Beatrice."

Tiago abocanhou o anzol. Contou o que havia descoberto sobre o projeto de contenção de oníricos. Hain aguardara ansioso por aquele momento. Anos à espera de uma chance de saber como a máquina funcionava, de se infiltrar de dentro para fora no sistema. Só faltava vencer um obstáculo.

Ele esticou a mão e mostrou a interferência da energia da musa em sua essência. Os dedos de fumaça em contato com a aura dourada se desmancharam de imediato.

"Se eu possuir o seu corpo, ela me consumirá."

"Basta chegar aqui", Tiago tocou o próprio peito. "Sou um humano com um coração de fumaça, esqueceu? A derradeira cicatriz."

"Um ponto de conexão", falou o efrite, com uma ideia. "Volte para a redoma de fumaça e me espere." Num movimento rápido, lançou-se no ar e desapareceu entre as nuvens pesadas que cobriam o pico da montanha.

"Como se eu tivesse algum lugar para ir."

Enquanto aguardava, ouvidos atentos, o exorcista se perguntou se estaria deixando passar algum detalhe importante. O reencontro de seus sonhos estava próximo de se tornar realidade e não podia se dar ao luxo de errar. A musa sabia que ele não desistiria dela. Conhecia seu jeito de pensar, seus sentimentos. Estaria preparada para enfrentá-lo. Talvez reabastecida por ele próprio. Seria um inimigo poderoso. Apenas um detalhe a separando do ápice de seu poder: a hospedeira.

Com um abutre em mãos, Hain desceu do céu. "Está pronto?", perguntou. Sem esperar pela resposta, arrancou a cabeça da ave sobrenatural e a fincou com o bico no peito de Tiago Boanerges. A energia da musa recuou diante da energia do abutre e abriu uma passagem. Na forma de nuvem, Hain migrou para o corpo projetado do exorcista. Seus músculos se retesaram no plano físico e onírico, e por pouco não tombou pela montanha.

Tiago ouviu uma voz pedir para se acalmar enquanto o coração de fumaça formava a ponte entre os dois. Sentindo-se novamente no controle, arrancou a cabeça morta do peito e deixou que a aura dourada se refizesse. Obedecendo à sugestão que o fumacento lhe soprava, virou o abutre de costas e despedaçou suas asas. Restos e penas se transformaram em fuligem, imiscuindo-se ao cenário onírico.

Seus olhos brilharam um verde intenso para em seguida retomarem a cor de chumbo, enquanto uma voz lhe dizia baixinho, num recanto de sua consciência:

Obrigado pela confiança.

Obrigado por correr o risco.

Certo de que a noite seria de vitória, seguiu as instruções do efrite e abriu os olhos no leito da enfermaria.

***

Tiago Boanerges arrancou o lençol e se levantou. Catou o celular que alguém colocara no criado-mudo junto com uma jarra de água e agradeceu pelos dez por cento de bateria existente. Discou o número de Liz andando de um lado para o outro, esperando que as barrinhas de sinal aparecessem. Ficou estático assim que o telefone começou a tocar. "Atende logo, droga", falou. "Eu sei que está aí."

A movimentação chamou a atenção de Jaques do lado de fora, e em instantes ele estava na enfermaria. O celular tocou até a ligação ser derrubada. Tiago ia insistir mais uma vez quando um alerta de mensagem apareceu no visor. Liz havia mandado uma foto. Ele não conseguiu acreditar no que via.

Moebius.

"Peça para Beatrice preparar o barco", disse a Jaques, enquanto pegava o casaco. Do bolso interno, retirou um saco transparente com frutos azuis em seu interior. "Vou precisar de alguma bebida também, e uma boa dose de sedativo."

28

Musa inspiradora

O *Princesa Isabel* abandonou a hidrovia e entrou na região da marina, bastante movimentada àquela hora. Contornou a pequena ilha central que servia de área de manutenção e seguiu para a extremidade mais distante do porto. Seguindo ordens, o capitão reduziu a velocidade longe da margem e deixou o iate parar.

Sob os olhares atentos de Beatrice e Jaques, Tiago Boanerges avaliava a câmara tubular de onde a musa havia escapado. Bastou tatear o vidro e uma melodia começou a tocar em sua mente.

Mantenha o controle de seus pensamentos. Use suas vivências para montar um cenário neutro, sem memórias afetivas, ou ela irá dominá-lo.

Hain agiu para alertá-lo.

Pode deixar.

"Como a colocaram na redoma?"

"Eles a trouxeram em um funcionário de Marcos Sardenha. Quando ela o possuiu, o colocaram sob suspensão anímica. Aqui, a conduziram para fora do corpo e então para a câmara. O painel na parte detrás monitorava seu ciclo de energia. Nós a mantínhamos em um nível basal, o equivalente a um coma, o suficiente para exercer sua função sem perder a conexão com este reflexo", explicou Beatrice.

"E não perceberam que era ela quem estava no controle. Muito perspicaz", disse o exorcista. Oníricos adormecidos, privados de vontade por meio de tecnologia, pensou o duo. "Mas admito que usar um ambiente controlado em vez de um hospedeiro foi uma jogada e tanto."

"Foram muitos anos de testes até aperfeiçoarmos esta etapa. O estudo da integração entre efrites e cadáveres foi essencial."

"Muitos efrites sacrificados?"

"E qual pesquisa não perde cobaias pelo caminho?"

Uma musa aprisionada, atenta ao que acontecia ao redor, ciente de que a tratavam como objeto de pesquisa. Influenciando de maneira discreta os responsáveis por seu encarceramento. Inspirando-os a resolver uma briga em casa com a esposa, a controlar os gastos do supermercado, a escolher a roupa mais adequada para a festa do filho, a terem uma noite de sexo prazerosa. Fingindo debilidade quando, na verdade, bebia do guará em goles fartos. Uma musa usando o laboratório para estudar seus captores e descobrir os segredos da mulher que os chefiava.

De pedaço em pedaço, Tiago mastigou os frutos azuis e bebeu um gole da cachaça que a empresária havia arrumado. A língua tingida veio para fora numa careta pelo gosto amargo. Depois, tirou os sapatos, se deitou no colchão. Após ser sedado, viu a tampa de vidro deslizar sobre si.

"Aconteça o que acontecer, não me acordem", pediu ele isolado do mundo externo, sem a certeza de que o ouviam.

"Se quiser, posso colocar música." O som veio de duas saídas minúsculas atrás da sua cabeça, e ele acenou em negativa.

"Sem interferências."

Havia imaginado que seria um processo gradativo, mas a tontura veio repentina e deixou o mundo mais lento. A voz de Hain pediu que controlasse a respiração e se acalmasse. A luz ficou mais forte, adquirindo um branco extremo que ignorava as pupilas diminutas, e engoliu paredes e o teto do iate. Tiago aproveitou os momentos restantes de lucidez para tentar se orientar, não mergulhar muito fundo na inconsciência, mas já era tarde.

Firme um cenário neutro.

Um passado remoto.

Consegue me ouvir?

Tiago?

Areia se enfiou entre os dedos descalços. O cheiro de esgoto se misturou à maresia. A água fria da onda que estourava trouxe espuma aos tornozelos e também calmaria. A praia estava semideserta, uns sentados sob as barracas, outros se arriscando a mergulhar. Estava de férias em Copacabana, Rio de Janeiro, longe de Libertà. Ninguém do Conselho de Hórus para torrar sua paciência. Queria caminhar por toda a orla, chegar ao Arpoador e ver o pôr do sol, ignorar o dia nublado. Depois encarar uma chuveirada e desmaiar na cama do hotel pelado com o ar-condicionado no máximo até a hora de desfrutar da vida noturna.

A indicação viera de um mago que conhecera em treinamento. Um convite feito meses atrás e desmarcado horas antes de entrar no avião. Mesmo sem mim, não perca, tinha dito, e Tiago Boanerges aceitou a sugestão.

No banco do ônibus, ouviu um rock antigo escapar dos fones de ouvido de uma mulher e começou a cantarolar. Vozes sobrepostas, letras misturadas, uma melodia tão estranha e tão familiar. Quis perguntar ao motorista o nome da música, forçar a mente a decifrá-la, e sentiu o cenário se transformar.

Recortes em preto e branco compuseram o bar. Fragmentos de memórias usados em blocos nas paredes, nos tampos das mesas, no piso quadriculado, nas cortinas que cortavam o ambiente ocultando o que a mente não conseguia construir.

No balcão, projetou a imagem de Flávio, funcionário da Drinqueria Blues, e se confortou com o rosto conhecido. Ele havia perdido o aspecto de surfista. Usava o cabelo curto e penteado de lado, e vestia calça social com suspensórios.

O exorcista reconheceu várias das pessoas ao redor. A menina por quem se encantara na escola técnica, John Oyster e seu pai, o sujeito que lhe roubara um tablet na escadaria da estação, um casal de professores da faculdade, o dono assassinado da rinha, Emília, parceiros de cama de quem não lembrava o nome, amigos de adolescência, ídolos de quem chegara a comprar CDs.

Eles se formavam e deformavam, misturavam-se em um ritmo vertiginoso. Traços em mudança contínua procurando padrões compatíveis com o ambiente.

Ao caminhar entre símbolos amontoados do seu passado, Tiago Boanerges percebeu-se nu.

"É só um sonho. Mantenha-se no controle", repetiu. Dirigiu-se a uma mesa isolada sob a luz de um holofote. Aquela era mesmo a sua voz?

Assim que se sentou, um copo de uísque com gelo apareceu ao seu alcance. Ouviu aplausos vindos do fundo da casa e se virou, curioso. Em vez das cortinas negras, encontrou um palco. Uma mulher nem magra nem gorda, com os cabelos castanhos desbotados, dançava para o público inexistente em um mastro de pole dance. Em cada movimento ousado, ganhava uma salva de palmas.

De onde a conhecia?

"Neon Azul", ela respondeu, sentada numa cadeira próxima. Ele não havia percebido o movimento. "Não acha que está perdendo tempo aqui?"

"Por que estaria? A noite está ótima. E o pianista é muito bom." Ele apontou para o piano Steinway, vazio, feito de ébano. Teve vontade de dançar, pedir uma canção especial para comemorar a data... seu aniversário. Ou seria uma promoção? Não conseguiu se lembrar do motivo de estar ali.

"É Dionísio. Anda meio perdido nas noites de música brasileira, mas está arrasando no blues", respondeu a mulher, e Tiago conseguiu visualizar o pianista debruçado sobre o teclado enquanto tocava "So many roads, so many times".

Levado pela música, encarou a mulher de forma mais demorada.

"Qual é mesmo o seu nome?"

"Gabriela. Que indelicado da sua parte ter esquecido."

A falsa cara de revolta com direito a biquinho lhe arrancou um sorriso.

"Gabriela. Claro."

Tiago ofereceu um drinque para a dançarina direto de seu copo, mas ela negou.

"Não aceito não como resposta", falou, enchendo a boca de uísque e passando para ela em um beijo. Quando se afastou, meio bêbado, Gabriela também estava nua. Os mamilos endureceram com o frio repentino.

"Parece que alguém está animadinho."

"Desde que nasci."

"O tipo que eu gosto", ela respondeu, buscando espaço entre suas pernas.

Tiago inclinou a cabeça para trás e se deixou levar pela dança.

"Agora me lembro de você", comentou entre gemidos, sem perceber o bar ganhar diferentes tonalidades. Em seguida, voltou o corpo para a frente e suspendeu Gabriela.

De olhos vermelhos e cabelos flamejantes, a dançarina se acomodou em seu colo, o quadril se movendo no ritmo da música. Seus dentes pontiagudos rasgaram o ombro de Tiago enquanto ele a apertava, e quando veio o gozo, ela o envolveu em escuridão.

Os fragmentos de memória começaram a desmoronar. Não havia mais música nem palmas, não havia mais vida. O público garimpado em lembranças se fundiu às sombras que seguiam se adensando, puxando-o cada vez mais fundo na inconsciência.

Reaja. É a sua mente.

Não deixe que o puxem para a fronteira.

Disposto a intensificar o orgasmo, ele a envolveu pela cintura, puxou seus cabelos flamejantes. O fogo onírico se alastrou pelo braço e chegou ao local da mordida. Penetrou a projeção de seu corpo, desagregando memórias e intenções que o mantinham unido. Tiago queimava por dentro. Incendiado, tingia de vermelho um ambiente cada vez mais nebuloso, sua energia de exorcista alimentando a criatura feroz que o devorava.

Reaja.

Um sopro de lógica com cheiro de fumaça sacudiu o pesadelo. Gabriela desapareceu, e a pressão sobre o exorcista diminuiu. Tiago se percebeu sozinho, cessou o vaivém de seus dedos. O estranhamento nascente desconstruiu a sensação de prazer e o deixou alerta. Recupere o foco, repetiu para si, permaneça atento.

Tiago estava de pé. Explorou o espaço que surgia diante de seus olhos. As sombras esmaeceram e o bar ressurgiu em uma versão detalhada, rabiscos finos nas bordas e texturas grosseiras no centro. Pilastras se destacaram das paredes, azuis no topo e arroxeadas na base. O chão vermelho como uma viagem de íon-K. Blocos de cores formaram mesas e cadeiras em conjuntos idênticos, bancos rentes às curvas de um bar, um número de cabaré dando vida ao palco, clientes e mais clientes atentos e falantes.

Freddie King, Big Mama e Elmore James encararam o exorcista com olhar de censura. Atendendo a um pedido, Dionísio tocou "Hound Dog" em seu piano. Tomado de uma súbita alegria, o exorcista notou vestir as roupas com as quais havia se deitado na câmara de contenção. Teve vontade de pegar guardanapos e pedir autógrafos, conversar sobre música desfrutando dos efeitos de uma bebida onírica.

Só não se juntou ao grupo porque se distraiu com um ganido, um resmungo de tristeza. Procurou-o entre tecidos coloridos, mudando os blocos de lugar. Ao se abaixar para desvendar sua origem, identificou um cachorro de couro escuro e crina flamejante deitado no chão, as patas sobre o focinho, tapando os olhos. Era um pesadelo, um predador, mas ele continuava a enxergá-lo de outra forma.

"Ei, Gabriela, bebeu demais? Vem aqui pra fora. Já viu os músicos que estão aí?", falou para o bicho, enquanto se inclinava para um afago.

Estava pronto para tocá-la no pescoço quando um pé infantil se interpôs em seu caminho. A menina estava descalça, dedos encardidos de tinta, e exalava um cheiro cítrico. Usava um vestido branco sem manga que cobria suas canelas, estampado com minúsculas flores azuis de núcleo amarelo. Devia ter perto de 8 anos. Sua pele morena destacava o sorriso branco, quase luminoso. Apesar do jeito inocente de rir, existia um brilho dourado no fundo de sua pupila.

Ela ajeitava os cabelos fartos e encaracolados no instante em que seus olhares se cruzaram.

"Cãozinho mau", disse ela. O pesadelo estourou em névoa e fluiu para sua boca.

O rostinho de quem acabou de ficar de barriga cheia causou calafrios no exorcista. De joelhos, ele não sabia o que falar. Seu raciocínio retornava com lentidão, trazendo a consciência do perigo ao qual havia se exposto. Tentou se afastar, mas uma força invisível o derrubou novamente, provocando uma pontada de dor que se refletiu no mundo físico.

Ela tocou a bochecha dele de leve. Deixou a mão deslizar ao topo da cabeça e lhe fez um cafuné, os dedos afundados nos cabelos.

"Não", disse ele, as palavras morrendo na garganta. Não era esse o reencontro que havia imaginado.

"Senti saudades suas. Quer ouvir uma história antes de dormir?", ela perguntou, imitando as entonações de Liz.

"Pare!"

O grito expandiu sua energia, e a musa recuou. Irritada, segurou-o forte no rosto, e veios de tinta se projetaram de sua pele para a dele. Casas, árvores, carros, estrelas e nuvens em traços infantis tatuaram o exorcista enquanto uma onda dourada abandonava seu corpo e migrava para ela.

"O que está fazendo?", ele perguntou. Sua cabeça parecia prestes a explodir.

"Matando a saudade."

"Essa não é você."

A menina assumiu as feições de Liz. Beijou-o na boca e se transformou em Nina Simone. Afastou-se com o rosto de Fabrício. E, num turbilhão colorido, tornou-se menina outra vez.

"Depois de repetir centenas de vezes que amava a essência e não o corpo, depois de dizer que se entregaria a mim pela eternidade, você nega o meu afeto? Cada noite em que gemia que meu sexo bastava, cada manhã em que jurava só olhar para outros ao se lembrar de um traço meu, de onde vinham aquelas palavras?"

"Ela é só uma criança", disse ele, sentindo o corpo esvaziar. Gotas de tinta escorreram pelas bochechas. Estava imobilizado, os braços pendendo fracos enquanto ela assumia o controle e o possuía.

"Quando disse que o azul dos meus olhos o hipnotizava, e que seria capaz de mudar toda a sua vida só para ficar comigo, quando me encheu de presentes dizendo que me daria o mundo se fosse possível, quando falou que iria até o fim do mundo atrás de mim, de onde vinha o seu amor?"

"De mim!", ele conseguiu gritar. "Eu fui sincero."

"Foi um covarde", respondeu ela, e a tensão sobre ele se desfez. "Seu amor nunca existiu, Tiago Boanerges. Fui eu que soprei no seu ouvido os sentimentos que me devolveu com tanto vigor enquanto eu me alimentava. Foi minha sede que encontrou em seu coração. Sua convicção é uma fraude."

"Isso é mentira." Ele caiu sentado sob os olhares de reprovação dos deuses do blues, as mãos manchadas de lágrimas coloridas. "Eu gostava de você, daquilo que despertava dentro de mim. Gostava tanto que quase deixei uma mulher inocente morrer para tê-la comigo. Eu era senhor dos meus atos, como sou agora ao não me entregar a você."

A musa ergueu dois dedos e a cabeça do exorcista acompanhou o movimento. Encarava-a sem poder desviar. Por trás da maldade no rosto infantil, notou um fiapo de contentamento com suas palavras. Ela o ouvia, se divertia com o contato. Ainda estar vivo era uma prova disso.

"Por que veio atrás de mim?", perguntou a menina, sem mover os lábios.

"Para entender."

"Qual o seu palpite?", ela o instigou.

"No começo você estava presa no iate. Nesse iate."

"O que mais?"

"Depois descobriu alguma coisa na mente de Beatrice que a interessou. Se permitiu ficar na câmara de contenção. A energia que conseguia, usava para se manter neste reflexo. Não sei por que, começou a estudar o relógio. Descobriu onde ela o guardava e desapareceu com ele, o soltou pelas ruas de Libertà. Depois que se alimentou do guará e fugiu, precisou se recuperar. Deve ter vagado por casas de artistas, ido aos clubes musicais que adorávamos quando estava no corpo de Liz."

Os olhos da menina faiscaram.

"Prossiga."

"Quando se sentiu forte o suficiente, matou os exorcistas envolvidos na sua captura. Você os enchia de certezas e ideias, e eles enfraqueciam sem perceber de onde vinha a inspiração. Impregnava-os com sua essência para fugir dos abutres e eles os atacavam. Usou seus perseguidores uns contra os outros."

"Está indo bem", disse ela, e a energia fluiu mais rápida em sua direção.

"Mais tarde, com o caminho livre, poderia ter entrado em contato comigo. Mas o pedaço que deixou dentro de mim sabia que não era seguro. Se viesse ao meu encontro, colocaria a minha vida em perigo. E você me ama, jamais faria isso. Preferia viver de lembranças a me ver sofrer."

Dispensando as pausas para respirar, Tiago falava para a musa o que gostaria de ouvir. Um resumo das conversas ensaiadas na cama, no chuveiro, nos dias em que o pensamento se perdia no percurso do metrô, um roteiro ilógico e emocional no qual as dores se dissipavam e os dois chegavam a um entendimento, mesmo que não fosse possível voltarem a ficar juntos. Um artifício para seguir em frente e se fingir narrador de sua própria história.

"Fico feliz que tenha encontrado suas respostas", disse ela, com a voz infantil. Uma luz dourada emanava de sua pele.

"Tem mais uma coisa", ele prosseguiu, ajudado pelo efrite que habitava seu coração. "Entendo que tenha perseguido os exorcistas, entendo a luta com o guará que a alimentou, a vingança planejada contra Beatrice, mas por que matar essa criança? Por que matar uma família inocente?"

A musa demorou a responder, e os deuses do blues cochicharam. Ela levitou para cima da mesa e mandou o exorcista se levantar. Estavam de frente um para o outro, os olhos dele um borrão de tinta, os dela banhados a ouro. Sua mão miúda o tocou no lado esquerdo do peito e se infiltrou vagarosamente no corpo onírico de Tiago Boanerges até se tornarem um só.

O bar se transformou numa profusão de fitas luminosas que o levaram ao meio da favela. A musa flutuava orientada por imagens absorvidas do guará, afastando-se do ódio que cultivava, encontrando na arte uma forma de esticar a sobrevida.

O plano físico não a aceitaria mais. Em cada beco, em cada esquina, olhos famintos aguardavam sua queda. A energia não podia ser contida. Passara tempo demais dentro da humana, fora aprisionada pela tecnologia, drenada por uma bruxa, realimentada por um salvaxe. Invadira e inspirara mais mentes do que era capaz de dominar.

"Você está morrendo", falou Tiago, vendo-a se aproximar da menina e seu caderno de desenho. Ela não sabia por que estava ali, o que a tinha guiado àquele ponto de Nova Cingapura. "Perdeu o controle sobre a sua energia. Usou as memórias afetivas do guará para encontrar um lugar seguro."

Sim, ela sentia, embora não soubesse explicar. Precisava se proteger, livrar-se de tudo o que era supérfluo e se esconder até recuperar a estabilidade.

"Agora que me trouxe energia, não mais."

A musa apertou o coração de Tiago, mas algo o protegeu. Retirou a mão de dentro do seu corpo onírico, contrariada. Inclinou-se para beijá-lo, e ele se virou.

"Não", se manteve firme.

"Pode negar o meu amor, mas sabe que precisa de mim. Venha me encontrar, ou eu acabarei com ela", disse a musa. Equilibrada na borda da mesa, deu um tchauzinho com a mão molenga, e seus dedos deixaram um rastro de poeira cintilante. O corpo de menina se expandiu rompendo o limite das formas e inundou o bar com sua luz dourada. Um a um os deuses do blues foram dizimados. A ilusão formada pelo encontro do exorcista com sua amada estava a ponto de ruir.

Tiago.

"Preciso sair daqui", disse ele.

Eu ficarei. Agora desperte.

Ele lutou para vencer o efeito do sedativo. Tinha de escapar daquele mundo desmoronando e encontrar o corpo da menina. Só então poderia derrotar a musa. Só assim salvaria Liz. Mas como? Como? Dor!, pensou ele, tateando o ombro no lugar da mordida. O pesadelo havia encontrado uma brecha onde o abutre enfiara as garras e se aproveitado disso para atacá-lo. Poderia usar o ferimento a seu favor. Bastava apertar firme e...

Sobre o colchão manchado de sangue, o exorcista acordou. Sentia-se como se uma velhinha míope o tivesse atropelado com um trator. Beatrice avaliou o painel de monitoramento. Os batimentos não faziam sentido, a pressão parecia levemente elevada, mas não havia traços de energia da musa. Ela destravou a câmara e a tampa deslizou para a lateral.

"A garota morta em Nova Cingapura. Onde ela está?", disse ele, ainda em choque. O onírico com quem acabara de interagir em nada se parecia com a musa idealizada em suas noites de saudade.

A empresária entendeu a mensagem. Pegou o celular e subiu para o convés. Jaques esperou que o som dos passos amainasse para se aproximar. Afastou o casaco e rasgou a camisa sobre o ombro do exorcista. Constatou que os furos da mordida estavam diminuindo conforme voltava à vigília.

"Há uns anos não encontrava um ímã de problemas que nem você."

"Ela é louca", desabafou.

"Descobriu alguma informação sobre o relógio?"

"Hum... nada."

O lobo ficou calado, ouvidos atentos ao piso superior. O barco voltara a se mover.

"Se um dia o encontrar, não conte a ninguém. Destrua-o."

Beatrice desceu as escadas e a conversa cessou. Pela cara, trazia boas notícias.

"O BEAST transferiu os corpos da família para o Instituto Médico Legal de Libertà. Nós vamos para a área de desembarque mais próxima. Um carro estará nos esperando. O atendimento ao público termina às dezessete horas, os últimos médicos saem às dezoito e trinta. Encontraremos poucos funcionários. Um segurança, a equipe de limpeza, nada muito além disso."

"Sem testemunhas", comentou o lobo.

"Sem vítimas ocasionais", corrigiu Tiago.

Tiago se livrou da camisa fedendo a sangue. Os furos haviam sumido, e a pele estava arroxeada. Pediu o celular de Beatrice e ligou para sua pupila.

"Ju, você me disse que tinha uma chave do Instituto Médico, não foi? Preciso que...", e explicou a situação. Depois de tudo que havia passado, a musa não conseguia mais conter sua energia, por isso precisava do corpo de Liz. Achava que ao possuir sua hospedeira ideal, recuperaria a estabilidade. Contudo, estava errada.

A julgar pelo contato em sua mente, Tiago apostava que nem a possessão inibiria a bomba relógio. Era só uma questão de tempo até explodir e impregnar o necrotério com a sua essência.

29

Entrada VIP

Conforme o combinado, o carro da mãe de Julia os aguardava dois quarteirões antes do IMLL. Tiago foi até elas, deu boa noite para a senhora Yagami e pediu desculpas pelo transtorno. Na outra porta, encarou o rosto preocupado de sua pupila. Ela explicou mais ou menos a disposição das alas, o que havia em cada andar e qual seria a melhor porta para entrar a essa hora.

"Não quer que eu vá com você?"

"Julia", sua mãe brigou. "Conversamos sobre isso em casa. Quer ganhar outro roxo desses na cara?"

"Ela está certa, Ju. E sabe qual seria a minha resposta mesmo se ela não estivesse aqui. Você já fez mais do que o suficiente."

"Tem certeza de que elas estão aí?"

"Eu posso senti-la."

"Vou ficar na torcida para Liz estar bem", disse ela e lhe entregou a chave. Depois de trocarem um abraço pela janela, o carro partiu. Senhora Yagami pisou fundo no acelerador e desapareceu no fim da rua.

Do lado de fora, nada de estranho parecia acontecer. Ele aproveitou para dar uma volta ao redor do prédio, onde nunca estivera, e entender mais sobre sua disposição. O prédio tinha apenas três andares, e era mais extenso do que alto. Apesar das paredes amarelas, iluminadas por refletores de piso que realçavam sua arquitetura, e um jardim discreto que ladeava as rampas de acesso, não era de maneira alguma um lugar aprazível.

Repassando na cabeça as dicas de Julia, parou diante de uma placa que apontava a direção da área de carga e descarga, do necrotério e das alas de perícia clínica. Era estranho pensar que o IMLL atendia pessoas vivas em exames de corpo de delito, indo além da necropsia e laudos cadavéricos. Enquanto se orientava e procurava um sinal de atividade, Jaques o abordou.

"Temos companhia."

No alto do telhado, um abutre descansava empoleirado. Imóvel como um pássaro na muda que não quer atrair os predadores, ele também estava quieto.

"Consegue sentir alguma coisa?"

Jaques se pôs a farejar. Distinguir traços que os ajudassem entre tantos cheiros não era uma tarefa simples. Sentia a podridão por trás do éter. Desinfetantes e conservantes. Ratos mortos nos bueiros. Sangue e carne em estado de decomposição. Nenhum inimigo identificável.

"Apenas morte."

A passos lentos, Beatrice se aproximou dos dois. Olhou para o abutre e de volta para eles. "Vamos logo com isso."

De posse das chaves, Tiago destrancou a porta. No interior do IMLL, a infraestrutura modernizada dividia espaço com os móveis e pisos originais da década de 1950. Uma torre de emissão de senhas exibia a mensagem "por favor, aguarde em silêncio" na tela quebrada. Ao lado dela, duas fileiras de cadeiras, um galão de água e pilhas de copos descartáveis compunham a área de atendimento.

Beatrice contornou as divisórias de um guichê, provável lugar do recepcionista. No chão, atrás do móvel, um homem de pele murcha jazia degolado.

"Foi arrastado para cá", Jaques notou a posição em que se encontrava, os braços esticados para cima. Abaixou-se para analisar a libélula feita com uma cápsula de bala e fios de cobre que repousava sobre o peito do morto, tomando o cuidado de não deixar digitais.

"Moebius", falou o exorcista. "Ele trouxe Liz para ela."

Havia algo na construção emanando energia em intervalos regulares, uma consciência tentando se comunicar, mas que em nada se assemelhava à musa. Tiago tentou entender de onde vinha. Guiando-se pelo brilho nos citrinos, parou em frente da porta dupla de madeira que, segundo Julia, levava às alas de atendimento ao público. Ao aproximar as mãos, filetes esverdeados se projetaram pelos vãos da soleira e fechadura para alcançá-lo.

O exorcista recuou estrategicamente e, com o braço rente ao corpo, deixou sua energia correr para a luva e atrair aquela energia estranha. Mesmo um gesto simples o consumia em seu cansaço.

De início, ela continuou avançando em sua direção. Como um tapete, espalhava-se insistente para vedar a passagem. Assim que se tocaram, porém, um rasgo se abriu e Tiago sentiu a magia se dissipar nos cristais. Tudo pareceu normal, exceto pelas gavinhas que continuavam a se enroscar na maçaneta. Sem pestanejar, ele a segurou firme, e então seus olhos nublaram.

Uma massa negra se alastrou por seu corpo e o puxou para dentro da escuridão. Tiago percebeu os braços presos para trás e tentou se soltar, mas a energia o envolvia como uma camisa de força. Ao seu redor, não havia qualquer resquício do plano físico, nenhum referencial do lugar onde se encontrava.

No breu absoluto, ouviu um barulho agudo, uma risada gutural. Dois pares de olhos vermelhos o miraram abaixo de ondas flamejantes. Dentes brancos e afiados se tornaram visíveis conforme os oníricos se aproximaram.

Mantendo a concentração, Tiago Boanerges ativou os citrinos e fez a energia circundá-lo de modo defensivo. Antecipando-se ao ataque inevitável, um rosto pálido de olhos sombrios apareceu diante dele e lhe estendeu a mão.

"Venha", falou Beatrice, e o arrancou de sua imobilidade.

Novamente no corredor do IMLL, ele protegeu os olhos da claridade e acalmou a respiração. Seu corpo demorou a reagir ao retorno à realidade.

"O que aconteceu?"

"Você segurou a maçaneta, e ficou estático. Chamei seu nome, mas continuou parado como uma estátua. Quando percebi seus olhos escurecerem, projetei minha energia para trazê-lo de volta."

"Vi dois pesadelos do outro lado. Os cães que monitoram as fronteiras de Yume e caçam invasores", disse ele.

"Foi parar no mundo dos sonhos só de tocar na porta?", perguntou Beatrice.

"Eles atravessaram a fronteira", falou intrigado. "Estão aqui."

Tiago observou a porta ainda fechada, os filetes etéreos enroscados à maçaneta, e se perguntou o que os aguardava. A musa não iria facilitar o seu trabalho.

Jaques o encarou calado, a pergunta evidente pairando no ar.

"Devem estar usando alguém como um portal. Isso explica o corpo ressequido do vigia. É provável que haja outras vítimas pelo prédio. Não posso simplesmente mandá-los embora, pois não há ligação a ser rompida.

É como se estivessem no prédio e em Yume ao mesmo tempo. O jeito é encontrar a pessoa que está servindo de canal e tirá-la do estado de semiconsciência. Ou esperar que esgotem a energia que roubaram dela e se tornem vulneráveis", Tiago pausou.

"A não ser que estejam bebendo de uma fonte inesgotável", Beatrice verbalizou o que se passava na cabeça de todos. "Acha que plantaram uma armadilha?"

"Ou um alarme."

"Nesse caso, a musa sabe que estamos aqui", disse Jaques. "Me confirme uma coisa, pesadelos são oníricos, não são?"

"Em sua essência, sim", respondeu Tiago.

"Então eu posso machucá-los", disse ele, arrombando a porta com um chute. Diante da muralha negra que se apresentava, descalçou os sapatos e tirou a roupa. Meias, camisa, calça e cueca foram ao chão. Suas costas cresceram e se alargaram estalando ossos. Os pés se esticaram para a frente, e a pele se cobriu de pelos cinzentos. Suas mãos terminaram em garras capazes de dilacerar uma pessoa. Mais alto do que na forma humana, parecia ter dobrado de tamanho. De peito estufado, Jaques uivou uma nota duradoura, comprando a briga que viria pela frente. Transformado, fazia Fabrício parecer um boneco de pelúcia.

"Precisamos de um plano de ação", disse Tiago. "Tenho que encontrar Liz e a pessoa servindo de portal para interromper a transição. Consegue dar conta dos pesadelos que estão guardando a entrada?"

O lobo golpeou o ar.

"Ótimo. Beatrice, ilusionismo pode não ser suficiente para protegê-la dos oníricos que estão lá dentro. Mas a decisão é sua", disse ele. Queria contar com toda a ajuda disponível, mas sem colocá-la em perigo. Se falhasse com a musa, ela era a pessoa mais preparada para detê-la.

"Posso guiá-los no escuro", falou. Os ramos de sua tatuagem negra se alastraram pelos braços, e alcançaram os ônix em seus anéis. No lugar do brilho, emanaram escuridão. "É hora de combater sombras com sombras", disse de forma contundente e atravessou a armadilha. Após um rosnado, Jaques se lançou atrás dela.

"A black magic woman". Tiago lembrou-se da música que ouviu ao analisar o cadáver de Fabrício. Respirou fundo, ativou os citrinos e os seguiu. Palavras foram sopradas em seu ouvido, e seus olhos se acostumaram ao negrume, decompondo-o em tons de cinza perfeitamente enxergáveis.

Logo na entrada, viu corpos pelo chão, alguns deles vestidos, outros sem roupas. Um cheiro nauseante de morte o fez enjoar. Agachou-se junto ao mais próximo, nu, e notou-o queimado no lado direito do dorso. Era um dos cadáveres do necrotério, deduziu. Algo o havia possuído e tentado passar pela entrada, mas acabara sendo devorado pelos pesadelos.

Enquanto o analisava, os citrinos brilharam por toda a extensão, dos pés à cabeça, não apenas no pulso ou na nuca.

"Sem efrites", falou sozinho. Em seguida, andou até uma mulher de uniforme, funcionária da equipe de limpeza. Havia muito sangue ao redor do corpo. Tinha um corte na bochecha que lhe abria a boca e também desprendia energia residual. O miolo do estômago era um buraco empapado de vísceras.

Ia se levantar quando Jaques saltou por cima de sua cabeça e acertou algo que não conseguiu sequer enxergar.

"Estão invisíveis", falou Beatrice, aparecendo diante dele. "Posso vê-los através da ilusão." Espirais brilhantes de sombras foram disparadas de seus anéis e se ataram aos oníricos.

Em um malabarismo ligeiro, o lobo girou sobre o próprio eixo e interceptou mais um ser invisível no ar.

"Corra", disse Beatrice. "Eu ajudo Jaques."

Ele precisava seguir em frente e encontrar a musa. Antes de ir, apontou para cada ponto brilhante em movimento e desmanchou a invisibilidade que protegia os pesadelos. Cães enormes, de pelos negros e olhos flamejantes, circundaram a mulher e o lobo. As crinas e a ponta das caudas flamulavam num tom rubro feérico.

"Eles são muitos."

"Nós também", disse ela. Unindo as mãos, criou projeções simulando sua aparência e a do lobo para distraí-los. Os pesadelos atacaram a ilusão.

Tiago aproveitou a deixa e partiu, driblando os cadáveres. Tentou identificar um rastro que pudesse guiá-lo, e só sentiu a ondulação sem origem definida. Era como se ondas colidissem vindas de direções opostas e interferissem uma na outra enquanto se refletiam.

Pouco havia avançado e caiu de costas no chão, um pesadelo rosnando sobre sua barriga. Para evitar a mordida, firmou as mãos ao redor do pescoço da criatura, que bafejava em seu rosto, e projetou energia. Contudo, ele era forte. Um chute certeiro lançou o cão de encontro à parede, liberando o exorcista, que se levantou e correu pelo corredor. Jaques interceptou a investida de outro animal e caiu sobre o dorso. As garras desceram fundas no corpo etéreo, atravessando as chamas da crina, e encontraram a coluna flamejante que foi arrancada.

Sem tempo para comemorações, pulou para atacar o pesadelo chutado que se reerguia furioso, mas foi derrubado no caminho e levou uma mordida violenta no braço. Um ganido de dor escapou entre rosnados. Beatrice correu em seu auxílio e infiltrou energia nos olhos do onírico, que o largou e atacou outro pesadelo, para ele agora igual ao lobo.

Na ala seguinte, Tiago prosseguia com a busca, olhos e ouvidos atentos. Vez ou outra, via parasitas oníricos rastejando pelo chão, pequenos seres que não seriam capazes de lhe fazer mal. Nada que explicasse o levante de cadáveres.

O jeito foi abrir porta por porta. Como aquela com a placa "necrotério 2".

Tiago tateou a parede e apertou todos os interruptores. As lâmpadas se acenderam em intensidades variadas e iluminaram os móveis de aço. Dependurado na parede de gavetas, um menino tentava escapar. Ele se sacudia para fora, as pernas presas na maca deslizante, e grunhia um som inteligível. Não reagiu ao contato visual, mas ainda assim o exorcista preferiu manter distância. Energia percorreu o ambiente em ambas as direções e se transformou em uma poeira dourada em volta de sua luva, até que o garoto despencou inerte.

Uma silhueta escura se desprendeu do corpo e logo se dissipou. Eram sombras. Oníricos incomuns e nem um pouco amistosos. Apenas os mais fortes conseguiriam se firmar no plano físico. Os mais fracos serviriam como um banquete farto para os pesadelos.

De volta ao corredor, o exorcista seguiu cauteloso. Os parasitas oníricos deslizavam ruidosos pelo teto, tomavam as paredes. A movimentação não se dava por acaso. Desciam para perto de um homem de jaleco. Alguém vivo. Tiago correu para o médico. O sangue escorria de seu braço sobre a pele negra. Tinha se defendido de um ataque e escapado.

"Se acalme", disse o exorcista, dissipando os parasitas no entorno. "Consegue ficar de pé?"

O homem choroso respondeu que sim, e ele o ajudou a se levantar. Com cuidado, ele o levou para o necrotério onde vira o garoto.

"Aí não, a outra porta." O médico puxou uma chave do bolso e eles entraram no almoxarifado. Sob a luz, tirou o jaleco para Tiago analisar a ferida. Uma mordida, sem dúvida.

"O que aconteceu?"

"Alguma coisa me atacou. Eu senti a dor, mas não consegui ver o que era. Uma menina a tirou de cima de mim."

"Uma menina?"

Ele se calou.

"Um dos mortos."

Tiago engoliu em seco. Procurou nas caixas das estantes em volta material para o curativo. Limpou o braço do médico com álcool e enrolou gaze em toda a extensão do ferimento. O homem o encarou emudecido. Esperava que zombasse de sua explicação. Tinha esperanças de que dissesse estar alucinando. Sua sanidade dependia disso.

"Qual o seu nome?"

"Orlando."

"O meu é Tiago. Sou um exorcista. O que está acontecendo é real. Preciso que me diga se consegue cuidar de si mesmo, para que eu possa cuidar do resto."

"Sim", falou aparvalhado.

"Então resista ao ímpeto de fugir e espere ajuda, está me entendendo?"

"Não sairia daqui nem que me pagassem."

O exorcista não o condenou. Deu um tapinha no ombro do braço mordido e abriu uma fresta da porta. Uma risada aguda de criança ecoou pelo prédio e ele congelou no lugar.

"Boa sorte", disse o médico. E ele saiu. Virou o corredor à direita, incerto de que caminho tomar, e seus citrinos cintilaram com força. Uma menininha agora conhecida apareceu na outra ponta, saltitando por uma amarelinha imaginária. Um pé, dois, um, um, um, dois, um, chegada. Seus cabelos estavam raspados e havia uma incisão contornando o ouvido.

Eles se observaram por um breve instante.

Não era a musa, pensou consigo e cerrou os punhos.

Ela correu em sua direção, engasgada numa risada histérica, e ele projetou energia. Uma onda veio forte em resposta, empurrando-o para trás. De pés firmes no chão, se concentrou em enfraquecer as ligações que o onírico mantinha com o cadáver. Entretanto, a menininha continuou a avançar, e ele quase caiu.

Seus músculos tremeram com a pressão que a criatura exercia sobre ele. O inimigo era astuto. Sabia como atacá-lo. Tentava imiscuir sua essência com a dele. No entanto, ele não podia parar. Pensando bem, era exatamente o que faria.

Em uma manobra arriscada, Tiago interrompeu o fluxo enviado para os citrinos e se deixou envolver pela onda que emanava da menina. Tomado por ela, projetou sua energia com tudo, um ataque de dentro para fora, e a ligação enfim começou a se romper.

"Anda!", gritou no meio da nuvem dourada, e viu a criança ficar mais lenta, perder a força e enfim desabar. Da carne pútrida, subiu uma sombra do seu tamanho. Ela flutuou pelo espaço entre eles tão rápido que não foi possível reagir. Quando se deu conta, ela o erguia pelo pescoço, esperando uma falha sua para possuí-lo.

Tiago sabia que não teria uma segunda chance. Parou de tentar se soltar e enfiou as mãos por dentro da sombra que se adensava sobre ele. Vencendo a resistência da massa onírica, projetou um pulso para os citrinos e drenou sua energia. Um rombo se abriu no peito de seu agressor, que o soltou e fugiu.

Ele respirou ofegante encarando o teto. Podia ter morrido ali, sozinho, ter virado o hospedeiro de um onírico. Girou o corpo sobre o ombro e fingiu ignorar a dor. Firmou as palmas no piso gelado e, usando a perna boa como apoio, conseguiu se pôr de pé. Ao lado do cadáver da menina com quem conversara em seus sonhos, fechou os olhos e chamou pela musa. Pensamentos vaguearam pelo prédio atrás de uma resposta, dobraram esquinas imaginadas, vasculharam armários.

Devido à distensão da fronteira entre os mundos, conseguia ouvir os rosnados dos pesadelos, risadas de oníricos desconhecidos, sinais do poder de Beatrice. Seu coração de fumaça o conectava àquele lugar intermediário escondido por trás da quimera. Assim como Julia era capaz de fazer ao ampliar a visão de necromante, Tiago viu vultos e foi visto. Eles conheciam sua localização, viriam ao seu encontro. Tinha de encontrar Liz e conduzir o exorcismo antes que algo pior acontecesse.

O exorcista inspirou calmamente, repetidas vezes. Aspirou energia do ambiente. Prosseguiu pelo corredor que parecia infinito, porta após porta aberta, e, de repente, os citrinos voltaram a acender.

Atrás do rastro, chegou ao "necrotério 1".

Pronto para o pior, girou a maçaneta. Nenhum pesadelo. Nenhuma criança com instinto assassino. Nenhum mundo de sombras e escuridão. Sobre uma maca de alumínio, encontrou Elisa Goldin, desacordada. Atrás dela estava Moebius. Protegia o corpo de Liz, o canal entre os dois mundos. A musa não a havia possuído.

"Ora, ora. Veja só quem chegou pra festa."

Sua luva estava diferente, somente com lâminas e ferramentas pontiagudas.

"A musa está controlando você, Moebius. Deixe-me ajudá-lo."

O artesão abaixou a cabeça e lambeu o pescoço de Liz. Imitava a foto que havia enviado pelo celular. A provocação surtiu efeito. Tiago avançou com tudo, e Moebius baixou a luva rente à garganta de sua refém.

"Vamos fazer um teste. Se acha que a musa está me controlando, me exorcize. Eu ficarei livre da influência dela e nós dois voltaremos a ser amigos. Se estiver errado..." Ele deslizou a ponta da lâmina no peito da cantora.

Tiago pensou no que faria. Sentiu a escuridão se adensar atrás de si, uma força amistosa. Se Beatrice os alcançasse, não podia prever a reação do Moebius, por isso agiu de uma vez. De punhos cerrados, concentrou-se e deixou suas energias colidirem. A luva do artesão brilhou como as suas, e a pedra côncava em seu dorso estourou num turbilhão luminoso. Moebius ergueu a mão para proteger os olhos e o exorcista correu em seu encontro. Após contornar a maca, girou o corpo, posicionou o ombro e o derrubou.

Os dois magos estavam no chão quando Beatrice chegou. Tiago forçava a luva com as garras para trás, e pressionava seu pescoço com o cotovelo. Vendo que ele não fazia questão de reagir, se levantou.

"Por que não me ataca?", perguntou, respondendo a própria pergunta a seguir. "Você me provocou para que eu fizesse o exorcismo. Para livrá-lo da musa. Ela não permitiria que machucasse Liz."

"Pelo que vimos, Liz não é sua única protegida", disse Beatrice. A ilusão que cobria seu rosto desaparecera. Tinha um corte na base dos lábios, um braço ferido e parte da roupa rasgada.

Moebius se levantou. Tentou mover as garras, mas a luva estava danificada. Havia perdido o controle sobre ela. "Você não está na lista", falou e atacou a bruxa. Sua mão atravessou a ilusão, e ele se estatelou na parede. Cansado da brincadeira, Tiago Boanerges acertou um soco que o nocauteou. Depois de conferir se havia de fato desmaiado, foi para junto de Liz.

Seu rosto aparentava serenidade, seus lábios estavam pálidos, a respiração suave. Havia uma marca de agulha na junção do braço com o antebraço, local da aplicação do sedativo. Onde quer que sua mente a houvesse levado, devia estar segura.

"Sua amiga está bem?", perguntou Beatrice.

"Essa é você de verdade?"

Ela passou a mão no corte na boca e mostrou os dedos sujos de sangue.

"Liz é o portal", explicou Tiago. "Seu corpo está no nosso plano, mas sua mente está perdida em Yume. Ela é uma adormecida, está sedada. Não conseguirá voltar sozinha. Preciso que a encontre como fez comigo quando os pesadelos me atraíram. Só preciso de alguns minutos para rastrear a musa a partir dela."

"Elas estão conectadas, não é?", Beatrice espalmou as mãos ao redor da cabeça de Liz e procurou um caminho. "Por que não foi possuída?"

"Seus experimentos deixaram a musa instável. Se ela possuísse Liz, o corpo poderia não aguentar sua energia."

"E ela danificaria a hospedeira perfeita."

Moebius gemeu no chão.

"Consegue dar conta dele?"

"Pode considerá-lo o novo hóspede do meu instituto para criminosos."

Tiago segurou a mão de Liz entre as suas, obrigou-se a ser otimista. Aquela não era uma despedida. Fechou os olhos e deixou que a sua essência entrasse em sintonia com a energia invasora. Não conseguiu um lugar exato, mas já tinha uma direção. Bastou um instante para intuir por onde seguir.

"Tranque a sala por dentro", se despediu. "E cuidado com ele."

Beatrice sorriu.

Agora é comigo, pensou. Atraído pela essência da musa, seguiu para a saída de emergência, abriu a porta corta-fogo e subiu ao segundo andar. Uma luz dourada se espalhava por todo o corredor. Era clara, cegante, e ele mal pôde ver por onde andava. Tentou se guiar pelo instinto, descobrir sua origem, e a atravessou. A energia era densa, calorosa, e inebriou seus sentidos. Deixando-se envolver por ela, quase esqueceu a razão de estar ali. Precisou se concentrar, manter a imagem de Liz firme em seus pensamentos para voltar a andar. Enquanto vencia o clarão, entendeu onde tinha ido parar. Faunos, ninfas, minotauros, simulacros de divindades enfileiravam-se na porta do refeitório.

Tiago cortou a fila por fora, guiado por pontos cintilantes. Sentiu alguém puxá-lo para trás e deu de cara com uma medusa: "Pro final!", ela gritou. "Fura fila!" Por um momento, não conseguiu desviar os olhos das serpentes que saíam de sua cabeça. Então, ouviu a voz de Jaques.

As criaturas feéricas desapareceram diante dos olhos do exorcista. No lugar dela, viu funcionários e cadáveres ambulantes possuídos. Ao perceber a proximidade com os mortos, recuou, nauseado. Sem o abraço aconchegante que lhe inebriava, sentiu o cheiro de formol e sangue seco.

"Precisando de ajuda?"

Ele prestou atenção no lobo. Estava nu, destruído da luta com os pesadelos. O ombro estourado em um borrão de sangue, a barriga com marca de garras.

"Você está bem?"

"Estou vivo. Que merda é essa?"

"Um show. A musa organizou um show e trouxe seus convidados."

Tiago notou que falava sozinho. O lobo havia sumido. Talvez nunca tivesse estado ali. Caminhou até o cadáver parado na porta do refeitório, fingiu que lhe entregava um ingresso e entrou. Espalhados sobre mesas e bancos, os mortos assistiam hipnotizados à cantora luminosa que flutuava no ar. Sacudiam as cabeças e pulavam ao som de uma música do Lilith. Abaixo do brilho intenso da musa, um cadáver se inclinava para trás tocando uma guitarra imaginária, enquanto outro manejava as baquetas, simulando a bateria.

Uma mulher com uniforme de vigia sacou a arma e atirou no homem à sua frente. Como ele permaneceu de pé, ela o empurrou para pegar o lugar. Tiago se abaixou por reflexo e driblou as pernas do público, tentando se aproximar da musa. Valendo-se de empurrões estratégicos, se esgueirou entre o grupo, e chegou à primeira fileira.

Quando o viu do palco, a musa desceu para a plateia. Os mortos avançaram na direção de seu ídolo, mas ela os repeliu com sua luz e abriu uma clareira. Estava grotesca, instável. Expandia-se e retraía-se em sentidos aleatórios, uma versão disforme de Elisa Goldin.

Você veio, disse ela e seu coração quase parou.

Tiago sentiu a energia projetada contra ele e ergueu as palmas. Os citrinos brilharam como nunca, e o corpo inteiro tremeu diante dela. Para seu desgosto, apesar da instabilidade, identificou no centro do brilho o rosto de Liz. Com medo de que ainda estivessem conectadas, recuou sua energia e foi lançado para trás.

Você não é nada.

De olhos fechados, Tiago resgatou o perfume de Liz, a maciez do primeiro beijo quando a musa era só a ordem de um chefe passada em uma reunião. Reviveu numa piscada a raiva que sentira ao saber do estado de coma do baixista Zero, o impacto de se ver como um homem cadavérico diante do espelho, o cheiro de podridão que exalava do beco onde por pouco não acabou com a vida de Julia. Em seguida, rememorou o blues que marcara o seu retorno, a segunda chance, o reencontro na cama de Dinho, que o levara a acreditar de novo em si mesmo.

A musa flutuou sobre ele. Desceu esmagando-o contra o chão, lhe rasgando as entranhas, expondo as velhas chagas da morte negra. Tiago se pôs de joelhos e a encarou. Não havia mais um rosto, nenhum traço ou contorno que remetesse à Liz. Projetou de volta a energia que ela compartilhava e ativou os citrinos. De repente, notou o que acontecia. Ou o que, na verdade, não acontecia. A musa estava jogando com a sua essência, mas não o influenciava. A maneira mais fácil de ludibriá-lo, de derrotá-lo, e ela nem ao menos tentava. Estava gastando energia, lançando-a contra ele como se fosse um onírico comum, mantendo-se longe dos seus pensamentos.

"Você entende", disse ele. "Sabe que o seu tempo acabou. Então por que tudo isso? Por que me trazer aqui?"

Para que seja você.

"Quer que eu a mate?"

A luz dourada aliviou o peso sobre o exorcista. Mortos, bancos e mesas se soltaram do chão e foram arrastados para aquele novo centro de gravidade. Reunindo o máximo possível de sua força, a musa esculpiu um rosto e recuperou a forma. Em cima do palco imaginário, com o público próximo, falou com a voz de Liz: "Estamos chegando a um momento especial, a última música da noite. Quero dedicá-la a vocês que nos acompanham desde o início, e que tem dado uma força na divulgação do álbum. Vamos seguir até o fim de novembro com a turnê, e ano que vem teremos novidades".

Os mortos comemoram a notícia em gritos. Com um dedo erguido, ela os silenciou.

Tiago estremeceu com a oscilação de energia. Levantou-se no meio dos móveis do refeitório e abriu espaço entre a plateia putrefeita. Eles estavam parados, cantando juntos, olhando para o alto enquanto a luz os engolia.

I'll tell you something new, babe
I don't want you anymore
You've tried to break my heart
So go away and close the door

No verso que encerrava a música, a musa-cantora modulou a voz de soprano e produziu um dó ensurdecedor. Tiago tapou os ouvidos e deixou que a energia corresse livre, em todas as direções. Quando conseguiu calar a voz em sua mente, juntou as mãos e apontou para a luz dourada. Um feixe correu da ponta de seus dedos e a acertou em cheio onde simulava o peito.

A conexão estabelecida foi mais do que um exorcismo, foi uma via de mão dupla. Tiago sentiu milhares de anos de existência passarem velozes por sua mente. Divindades, titãs, grifos, dragões, exércitos lúdicos, impérios erguidos e derrubados na duração de um sopro. Quando as imagens mostraram dias presentes, absorveu as memórias roubadas de Beatrice Belcastro e entendeu seu plano de vingança, o significado do relógio.

Enquanto exorcista e musa se anulavam, oníricos se desprenderam dos cadáveres e foram destruídos pelo brilho dourado. Tiago sentiu as pernas fraquejarem, a nuvem negra em seu peito se expandir por veias e artérias, e se concentrou uma vez mais. Filetes luminosos o conectaram ao corpo onírico que o sobrevoava. Parecia que seus ossos derreteriam, que o cérebro explodiria. A pele ferveu por baixo das luvas, seus pés abandonaram o chão. O embate estava prestes a terminar.

Flutuando no ar, a musa se dissipou. Sem um beijo de despedida, ela se foi. Tiago despencou sobre os cadáveres. Sua perna machucada bateu com tudo em uma cadeira, mas ele não sentiu dor. Havia vencido, pensou, não precisava mais lutar.

Anestesiado pela troca de energia, virou-se de barriga para cima e mirou o teto. O refeitório estava apagado, nenhum brilho dourado, nenhum ponto luminoso. Deixando o turbilhão de sentimentos transbordar, fechou os olhos e chorou.

30
O último blues

O blues tocava alto no andar de cima.

♪ *Believe me baby, I feel like a broken man...* ♪

Dedos descalços roçaram a barriga do exorcista e deslizaram manhosos para o sofá. Elisa Goldin dispensara um drinque em favor de um chá de laranja com mel, seguindo recomendações médicas. Recuperava-se do incidente com rapidez – o único susto até agora foi um desmaio em um show por não ter se alimentado direito – e precisava estar cem por cento para retomar a agenda.

Hoje haviam feito uma versão *pocket* e acústica em uma livraria, coisa leve, depois saído para comemorar.

Sempre que podia, Tiago estava ao seu lado ou na plateia. Para a felicidade de sua conta bancária, sua agenda também andava cheia, com serviços prestados especialmente nos arredores do Instituto Médico Legal de Libertà. O trabalho de contenção do Conselho de Hórus tinha funcionado com eficácia dentro das instalações, mas o bairro havia se tornado um polo de oníricos mais fracos, que se sentiam atraídos pela energia acumulada no lugar.

"Um brinde pela liberdade e pelo contrato que o Lilith assinará semana que vem", disse ela levantando a xícara.

"Um brinde por finalmente poder me entregar à preguiça", ele respondeu.

A bebida desceu morna pela garganta, destruindo os focos de melancolia. Desde a destruição da musa, Tiago se perguntava pela tal felicidade que o aconselhavam a perseguir para a vida voltar a andar para a frente. Corrigir o passado deveria ser revigorante. Contudo, sentia algo diferente. Estava mais leve, com certeza. Aliviado por pessoas queridas não estarem mais em risco. Satisfeito com sua atenção na resolução do caso.

Uma pontada incômoda persistia, entretanto.

"Já te falei quanto fica linda no palco?"

"Só hoje? Essa é a décima vez."

Ela o acariciou com a ponta do pé. Recebeu um carinho em troca.

"Sabe, Liz, mesmo tendo te conhecido de um jeito torto e te reencontrado de um jeito mais torto ainda, fico feliz de estarmos aqui."

"Sinceramente, eu teria pulado a possessão e o retorno da supervadia e ido direto para a parte boa."

Ele sorriu amargo.

"Tem toda razão", comentou.

Tiago deixou as mãos vagarem pelas pernas macias. Seguiu a curva das coxas e da panturrilha e as ergueu com cuidado para poder se inclinar sobre ela. Prevendo um possível acidente, Liz colocou a xícara no chão e se esticou para baixo, ajudando-o a compensar o peso do corpo.

"O médico falou para você ficar de repouso."

"Estou de repouso. Repousando, na verdade, bem devagarzinho", brincou, enquanto se deitava.

"Você tem trabalhado demais."

"Eu sei. Preciso aproveitar o surto de oníricos desgarrados antes que voltemos ao marasmo."

"Taí uma palavra que não combina com Libertà."

Ela o acariciou na nunca, como de costume. Deslizou os dedos pela borda da orelha machucada, percorreu o relevo da cicatriz desenhada no rosto e alcançou os lábios ressecados pelo frio.

"Uma vez, aos 12 anos, fui à praia com a minha família, passar férias", ele recomeçou, dando um jeito de se levantar sem forçar o ombro. "Meu primo e eu saímos pelo quintal da casa alugada, procurando coisas estranhas. Foi ele quem achou primeiro: uma bola de palha com o interior meio molenga, gelatinoso. Eu fiquei com medo, quis sair correndo, mas ele era metido a valentão, catou um pedaço de pau e acertou em cheio aquele inimigo desconhecido. Eu tinha a certeza de que um inseto monstruoso escaparia lá de dentro, mas quando ele o pegou na mão, descobrimos ser um ninho."

"Nossa."

"É. Encontramos três filhotes, um estava morto. Ainda sem penas, olhos fechados, bicos frágeis. Talvez um gato ou gavião desajeitado tenha sido o responsável pela morte, ou quem sabe a própria queda do galho. Mas na minha cabeça, foram o meu medo e o exibicionismo do meu primo os responsáveis por aquilo. Senti como se fosse eu o acertando com a madeira, um indefeso contra o outro", ele entrelaçou os dedos nos dela, o rosto cansado. "Nós colocamos o ninho de novo na árvore. A mãe devia ter saído para procurar comida e, quando voltou, a casa foi tomada por seu pio de tristeza. No fim da tarde, fomos procurar o ninho, mas ela havia mudado os filhotes de lugar, inclusive o que havia morrido."

"Por que se lembrar de algo tão triste?"

"Aqueles filhotes são minha memória mais antiga sobre a importância da vida. Desde o início, atrelada à morte."

Ela ficou em silêncio e o abraçou o mais forte que conseguiu.

"Olhe pra mim. Você não é responsável pelo que aconteceu."

"Se eu pudesse voltar atrás, Liz, se pudesse escolher deixar de ser o medroso para ser o valentão no dia em que soube que a musa estava te usando como hospedeira, teria feito alguma diferença?"

"Você mesmo acabou de dizer que valentões também cometem erros. Todos nós cometemos. Seu ex-chefe e os exorcistas que ele reuniu são prova disso. Nem sempre o mundo é dos espertos."

Ele ganhou um beijo no rosto que não demorou a alcançar seus lábios.

"Tô me sentindo o cara mais esperto do mundo com esse gostinho de laranja na boca", disse ele, e teve a impressão de ver um brilho dourado cruzar seus olhos. "Liz, você acha que a gente...?"

"Tá tão gostoso assim, Tiago, pra que estragar falando de relacionamento?"

"Isso é um não?"

"Um não redondo. E se você *não* quiser ouvir metáforas sobre pios tristes e ninhos que caem dos galhos, é melhor mudarmos de assunto", respondeu séria.

"Vamos lá pra cima então", ele retrucou com duplas intenções e a beijou de volta. No instante seguinte, estavam de pé, roupas ameaçando ir ao chão. "Lá em cima", ele insistiu. "Com aquecedor ligado e espaço decente."

Tiago matou num gole só o que restava na xícara.

Liz o provocou tirando a camisa, mas acabou concordando.

Eles subiram a escada devagar, no ritmo que o corpo castigado do exorcista permitia, e pararam na sacada do corredor. Ela o puxou pela mão, no sentido do quarto, um sorriso que em outra situação o desarmaria.

♪ *Don't you know two can play this game?* ♫

"Vem?"

"A música. Só uma dança e a gente vai", respondeu ele, dando dois passos para trás e entrando em seu quarto de blues. "Por favor."

Ela espiou o primeiro andar, avaliou a distância entre o corrimão e o piso. Bastaria um descuido, uma torção de tornozelo. Depois, encarou Tiago Boanerges de um jeito pesaroso. A franja loira caía bagunçada sobre o rosto. O coração batia acelerado, embora tentasse se mostrar tranquila.

Em passos leves ela se aproximou. Absorvia a melodia graciosa fazendo do gingado do quadril o seu convite. Deixou as alças do vestido escaparem e o segurou com os braços cruzados sobre os seios.

A tentação existia. Só ele poderia dizer quanto lutava contra a própria vontade. Só ele poderia explicar a atração que cada célula do seu corpo, cada milímetro de sua carne escoriada, sentia por aquela dança.

Ainda assim, resistiu. E ela parou.

Na fronteira demarcada pelo *aegis*, olhou-o no fundo dos olhos e esticou a mão.

"Eu só queria saber", disse ela, engolindo o nó na garganta.

Tiago abandonou o quarto e a abraçou de mansinho. Balançou de um lado para o outro cantarolando a música, em despedida. Para sua surpresa, ela o acompanhou no ritmo daquele blues tranquilo. Quando encostou o rosto em seu peito, ele agradeceu. Com o nariz afundado nos cachos loiros, inspirou profundamente e conduziu a energia para as mãos.

Envoltos por uma luz crescente, os dois prosseguiram com a dança. Foi como no dia do ensaio em que aquele trio que o havia acolhido como parte da família o puxou do chão depois de se acabarem de tocar.

Os nós cegos dos sentimentos enfim começaram a se desembolar. Liberaram a poeira acumulada de anos sob a forma de um pó dourado e cintilante, feito de partículas que podiam cegar.

Sem coragem de abrir os olhos, sentiu o resto de energia se dissipar ao seu redor. Não houve luta, nenhum confronto, apenas uma onda morna como o chá, mas que não o aquecia. Enquanto deitava Liz no chão, imaginou o coração inexistente bater no peito. Exaurido, tirou o casaco, cobriu o corpo da cantora e se deitou ao seu lado. Antes de encerrar o exorcismo, viu um gato de fumaça ensaiar uma lambida em seu nariz e murmurou o último verso da canção.

♪ *Oh baby, what a price to pay...* ♫

Arquivo de Hórus

(ou um breve dicionário)

Se depois de ler *Exorcismos, amores e uma dose de blues* você decidir entrar para o Conselho de Hórus, segue o resumo com o qual estudei para o concurso anos atrás.

O Conselho divide os habitantes do nosso reflexo em três grandes grupos:

Humanos – Você provavelmente é um deles. Para obter mais detalhes sobre sua constituição, preste bastante atenção às aulas de biologia. Humanos com dons mágicos são geralmente chamados de **despertos**. Há tantos tipos de magia como há de outros talentos. Tocar instrumentos, ser bom em um esporte, destruir no laboratório de física. A lista não é pequena, certo? A de magias também não. Se você, assim como eu, não consegue fazer exorcismos, criar ilusões e nem construir amuletos mágicos, então você é um **adormecido**. Ao que tudo indica, essas aptidões estão relacionadas com genética. Mas isso é papo pra um longo debate.

Feéricos – Feéricos são seres mágicos, mas que não são necessariamente humanos (sabe o papo sobre genética? Então). Aqui neste livro você tem bastante contato com os **salvaxes**. Salvaxes, na grande maioria, são capazes de alterar o próprio corpo e assumir características animais. Alguns têm apenas uma boa audição ou um bigode esquisito, mas outros se transformam pra valer. Se aquele seu amigo da faculdade anda latindo nas aulas de ética e filosofia, fica aí a informação. Outra categoria de feérico que pode chamar sua atenção durante a leitura são os **lúdicos**. Embora os lúdicos tenham o corpo muito parecido com o nosso, é fácil perceber que não são humanos. Ninguém sabe muito sobre eles além do fato de que podem causar bastante estrago. Então eu, no seu lugar, pensaria duas vezes antes de convidá-los para aquela festinha aproveitando a viagem da sua mãe, beleza? Salvaxes, por outro lado, são bastante festeiros. Mas peça para levarem a bebida.

Oníricos – Tecnicamente, oníricos são seres mágicos, então também podem ser chamados de feéricos. Mas como são **seres etéreos** e não possuem um corpo físico, acabam ganhando outra classificação. Oníricos são habitantes de **Yume**, também conhecido como o **mundo dos sonhos**, ou mais tecnicamente o **mundo onírico**. Eles também são meio geniosos, mas não espalhe isso por aí, combinado? Aqui em *Exorcismos, amores e uma dose de blues* você deve ter conhecido alguns deles. Como você pode estar lendo esse resumo antes de ter terminado o livro, não vou estragar as surpresas. Mas saiba que, se encontrar um **efrite** por aí, ele é um onírico feito de **fumaça**.

Agora que já sabe *quem* você é, vamos fechar com o *onde*:

Libertà fica no nosso mundo, ali pertinho do Rio de Janeiro e de Minas Gerais, palavra de escoteiro. Nosso mundo, aliás, é só uma entre muitas realidades, e chamamos essas realidades de **reflexos**. Da mesma maneira que você tem um reflexo no espelho, as realidades também têm. Por isso, todas elas são versões uma das outras e se influenciam de alguma maneira.

Caso esteja planejando passar suas férias em **outra realidade**, é meu dever avisar que, ao contrário do que disse a agência de viagens, essa não é uma tarefa muito simples. O primeiro passo é descobrir um **espelho** que funcione como um **portal**. Nem todos os espelhos são **portais**, então cuidado para não bater a cabeça naquele de parede inteira do seu banheiro. Ah, outro detalhe importante para o *tour*: os espelhos não levam diretamente de um reflexo ao outro, e sim para um mundo intermediário chamado **Entremundos**. Entremundos, mundo entre os mundos, ponto garantido se cair na prova.

Se você tem um corpo físico, sinto muito, esse é o único jeito de fazer a travessia. Se você for um onírico, entretanto, existem jeitos de trapacear. Mas é melhor perguntar isso diretamente a eles. Quem sabe se você tirar uma boa soneca depois do almoço e fizer uma visitinha a Yume, algum deles não apareça para conversar?

Agora encerramos de verdade, sem extras depois dos créditos ou final estendido. Espero que tenha gostado do passeio e, se decidir se mudar para cá e ser um libertino, já sabe onde me encontrar. Na mesa dos fundos, ouvindo blues.

Este livro foi composto com tipografia Electra LT Std e impresso
em papel Pólen Bold 70 g/m² na Gráfica EGB.